원문교감 朝陽報 1

점필재연구소
대한제국기 번역총서

원문교감 朝陽報 1

조양보

이강석
전지원
손성준
신지연
이남면
이태희

보고사
BOGOSA

차례

일러두기 / 14

원문교감 朝陽報 1

朝陽報 第壹號 … 15

目次 … 16
朝陽報發刊序 … 17
朝陽報讚辭 … 17
  讀法 … 18
剪燈新話 … 20
自助論 … 25
  國民及個人 … 25
教育 … 28
  教育의必要 … 28
實業 … 29
  道德과實業의關係 … 29
詞藻 … 31
  祝朝陽報發刊 … 31
  仝 … 32
  (仝) … 32
  漢陽 … 32
  初夏雜吟金 … 32

仁川雜詩 … 32
矢吹將軍。頃者掛冠養老。余謂。大
丈夫起爲國家之干城。退爲林泉風月
之主。古來所爲難。今將軍兩得之不
禁景欽恭呈一絶併乞政 … 33
  城北道中 … 33
  登樓 … 33
警告儒林 … 33
世界叢談 … 34
講壇設議 … 36
社會와國家의直接關係論 … 38
半島夜話 … 39
婦人宜讀第一回　부인이맛당이일글데
  일회라 … 45
習慣難去 … 51
開化病痛 … 51
內地雜報 … 52
海外雜報 … 56

特別廣告 … 59

廣告 … 60

廣告 … 60

廣告 … 61

朝陽報 第貳號 … 63

目次 … 64

注意 … 65

本社特別廣告 … 65

論說 … 66

開化原委 … 66

自助論 第二號(前號續) … 72

支那衰頹의原因 … 75

論二十世紀之帝國主義 … 78

教育 … 80

教育의必要 … 80

實業 … 84

汎論 … 84

我韓의農業大概 … 87

植林談 … 88

(談叢) … 90

婦人宜讀第二回　부일이맛당이일글

몌이회라 … 90

同志規箴 … 94

內地雜報 … 98

海外雜報 … 102

詞藻 … 109

秦始皇 … 109

宿山寺 … 109

松坡渡 … 109

見閔忠正公堂上生竹有感 … 109

同 … 110

同 … 110

同 … 110

國精竹記 … 110

小說 … 111

波蘭革命黨의奇謀詭計 … 111

비스마룩구淸話 … 112

廣告 … 113

廣告 … 113

新着營業品廣告 … 114

特別廣告 … 115

朝陽報 第參號 … 117

目次 … 118

注意 … 119

本社特別廣告 … 119

論說 … 120

品行의智識論 … 120

滊機의發明 … 121

電氣의發明 … 121

論愛國心 … 122

自助論(前號續) ··· 124

教育 ··· 127

　我韓의敎育來歷 ··· 127

實業 ··· 133

　韓我의農業 ··· 133

　支那의山林關係 ··· 137

　韓國漁業事情 ··· 140

(談叢) ··· 142

　(婦人宜讀第三回　부인이맛당이일글

　데삼회라) ··· 142

　半島夜話　續 ··· 145

　本朝名臣錄攬要 ··· 149

內地雜報 ··· 151

海外雜報 ··· 155

詞藻 ··· 160

　海東懷古詩 ··· 160

　古意 ··· 163

小說 ··· 163

　비스마룩구　淸話 ··· 163

特別告白 ··· 166

廣告 ··· 167

特別廣告 ··· 168

朝陽報　第四號 ··· 169

目次 ··· 170

注意 ··· 171

本社特別廣告 ··· 171

論說 ··· 172

　宮禁肅淸問題 ··· 172

　論愛國心(續) ··· 176

　俄國의議會解散 ··· 180

教育 ··· 181

　我韓의敎育來歷(前號續) ··· 181

實業 ··· 189

　農業과旱嘆 ··· 189

　我國의農業改良法 ··· 190

(談叢) ··· 193

　婦人宜讀第四回　부인의맛당이일글일

 ··· 193

　本朝名臣錄의攬要 ··· 195

　日本佐藤少將의談 ··· 199

　英俄協商外交의祕談 ··· 201

內地雜報 ··· 203

海外雜報 ··· 210

詞藻 ··· 213

　海東懷古詩 ··· 213

　金陵逢友人 ··· 215

　鎖直 ··· 215

　踰蜜嶺口號 ··· 216

(小說) ··· 216

　비스마룩구의淸話　續 ··· 216

特別告白 ··· 218

廣告 ··· 218

大韓自强會月報 ··· 219
家庭雜誌 ··· 219
特別廣告 ··· 219

朝陽報 第五號 ··· 221

目次 ··· 222
注意 ··· 223
本社特別廣告 ··· 223
論說 ··· 224
　世界最偉團體 ··· 224
　統監伊藤侯政策 ··· 227
　論愛國心(續) ··· 231
教育 ··· 235
　泰西教育史 ··· 235
　近時日本教育의變勢 ··· 242
實業 ··· 245
　我韓의物産 ··· 245
(談叢) ··· 247
　婦人宜讀第五回 (부인이맛당이볼일)
 ··· 247
　本朝名臣錄의攬要(續) ··· 249
　도루스도이伯의俄國々會觀 ··· 252
　露國革命 ··· 253
寄書 ··· 255
官報抄略 ··· 256
　法部告示第一號 ··· 256

內地雜報 ··· 259
海外雜報 ··· 261
詞藻 ··· 263
　海東懷古詩 ··· 263
　老人亭漫吟 ··· 265
小說 ··· 265
　(비스마룩구)의淸話 ··· 265
　野蠻人의奇術 ··· 269
特別告白 ··· 270
廣告 ··· 270
大韓自强會月報 ··· 271
家庭雜誌 ··· 271
特別廣告 ··· 272

朝陽報 第六號 ··· 273

目次 ··· 274
注意 ··· 275
本社特別廣告 ··· 275
論說 ··· 275
　人々이當注意於權利思想 ··· 275
　論愛國心(續) ··· 279
　歐洲勢力의關係 ··· 281
教育 ··· 285
　泰西教育史 ··· 285
實業 ··· 290
　我國之鑛産物 ··· 290

商工業의總論　　　　　… 294

物産의關係　　　　　… 296

(談叢)　　　　　… 297

婦人宜讀第六回 부인이맛당이일글일

　　　　　… 297

米人의朝鮮施政觀　　　　　… 299

本朝名臣錄의攬要　　　　　… 301

官報抄略　　　　　… 305

農商工部分課規定改正案件(續)

　　　　　… 305

內地雜報　　　　　… 308

海外雜報　　　　　… 310

詞藻　　　　　… 313

海東懷古詩　　　　　… 313

雲溪酬唱　　　　　… 315

又和之　　　　　… 315

小說　　　　　… 315

(비스마룩구)의淸話(續)　　　　　… 315

世界奇聞　　　　　… 318

廣告　　　　　… 321

廣告　　　　　… 322

원문교감 朝陽報 2

朝陽報 第七號

目次

注意

本社特別廣告

廓淸檄

通報注意

論說

　人々이當注意於權利思想(前號續)

　論愛國心(續)

黃禍論

教育

　泰西教育史

　教育學問答

實業

　日人의農場盛況

　商工業의總論(前號續)

談叢

　婦人宜讀第七回 부인이맛당이일글일

　本朝名臣錄의攬要

米國現大統領(루-즈베루도)格言集

清國政體의前途

伊藤統監의韓國談

內地雜報

海外雜報

詞藻

　海東懷古詩

　秋風嶺

　平澤

　仁川

　南山文社韻

　萬壽聖節慶祝頌-幷序-

小說

　(비스마룩구)의淸話

謹告

廣告

廣告

朝陽報 第八號

目次

注意

特別廣告

論說

　滅國新法論

　論軍國主義

　講壇會設立再議

英佛攻守의同盟과獨逸의窮境

教育部

　泰西教育史(續)

　教育學問答

　政治學說

實業部

　我韓의種蔘方法

　商工業의總論(前號續)

談叢

　本朝名臣錄의攬要

　米國大統領(루즈베도루)格言集(續)

　日米戰爭의問答錄

寄書

　世人이渾不識秋論

　高明新師論

內地雜報

海外雜報

詞藻

　海東懷古詩

(小說)

　(비스마룩구)의淸話(續)

　動物談

廓淸檄

通報注意

朝陽報 第九號

目次

注意

社告

論說

　滅國新法論(續)

　論軍國主義(前號續)

　保護國論

　政治原論

教育

　泰西教育史(續)

　教育學問答(前號續)

　霍布士의政治論說(續)

實業部

　種蔘方(前号續)

　商工業의總論(續)

談叢

　本朝名臣錄의攬要

　噶蘇士-匈加利愛國者-傳

　讀구로닉구루新聞의日韓關係論

　客談靑島

內地雜報

海外雜報

詞藻

　海東懷古詩

小說

　(비스마룩구)의淸話(續)

法人愛彌兒拉의愛國精神談

廓淸檄

通報注意

朝陽報 第拾號

目次

注意

社告

論說

　國事犯召還問題

　保護國論

　滅國新法論(續)

　學會論

教育

　泰西教育史(續)

　教育學의問答(續)

　霍布士의政治學說(續)

實業

　在韓國外人의商業

　商工業의總論(續)

談叢

　本朝名臣錄의攬要

　伊藤侯의韓國談

　歐洲의新形勢

　米國大統領루-즈베루도格言集(續)

　隨感漫錄

寄書

內地雜報

海外雜報

詞藻

　海東懷古詩

小說

　愛國精神談(續)

社告

特別廣告

朝陽報 第拾壹號

目次

注意

社告

社說

　告大官巨公

論說

　害韓乃忠韓

　保護國論(續)

　滅國新法論(續)

　政治原論

教育

　品性修養

　泰西敎育史(續)

實業

　商業槪論

談叢

　本朝名臣錄의攬要

　噶蘇士-凶加利愛國者-傳(續)

　米國大統領루-즈베루도

　隨感漫錄

　世界叢話

寄書

內地雜報

海外雜報

詞藻

　海東懷古詩

小說

　비스마룍구公의淸話(續)

　愛國精神談(續)

社告

廣告

特別廣告

朝陽報 卷十二號

目次

閔忠正公泳煥氏遺書

社說

論說

　政府與社會不宜離異

　亡國志士의同盟

　警告郡主事

敬告靑年諸君

政治原論

教育

泰西敎育史(續)

敎育溯源論

實業部

實業方針

大失敗에屈撓치니ᄒᆞ三大實業家

談叢

本朝名臣錄의攬要

世界叢詰

七十八歲老婦人의時局感念

廓淸欄

內地雜報

海外雜報

詞藻

海東懷古詩(續)

雪夜 採桑子

小說

愛國精神談(續)

世界著名ᄒᆞ暗殺奇術

外交時談

別報

輔國閔泳徽氏의疏本

社告

特別社告

廣告

本社告白

特別廣告

일러두기

1. 이 책은 『조양보』1–12호의 원본을 구현한 것이다.
2. 이 책은 국립중앙도서관(1–11호)과 고려대 도서관(12호) 소장본을 저본으로 하였다.
3. 원본 잡지의 띄어쓰기, 문장부호, 기호, 단락 등 형식을 그대로 반영하는 것을 원칙으로 하였다.
4. 원본에 작은 크기로 되어 있는 소자주는 글자 크기를 줄이지 않고 앞뒤에 '–'를 표기하여 구분하였다.
5. 원본의 표와 그림 또한 내용과 관련해서 의미가 있다면 입력하되, 내용과 무관한 것은 입력하지 않았다.
6. 원본 잡지의 면수를 기입하되, 해당 면이 끝나는 지점에 문자판의 〈 〉를 써서 표기하였다.
7. 한자 및 한문 중에서 명확한 오자, 탈자, 연문의 경우 교감주로 표기하였다. 한글 조사와 어미는 이상하거나 틀렸다고 판단되어도 교감주를 붙이지 않았다.
8. 한자는 이체자, 약자, 속자가 많으나 가능한 한 원본의 글자대로 구현했으며 전산 상으로 구현되지 않는 이체자는 대표자로 하였다.
9. 원본이 찢어지거나, 흐릿하게 인쇄되어 있거나, 글자가 깨어지는 등의 이유로 훼손되어 읽어내기 어려운 경우에는 훼손된 글자 수만큼 □를 써서 표기하였다.

大韓光武十年
日本明治三十九年
丙午六月十八日第三種郵便物認可

朝陽報

第壹號

朝陽報第壹號

新紙代金

一部新貸　金七錢五厘

一個月　金拾五錢

半年分　金八拾錢

一個年　金壹圓四拾五錢

郵稅每一部五厘

廣告料

四號活字每行二十六字一回金拾五錢二號活字依四號活字之標準者

◎每月十日廿五日二回發行

京城南大門通日韓圖書印刷會社内　臨時發行所朝陽報社

京城南大門通四丁目　印刷所日韓圖書印刷株式會社

　編輯兼發行人沈宜性

　印刷人申德俊

目次

朝陽報第一卷第一號

朝陽報發刊序………
　南嶽居士李沂伯曾

朝陽報讚辭并讀法………尹孝定

別燈新話

自助論………수마이루수

教育論………張志淵

實業論………同人

詞藻

警告儒林

世界叢談

講壇設議

社會國家關係論

半島夜話

婦人宜讀………
　(女子家庭學)日本下田歌子

習慣難去

開化病痛

內地雜報

海外雜報

廣告

朝陽報發刊序

近日論我韓急務者莫不以教育爲先然教育亦有三種一曰家庭教育父母
言行是也二曰學校教育文字政法是也三曰社會教育新聞雜誌是也夫人
幼則習於家庭而父子夫婦之倫孝悌忠信之德由以立矣少則習於學校而
修齊治平之道性命氣化之理由以明矣壯則習於社會而天下成敗之勢人
物興衰之機由以著矣凡東西洋號稱第一等國者皆以是而來文明焉亦以
是而致富强焉嗚呼我韓自數百年來以詞賦取人學術政事分途背馳士習
日趨於浮華民俗日墮於野昧至於近代世界各國新學問新知識未嘗有一
日之工竟不免乎受人覇絆敢問在廷之諸公在野之諸君子其將甘此奴隷
而安此暴棄耶然今日之罪不在於幼少而實在於壯者何也彼旣不習於家
庭又不習於學校非聾而不能聽非盲而不能見此眞吾夫子所謂四十五十
而無聞者也以若人而居家庭則必誤其子姪居學校則必累其徒弟則不得
不以社會教育爲急務中之尤急務此朝陽報社諸公之所以發刊月報以供
朝野士君子秉燭之學而其言則卽一種教科書也其志則卽獨立恢復計也
故謹把苦心之筆而濡嘔血之墨徧告于海內同志者
光武十年六月日南嶽居士李沂伯曾謹識〈1〉

朝陽報讚辭　　　　　　　　　　　　　　　　　　　尹孝定

朝陽報之將刊也에要余以讚辭ᄒ니余非但義不敢辭라余實甚感於作者
之苦情과報趣之洵美어니雖謂余勿讚이나余何能無讚乎아讚之者ᄂ欲
其使大韓國之讀書者流로無一人不讀朝陽報也ㅣ니欲其使大韓國之讀
書者流로無一人不讀朝陽報者ᄂ望其皆有得其現世界之新知識也오欲

其皆有得於現世界之新知識者는望其並爲完全無缺之正當人格也오欲
其並爲完全無缺之正當人格者는望其恢國權而自主獨立也라讀則有得
ᄒ고有得則完全ᄒ고完全則獨立이니然則作者之苦情健筆이亦不外乎
藉此而恢復國權也로다凡爲大韓國民之欲有望於恢復國權者ㅣ夫孰不
忘寢廢餐ᄒ고朝々暮々에咿々唔々ᄒ야讀此朝陽報之文字哉아此ㅣ余
所以不能無讚於朝陽報而欲其人々讀之也일시逐書朝陽報讀法十八則
ᄒ노라

讀法

一　朝陽報者는凡同文各國에稍解文字者ㅣ原無不可讀之人而惟最
　　適於大韓人士之讀之也ㅣ니盖由現時我國之思想程度와風俗習
　　慣ᄒ야自一階二階로以至十百階히漸次向上進去호디無躐等漏
　　級之弊而可以到得乎文明國之見識也일시라

二　朝陽報者는可與憂國之士로讀之니讀之則竪國之要槩를可得이
　　오經國之實事를可擧而前日之空憂虛嘆이便水流雲捲也일시라

三　朝陽報者는可與愛國者로讀之니讀之則其愛心이益堅ᄒ야愛國如
　　家ᄒ며愛國如身타가甚則有時乎愛國殺身而亦自甘心也일시라

四　朝陽報者는可與愛身者로讀之니讀之則自知身與國家之關係如
　　何오旣知身與國家之關係如何則爲其愛身而愛國之念이油然自
　　動也일시라

五　朝陽報者는可與不平之士로讀之니讀之則其平素釖築碨磊之氣
　　ㅣ卽化爲邦國經綸之志也일시라

六　朝陽報者는可與儒者로讀之니讀之則凡係倫理道德之言論主旨
　　를必則先王先賢ᄒ야上溯于朱程孔周而有活用發輝之妙ᄒ고又

參之以歐米哲學家金言也일시라

七　朝陽報者ᄂᆞᆫ可與好新之士로讀之니讀之則凡現世之學術技藝와
　　時事局勢之最新發明과最近情形을無不摘要登載而明如指掌也
　　일시라

八　朝陽報者ᄂᆞᆫ可與富而無力者로讀之니讀之則可以得保護財産之
　　能力也일시라

九　朝陽報者ᄂᆞᆫ可與貧而無智者로讀之니讀之則可得興殖産業之智
　　力也일시라

十　朝陽報者ᄂᆞᆫ可與怠惰無爲者로讀之니讀之則可以轉宴安之惡習
　　而得勤勉之美性也일시라

十一　朝陽報者ᄂᆞᆫ可與敎育家로讀之니讀之則子弟敎育之必要와及其
　　施敎之方法을自可理會也일시라

十二　朝陽報者ᄂᆞᆫ可與無敎育者로讀之니盖幼年及靑年은自可蒙學校之
　　敎育而增益其新智也ㅣ로디惟年四十五十而無聞於新知識者ᄂᆞᆫ非
　　此報則無由開明이니此報ᄂᆞᆫ便卽社會敎育之一讀本也일시라

十三　朝陽報者ᄂᆞᆫ可與虛誕者로讀之니讀之則可以知天下萬事ㅣ無一
　　不出於實地誠行而往日之浮虛誕妄이自可消盡也일시라

十四　朝陽報者ᄂᆞᆫ可與浮浪子弟로讀之니讀之則如前日之柳影花陰과
　　饞舞鶯歌等醉夢迷魂을自可喚醒而決然有飭躬修學之念ᄒᆞ야做
　　得健全之一個國民也일시라

十五　朝陽報者ᄂᆞᆫ可與夢中人으로讀之니讀之則如轟雷一聲에睡魔盡
　　去ᄒᆞ야歐雲美雨之景況과白人黃種之禍福을可以〈2〉領會而奄
　　然有東洋志士之價値也일시라

十六　朝陽報者ᄂᆞᆫ但不可與無希望者로讀之니若無希望則便是木石冥
　　頑也라作者之勢心苦情으로刊行此報ᄂᆞᆫ原欲人士之讀之오不願

木石之讀之也일식라

十七　朝陽報者ᄂᆞᆫ勿論午枕夕燈雨榻雪窓ᄒ고可以隨意讀之而最好淸朝早起ᄒ야向旭日讀之ᄒ니于斯時也에其蒼々凉々之氣ㅣ渾然與書味相合ᄒ야倍覺其新鮮而亦深有感於朝陽報之名義也일식라

十八　讀朝陽報者ᄂᆞᆫ如乘一漁舟ᄒ고漸入桃源溪谷이라始見其萬片流紅ᄒ고過了一曲ᄒ야又進一曲호ᄃᆡ由三曲四曲而至於八曲九曲이라야乃可見其仙家之眞狀이오若於中流回棹則終不知其桃源之爲何處也니讀朝陽報者ㅣ若或止於一號二號ᄒ며或止於三號四號則亦與欲探桃源而中流回棹者로一般而難得其文明眞想也夫ᆫ져

剪燈新話

◎大凡國家ᄂᆞᆫ人民를聚成ᄒᆞᆫ者라故로曰호ᄃᆡ民惟邦本이라本固邦寧이라ᄒ니今에民智ㅣ昧闇ᄒ고民智ㅣ荼弱ᄒ면그民를民이라稱치못ᄒᆯ씨오國政이紊亂ᄒ고國權이失亡ᄒ면그國를國이라謂치못ᄒᆯ씨라

◎管子ㅣ曰호ᄃᆡ國의存하고亡홈이鄰國에在ᄒ다ᄒ니大抵彼ᄂᆞᆫ明ᄒ고强ᄒ거늘我ᄂᆞᆫ昧ᄒ고弱호ᄃᆡ自居ᄒ면人이반다시我의昧홈을兼ᄒ고弱홈을攻코져ᄒ리니엇디禁ᄒ며彼ᄂᆞᆫ治ᄒ고興ᄒ거늘我ᄂᆞᆫ亂ᄒ고亡호ᄃᆡ自就ᄒ면人이반다시我의亂홈을取ᄒ고亡홈을侮코져ᄒ리니엇디怨ᄒ리오

◎敢問ᄒ노니今日我韓이明ᄒ오强ᄒ오治ᄒ오興ᄒ오竊恐不然이로니그病根를推ᄒ고그弊源를究ᄒ건딘二端이有ᄒ니一曰去舊就新를不能홈이오二曰背暗向明를不能홈이라

◎盖以支那로論컨디唐虞三代의禮樂이時를隨ᄒ야損益ᄒ고我邦으로
論之컨디壇箕三韓의制度ㅣ代를隨ᄒ야沿革ᄒ니至於制治保邦ᄒᄂ策
이며興養立敎ᄒᄂ더욱맛당히勢를度ᄒ고時를揆홀지라

◎譬컨디琴瑟이不調어든必須更張ᄒ야ᄉ妙音를可發ᄒ며衣裳이有汚
어든必須澣濯ᄒ야ᄉ淨鮮을可期ᄒᄂ니

◎況金地球大闢ᄒ고列强이交通이라泰西近史를攷ᄒ건디其政治ᄂ共
和憲法으로그綱領을삼고其精神은愛國保民으로그思想을삼고其風氣
ᄂ尙武勵節로써그筋骨를삼고其技藝ᄂ汽化光聲으로써그質素를삼ᄂ
니이ᄂ다西人의傾天軋地ᄒ고超神驚鬼ᄒᄂ奇術異機ㅣ天下耳目를一
新케ᄒ야萬邦에指南를作ᄒᄂ니東亞五千年에刱有ᄒ一大變局也어늘

◎今日我韓의其政治ᄂ專制獨斷의舊弊를不矯ᄒ고大公至正ᄒ綱領이
不振ᄒ며其精神은妬寵專權의舊慾를不戢ᄒ고愛國保民홀思想이不發
ᄒ며其風氣ᄂ恬文嬉武의舊染를不滌ᄒ고尙武勵節ᄒᄂ筋骨이不立ᄒ
며其技藝ᄂ頑鈍矗獷ᄒ舊拙를不改ᄒ고汽化光聲의質素를未備ᄒ니如
此히執迷痼陋ᄒ고却步尤前[1]ᄒ야能히國를安ᄒ고民를保코뎌ᄒᄂ可得
홀가此ᄂ舊染를不去ᄒ고新法에就치못ᄒ病根也라

◎大凡列强의發興홈은이만明홈이업고我韓의漸衰홈은이만暗홈이업
ᄂ故로事變를不達ᄒ고國是를未定ᄒ며內政은致壤[2]ᄒ고外權은被攫ᄒ
야馴至今日ᄒᄂ니尙히忍言ᄒ랴

◎西國政治新書로論ᄒ면다近歲에出ᄒ者로디그規模ㅣ弘遠ᄒ고그條
理ㅣ精詳ᄒ야試諸自國ᄒ고公於宇內홈이니由之者ᄂ富强ᄒ고不由者
ᄂ昧弱ᄒ거늘今我ᄂ取舍를不審ᄒ고明昧를不辦ᄒ니所以로志士의淚
와嫠婦의憂ㅣ엇더ᄒ리오〈3〉

---

1 尤前 : '不前'의 오자이다.

2 致壤 : '致壞'의 오자이다.

今에歐洲列國은新藝와新器ㅣ每歲에幾千이出ᄒ고新法과新書ㅣ每歲
에數萬이出ᄒ며農商工兵이皆專門科ᄅᆞᆯ學習ᄒ고婦女童穉라도各敎課
ᄅᆞᆯ篤工ᄒ거늘至於我國은不然ᄒ야

◎宰官의賢ᄒ다ᄒᆞᆫ者ᄂᆞᆫ舊說에狃ᄒ야智慮ㅣ膠固ᄒ고愚ᄒᆞᆫ者ᄂᆞᆫ故常에
安ᄒ야心思ㅣ腔胴ᄒ야五洲의機變ᄅᆞᆯ不知ᄒ야耳目이蔽ᄒ고一國의經
濟ᄅᆞᆯ不解ᄒ야跬步ㅣ亂ᄒᆞᆫ지라憲法共和ㅣ何等政略이됨을不知ᄒ고公
法約章이何等條款이됨을不知ᄒ고疵稗ᄒᆞᆫ舊政ᄅᆞᆯ改ᄒ다稱ᄒᄂᆞᆫ覆轍ᄅᆞᆯ
復蹈ᄒ고賢哲ᄒᆞᆫ偉人ᄅᆞᆯ選ᄒ다言ᄒᄂᆞᆫ奸究ᄅᆞᆯ復用ᄒ고若人이新法의可
以致治興利ᄒᆯ者ᄅᆞᆯ語ᄒ면衆量者ㅣ存이라携貳ᄒ고或者ㅣ改善의可以
自衛保全ᄒᆯ策을陳ᄒ면紆憂者ㅣ存이라忼愒ᄒ며

◎至於州郡牧民者ᄂᆞᆫ一種痼舊昧新ᄒ고百般剝民肥己ᄒ기만能事로知
ᄒ고狡猾吏鄕輩ᄂᆞᆫ舞文弄法으로歷朝成法이라稱ᄒ고箝制欺凌으로一
時長計ᄅᆞᆯ作ᄒ며

◎迂儒俗士ᄂᆞᆫ尊夏攘夷之說의蠱惑ᄒ고章句詞賦之工에沈溺ᄒ야時宜
을不度ᄒ고舊見을固守ᄒ며陳篇ᄅᆞᆯ窺ᄒ야盜竊ᄒ고糟粕을持ᄒ야咀嚼
ᄒᆯ而已오一事라도其本原ᄅᆞᆯ能究치못ᄒ며一法이라도其利弊ᄅᆞᆯ能較치
못ᄒ고한갓傲然히自高ᄒ고靦然히無恥ᄒ도다

◎大抵國權이確立ᄒᆯ은民氣ㅣ振作ᄒᄂᆞᆫ디在ᄒ고國政이淸明ᄒᆯ은民智
ㅣ開敷ᄒᄂᆞᆫ디在ᄒ고民智開敷ᄒᆯ은敎育ᄒᄂᆞᆫ디在ᄒ고民氣振作ᄒᆯ은團
結ᄒᄂᆞᆫ디在ᄒ니故로越句踐은十年을生聚ᄒ고十年을敎育ᄒ야終能沼
吳ᄒ엿고燕昭王은四十年을招賢敎民ᄒ야終能伐齊ᄒ고晉魯士ᄂᆞᆫ六十
年을敎育ᄒ야終能敗法ᄒ엿스니

◎今日我韓의策略이온즉敎育ᄯᆞ름이라嗟々同胞여만일此機ᄅᆞᆯ漫邁ᄒ
야敎育ᄅᆞᆯ實施치못ᄒ고다만國家ᄅᆞᆯ安ᄒ고生命을保코져할쩐곳디夜行
에無燭하고冥衢에蹢埴ᄒ며瞎馬ᄅᆞᆯ獨騎ᄒ고危橋에臨渡ᄒᆯ과如ᄒ리니

此는背暗向明를不能ㅎ는弊源이라

◎今에敎育一事를亹亹히論ㅎ야擴張ㅎ기를警告ㅎ는主旨는無他라一段愛國的精神를激發ㅎ야我韓二千萬秉彛惟均호同胞의腦髓에灌注코뎌홀시今更說去하리다

◎夫區域과言語와法律과政治와習俗이同一호帝王과政府에同色人民이服事ㅎ야利害와治亂를共受ㅎ는者를一國이라稱ㅎ는니地球ㅣ廣ㅎ고人民이蕃홈을隨ㅎ야各其山川를割據ㅎ야大者와小者ㅣ星羅棊布홈과如호故로人의人됨原理를夷考ㅎ면彼我의別이無ㅎ나國이國됨大體를推算ㅎ면渠吾의分이有호則國은人의會合홈을因緣ㅎ야其名을立ㅎ고人은國의建置홈을依附ㅎ야其基를成홈이라國이雖人을從ㅎ야其名를立을나人도國이無ㅎ면其基를不存홈은且置ㅎ고其名이無ㅎ리니是故로我大韓人된者는其名姓은誰某던지그身의貧富貴賤을無論ㅎ고統稱曰호되大韓人이라ㅎ느니然則大韓人三字ㅣ엇디第一重大호公稱이안이리오如此히重大호公稱을同有하야强弱의區分이無홈으로其生은可奪이로디此名은難奪이오其業은可毀언정此名은難毀라

◎凡我同胞여誰ㅣ大韓三千里疆土에歷世傳家치아니하얏스며誰가祖宗五百年聖朝에涵泳生育지아니하얏스리요疆에我의祖先以來로歷傳호根柢와
祖宗이我의族黨之類를涵生히신恩澤를仰思俯算컨디果何如乎아

◎大凡天이人를生하사디이믜各各肢體와耳目聰明으로卑하시고各各희責任으로써付하심은써禽獸木石과別異케호비며쏘호써野蠻生蕃과別異호비라故로責任者는人道의强者ㅣ可히獨多홈이아니오弱者ㅣ可히獨少홈이아니며賤者를可히獨誘치아니하며貴者를可히獨專케아니하고人이能히其責任을〈4〉擧호則其國이昌하고其種이强홀거시오人人이다責任을棄호則其國이弊하고其種이衰하리라

◎孟子ㅣ謂ᄒᆞᄉᆞᄃᆡ當今의世에我를舍코其誰오ᄒᆞ며范文正이爲秀才時에天下로己任를ᄒᆞ고顧亭林이ᄯᅩᄒᆞᆫ言ᄒᆞ되社稷存亡에匹夫ㅣ有責이라ᄒᆞ니大槪古今哲人이其責任을盡ᄒᆞ기로求치안이티못ᄒᆞᆫ者ᄂᆞᆫ皆以愛國精神을由홈이니라

◎泰西諸國人의其國을愛ᄒᆞᄂᆞᆫ諸事에可히稱道ᄒᆞᆯ者多ᄒᆞ니大抵愛國心은人民이敎化를霑被ᄒᆞᆯ소록至誠感發ᄒᆞᆯ者라然ᄒᆞᆫ故로國의政府된者ᄂᆞᆫ人民敎育ᄒᆞ기에從事ᄒᆞ야心를盡하고力를竭ᄒᆞ야鉅貲를費호ᄃᆡ不惜홈이오國의人民되ᄂᆞᆫ者ᄂᆞᆫ何事何物이든지其國을爲ᄒᆞᄂᆞ자면水火를不避ᄒᆞ며死生을不顧ᄒᆞᄂᆞ니라

◎官職를供ᄒᆞᄂᆞᆫ者와學文를務ᄒᆞᄂᆞᆫ者ᄂᆞᆫ自然히主意가其國를爲ᄒᆞᄂᆞᆫ一事에不出ᄒᆞ려니와農業를修ᄒᆞᄂᆞᆫ者도國를爲홈이오商賈를營ᄒᆞᄂᆞᆫ者도國을爲홈이오物品을製造ᄒᆞᄂᆞᆫ者도亦然ᄒᆞᆫ지라人民社會上에凡百事物이其國를爲ᄒᆞᄂᆞᆫ外에ᄂᆞᆫ無홈이니라

◎思想이如此ᄒᆞ고習尙이如此ᄒᆞ야父ㅣ是로ᄡᅥ其子의게傳ᄒᆞ고兄이是로ᄡᅥ其弟의게誨ᄒᆞ며長老ㅣ少年을對홈과朋友의談議라도是로相勉ᄒᆞᄂᆞ지라然홈으로三尺童子와閨中處女라도自己의國이何事든지他國에不及ᄒᆞ다ᄂᆞᆫ傳說를聽ᄒᆞ야도憤氣를不勝ᄒᆞ며羞心이自出ᄒᆞ야雖幼穉의所見이라도他人의게不屈홀經綸를議評ᄒᆞᄂᆞ니其國이如何로不富ᄒᆞ며不强ᄒᆞ리오

◎夫以一人의身으로論ᄒᆞ면妄尊自大ᄒᆞᄂᆞᆫ心性으로他人를壓過홀意想이美事아니라謂홀지나然ᄒᆞ나一國의體貌를顧諒ᄒᆞᆫ즉一毫라도他國의게見屈치勿ᄒᆞ고功化를廣布ᄒᆞ야光大ᄒᆞᆫ榮名을揚ᄒᆞ고權利를固守ᄒᆞ야尊重ᄒᆞᆫ地位를占홈이可ᄒᆞ니人君으로ᄒᆞ여금敵國의憂慮ㅣ無케ᄒᆞ며政府로ᄒᆞ여금外人의侮慢를不受케홈이正是義士의氣節이며忠臣의心性이니라

◎凡人이其國의民이되여其國를向ㅎ야愛ㅎᄂ氣性이無ㅎ則此ᄂ其民
의本分를昧ㅎ고責任을棄홈이라是故로本記者의區々顯望ㅎᄂ비는
◎願與海內同胞僉君子로愛國誠을激發ㅎ고敎育事를獎勵ㅎ야國家基
礎를庶可鞏固ㅎ고國家威權를庶可挽回ㅎ고斯民으로文明에日進ㅎ고
我邦으로富强에日臻코져ㅎ노니勉勖哉ㄴ뎌

自助論

此論은英國近年碩儒스마이르스氏의著ㅎ바라大凡個人의性品思想이
國家運命에關ㅎ力이甚大홈으로이에書을著ㅎ야國民을醒覺케홈이니
世界到處에氏의著書을飜譯홈이極多ㅎ디自助論이卽其一이라今에其
著論中에的實ㅎ處을譯ㅎ야讀者로ㅎ가지斯道을講究코자ㅎ노니그重
興을圖홈에庶乎根本의力을得ㅎ리라

國民及個人

一國의價値ᄂ卽國家을組織ᄒ個人의價値라
吾人의所失이어듸在ㅎ뇨ㅎ면國家行政政度의力을信홈이過大ㅎ고個
人의力을視홈이過小홈에在ㅎ니
大學에이른바天子로부터庶人에至ㅎ야一是다修身으로써本을삼나니
其本이亂ㅎ고末이治ㅎ리否ㅎ며其厚홀바에薄ㅎ고其薄홀바에厚ㅎ리
有치안타ㅎ니正이是를謂함이라
國家의進步ᄂ個人의克己ㅎ고勤勉ㅎ고正直ᄒ程度에在ㅎ며國家의退
步도또ᄒ個人의怠惰와私慾과卑劣ᄒ程度에在ㅎ니個人의心이正ᄒ則
國力이旺盛ㅎ고個人의心이邪ᄒ則國步ㅣ艱難ㅎ야法律制度을비록百

回改良호야도社會의弊害를淸掃〈5〉홈이可期치못홀지니或一時의效을
收홀듯호나其弊害는西에滅호고東에現호며或形을變호야發生호리니
大抵手脚을根源에不著훈所致라今에最上乘의愛國心을發揮코자홀신
딘至善훈德風을宣布호야法律制度ㅣ改變홈을不用호고오직個人이相
勵相助호야各々日新進德의行을立호야自身룰改善호여야可得홀거시
니라

天助自助란此一句는萬人이實驗훈語니正確無疑훈지라自助自新의精
神은卽是人間進步의根柢니國民이多數히此精神룰體究호면곳그國의
勢力이湧然히發來호리라

他力을賴호며他助을仰훈習性은恒常其人의活力을弱게호고自助의精
神은恒常其人의氣力을旺게호나人이自助의志업셔他助을呼호니는恰
然히婦人과如호야往々이人의制馭을受홈에甘心호야마참니無能無力
훈國民됨을免치못호리라

政府法律의力은個人에向호야幾許훈感化가無호거늘人이往々이誤信
호야써自己의幸福安寧를삼아國家社會의力에依호고문득自心의力이
能히自身를保호고法律의力은生命財産의保護홈에局限호야此以上半
個力이復無홈을不知호니何則고執法布政홈이비록公明嚴正호야도怠
惰홈이轉호야勤勉홈이되고放蕩홈이變호야質素홈이되고惡人이化호
야善士되는事는到底히做호기不得호리니此改善의法은오직個人의克
己自新之力을依호여야비로소成熟호리라

故로其國의價値가權勢의大홈에잇지아니호고個人의慣性과社會의風
習이如何홈에在홈을可히써知홀찌라

一國政府는其國民의影子니影이能히形보담大치못홀지라故로其國民
의性品이恒常其國政治로더부러平衡比率호야品性이發展훈則政治ㅣ
쏘훈發展호고品性이墮落훈則政治ㅣ쏘훈墮落홀지니政府의知識은獨

히進步ᄒ고國民의智識은獨히低홈을見치못ᄒ고政府의知識은獨히低
落ᄒ고國民의知識은獨히進步홈을다시見치못ᄒ리니곳一國의價値實
力이國民品性의措存如何홈에在홈을知홀지니政治法律의力이關ᄒ혼배
甚小ᄒ지라

國家者ᄂ個人의聚合혼狀態니文明이라稱혼者ᄂ그國民의向善進智ᄒ
ᄂ心狀을指ᄒ야言치아니ᄒ리업스니라

人間進步의道如何홈은是古今의問題어늘謬見이ᄯ혼조차多ᄒ야或曰
帝王統治의力에在라ᄒ고或曰國民愛國性에基혼다ᄒ고或曰立憲制度
에因혼다ᄒ니다綮肯에不中혼지라

帝王主義者ᄂ拜金主義와갓타니自己을依賴혼外의物을依賴홀念이漸
盛ᄒ고自助自立의力이漸々薄弱ᄒ야國家의元氣ㅣ消耗ᄒ야可히다시
回치못ᄒ리라愛國性에力과立憲議會法案도ᄯ혼不足賴홀지라

大凡人間進步의道와國家發展의術이國民本善의心에基치아니홀자업
셔社會와萬般事上에各人本善의心을發動作用ᄒ야朝野에信義ㅣ有ᄒ
며貞實이有케홀지니如此ᄒ고進步發達치아니혼國이有치아니ᄒ니라

愛蘭에愛國者우이리야무다노안의演說에曰予ㅣ미양獨立의語을聽홈
익能히吾國과吾市民에홀說이想起치아니ᄒ지못ᄒ니愛蘭의獨立홈은
或甲處에從ᄒ야叫ᄒ며或乙處에從ᄒ야叫ᄒ며或丙處에從ᄒ야叫ᄒᄂ
니吾人이비록政治上獨立이全치못ᄒ나그工藝的産業의獨立者ᄂ全히
吾人自身의力이存홈에在홈을信홈이甚히深ᄒ노라吾人이日々마다行
動處辦上에戒愼恐懼ᄒ야薄氷을履ᄒᄂ心으로써行己홀時에累足으로
進步ᄒ야國民이此志을一ᄒ야進ᄒ면愛蘭國民에不遠ᄒ고ᄯ他國民과
如ᄒ야可히安寧幸福의獨立地位에達홈을得ᄒ리라   未完〈6〉

敎育

敎育의必要

夫敎育은國家之根本이라國家를欲治ᄒ난者ㅣ其本을不修홈이不可ᄒ
니東西洋古今을勿論ᄒ고政治를譚ᄒ난者ㅣ必以敎育으로爲先홈은盖
其國家의根本의必要혼所以니其敎育의程度는由其時代의變遷과文化
의階級ᄒ야古今이殊異ᄒ나其敎育의必要는有國의一般인져
昔者에普魯士國이佛蘭西國拿破崙帝의蹂躪을被ᄒ야邦內가分崩ᄒ며
黎民이蕩柝ᄒ야疲弊之嘆과糜爛之禍가奄奄若朝夕을莫保ᄒ야瘡痍가
骨髓에深徹홈이振起恢復할餘力이更無혼悲境에陷ᄒ얏거늘此時를當
ᄒ야普國賢相須太仁氏가廊廟上에立혼지라其善後策을講究ᄒ야從容
히按出호디以爲々今之計컨디唯一敎育의必要에在ᄒ다ᄒ고乃其慘憺
혼經營으로含羞忍辱ᄒ고百難을排ᄒ야良工의苦心을備盡홀시强迫就
學令의勵行과學制의改善으로써一國의輿論을喚起ᄒ야敎育의心要[3]를
絶叫疾唱ᄒ는聲이天來福音갓치傳播되야全邦人心을鼓舞激勵혼則於
是에國內到處마다塾堂을開ᄒ며校宇를設ᄒ고咿唔絃誦을相聞不絶ᄒ
야敎育의普及ᄒ는基礎를確立홈으로英材를培ᄒ며楨幹을養ᄒ야畢竟
後日에風雲을叱咤ᄒ고雷霆을驅策ᄒ는雄圖壯勢를皆此間에셔釀成홈
이라夫如斯혼效果로僅히五十年에果然支離滅裂ᄒ던普國이厖然혼大
勢力을化生ᄒ야積年仇敵되던强大혼法國을細丹에셔擊破ᄒ고更進ᄒ
야巴里를窘蹙케ᄒ고城下의盟을修케ᄒ니當年歐洲中一小侯邦에不過
ᄒ던普魯士가一蹴ᄒ야日耳曼의聯邦盟主가되야先進列邦으로더부러
中原에對峙ᄒ고儼然히覇業을一方에셔稱ᄒ기至ᄒ니何其功業威烈의

---

3 心要 : '必要'의 오자로 보인다.

盛大輝赫홈이如彼ᄒ뇨史家扈威利氏⁴가此를評ᄒ야曰普國이法國을勝
홈은細丹에不在ᄒ고實其學校에在홈이라ᄒ니洵至言也로다管中이曰
一年之計ᄂ在樹穀ᄒ고十年之計ᄂ在樹木ᄒ고百年之計ᄂ在樹之以人
이라ᄒ니嗚呼라時之上下가相距數千載오地之東西도相隔數萬里어ᄂᆯ
名臣賢相之所見은若合符節ᄒ야不期然而同歸ᄒ니後來欲經理國家者
ᄂ宜其取鑑於斯也夫ᆫ져

今夫列强之所以張大勢力ᄒ야雄飛宇內者ᄂ無他術焉이오只是教育之
結果而已라坐此時機ᄒ야雖然自守ᄒ며矇然自閉ᄒ야唯以太古的教育
으로詡詡然自夸ᄒ다가竟至今日에受人羈絆ᄒ며被人驅策ᄒ야不能自
由而活動호ᄃᆡ猶且因循泄沓에遷延稽緩ᄒ야徒立學校之名而毫無教育
之實ᄒ니如是捱過ᄒ면原雖强大之國이라도不能並立於競爭劇烈之中
이어던而況迨此萎靡腐敗之餘乎아此宜志士之所太息而發奮者也로다
現世界文明諸邦은學校之振興과教育之發達이不特專靠於政府之資力
而已라國內紳士之有志者ㅣ皆孜孜眷眷ᄒ야慈心⁵注力而得成者니或傾
其家貲而助之營之ᄒ며無資者ᄂ朝夕從事於是ᄒ야以竭誠而殫精焉일
ᄉᆡ是故로能普及全國ᄒ야勃興而烝進也니是又國民之義務也라豈必待
政府之提命哉아

實業

道德과實業의關係

近代에某國一實業家가論ᄒ야曰往昔에學問을修ᄒᄂ者ᄂ士에止ᄒ고

4　扈威利氏 : '扈威利氏'의 오자이다.
5　慈心 : '熱心'의 오자이다.

實業을修ᄒᄂᆞᆫ者ᄂᆞᆫ農工商에止ᄒᆞ야士ᄂᆞᆫ實業을修ᄒᆞᄂᆞᆫ要가無ᄒᆞ고農工商은學問을修ᄒᆞᄂᆞᆫ要가無ᄒᆞ니由是로道德과實業이判然히二岐로分ᄒᆞ야關係의互無ᄒᆞᆷ이風馬牛와如ᄒᆞ더니現今開明의運을當ᄒᆞ야士農工商이一致에不歸ᄒᆞᆷ이不可ᄒᆞᆫ則道德과實業도亦合一ᄒᆞᆷ이可ᄒᆞ거ᄂᆞᆯ若曰不能ᄒᆞ면是ᄂᆞᆫ物〈7〉理家의云ᄒᆞᆫ바慣力과如ᄒᆞ야人力으로써整理치아니면到底히其合一을不得ᄒᆞᆯ지니孟子曰無恒産而有恒心者ᄂᆞᆫ惟士가爲能이어니와而民은無恒産이면無恒心이라ᄒᆞ니孟子도道德과産業이相離ᄒᆞᆷ이不可ᄒᆞᆷ을論ᄒᆞᆷ이나然而恒産이無ᄒᆞᆫ則今日은士라名ᄒᆞᆫ者도亦其恒心을保ᄒᆞ기不能ᄒᆞᆷ이多ᄒᆞ니故로恒産은恒心을作ᄒᆞᄂᆞᆫ本이오恒心은國家를安全케ᄒᆞᄂᆞᆫ本이니卽實業은道德을作ᄒᆞᄂᆞᆫ本이오道德은國家治安의本이라是故로道德과實業은互相根本되야或道德이實業의本도되고實業이或道德의本도되ᄂᆞ니라又管仲이有言曰倉廩이實而知禮節ᄒᆞ고衣食이足而知榮辱이라ᄒᆞ니是亦道德과實業이相離ᄒᆞᆷ이不可ᄒᆞᆷ을說ᄒᆞᆷ이라古之儒子ᄂᆞᆫ若說道德인ᄃᆡ決不以道德으로爲後어ᄂᆞᆯ今之儒者ᄂᆞᆫ槪是事情에迂遠ᄒᆞ며世務에疎濶ᄒᆞᆷ으로每言道德이면必遺落實業ᄒᆞ야離而二之ᄒᆞ니良可慨哉로다

雖然이나以今日而規之컨ᄃᆡ前賢之論도亦未明暢ᄒᆞ니凡富有公富私富之別ᄒᆞ니公富ᄂᆞᆫ與道德으로相伴ᄒᆞ야有益於國ᄒᆞ고私富ᄂᆞᆫ違悖道德ᄒᆞ야無益於國쑨더러甚者ᄂᆞᆫ反貽大害於國家ᄒᆞᄂᆞ니夫近來實業之說이倡起ᄒᆞᆷ이國民이相競ᄒᆞ야欲從事於是ᄒᆞ나實業도又必資敎育而後에發達ᄒᆞᄂᆞᆫ者라盖實業을只謀私利ᄒᆞ고不顧公益이면其弊害不尠故로其弊害를不除ᄒᆞ면實業이雖發達이라도不能爲國家之適用이리니今擧其一二而言之컨ᄃᆡ假令米穀之苞에雜以沙粉者도曰實業家라ᄒᆞ고紬布之表裏飾詐者도曰實業家라ᄒᆞ고棉花를露濕ᄒᆞ야重其秤量者도曰實業家라ᄒᆞ며淸蜜中에可以眞末砂糖者도曰實業家라ᄒᆞ며因貿易之殖利ᄒᆞ야諸般

物品의價値를使之ᄏ騰케ᄒ야令細民으로困窮者도實業家라稱ᄒ며粗
惡ᄒᆫ建築으로橋梁及家屋을造ᄒ야隨即頹壞케ᄒᄂ者도實業家라云ᄒ
며不許國法之禁ᄒ고土地田宅과鑛産森林을私賣外人者도實業家라亦
稱ᄒ며爲外人之賣弄ᄒ야反爲妨害於本邦商業者도實業家ᄃ亦云ᄒ야
凡此種類를枚擧不遑이나世間에射不正之私利ᄒ야釀公衆之困厄者ᄂ
皆違背道德之實業家라如此致富면雖至百千萬金이라도則與盜賊無異
니盜賊이多則其國을不可謂文明之國이니世之謬見者ᄂ謂道德이無効
於實業이나豈有捨道德而能實業者乎아

我韓은農工商實業이幼穉昧劣ᄒ나迨若草衣木食的時代ᄒ니國力之不
振이良由是也라尤其工商二業은鹵莽太甚ᄒ야無足評論이오惟農業은自
羅麗以來로號稱農産之國ᄒ야國內河川流域에地味膏沃ᄒ고天候適宜
ᄒ야五穀之産이靡不豐盈ᄒ고又其森林之富와鑛山之利와漁採之業이皆
足以資國産殖民業이로디但其人士ㅣ不講於利用厚生之術ᄒ야一任於佃
翁野老의遺來慣習故로農作之方이漸至衰退ᄒ며又其官吏者ㅣ貪虐侵漁
ᄒ야生民이無以營業而聊活故로膏良之土가率多荒蕪而陳廢ᄒ니苟有留
心經濟之士ㅣ出而振作ᄒ야用力於農務改良之術而灌漑之利와耕種之
法과肥料之施와器具之備를一々完全而整理之ᄒ면國力之富裕를屈指可
期어늘惜乎在上者ㅣ無振刷之能力ᄒ고爲士者ㅣ昧興殖之方針ᄒ야抛棄
富源ᄒ며委積遺利ᄒ고坐恨貧弱之莫救ᄒ니寧不慨咄也哉아

詞藻

祝朝陽報發刊

藤陰 藤田謙

公論正議見同仁。扶植文明日々新。知道一枝五雲筆。光風霽月是精

神。評曰朝陽之聲借此健詞而有鍾呂之重

仝

乾堂 小杉勤

一枝健筆發新聲警世應期木鐸名請看論鋒若犀利。由來主義是公明。評曰正聲正義洵字々警鍾可謂寵逾百朋〈8〉

鵡涯 飯塚彦

文章正大字聯瑰。匹似朝陽破闇開。太史公論董狐筆。發輝半島國光來 評曰筆力雄健有轉石千仞之勢但推詡過分反增忸怩

漢陽

飯塚 鵡涯

白岳巍然漢水長。石門雄堞護金湯。李家帝業今猶古。虎踞龍蟠五百霜。評曰飯君健筆千古絶唱

初夏雜唫

落花滿地蝶伶仃。流水杳然春不停。早有薰風迎赤帝。一聲杜宇萬山靑。評曰詞藻綺麗發語神奇眞才子手段

仁川雜詩

烟橫海嶠月生潮。崖樹低迷暮色遙。臨水畫樓燈上處。一簾酒影客吹簫。評曰字々逼唐
來上仁川第一樓。載他糸肉亦風流。殊邦未必說淪落。醉與美人歌莫愁
櫓聲帆影鷺邊舟。呼似將鷹月尾洲。占此水光山色美。如花人在畫圖樓。評曰曠世絶調堪備竹枝三章

矢吹將軍。頃者掛冠養老。余謂。大丈夫起爲國家之干城。退爲林泉風月之主。古來所爲難。今將軍兩得之不禁景欽恭呈一絶併乞政　　小杉 乾堂

一別匆匆歲再遷。聞君勇退隱林泉。當年馬上麾兵手。翻握江山風月權。評曰百戰風雲急流勇退又竪騷擅之赤幟儘快人快事

城北道中
南嵩 山人

布穀聲中夏日長。東征西去劇紛忙。野棠夾道花如雪。一陣風來滿店香。評曰。妙在淡然不着痕迹。讀去香風襲人。

登樓

江南物色近如何。楊柳垂垂拂綠波。櫻筍初肥新雨歇。燕鶯交出落花多。臨風倚釖空長嘯。把酒登樓更一歌。買得小舲編篛笠。烟洲深處訪張和　評曰前半流麗後半雄健宪如讀陸劍南集

警告儒林

鳥之將死에其鳴也ㅣ哀ᄒ고人之將死에其言也ㅣ善이라今也에國步가艱難ᄒ니當此時ᄒ야儒林諸君이쟝차如何ᄒ고叫聲을發ᄒᆯᄂ지

大凡國家社會上에儒生이라號ᄒ면그勢力이大치아이치못ᄒ야仰ᄒ면足히廟堂諸公의失計을規諫ᄒ고俯ᄒ면足히在野衆民을導率ᄒᆯ지나그러므로朝廷의待遇ᄒ미重ᄒ고人民의敬奉ᄒ미崇ᄒ지라

英國에紳士團體가有ᄒ이我韓에儒生이朝野間에介立ᄒ이과同ᄒ야常以英國柱石으로自任ᄒ야在家에爲仁善之父ᄒ고在鄉에爲信義之友ᄒ고在國에爲忠勇之士ᄒ나니故로各國人이莫不推稱ᄒ니所謂可以托六尺

之孤ᄒ고可以寄百里之命者라臨大節ᄒ야有不可奪耆[6]] 是也로다盖彼
我의品性知識이雖各有異나以其他位로比較즉我韓儒生도亦同等階級
에坐者로되그兩國顯狀의盛衰隆陷을論한즉不啻天淵ᄒ야一은世界上
에敬畏ᄒᄂᆫ비오一은世界上에輕侮ᄒᄂᆫ비니試思到此에諸君의感想이
如何오寧不愧死아

士之處世에不止獨善其身이라固當兼善天下ᄒ야그化가鄕國〈9〉의及
ᄒ고그行이遐邇에顯ᄒ야以弘道濟民으로爲己事任其責이어늘我國家
로今日之艱棘이有게ᄒᆷ은是雖之罪耶아春秋之法으로斷之면諸君도亦
避其罪辭其責이難矣ㄴ뎌

本報之意ᄂᆫ欲與儒生諸君으로國民指導ᄒᆯ任務를雙肩上에荷擔ᄒ야斯
民의品性를改ᄒ고斯民의德業을進ᄒ야國家根柢를固ᄒ야그所期를達
코져ᄒ노니若諸君이同此志向則縱橫披胸ᄒ야寄來函稿ᄒ시되苟無踟
疑면本社가當鱗次揭載ᄒ야使儒林同志로作講究之資ᄒ리다

世界叢談

近世來國의聖路易大學에一老媼ㅣ法學博士된니有ᄒ니其齡이六十八
歲라媼ㅣ壯時에學術를不修ᄒ고다만通常生計만營爲ᄒ더니六十二歲
에至ᄒ야遽然히悔悟ᄒ야이에學文의志을立ᄒ야法學을硏講ᄒ야六年
을精勤히ᄒ야마참너其志를達ᄒ니라

몬데네구로ᄂᆫ歐洲에最小邦이로디風俗의美ᄒᆷ이世上의贊賞ᄒᄂᆫ바라
此에ᄒᆫ逸話ㅣ有ᄒ니曰某國公使ㅣ其夫人으로相携ᄒ야散策逍遙라가
其金指環을遺失ᄒ니是ᄂᆫ珍重價高ᄒ야可히容易케得치못ᄒᆯ者라公使

ㅣ宮中에 馳到ㅎ야王게 搜索ㅎ기를 訴求훈딕 王이 莞爾히 笑曰 鄕之夫人의
指環이 某路傍의 洞窟의 距훈 百步處의 在ㅎ니 可히 往索ㅎ라ㅎ거날 果然
得훈지라 公使ㅣ 驚訝ㅎ야曰 王은 엇지쎠 知ㅎ닛가 王이 笑曰 朕之羣臣에
此指環을 見훈者ㅣ 七八人이라 是以로 知ㅎ노라 公使ㅣ 又問曰 此珍品을
見ㅎ고 엇지 自取치 아니닛가 王이 侍者를 顧ㅎ야曰 汝輩ᄂ 何故로 其遺를
拾치 아니ㅎ냐 侍者 對曰 萬金指環이 비록 可貴ㅎ나 良心의 貴에 比ㅎ면 곳
足히 貴치 아니ㅎ니 臣이 萬金을 失홈은 尙可道어니와 良心을 失홈이 至ㅎ
야ᄂ 誠不可道니다 公使ㅣ 喟然 歎曰 君臣이 如此ㅎ니 國之將興을 可想홀
것도다

墺太利皇帝ㅣ 一學校에 親臨ㅎ야 徒步 視察홀식 學中에 兒童이 游戱ㅎ던
者ㅣ 帝의 親臨홈을 聞ㅎ고 奔走聚集ㅎ야 一小兒ㅣ 帝의 背後로 竊從ㅎ야
帝冠 一毛를 拔ㅎ니 諸學童이 爭相效之라 帝ㅣ 覺之ㅎ고 冠을 見ㅎ니 半失
ㅎ지라 帝ㅣ 비록 兒童의 私心이 無홈을 知ㅎ나 其意를 試코자ㅎ야 兒童을
顧ㅎ야 問曰 他人의 物을 盜ㅎᄂ게 禮아닌 줄을 汝等이 知ㅎᄂ야 一兒ㅣ 對
曰 陛下쎠셔 吾校에 親臨ㅎ시니 吾輩ㅣ 永히 紀念ㅎ기를 爲ㅎ야 各 一毛
를 要홈이니다 皇帝ㅣ 其對辭率直홈을 嘉尙히여겨 恰然曰 果然 즉 冠毛 全
部을 給ㅎ야도 ᅀᅩ훈 不妨ㅎ다ㅎ니라

佛蘭西에 博物學者 포니에氏ㅣ 瑞典國에 遊ㅎ야 花草를 採集ㅎ더니 一日
에 老紳士를 郊外에 邂逅ㅎ니 此紳士ㅣ ᅀᅩ훈 植物採集ㅎᄂ者를 從훈듯ㅎ
야 同學의 好로以ㅎ야 談話 交歡ㅎ야 一見如舊라 感興이 愈加ㅎ야 珍稀훈
花草를 發見 競爭코자훈식 一握靑苔를 二分ㅎ야셔로 그 量의 大小를 顧驗
ㅎ야 宛是 兒童의 遊戱와 如ㅎ지라 포니에氏ㅣ 素樸寬濶ㅎ야 言語修飾이
無홀지라 卒然이 紳士를 呼ㅎ야曰 予ㅣ 飢渴에 難耐ㅎ니 想像컨딘 兄亦然
矣리니 請携往 某舖ㅎ야 美味를 共喫홈에 何如오 紳士曰 乞ㅎ노니 予邸에
枉駕ㅎ야 從兄所好ㅎ야 饗ㅎ리라훈딕 포니에氏ㅣ 欣然伴行ㅎ야 十年知

己의家를訪호趣味ㅣ有호듯其門에到호야氏ㅣ駭然退步日是는瑞典王
의離宮이니吾輩는可히其國을漫踏치못홀디라호디紳士ㅣ從容日予는
卽瑞典王오즈갈也니룸是新得之友니모로미謙讓치말고爾汝無間의興
致로覺호라호고强摻八호宮야竟日談笑호고去호니라

佛王路易四十世ㅣ一日에宰相곤쎌의게問日朕이强大無比호佛蘭西을
統治호디能히和蘭의小弱國을征服지못홈은何오宰相이正襟호고對日
陛下쎠一國의大룰致호바嶺土의廣狹을依홈이아니며民衆의多寡룰關
홈이아니오다만그國民의性品이〈10〉如何호믈見홈이니今陛下ㅣ佛蘭
西之大로能히和蘭의小호듸加치못홈은彼國人의德操와性品이我에勝
홈이니願陛下는勿怪호소셔

一千六百八年에스미노라。가를뎻도。二人으로西班牙全權大使룰삼
아和蘭海牙에派遣호얏더니一日은河邊에逍遙홀싀蘭人十數名이一小
舟에出호야靑草上에坐호야疏食을喫호더그外貌는비록野人과如호나
其神彩는스스로流俗에拔見호거날私異之호야農夫의게問日彼何人耶
아農夫ㅣ答禮日彼等은吾國民이崇敬호야別로擢出호代表者라호더스
비노라가가를뎻도를顧호야歎日吾人이다和蘭의弱小홈으로可悔라호
엿더니이졔彼等紳士의行動을見호니其勤儉誠實호形狀은眞可敬服이
라彼國民의到達홈이如此호니可히征服치못호리로다吾人은速히平和
룰締結호外에別로奇策이無호다호더라

講壇設議

歐米各處에다講壇이有호야時々로有名호碩儒와或發明家룰延聘호야
그談話룰聽取호느니大槪時勢의進步호미流水不停홈과如호고로其知

識를啓ᄒᆞ며其德行를究ᄒᆞ며其富强를圖호ᄃᆡ竭誠殫力ᄒᆞ야晝로夜를繼
호ᄃᆞ오즉一日이라도人의後되믈瞠ᄒᆞ니列國人民의奮勵ᄒᆞᄂᆞ狀態가大
槪如此ᄒᆞ디라이러므로學校教育外에다시講壇를設ᄒᆞ니此ᄂᆞ社會教育
의一機關也라日本은古來로寄席講談이有ᄒᆞ야古今에英雄異人傳과游
俠豪士傳과或怪談과戀愛談類를講話ᄒᆞ되그趣向을見ᄒᆞ면歐米講壇의
規模와不同ᄒᆞ야市井勞動者를招集ᄒᆞ야그勤苦홈를慰勞ᄒᆞ고特異快奇
훈談說를作ᄒᆞ야一座로感興케ᄒᆞᄂᆞ니그品位를論훈즉不足ᄒᆞ나然而當
時에聽講ᄒᆞ던人이一朝의軍隊에委身ᄒᆞ야提釖擔銃ᄒᆞ고臨陣對敵ᄒᆞ미
그忠勇훈精神이湧然奮發ᄒᆞ야死守不動ᄒᆞ니露國軍人드리日本兵士은
不可及이라嘆賞不已ᄒᆞ니是ᄂᆞ寄席講의效果가實多ᄒᆞᄂᆞ다

且寄席講談師ᄂᆞ그身으로斯藝를任ᄒᆞ야十年二十年를研究ᄒᆞ되一心專
志ᄒᆞ야奕秋의게聽홈과如ᄒᆞ나니그러ᄒᆞ므로及出席上ᄒᆞ얀巧言妙辭를
隨口拈出ᄒᆞ야人耳를鍼砭ᄒᆞᄂᆞ고로聽衆이數千이라도肅然靜默ᄒᆞ야一
咳를不發ᄒᆞᄂᆞ이라

話味가漸酣ᄒᆞ야或忠孝義烈를論ᄒᆞ며或人情悲哀훈說話處에到ᄒᆞ면談者
聽者가自己의身이其境에居ᄒᆞ며目이其事를覩홈과如ᄒᆞ야滿座가或歔欷
ᄒᆞ며或流涕ᄒᆞ야不能擧顔홀境에至ᄒᆞᄂᆞ니每每講席에皆然이라此가一場
閒話에不過ᄒᆞ나그人心을感動ᄒᆞ고그忠義를激發ᄒᆞ미如此ᄒᆞ니라

今에我韓은財政이未整ᄒᆞ고國帑이空乏ᄒᆞ니此時를當ᄒᆞ야비록十三道
에學校를普設코뎌ᄒᆞ나可辦키難ᄒᆞ지라然이나教養開發홀事가洵회急
中尤急ᄒᆞ니可히一日이라도廢置티못홀지라亟亟키講壇를設ᄒᆞ되校舍
新築ᄒᆞ기를要티말며ᄯᅩ훈教員給俸을須티말고毋論都市村落ᄒᆞ고그中
有志人家에就ᄒᆞ야一席를舖ᄒᆞ고開演ᄒᆞᄂᆞ게無妨ᄒᆞ고聽者ᄂᆞ或數人或
數十人이라도亦可也요其談叢趣向도ᄯᅩ한一定規式를要티아니ᄒᆞ야或
聖賢逸話와英傑故事와農商工學等說이皆可也니大抵如此便宜훈法이

써敎育欠缺를補ᄒ야全國人民으로孜孜矻矻ᄒ야晷刻를劉티아니게ᄒ
든時勢思潮를超코뎌ᄒᄂᆫ意也라

且學校ᄂᆫ年少子弟가可히就學ᄒ미오年齡이三十四十人은그恩波를沐
浴키不能ᄒ야依然히吳下阿蒙를作ᄒᆫ즉國을爲ᄒᄂᆫ道가未備ᄒ야所損
이極大로다今若講壇를議設ᄒ야老少가混左說聽ᄒ야그益을均獲케ᄒ
면雖衰頹隴跂라도必當湧感ᄒ리니幸毋忽諸여다

◎社會와國家의直接關係論〈11〉

大凡人의强弱을勿論ᄒ고血氣ㅣ不通ᄒ者ᄂᆫ必死ᄒ며國의大小을無論
ᄒ고民氣ㅣ不通ᄒ者ᄂᆫ必亡ᄒ나니社會者ᄂᆫ何也오曰通之而已니라

人의職業이不同故로其情意ㅣ往往相背ᄒ니是로以ᄒ야오즉社會ㅣ能
히各業의人을聚ᄒ야使之同情同感ᄒ야有機體의目的을達케ᄒ리니盖
國家者ᄂᆫ乃人格과有機體의合集ᄒ야成ᄒ者이니라

富貴貧賤의迹이不能融和者ᄂᆫ習俗이使之然也ㅣ니融和의道ᄂᆫ社會의
籌款과如ᄒ者ㅣ無ᄒ니盖學校를共建ᄒ야京鄉의童子로ᄒ야곰同等의
敎育을受케ᄒ야習處ㅣ旣久ᄒ면富貴貧賤의迹이忘於不覺ᄒ나니則以
個人의利益으로爲目的者ㅣ맛당히變ᄒ야共公의利益으로써爲目的矣
리라

盖感憂情이有ᄒ後에야事業이有ᄒ나니是ᄂᆫ情이中에激ᄒ고氣ㅣ外에
奮ᄒ緣故ㅣ라是以로事業者ᄂᆫ情感의支配라謂ᄒ나니惟富貴貧賤은勢
의至極히不平홈이됨으로必欲平之ᄒ니富貴者ᄂᆫ恣意壓抑ᄒ고貧賤者
ᄂᆫ肆力抵抗ᄒ야互相衝突이從此而起할가恐ᄒ야반다시社會로由ᄒ야
制限ᄒ며調和ᄒ나니所謂制限이란者ᄂᆫ法律이是也오所謂調和란者난

倫理道德이是也ㅣ니라

日本明治初年에貧民을爲ᄒᆞ야專設學校호ᄃᆡ其費用은皆出於公用이로ᄃᆡ猶貧者ㅣ終不願人ᄒᆞ니此亦情感衝突의所致라同十九年에此等의學校를廢去ᄒᆞ고富貴貧賤의子弟를合ᄒᆞ야教育ᄒᆞᆫ後에야能히調和의主意를實行ᄒᆞ니라

古之教育은一身을善ᄒᆞᄂᆞᆫᄃᆡ不過而已러니今之教育은全國의民族을造成치못ᄒᆞ면不能立也ㅣ며古之國家ᄂᆞᆫ一二의英雄豪傑을董恃而已러니今之國家ᄂᆞᆫ民族全體의才能을合치못ᄒᆞ면不能興也ㅣ니民族을興코져할진ᄃᆡ반다시學校를設할거시오學校를興코져할진ᄃᆡᆫ반다시團體를結할거시오團體를結코져할진ᄃᆡᆫ반다시社會를立할지니故로古之教ᄂᆞᆫ重私德이으今之教ᄂᆞᆫ重公德이니夫公德이란者ᄂᆞᆫ通之之意也ㅣᆫ뎌

半島夜話

一異士ㅣ有ᄒᆞ니平安道人이라居常에范仲淹傳을愛讀ᄒᆞ야壁間에先憂後樂四字를揭ᄒᆞ야座右의銘을삼더니二十年前에飄然히航海ᄒᆞ야去向를不知라

今春에突如히歸來ᄒᆞ야平壤府郊外에卜居ᄒᆞ야日夕으로親히牡丹臺風景에詩酒을徵逐ᄒᆞ야다시世上에關係치아니ᄒᆞᆫ者와如ᄒᆞᆫ지라此人이歐米에漫游ᄒᆞᆫ十年에英佛의語에長ᄒᆞ고兼ᄒᆞ야日本語를能히ᄒᆞᄂᆞᆫ디라其泰西에在ᄒᆞᆷ이朝野의士를結交ᄒᆞ고制度文物과國家의盛衰ᄒᆞᆫ바를講究ᄒᆞ야自得ᄒᆞᆫ바有ᄒᆞᆫ지라歸迻에淸國北京大儒吳汝倫과嚴方를訪ᄒᆞ야意氣談論이互相投合ᄒᆞ야韓國可興ᄒᆞᆯ道를共論ᄒᆞᆯᄉᆡ低語痛飮ᄒᆞ야夜已三更에愈談愈酣ᄒᆞ더라

吳氏는東洋近代偉人曾國蕃之門弟니李鴻章으로더부러同學ᄒ者라學
問이極深ᄒ고識見이超凡ᄒ고伾凌世之氣을有ᄒ야談論이風發ᄒ야言
言이肺腑를剌ᄒ니日本學者政治家도吳氏의嘲弄ᄒ바된者ㅣ一二뿐아
니더라異士ㅣ吳氏와深結ᄒ야日夕來往ᄒ니吳亦異士의爲人를深敬ᄒ
야常히門下다려語曰小弱ᄒ韓國에如此ᄒ人物이出흠을不圖ᄒ엿시니
後生이可畏라ᄒ더라

一日에相携ᄒ야李鴻章을訪見ᄒ니此時는正히團匪事件後에在ᄒ야李
伯이身을挺ᄒ야國難을當ᄒ야日夜로善後의策을思ᄒ야憂憤病臥ᄒ지
라異士의爲人을聞ᄒ고難捨之情이有ᄒ더니今乃接見흠이設禮厚遇흠
이宜ᄒ거늘李伯이문득床에踞ᄒ야引見ᄒ야傲態自高ᄒ니더긔그力量
를驗코뎌홈이라李伯이〈12〉突然問曰這箇是歐米漫游漢가能히何物을
帶ᄒ야來ᄒ뇨ᄒ야一喝에人의膽을奪ᄒ지라異士ㅣ微笑ᄒ고不答ᄒᄃ
李伯이曰果然一物이無ᄒ니亦是平凡히西語을轉ᄒᄂ蓄音器로다ᄒᄃ
異士[7]昂然對曰予是韓國布衣의士로十年漫游홈은이에韓國을爲ᄒ야多
大ᄒ經綸을懷抱홈이니敢히淸國을向ᄒ야呈치못ᄒ노라李伯이聞ᄒ고
欣然首肯ᄒ야그答을深喜ᄒ니라三人이鼎坐ᄒ야國事에談及ᄒᆷ이李伯
이諄々히東洋의形勢를說호ᄃ特히韓國의前途에就ᄒ야警戒ᄒ바有ᄒ
지라

李伯이更이異士을囑ᄒ야曰露國侵下之勢ㅣ아즉停止치아니ᄒ니其於
韓境에셔日露相戰홈이十年에不出ᄒ리니其孰勝孰負는비록可히知치
못ᄒ나韓國權勢ㅣ一時에勝者의下에屈홈이必然ᄒ니
此時를當ᄒ야煩悶을自作ᄒ야張然히勝者의手中에脫흠을謀ᄒ나可히
得치못ᄒ야恰然히疲虎ㅣ檻中에出코뎌홈과如ᄒ야徒自取毁니陰忍雌

---

7 異土 : '異士'의 오자이다.

伏ᄒᆞ야國內의力을養ᄒᆞᆫ三十年에可히天下의變를窺홈만不如ᄒᆞ리라

天이만일東洋을不捨홀딘디黃色民族의同盟을成ᄒᆞ야世界從此로可見

홀者ㅣ有ᄒᆞ리니吾國에在ᄒᆞᆫ則南淸民族이可히天下의唱이되고韓國에

在ᄒᆞᆫ則北韓人民이可히中興의先이될지니君이歸國後에오즉八道敎育

으로爲任ᄒᆞ야다시政治에關치말고晩成의功을立홈으로上策을삼으라

ᄒᆞᆫ디

異士ㅣ深이知遇之言을感ᄒᆞ야滯留ᄒᆞᆫ數月에去ᄒᆞ니是實光武四年六月

이라李伯이病이漸々重ᄒᆞ야月를越ᄒᆞ야逝ᄒᆞ니異士와吳氏ㅣ哀悼홈을

不屑ᄒᆞ니라

爾後에吳氏ㅣ敎育視察의命을承ᄒᆞ고日本의到홈이異士ㅣ坴東京에在

ᄒᆞᆫ지라相携ᄒᆞ야精神을勵ᄒᆞ야調査ᄒᆞ고坴朝野政治家와外交家을見ᄒᆞ

고其意見를徵據호디特히其開國以來로改革發達의事情에就ᄒᆞ야細大

를不漏ᄒᆞ야講究ᄒᆞ기를最勉ᄒᆞᆫ지라

此時에吳氏의年이六十八이오異士의年이三十七이라吳氏의學德과聲

名이一世에冠ᄒᆞ니異士진실로吳氏의右에出치못ᄒᆞ나그識見과判斷의

明홈이至ᄒᆞ야ᄂᆞᆫ吳氏ㅣ恒常異士의게推重ᄒᆞ더라

一日에吳氏를訪ᄒᆞ야當世時務를談論홀ᄉᆡ吳氏ㅣ慷慨ᄒᆞ야日[8]韓淸이二

千餘年을孔孟의學을奉ᄒᆞ야志想이凝固ᄒᆞ야可히融釋치못ᄒᆞ리라

中華ᄂᆞᆫ더욱自大ᄒᆞ야世界進步의形勢을不曉ᄒᆞ니所謂己만知ᄒᆞ고彼를

不知ᄒᆞᆫ자라맛참ᄂᆡ今日의恥辱을見ᄒᆞ니是ᄂᆞᆫ다吾儕의怠慢ᄒᆞᆫ罪오可히

恨世咎人치못홀지라

僕이今에北京大學總判이되니歸來ᄒᆞ야크게新學을奪勵[9]ᄒᆞ야十八省의

幾千萬子弟로ᄒᆞ야곰換面脫體케ᄒᆞ야世界의得見혼則死ᄒᆞ야도餘榮이

---

8 日 : '曰'의 오자이다.

9 奪勵 : '奮勵'의 오자이다.

有호리니軍備와外交는아즉問호기不遑이라先生은以爲何如오

異士曰先生의所說이다合理호니韓國을啓發홈도또호敎育에不外호나
雖然이나今에試問호노니先生의所謂新學이란者는何也오吳氏曰工商
農醫의理化學과政治와經濟와司法과歷史와數學을다新學에取치아니
홀者無호지라

先生이歐米漫遊호十年에믄득東洋迂儒을向와야新學을問홈은何故오
異士曰更問호노니先生의意을料호건디以爲호디泰西의써國이興호밧
者는新學을取홈이在호고東洋의써國이衰頹호바는新學을取치아니홈
이在홈이라호니果然호가否호가吳氏曰唯々라

異士曰然則新學을取호國은다可히써興호고新學을取치아니호國은다
可히써興치아니호라吳氏曰然호다西洋과東洋의盛衰不均호바를視호
건디一見可判이니何必多問이리오異士曰西班牙와和蘭과墺太利와伊
太利와佛蘭西의諸國은다이므新〈13〉學을用호고英國과獨國과米國과
西路國도또호新學을用호야前者와後者ㅣ新學의程度을用홈은不異호
되後者ㅣ獨히世界에覇國되고前者ㅣ却히委靡不振홈은何也오

或後者는新學을講홈이深호고前者는新學을講홈이淺호야然歟아或別
로取호바有호냐

吳氏曰泰西諸國의所以盛衰홈을僕이多少所見이非無호되是는臆斷에
不過호지라願호건디先生의所見으로告호라

異士曰鄙見이비록足히取치못호겟시나願컨디淸聽을煩호노니僕이漫
遊호十年에歐米의文明을視홈이獨國과英國과米國이그學校의科目을
他에比호면程度가低호되其强盛홈은一世에冠호고佛蘭西와日本은其
學科ㅣ精備호야그敎師ㅣ學理를說明홈이極詳極密호야往々히歐米學
生의未知호바를知호디그國力이能히英米에及치못홈은何也오僕이일
즉英倫에在홀시日本博士新渡戶稻造氏을得見호니

氏 l 日英國教育制度을取ᄒ야日本의敎育制度의比ᄒ건더日本이正五
十年以上의進步發達혼實力을見홈이英國은문득五十年以上의進步 l
有혼지라嗚呼라敎育의效果ᄂ制度의詳踈와學科의多寡를因치아니ᄒ
고敎育家의能力과國民子弟의能力에因홈을可以知ᄒ것다ᄒ야늘僕이
到今의能히此言을忘치못ᄒ엿고

僕이私로歐米狀態를視ᄒ고感銘不禁홈은그公德을重히혼精神이深厚
홈에在ᄒ니所謂國人으로더부러交홈이信에止라ᄒ者니信義로相接ᄒ
고誠實로相扶혼情이到底ᄒ니東洋諸國에能히多見치못혼지라

學生이學校의在ᄒ야學科와知識이日本과佛蘭西에不及홈이遠ᄒ되그
世에出ᄒ야處事辨務홈이及ᄒ야ᄂ才氣煥發ᄒ고經綸이橫縱ᄒ야頓然
히老成의知識을其全홈은何故오國家의人才를作成ᄒᄂ法이獨히新學
科目뿐아니라國民이個々히公德을重히ᄒ고元氣를養혼思想으로基本
을삼으니然後에新學이비로소活用홈을得ᄒ야國의有益홀지라

僕이韓淸民情을視ᄒ니利己自私의精神으로基롤삼아一切萬事를從此
打算ᄒ니故로그政治法律의新學을그利己의用을供홀거스로知ᄒ고그
理化醫術를그自私의用을供홀거스로知ᄒ야支離散漫ᄒ야收拾ᄒ기難
ᄒ니譬컨더一室에器具를整置홈과如ᄒ야器具를箇々히各々其所를得
ᄒ야布置ᄒ여야體采可觀ᄒ련이와若或器具를敷홀所에小机를實홀所
에書架를搆ᄒ고書架를搆홀所에臥榻을實ᄒ면엇디能히一室體采를作
ᄒ리오

國民의公正의精神이如何홈을不顧ᄒ고漫然히新學만布ᄒ면其狀이쏘
혼此의不異ᄒ디라僕으로써東洋을視ᄒ건더日本은忠君愛國의想이熾
盛홈을足見홀者 l 有호더新渡戶博士의言을因ᄒ야見컨더오히려英國
敎育에五十年退步 l 有ᄒ니況韓淸二國이야其國民的精神이足見홀者
l 殆無홀디라願컨더몬뎌公德을敎홈으로써急務를숨크게國民的精神

를鼓舞作興ㅎ고新學으로並馳ㅎ면興國의計ㅣ庶幾有成ㅎ리니

英國의大中小學의實로德育體育으로學究上에最大科目을삼아師弟ㅣ
다勵志力行ㅎ야만일혼不德不信의言動이有ㅎ면時人이悖德漢이라指
ㅎ야다시紳士의班에列티못ㅎ니人人이相省ㅎ고上下ㅣ戒飭ㅎᄂ니噫
라强國士民의志行이大抵如斯ㅎ니理化算數의末學에ᄂ不在ㅎ디라이
른바知所先後면卽近道라홈이是니先生은如何탄ㅎ오

吳氏ㅣ長歎一聲日敗軍의將은足히軍事를語티못ㅎᄂ니今에敗國의士
를因ㅎ야此明敎을得聽홈을不圖혼지라淸國이오히려興運의機ㅣ有ㅎ
니맛당이勉强ㅎ야先生의意를奉ㅎ리라

吳氏ㅣ終命ㅎ고歸ㅎ니異士ㅣ獨留硏究ㅎᄂ가日露戰爭이起홈이及
ㅎ야宗國의慘狀을不忍ㅎ야米國에再航ㅎ엿더니和成〈14〉혼後에歸
ㅎ니라

平壤에僑居혼四五儒生이主人으로談話홀시主人이各國의形勢를說ㅎ
고韓國의現狀을戒ㅎ야諄諄히不倦ㅎ거늘客이問日主人이西洋諸國에
十年을漫遊ㅎ엿시니彼國의敎育이別로新奇警目홀者ㅣ有혼가願컨디
說ㅎ야示ㅎ라

主人이答日泰西强國에도쏘혼孔孟程朱의道을學ㅎ나니라客이驚問日
泰西에孔孟의學이有홈을未聞이어늘此言으로엇디人을誣ㅎᄂ뇨

主人이答日비록孔孟의書ㅣ未有ㅎ나孔孟의道ᄂ存ㅎ니世上에何人이
德義을忘ㅎ고能히自立혼者ㅣ有ㅎ며天下에何國이悖德不義혼人民을
集ㅎ야能히强盛혼者ㅣ有ㅎ리오泰西諸國을熟視ㅎ건디其民은廉恥公
直혼視ㅣ有ㅎ고其士온克己復禮혼志ㅣ有ㅎ야ㅑ然諾를重히ㅎ고責任
를好尙ㅎ야士ㅣ다君子로自處ㅎ니如斯ㅎ면비록孔孟의書를不讀ㅎ나
可히이로디能히孔孟의道을守ㅎᄂ者라ㅎ리라

婦人宜讀第一回 부인이맛당이일글뎨일회라

가정학

일복 하뎐가즈 뎌
대한 됴양보샤 역

가정의관게

이젼에말ᄒ되、그근본이、어지러우면、그끗철、ᄃᄉ리지、못ᄒ다ᄒ고、쏘말ᄒ되、군즈논、그근본을、힘씨ᄂ니、이논、그근본이잇신、연후에、도ㅣ、싱ᄒ논연고라、이러홈으로、닉의、흐르ᄂ거슬、탁ᄒ게안코뎌홀진틴、몬져、그근원를、말키ᄂ것만갓지못ᄒ다ᄒ엿시니、므룻、집이란것슨、나라의、근본인고로、나라를、다시르랴면、몬져、그집을、가지련ᄒ게ᄒᄂ니、나라ᄃᄉ리ᄂ도논다른거시아니라、젼국ᄉ롬으로、ᄒ여금、각각그집을、가지련홀ᄯ롬이니、이거슬미려보면、혼나라의、ᄃᄉ려、평ᄒᄂ거시、반ᄃ시、집을、가지련ᄒᄂ틴로、비롯ᄒᄂ니、티뎌、집이가지련ᄒ면、곳군현이、편안하고군현이편안ᄒ면、혼나라이、ᄃᄉ리ᄂ니、한나라의、덕과교ㅣ、혼집의、덕과교에、근원ᄒ고、혼나라의、지물법이、혼집의、살임ᄉ리에、근본ᄒ고、나라븩졍의강령이、혼집、위싱에、텨를ᄒ야、각항ᄉ물의、됴코、나지며、졍ᄒ고、츄혼거시、쏘혼혼ᄉ롬과、혼집의、부지런과、게우름과、공교홈과、졸혼틴、근원티아니홈이、업ᄂ디라

고로、ᄉ롬、ᄉ롬이、능히그집을、잘ᄃᄉ린직、비록、나라이、다실리지、안코져할지라도、얻디못하리니、그런고로、밍자ㅣ굴아ᄉ틴、안코져할지라도、엇디못하리니、그런고로、밍자ㅣ굴아ᄉ틴、나라근본은、집의、잇다ᄒ시니、그말슴이、지극ᄒ도다、연즉、가정의、득실이、일국、흥망에、관게됨이、이갓티즁ᄒ니、나라를ᄉ랑ᄒᄂ쟈、

엇지집을、 가지러니、 ᄒᄂᆞ도리에、 용심티아니ᄒᆞ리오

가졔의필요

가졍학이、 비우ᄂᆞᆫ됴목이됨은、 치가ᄒᆞᄂᆞᆫ、 도리를、 가라칠ᄯᆞ름이니、 용잡흔허비를덜며、 싱활ᄒᆞ기를쇠ᄒᆞ며、 건장흔고편안흠를안보ᄒᆞ며、 불우지변을방비홈이、 다치가ᄒᆞᄂᆞᆫ필요의일이라

고로부인이、 그칙임를、 극진히ᄒᆞ야、 흔집의、 향복을기게ᄒᆞᆯ진ᄃᆡᆫ、 불가불이이가졍학을강구ᄒᆞᆯ디라。 도라보건ᄃᆡᆫ、 가졍의일됨이、 시로금습견에의지ᄒᆞ야、 시힝ᄒᆞᆯ디니、 다른비우ᄂᆞᆫ됴목의비우지아니ᄒᆞ면능티못홈과갓지아니ᄒᆞᆫ디라

그러나、 비와힝ᄒᆞᄂᆞᆫᄌᆞᄂᆞᆫ、 능히졔가의칙임을극진히ᄒᆞ되、 비〈15〉우지아니ᄒᆞ고힝ᄒᆞᄂᆞᆫᄌᆞᄂᆞᆫ능히졔가치못ᄒᆞ리니、 특별히、 셰상ᄉᆞ람이、 왕왕에、 고습에편안ᄒᆞ야、 한만이경심티아니ᄒᆞ니、 가히탄식ᄒᆞ리로다

이졔ᄃᆡ기、 쥬리이、 밥먹고、 차우이옷입고、 일직이러나며、 밤들거든잠자고、 ᄉᆞ니를길우고、 쥬구니를보닐디니、 일로써가졍을쳐리홈은、 비록、 지우흔부인이라도、 ᄯᅩ흔다능히ᄒᆞ거니와、 그금슈도、 ᄯᅩ흔스ᄉᆞ로、 집을경영ᄒᆞ며、 비부를거슬、 ᄊᆞ두워、 쎠싱활을보지못ᄒᆞ냐

오직ᄉᆞ롬의직분이、 기환롤필ᄒᆞ고、 풍우를능별히ᄒᆞ고、 싱명을보존ᄒᆞ고、 안일를도모ᄒᆞᆯᄲᅮᆫ아니라、 그、 ᄉᆞ롬이귀ᄒᆞ다홈은、 범ᄉᆞ를、 ᄊᆞ두ᄃᆡ、 능히홋트며、 모두ᄃᆡ、 능히나나、 져그면가급인족이오、 크면나라를、 졍ᄒᆞ고、 텬하를편이ᄒᆞᆯ디니、 이거시ᄉᆞ롬이、 쎠금슈의다른바니라

그러흔즉、 가졍으로ᄒᆞ여금、 완젼화락흔지경의、 이르게ᄒᆞᆯ진ᄃᆡᆫ、 진실로、 가히가졍의학을、 닷가쎠슈응ᄒᆞ난거슬、 실톄로ᄒᆞ지아니티못ᄒᆞᆯ거이、 발그니라

ᄃᆡ기、 가졍학의긴요홈은、 곳부인으로ᄒᆞ여금、 가졍의요의를、 아라、

능히、범빅가사를、진단ᄒ야、그기관를、잘운동ᄒ야、쎠ᄒ집의복
를、딩진케홈에잇ᄂ니라

디기、나라에、션정이、잇신후에、치평홈을、가히、기약ᄒ고、가졍
에、량법이、잇신후에、안령홈을、가히보젼홈은、이반다시、그러ᄒ
ᆫ、리치라、ᄒ집의、힝복을엇ᄂᄂ여부ᄂᆫ、실로、쥬부의、치가ᄒᄂ、교
졸에、말미아무미니、가졍이、체를어드면、곳아리로、비복가지、쏘
ᄒ흔ᄼ이、화락ᄒ야、가졍의、복이、구ᄒ지아니ᄒ야도、스스로、이
르고、도리여、가졍를、닥지아니ᄒ야、심지어、부쳐반목ᄒ고、부자
상징ᄒ면、이가튼ᄌᄂ、가졍의、한락을、이를뿐아니라、그쇠망ᄒ
믈、가히곳、보리라、

이러ᄒᄒ고로、쥬부의직분이、능히、가졍다사리미、잇셔、가졍학의、
긴요가、디기、이밧게、ᄂ지아니、ᄒ니라、

가졍의칙임

하나리、ᄉ람을、품부홈이、남녀ㅣ、가ᄼ、그셩뎡이、달ᄂ、혹강밍
ᄒ고、굿셰며、혹관유ᄒ고、약ᄒ야、품루ᄒᆫ바、이미、다른즉、쳐사
ᄒ미、셔로장단이、잇ᄂ지라、고로、장을취ᄒ고、단을버려、직분
을、나ᄂ、임을、맛드미、셩품、품부홈이、당연ᄒ지라、

도라보건디、남자ᄂᆫ、밧게셔、힘씨고、녀자ᄂᆫ、안에셔、다사리니부
인이、안을다사리믄、실로、텬부의、직분이라、고로、쥬부의、가졍
을다사릴시、맛당이、능히、부지런이、ᄒ며、능히、검박게、ᄒ야、
장부로、ᄒ여금、밧게잇셔、시러금、그직분에、딘력게、ᄒ고다시니
고의、근심이、업게홀지니、이ᄂ부도에、쎠불가불、강구홀지니라、
하믈며、도요의덕이、실가에맛당ᄒ야—도요ᄂᆫ모시편일홈이라—우에셔
관져의화도잇ᄉ즉—관져ᄂᆫ모시슈편이라—그공이、다샤린도의、도음이

잇슬디라、녀자、칙임의、즁더홈이、이갓타니、가히힘씨디아니ᄒ랴
셔언에곧오디、어진부인은、집을흥ᄒᄂ원소라ᄒ니、이말이참그러ᄒ
다、더기、가인의、셰력이、잇ᄂ이、쥬부만가탄이업셔、집의존망셩
쇠와、비환영욕이、미엿시니、도라보건딘、가도가부덕에흥ᄒ야、ᄒ
집의일이부언으로더부러、상관티아니ᄒ니업셔、의례이、의복지음
과、음식장만홈과、자녀를기룸과、괴로운일을친히홈이、다녀ᄌ텬부
의직분이니、가장그셩질의젹당ᄒ자라
차등ᄉ를、남ᄌ、비록힘써ᄒ드리도、쏘ᄒ능히녀자의졍ᄒ니홈만갓디
못홀지라、고로、가졍의졍리홈과、실가의、유화코뎌홀진딘、반다시
츙셩하고、친밀ᄒ부인를힘입어、가졍를다시〈16〉려、ᄒ집의번셩ᄒ고
힝복를도모홈이、실로쥬부의칙임이니、능히이칙임을극진이ᄒ여야、
비로소가히걸츌ᄒ부인이라이를디라
더기부인이집에셔、그지샹이나라에홈가타야、빅관을통솔ᄒ야、써나라
졍사를、맛다숙야에、힘써ᄒ야、안으로、민력을기루고、밧그로、나라
의위엄를、량ᄒ야、써、국의부강을、도모홈은、지샹의、칙임이니、방
국의륭셩홈은、지샹의영화오、방국의쇠체홈은、지샹의、욕이라、
지샹이란ᄌᄂ、불가불、방국펴흥의칙을、맛들ᄌ니、쥬부ㅣ、능히ᄒ
집의지셩을、졔어ᄒ야、비복을통솔ᄒ야、밧그로、향당붕우의、ᄉ괴
믈、후케ᄒ고、안으로、자뎨종족의、화락홈을、도모홈이、이、쥬부
의、칙임이니、ᄒ집의、복을어듬도、쥬부의공이오、ᄒ집이、실푼지
경에、빠짐도、쏘ᄒ、쥬부의죄라、
그러ᄒ즉、ᄒ집의、쇠체홈을、쏘ᄒ、불가불、그칙망을、맛들지라、
요구ᄒ건디쥬부의、직분이、힘써、ᄒ집의힝복을、징딘케、홈에잇ᄂ
니라、

가정의티강

가정의티강이、너이니、흔느는、가인의감독이오、두른흔집의풍범이
오、셰은、흔집의위싱이오、네은、흔집의、리지라、

데일감독이라홈은、자녀의、교육홈을、맛당히엇디ᄒ며、늘그니를보
호홈을、맛당히엇디ᄒ며、사환부리기를、맛당히엇지홀고ᄒ야、쥬부
되ᄂᄌ、불가불몸소이두워가짓일을、맛다、각々그곳를엇게홀디니
이두워가지일잎그당연홈을、일ᄒ면、곳자녀의、셩품이、비하ᄒ고、
로인의심의가、우울ᄒ고、비복이、티타만상ᄒ리니、더범이러ᄒ면、
흔집의기관이、다시능히、활동티못ᄒ리라、고로、가인을、감독ᄒ
야、ᄒ여금、직분를나는고、일을밋쎄조종홈을、맛당ᄒ게홈이、이쥬
부의요무니라

데이풍범이라홈은、가풍과가범의、아름답고、악홈이、흔집의리희
가、게관ᄒ엿시니、풍범이、션량ᄒ면、향당의、존즁ᄒ바되고、즁셔
의게이경ᄒ바되야、명예와、량복이、일로붓터나、흔집풍범의션악
이、만이、쥬부의셩힝의、근본ᄒ니、쥬부온량ᄒ면、이흔집이、다온
량ᄒ고、쥬부비루ᄒ면、이흔집이、다비루홀지니、그감응홈이、극
키、쇽ᄒ니라、쏘흔、쥬부의쓩기고、우스미、흔집의、관게ᄒ빈니、
불가불、됴심홀지라、

데숨위싱이라홈은、건장ᄒ고、편안ᄒ게홈이、힝복의터이라、언에、
가로디、ᄉ람이、가히、슈홈이업지、못홀거시라ᄒ니、가히쎠건강홈
을、귀이네기믈、알지라、도라보건디、가인으로ᄒ여금、그건강홈
을、안보홈이、쏘흔、진실로、쥬부에、잇서니、엇지그러ᄒ고、건강
흔근원이、거쳐와、외식과、동징과、기거ᄒᄂ싀이에、잇셔、차등사
가、다쥬부의、칙임이니、맛당히、부분을、쳬통을、엇게、홀、바인
연고라、

의려이、의복의、맛고、아니마짐과、음식이、시각의、먼뎌ᄒ고、뒤
홈과、쳐소의뎡결ᄒ고、추홈을、감찰홈과、방안에、차고더운걸、증
험홈과、공기의、류통홈을、편이홈이、위싱에、관게되지아니홈이、
업스니、모름이、쥬부ㅣ、뜻슬쥬ᄒ야、써、흔집의건강홈을、도모홀
씨니라、

셔양에、현쳘흔、스람의、말에、가로디、신체건강ᄒ면졍신이짜라、
활발ᄒ다흔이、그런고로、건강흔스람은、식체ㅣ、웅ᄒ고용모쏘흔뇌
락흔이、건강의유익홈이、이ᄎᆺ타니라、

뎨사지졍이라홈은、드러오ᄂᆫ걸혜아려셔써、니여쓰믈홈은、쥬부의、
긴히심쓸거시니、그칙임이、가장큰ᄌ ㅣ、이ᄎᆺ타미、업ᄂᆫ지라、됴흔
걸、류케ᄒ고、아름다온걸、넉〻ᄒ게홀、심졍은、부인의、턴부디셩
이라、그런고로、단장ᄒ기를、사랑ᄒ고、〈17〉쒸미기를、조히네김
이、반다시、불가티、안이ᄒ며、밧게ᄂᆫ가、류힝홈이、쏘흔불가ᄒ디
아니흔지라

그러ᄒ나、가히신명을、도라브지안이ᄒ며、빈부를살피지、안이ᄒ
고、놀고단이ᄂᆫ디、침익ᄒ고、단장과、쒸미기를、다투어사티ᄒ야、
흔집이、쇠픽하게、아니홀지라、디기、졀룡ᄒ야、허비를덜믄、곳부
강홀、근완이라、시셰에、통달ᄒ고、셰고에、란숙ᄒ야、수응홈은、
부인이、쏘흔、불가불、알거시니라、

가인의감독

흔집의、늘그니와、어린이、잇스며、남노와、녀비ㅣ、잇스며、혹병
ᄌ도、잇나니、이、무리를、모두와、집이되니、곳이무리ᄂᆫ、다흔집
의분ᄌ라、고로、쥬부의치가홈이、맛당이、이무리를、보호ᄒ야、ᄒ
여금각〻그곳을、엇게홀디니、진실로、이갓디아니ᄒ면、집을일우ᄂᆫ

터이、 이므허럿시니、 집을홍ᄒᆞᆫ운이、 엇디오리오、 쥬부되ᄂᆞᆫᄌᆞ、 맛
당이、 ᄯᅳᆺ슬더홀디니라 未完

習慣難去

鶴林玉露鈔

凡人이一大病根이有ᄒᆞ니其名이習慣이라ᄒᆞ니此病이氣質에生홈도아
니오時候에生홈도아니오自少至長히熟知熟行에生홈인故로習慣를去
ᄒᆞ미最難ᄒᆞ니習慣은方言에「버릇」시라安逸에버릇되면勤勞ᄒᆞ기難ᄒᆞ
고奢侈에버릇되면儉素ᄒᆞ기難ᄒᆞ고驕泰에버릇되면敬恭ᄒᆞ기難ᄒᆞ고詐
僞에버릇되면信實ᄒᆞ기難ᄒᆞ니嗚呼라今日我韓으로ᄒᆞ여금此境에至홈
은그病根이업다謂치못홀지라此病이비록個人에病根인듯ᄒᆞ나全國이
그弊를受ᄒᆞᄂᆞ니惟願諸君子ᄂᆞᆫ各自思量ᄒᆞ야驕泰의버릇슨敬恭으로去
ᄒᆞ고詐僞의버릇슨信實로去ᄒᆞ여야新學問新智識이다此中으로從ᄒᆞ야
出來ᄒᆞ리니古人이이르되朝聞道면夕死라도可矣라ᄒᆞ엇스니況乎夕死
치아니홀者리오

開化病痛

別項의論說호바皆是頑固病痛이라聽覽ᄒᆞᄂᆞᆫ諸君子ᄂᆞᆫ速히改良ᄒᆞ시기
를切望ᄒᆞ오나近日人物로써觀ᄒᆞ건디所謂開化者도病痛이多有ᄒᆞ니如
自由二字를太半誤解ᄒᆞ야或自己에慾만充ᄒᆞ고他人의利害를不顧ᄒᆞ야
曰此ᄂᆞᆫ吾의自由라ᄒᆞ고或父兄을藐視ᄒᆞ고教訓을不受ᄒᆞ야曰此ᄂᆞᆫ吾의
自由라ᄒᆞ니其他事類를可히枚擧치못홀지라
大抵自由라홈은法律道理內에自由홈이오法律道理外에自由홈이아니

여눌 其人의 誤解홈이이에 至호故로 擧世物情이 開化호엿둔 人을 見호면
社會에 順치못호고 家庭에 孝치못혼 人으로 認定호야 朋友ㅣ有호면 開化
말나 勸호고 子弟ㅣ有호면 開化말나 勸호니 然즉 我韓開化ᄂ 開化호얏둔
人이 開化호지못호게 홈이라 伏乞컨디 開化諸公은 開化學問를 다시 硏究
호야 誤解치마르시오

◎內地雜報

南來傳說 去廿八日忠南來信을 據한즉 義兵大將閔宗植氏가 該等地各郡
에 傳令하야 軍器와 軍粮等을 募集하며 紙彈을 製造하야 隊伍의 射擊을 鍊
習하ᄂ디 軍紀가 整肅하야 坐作進退의 指揮을 從한다더라

義擾消息 去月二十四日 洪州發某處通信을 據한즉 洪州城內⟨18⟩에 占據
한 義兵의 聲勢ᄂ 益益猖獗하야 今日數百名이明日爲四五百名이요 所執
日人三名中一人은 砲殺하고 一人은 又於本日에 砲殺한다더라

義擾確報 去卅日 洪州通信의 確報을 據한즉 該郡城內에 占據한 義兵의 數
爻ᄂ 五六百名假量이요 所使軍器ᄂ 洋銃이百餘柄이요 舊式大砲가六七
門이요 守城把門에 隊伍가 整齊하고 號令이 嚴明한디 京城에셔 下去한 警
吏與日憲兵日巡査各鎭衛隊兵丁約八十餘名이 本月二十四日後로數次
義兵과 砲火相接하얏ᄂ디 彼此負傷은 無하고于今相持中이요 日昨二十
八日ᄭ지 義兵은 州城을 占據하야 其狀態가 愈益强硬하다더라

義兵討伐 去月洪州義兵을 鎭壓次로 鎭衛兵을 派送하여스되 不能鎭壓홈
으로 統監府에셔 政府로 照會하고 保安次로 兵士을 派送하얏다고 再昨日
聲明하얏난디 兵士五百名과 大砲五座를 三昨日에 發遣하얏다더

去月二十九日에 軍部에 到達한 電報을 據한즉 洪州城이 平原廣野에 高在

하야攻擊이甚히不便하기로四面山上에觀望中이라하엿고傳說을聞하
즉義兵의所據洪州城을高峻하고官軍의所據處난低陷하야不能仰擊이
기로大砲로射擊할預定이라더라

砲擊電報 去月三十日夜軍部에來到한電報를據한則洪州에出張한揚巡
宋圭奭警部土方源之助兩氏와巡査一名은去二十八日義兵의게被殺하
엿고三十日에日兵이砲擊하야義兵中五十五名은致斃하엿고三百餘名
은生擒하엿난디魁首閔宗植은失捕라고하엿다더라

洪州慘景 本月初에洪州義兵을各鎭隊와日本兵隊가聯合攻擊을行허여
該郡東門을打破衝突홈이義兵與居民이各自求生이投東奔西하야或被
銃死하며或踰城墮死하며或自踐踏에折脚折腰而被死者數千餘名인디
大將閔宗植은蒼黃罔措之地에適有膂力過人者하야背負而逃走하엿다
더라

農夫被殺 同日南來人의傳說을聞한즉洪州城에셔義兵과日軍이一場厮
殺하다가義兵이敗北之際에野外에셔耘者樵者들이皆曰吾輩가與義兵
同死라하고以鎌以鋤로拒戰하다가多數被殺이되얏다더라

泰仁義兵 本月七日全北觀察使韓鎭昌氏가內部에電報호디本月四日鷄
鳴時에崔贊政益鉉氏와前郡守林炳瓚氏가率數百人하고突入泰仁郡ᄒ
야鳥銃十七柄과結錢五百兩을奪取하야井邑方面으로發向하엿다하고
六月五日電報을據한즉義兵百餘名이昨夜泰仁에聚屯하야其狀況이不
穩한故로今夜에憲兵二名이派送하야該地을偵察하고同時에當地守備
隊一分隊가出張할터인디쬬當地木浦間에電信은義兵의게切斷을被하
엿다더라

○**言論自由** 本月二日土曜下午三時에一進會에셔獨立舘에演說을開하
고有司溺職이라난問題로宋秉畯氏가演說하난디日本顧問官某々諸氏
의溺職한理由와事實을擧하야論迫홈이軍部顧問官野津氏도쬬한溺職

한中에쬻한지라日本憲兵이當會을停會하난故로其演說을中止하니라

그當日에宋秉畯氏가日憲兵隊에質問ᄒ되人民의言論自由을無理이妨害하난法이有한야한즉該隊長이言曰不然하다하고즉시出張하엿든憲兵을招하야停會하든理由를問한즉所答이兵卒身分의上官되ᄂ人에게論迫하ᄂ句語가有하기로身分上體面을由하야停會하엿나이다한디

隊長이詰責曰身分上體面을有ᄒ야法律範圍以外事을行하면是난卽無理라稱한지라從後로난此等事을行치말고다맛國安警察에만注意하라하고卽時宋秉畯氏에게向하야曰演說하던餘項을了戡ᄒ되誰某라도確實한溺職의事實을論迫하난거슨우리官憲이妨害치아늘써시요다만治安에만注意하겟노라〈19〉

越翌日에다시開會하고有司溺職論을宋秉畯氏가痛快히激論하엿다하니記者은以謂法律範圍內行動은官憲이妨害치못하난거시明確하거늘우리政府와人民은恒常畏編하야言하되綜絆을免치못하야自由을失한다하니是은他人을稱託하고自己當爲之事을不行할主意니可痛할處가아닌가

○**會捉術客** 本月六日下午八時예一進會員數十人이留待于闕門外라가自闕出來하난所謂術士李秉周李寅淳具本淳韓基潤諸氏을一並該會로率去하얏다가警務廳에捉囚하엿더라

○**金升旼被捉** 金氏ᄂ北道之人이라屢徵而起하야秘書監丞을拜홈이再次辭職疏을奉呈ᄒ되允許을得지못ᄒ고드디여入侍하라하시ᄂ命을被하야對筵에셔凤興夜寐와宮圍肅清과朝禮整齊와術客嚴斷하난四事件로上奏하엿고坐遷하야奉常司副提調가되엿난디本月初에詣闕하다가一進會에계被捉以去하야無數恐喝을當ᄒ되氏가少不畏懼하고抗辨曰我在草野讀書하야不出世路之人이라皇上陛下쎄옵셔何以洞燭하홉써더지敦諭屢降하시고禮遇隆摯하시니人民之義에不可不一番謝恩이기

로進謁耿光하고仍卽乞退하야下直次詣闕이더니今自會中으로加以如
此橫暴은何也요한즉會員이曰汝是術客이니不得不嚴斷이로다氏曰我
爲術客이有何證據乎아若有證據면任自區處하라弊一言하고我今下鄕
之人이니不必拘留라한즉會員이汝若下鄕즉必起義兵이라하고仍爲拘
置하엿다더라

○警衛把守　警衛局에셔誰之所使인지巡檢을每夜漱玉軒墻隅에派守하
야皇上의一動一靜을替番偵察하난지라皇上陛下게옵셔洞燭震怒하사
姜錫鎬의계命하사其派守根因을探入하라하엿난디某處偵探을內應한
者가有하다더라

◎淸國領事　我國駐在淸國總領事馬廷亮氏은今回에日本政府承認을得
하엿다고本月七日에東京電報가來到하얏다더라

◎露國領事　露國總領事부란숀氏난尙今東京에逗留하난디氏난元來露
國政府에셔駐韓總領事로簡派하이日本政府의承認을得할必要가無한
意로數次當國機關新聞으로하야금其意見을吐示하고又曰萬若他國에
셔韓國駐在官事로日本政府의承認을受하는者ㅣ有ㅎ면我國도此을効
倣ㅎ다하더니今에右項電報와ㄽ치淸國總領事가이뮈承認을得하야신
즉露國도畢竟此例을効하야承認을經하리라더라

◎幣原解任　學部參與官幣原坦氏가本國敎科書에對하야純然히日語讀
本과日文飜譯으로主章하야全國學校에通用하기로하야評判이大起하
더니統監府에셔其事由를知하고日本文部省視學官으로移任하얏다하
니後任者난必是此等想思은無할줄로信하노라

◎統監歸期　本月十五六日間東京에셔出發하야大磯에漸滯ㅎ다가二十
一日頃에京城에到着한다더라

○義兵詳調　十四日忠南宣慰使尹始永氏가洪州郡義擾事件에致斃人及
所捉한人의實數을調査報來ㅎ엿는디暴徒의殺死者가八十三名中에男

이七十九名이요女가四名이요京城으로押上者ㅣ七十九名이오調査放
免者ㅣ七十四名이오暴徒姓名記는如左ㅎ니軍隊長金商悳은戰死ㅎ고
參謀長儒生尹錫鳳李相斗李載釣李喜龍諸人이오叅謀兼召幕將은李式
이오叅謀는前總巡申鉉斗柳濬根南敬天諸人인디關係重要홈으로並爲
押上이라ㅎ엿더라

○**以義決死** 十五日洪州城에셔被擒한義兵黨七十餘名을現方入城拘置ㅎ
고日本憲兵大尉가每日義兵된曲折을審問한디該等이그理由을張皇辨明
하고朝夕飯을進ㅎ면決不受食ㅎ〈20〉야日吾等이以義興兵이드가强弱이
不同ㅎ야不幸就擒이어니와寧死연뎡日本의飮食은不受한다더라

○**崔氏被擒** 南來確報를據훈則全州出駐隊가去十二日에淳昌郡에到하
야崔益鉉林炳贊等十三人은生擒ㅎ고餘衆은皆散歸케하엿는디兵丁과
人民은並無一傷ㅎ고崔林諸人은嚴囚하엿다더라

○**協議押上** 政府에셔各部大臣이會同하야崔益鉉林炳贊等被捉事件에
對하야爛商協議하고崔林諸人을押上審判하기로決定하야卽是全北觀
察使에게發訓하엿더니日昨에京城에倒着하야方在審問中이라더라

○**五氏被捉** 本月十六日日憲兵隊에셔內協李鳳來氏와宮協閔景植氏와
閔丙漢氏와朴鏞和氏와洪在鳳氏등을捉去하얏는디該事由는義兵의關
係라더라

海外雜報

北京通信을據훈즉淸國에改革홀氣運이今에쟝ᄎ漸熟ㅎᄂ듯ㅎ믄數年
前에滿人과漢人의種族의惡感이其極點에達홈이잇셔孫逸仙과康有爲
의徒ㅣ數次大革命를企圖코뎌ㅎ더니그後늘從ㅎ야外交上에困難를經
혼지라西太后와現皇帝께셔親히覺醒혼비有ㅎ야曩日에反對ㅎ든兩宮

이今에도리여改革의率先이되여大臣를簡派ᄒ야ᄒ여곰歐米의國情政體를視察ᄒ고今에쏘ᄒ立憲政體를施行ᄒᆯ聖意가有ᄒᆫ듯ᄒ다더라

天津電報에曰前佛國에駐劄大使孫寶ㅣ立憲政體의施行에關ᄒ야密議홈이有ᄒ다ᄒ니是ᄂᆫ或露國의內政이紛擾ᄒᆫ걸觀ᄒ고翻然히自省ᄒᆫ비有홈인뎌

露國皇帝ㅣ客月에立憲議會開設ᄒ라ᄂᆫ勅語를被發ᄒ엿다ᄒ니大槪同國에일즉有치아니ᄒᆯ일리라此事ᄂᆫ元來로皇帝의露國政府의本意ㅣ아니라人民의強請홈을被ᄒ야不得已에出ᄒᆫ故로開會以來로未期月에발셔이미官民이衝突홈을生ᄒ야크게騷動ᄒᆯ虞ㅣ有ᄒ다더라

四月卄八日露京城彼得堡來電에曰露國首相고레미긴氏ㅣ議會要求를拒絶ᄒ고斷然히民黨을壓伏ᄒᆯ意ㅣ有ᄒ며도레포후將軍이쏘ᄒ宮中一派를率ᄒ고議會를對ᄒ야장ᄎ強壓手段을取ᄒᆯ랴ᄂᆫ故로革命黨이叛亂ᄒ기를準備ᄒᄂᆫ中이라더라

四月卄六日民黨首領이激烈ᄒ演說를ᄒᆫ後에全會ㅣ써一致ᄒ야政府를不信任이라ᄂᆫ案를提ᄒ고現內閣의辭職를請求ᄒ엿더라

四月卄八日北京電에云北京天津靖安府地方에蜚語ㅣ紛々ᄒ야或暗號로써各處에貼札ᄒ되다排外的文字로革命를鼓吹ᄒ者有ᄒ故로警務部에서五百名警官를派出ᄒ야ᄒ여곰探索ᄒ되發見홈을得지못ᄒ고宮城附近에臨時警察所를設ᄒ야警戒極嚴ᄒ고袁世凱氏도亦護衛兵를增ᄒ야自衛ᄒ다더라

◎日本總理大臣西園寺侯爵이滿洲와韓國를視察ᄒ고四月下旬에歸國ᄒ야伊藤統監과山縣元帥와桂前首相等으로連日閣議를開ᄒ야滿洲와韓國의經營을議了ᄒ엿다더라

◎前英國駐劄大使林董氏가外務大臣을被任ᄒ代에前外務大臣小村壽太郎氏ᄂᆫ英國駐劄大使를被任ᄒ엿더라

◎米國桑港電報에日四月[10]卅一日西班牙皇帝께셔는同首都가쓰리스도에셔盛大히結婚式을行ㅎ고還幸ㅎ는途에兇漢이爆發彈을投흠이有ㅎ얏시나兩陛下는幸히無事를得ㅎ고儀仗兵九名이死傷ㅎ고嫌疑者ㅣ多數히捕縛되엿다더라

◎近時佛國政治家中에說ㅎ되日本이佛蘭西로協商ㅎ는것이可라ㅎ고更히一面으로英國과露國이協商ㅎ리란風說이有ㅎ되此英露協商이或可히眞意가有흔듯ㅎ나然이느日英同盟이〈21〉旣成흔日에일즉日本의大敵된露國을向ㅎ야協商를結ㅎ랴흠이英國의安흘빈아닌故로몬져日本과近接흔佛蘭西를使ㅎ야셔遠緣의關係를作흔後에英露協商을議ㅎ는게事體가穩當흘듯ㅎ나然이느이졔佛國人中에在ㅎ야日佛의接近之必要를遽然이說흠은或英露外交家의指嗾를受ㅎ야시러금此說를試爲흠이안인디

◎過日에東京政府가元老閣臣會議를開ㅎ고伊藤統監의發議흠을因ㅎ야南滿洲의內治行政權를擧ㅎ야淸國에還附흠을議定云々흔其理由를聞흔則奉天將軍이到底히統治흘材ㅣ아니오又淸兵의力으로馬賊橫行흠을終始鎭壓키不能흔故로日本이代ㅎ야셔保全之治를調究흠이理或似然이나萬一治績이不揚ㅎ고혼又往年과如히團匪事件를釀生흠이有흔境遇에는英米ㅣ默過티아니흘듯ㅎ고스사로列國이猜疑흠만招ㅎ야於吾에不利흠이此에大흠이업스리니還附ㅎ야淸國으로ㅎ여금其責任을負케흠만갓지못ㅎ니然則日本의負擔은或輕흠을得ㅎ겟다云々ㅎ니此說의眞僞는可辦키不能ㅎ나道聽之說를姑記ㅎ오

◎露國의對韓意向露國政府가韓國에對ㅎ는意向으로聖彼得堡來電를據흔즉日本이보―쓰마우쓰講和條約의精神를違反ㅎ야韓國의保護權

과及軍事的占領홈이對ᄒ야其不條理홈을장차列國에宣言홀거시니要컨딘日本은韓國에對ᄒ야一步을超過ᄒ야威力으로韓國占領혼責을免티못홀ᄭᅥ시오其結果는自然히重大혼事件을惹起홀ᄭᅥ시니第二次의日露戰爭의責은日本이在ᄒ다하엿더라

◎日本政府가七月一日로以ᄒ야京釜鐵道를買收ᄒ야統監府에管轄ᄒ기로議決ᄒ고統監府官制中에鐵道部를新設ᄒ고古市公威와足立太郎兩氏中에一人을擇ᄒ야鐵道部總長를爲혼다더라

◎五月二十九日北京電報에曰巡警局에셔民間에愛國臣子를調査ᄒ야銀牌를給ᄒ야써國民的精神를振起ᄒ니可히政治一助의議論問題ㅣ됨이라ᄒ더라

◎日韓兩國關稅를可廢ᄒᄌᆞ는議가日本居留商民과及韓國商業會議所間에起ᄒ야昨年來로運動이太盛ᄒ고東京議會에셔도亦同樣議案를提出ᄒ엿거늘目賀田財政顧問官이斷然히此議를拒絕ᄒ야曰韓國現今歲入額이一個年에八百萬圓而已ㅣ딕그中에一百萬圓은卽關稅所辦이라今若廢之則韓國々庫는年々히一百萬圓을失ᄒ리니如此면財政을何以確立홈을得ᄒ리요ᄒ고統監府에셔도此議와同히拒絕혼故로關稅廢止說이아직實施를不得ᄒ엿다더라

◎大陰謀發覺五日英京電을據혼즉美國大統領루우스ᄲᅢᆯ트氏와英國皇帝에드와아드陛下와露國皇帝니고라스陛下를殺害코자ᄒ는陰謀가美國에셔發覺되엿다더라

特別廣告

本社雜誌를每月十日及二十五日二回로定期發刊ᄒ는딕今番은初回라

各種事務에未備ᄒᆞᆫ바多々ᄒᆞ야五日間延期되얏ᄉᆞᆸ기玆에此事由ᄅᆞᆯ謝告
ᄒᆞ오니愛讀諸君子ᄂᆞᆫ以此恕亮ᄒᆞ시옵
朝陽報社告白〈22〉

廣告

本社ᄂᆞᆫ大資本을增出ᄒᆞ야運轉器械와各樣活版, 活字, 鑄造, 石版, 銅版,
彫刻, 諸印刷并製本等을完全無缺케準備ᄒᆞ야無論何書籍何印刷物ᄒᆞ
고敏速精密로爲主ᄒᆞ며親切廉直으로爲旨ᄒᆞ오니江湖
諸君子ᄂᆞᆫ陸續注文ᄒᆞ시믈敬希

京城西小門內
日韓圖書印刷株式會社
(電話　三二三番)
仁川公園地通
同支店
(電話　一七〇番)〈23〉

廣告

普通日本語典　　　　　　　　　　　全一册菊判百四十頁定價金五十錢

本書ᄂᆞᆫ官立日語學校校官崔在翊氏가韓國人士의著作ᄒᆞᆯ交鄰指南이無
ᄒᆞᆷ을恨嘆ᄒᆞ야有志人士의俾便을謀ᄒᆞ야數年外國語敎授에從事ᄒᆞ든經
驗으로編輯함인雖初學者라도明瞭能解ᄒᆞᆯ要書인바日本語學에注意ᄒᆞ

시는君子案頭에一冊을不可不備호자ㅣ라來九月을期호야發行호러이
오니陸續購讀호사失時의嘆이切無케호심을敬要
豫約으로願買호시는君子의게는價金을特別히廉호게호야需應홀터이
오니來九月十五日內本社로來臨問議事

京城西署西小門內
發行所日韓圖書印刷株式會社
(電話 三二三番)

廣告

今番弊社에셔各種染色粉을新輸入호온바廣賣호기爲호야特別廉價로
發賣호오니多少를不計호고買去호심을望홈
  第一   本社에셔發賣호는各種染料는染色호後에決코變色호거나脫
        色호는事ㅣ無호고最히染色키容易홈
  第二   本社染料는重量이多호고價格이最廉홈으로外他國染料는到
        底不及호는바ㅣ오
京城南大門內四丁目
藤田合名會社告白
(電話 二三○番)〈24〉

大韓光武十年
日本明治三十九年
丙午六月十八日第三種郵便物認可

朝陽報

<u>第貳號</u>

朝陽報第貳號

新紙代金

一部新貸　金七錢五厘

一個月　金拾五錢

半年分　金八拾錢

一個年　金壹圓四拾五錢

郵稅每一部五厘

廣告料

四號活字每行二十六字一回金拾五錢二號活字依四號活字之標準者

◎每月十日卄五日二回發行

京城南大門通日韓圖書印刷會社內　臨時發行所朝陽報社

京城南大門通四丁目

　　印刷所日韓圖書印刷株式會社

　　編輯兼發行人沈宜性

　　印刷人申德俊

目次

朝陽報第一卷第二號

論說
　開化原委
　自助論
　支那衰頹의原因
　二十世紀의帝國主義
教育
　教育의必要
實業
　汎論
　我韓의農業
　植林談
談叢

婦人宜讀
同志規箴
內地雜報
海外雜報
詞藻
　詩
　國精竹記
小說
　波蘭革命黨의奇謀詭計
　비스마룩구의淸話
廣告

注意

有志하신僉君子끠셔或本社로寄書ᄂ詞藻나論述時事等類를寄送하시면本社主意에違反치아니할境遇에난一々히揭記할터이오니愛讀諸君子난照亮하시옵시고或小說갓튼것도滋味잇게지여셔寄送하시면記載하깃ᄂ이다本社로文字를寄送하실時에著述ᄒ신主人의姓名과居住地名統戶를詳記하야送投하압쇼셔萬若連三次寄送한文字를記載할境遇에난本報를無代金으로三朔을送呈할터이오니부디氏名과居住를詳錄하시옵소셔

本社特別廣告

本社에本報第一卷第一號를發刊ᄒ와業已諸君子案頭에一帙式供覽케ᄒ얏습거니와大抵本社의目的은無他라東西洋各國의有名ᄒ學問家의言論이며內外國의時局形便이며學識에有益ᄒ論述의材料와實業의利点되ᄂ智識意見을廣蒐博採ᄒ야我韓文明을啓發할主意오
쏘ᄒ小說이나叢談은滋味가無窮ᄒ오니有志ᄒ신諸君子ᄂ每月二次式購覽ᄒ시옵소셔先般에ᄂ無代金으로皇城愛讀ᄒ시ᄂ諸君子쎄一體送呈ᄒ얏습거니와次號봇터ᄂ代金이有ᄒ오니分傳치말ᄂ구긔별치아니ᄒ시면그디로보ᄂ니긔ᄉ오니 照亮ᄒ심을敬望
京城南署公洞日韓圖書印刷會社內
朝陽雜志社臨時事務所告白〈1〉

論說

開化原委

○夫開化者는國家事會에千事萬物의至善極美혼境域에達홈을稱홈이라然故로開化의境域은限界키不能혼者라人民才力의分數로其等級과高低ㅣ有ㅎ나然ㅎ나人民의習尙과邦國의規模를隨ㅎ야其差異홈도亦生ㅎ나니此는開化ㅎ는軌程의不一혼緣由어니와大綱領은人의爲不爲에在홀ᄯ름니라

○五倫의行實를純篤히ㅎ야入則忠孝의道理와出則敬信혼禮貌를知혼즉此는行實의開化오學術을窮究ㅎ야萬物의理數를格혼즉此는學術의開化오國家의政治를正大히ㅎ야百姓이寃抑혼事ㅣ無혼者는法律의開化오器械의制度를便利케ㅎ야人의用을利ㅎ게ㅎ는者는器械의開化오物品의製造를精緊케ㅎ야人의生을厚ㅎ케ㅎ는者는物品의開化니此屢條의開化를合혼然後에開化具備혼者라始謂홀지라

○天下古今에何國을顧攷ㅎ든지開化의極點에至혼者는無하ᄂ其大綱階級을區別홀진디三等이有ㅎ니一曰開化혼者오二曰半開혼者오三曰未開혼者라

○開化혼者는千事萬物을窮究ㅎ야日新ㅎ고又日新ㅎ기를期約ㅎᄂ니如此홈으로其進取ㅎ는氣像이雄壯ㅎ야些少혼怠惰홈이無ㅎ고人를待ㅎ는道에至ㅎ여는言語를恭遜히ㅎ며形止를端正히ㅎ야能혼者를是倣ㅎ며不能혼者를是矜ㅎ고敢히侮慢ㅎ는氣色을示ㅎ지못ㅎ며敢히鄙悖혼容貌를設ㅎ지못ㅎ야地位의實踐과形勢의强弱으로人品의區別을不行ㅎ고國人이其心을合一ㅎ야屢條의開化를同加努力홀者라

○半開혼者는事物의窮究도不能ㅎ며經營도不有ㅎ고苟且혼計圖와姑息ㅎ는意思로小成혼域의安ㅎ고長久혼策이無ㅎ되猶且自足ㅎ는心性

이有ᄒ야人을接待ᄒ기ᄂ能ᄒ者를許與홈이少ᄒ고不能ᄒ者를凌侮ᄒ
야倨傲ᄒ氣色을帶ᄒ고妄自尊大ᄒ야實踐의地閥과强弱의形勢로人品
의區別을已甚이行ᄒᄂ故로國人이各其一身의榮華와慾心을經綸ᄒ고
屢條의開化에心을不以專力ᄒᄂ者라

○未開ᄒ者ᄂ卽野蠻의種類라千事萬物의規模와制度가無有홀ᄲᆞᆫ더러
當初에經營도不爲ᄒ고能ᄒ者如何ᄒ지不能ᄒ者如何ᄒ지分別도不能
ᄒ야居處와飮食에도一定ᄒ規度가不存ᄒ벼ᄯᅩᄒ人을待ᄒ기에至ᄒ야
ᄂ紀綱과禮制가無ᄒ故로天下에最是可矜홀者라

○若是히階級을分論ᄒ나勉勵ᄒ기를不已ᄒ면半開者와未開者라도開
化ᄒ者의地位에至ᄒᄂ니諺에云호디始作이半이라勉勵ᄒ면不成홀者
ㅣ何有리오大槪半開ᄒ國에도開化ᄒ者ㅣ有ᄒ며未開ᄒ國에도開化ᄒ
者가有ᄒ니然ᄒ故로開化ᄒ國에ᄒ事니人生의道理를修ᄒ며事物의理
數를窮究ᄒ면是ᄂ蠻夷의國에在ᄒ야도開化ᄒ者며人生의道理를不修
ᄒ며事物의理致를不究ᄒ면비록開化ᄒ國에在ᄒ야도未開ᄒ者니如此
히言ᄒ기ᄂ各其一人의身을擧論홈이어니와一國의景況을議論홀진디
其人民의開化ᄒ者ㅣ多ᄒ면開化國이라稱ᄒ고半開ᄒ者ㅣ多ᄒ면半開
國이라ᄒ고未開ᄒ者ㅣ多ᄒ면未開國이라名ᄒᄂ니半開ᄒ者를勸ᄒ야
是을行ᄒ게홈과未開者를誨ᄒ야是를覺ᄒ계홈은開化ᄒ者의責任과職
分이라

○窃想켄디行實의開化ᄂ天下萬國을通ᄒ야同一ᄒ規模가千萬年을閱
歷ᄒ야不刑홀者어니와政治以下의諸開化ᄂ時代를隨ᄒ야變遷ᄒ기도
ᄒ며地方을從ᄒ야殊異ᄒ기도ᄒ리니然ᄒ故로古에適合ᄒ던者ㅣ今에
ᄂ適合치못ᄒ者有ᄒ며彼에善良ᄒ던者ㅣ此에ᄂ善良치못ᄒ者도有ᄒ
則古今의形勢를斟酌ᄒ며彼此의性情을衡度ᄒ야其長을取ᄒ고其短을
舍홈이開化者의大道也니라〈2〉

○開化ᄒᆞᄂᆞᆫ事를主張ᄒᆞ야務行ᄒᆞᄂᆞᆫ者ᄂᆞᆫ開化의主人이오開化ᄒᆞᄂᆞᆫ者를 歆美ᄒᆞ야學ᄒᆞ기에喜ᄒᆞ고取ᄒᆞ기를樂ᄒᆞᄂᆞᆫ者ᄂᆞᆫ開化의賓客이되고開化 ᄒᆞᄂᆞᆫ者를恐懼ᄒᆞ고疾惡호ᄃᆡ不得已ᄒᆞ야從ᄒᆞᄂᆞᆫ者ᄂᆞᆫ開化의奴隷니主人 의地位를居ᄒᆞ기不得홀진ᄃᆡ賓客의座를取홈지언정奴隷의列에立홈도 不可ᄒᆞ니賓의名이有ᄒᆞ면猶且主人의禮遇나有ᄒᆞ고又進取ᄒᆞᄂᆞᆫ性氣가 奮發ᄒᆞ기에至호則主人의一座를占居ᄒᆞ야客의名位를脫棄ᄒᆞ고或且舊 時主人으로賓을作ᄒᆞ기도期必ᄒᆞ려이와萬若奴隷되ᄂᆞᆫ時ᄂᆞᆫ恒常他人의 指揮를隨ᄒᆞ야羞恥되ᄂᆞᆫ事端이不少홀ᄲᅮᆫ더러ᄡᅳ少라도失手ᄒᆞᄂᆞᆫ境이有 ᄒᆞ면其土地와人民도保全ᄒᆞ기不能ᄒᆞ야開化ᄒᆞᄂᆞᆫ者의附庸되기容易ᄒᆞ 니可히謹愼홀者ㅣ此에莫過호지라

◎大槪人의氣癖으로議ᄒᆞ면開化ᄒᆞᄂᆞᆫ者의賓座에處홈도羞愧의極호비 나然ᄒᆞ나時勢와處地ᄂᆞᆫ人力으로何如ᄒᆞ기不能호者니設令超羣호智慧 와非凡호勇斷이有ᄒᆞ야도超脫ᄒᆞ기不能ᄒᆞ고但順行홀ᄯᅮᆷ이라故로外 國의新開化를初見ᄒᆞᄂᆞᆫ者ㅣ其始에ᄂᆞᆫ嫌懼ᄒᆞ고疾惡ᄒᆞ야不取ᄒᆞ기不可 호者가有호則已ᄒᆞ기不得ᄒᆞ야取用ᄒᆞᄂᆞᆫ形樣이開化의奴隷를不免ᄒᆞ다 가及其見聞이廣博ᄒᆞ고知覺이高明호時를當ᄒᆞ면始乃開化賓客이되ᄂᆞᆫ 니此를因ᄒᆞ야勉行不已ᄒᆞ면主人의堂戶에入居ᄒᆞ기도得成홀지라

◎今夫天下各國에開化ᄒᆞᄃᆞᆫ始初를詳攷ᄒᆞ건ᄃᆡ智慧로以호者ᄂᆞᆫ規模가 穩全ᄒᆞ고弊端이不存홀ᄲᅮᆫ아니라恒常主人의形勢를保有ᄒᆞ고勇斷으로 以호者ᄂᆞᆫ完全호規模가少ᄒᆞ고弊端이生호故로差失ᄒᆞᄂᆞᆫ事가多ᄒᆞ나久 後에至ᄒᆞ야ᄂᆞᆫ主人의席이나賓客의位를占有호者가多ᄒᆞ며威力으로以 호者ᄂᆞᆫ百姓의智識이缺乏홈을因ᄒᆞ야全히臆地로行ᄒᆞᄂᆞᆫ事가多호故로 其規模의如何홈은姑舍ᄒᆞ고弊端은猶且勇斷호者에止ᄒᆞ야略少ᄒᆞ나其 政府의危殆홈인즉國中에大敵이有홈과恒同ᄒᆞ야最難호者로되萬若政 府되난者가不如此ᄒᆞ면百姓이開化의奴隷예되야他人의指揮를受ᄒᆞ기

不免홀지라然흔故로政府가不得已ᄒ야保國ᄒᄂᆫ計를用홈이로다一心
으로人民을愛護ᄒ야進取ᄒᄂᆫ氣像이雄壯홈으로此도亦賓容[1]의地位을
不失ᄒ고歲月의長久홈을閱歷ᄒ야人民의知識이博高ᄒ기에至혼則主
人의名號도圖謀ᄒᄂᆫ者가有ᄒ거니와萬若政府와人民이一同ᄒ게無識
ᄒ야智慧로以홈도無ᄒ고勇斷으로以홈도無ᄒ고威力으로以ᄒ야更張
ᄒᄂᆫ規模를不行ᄒ면振起ᄒᄂᆫ氣力이不足ᄒ야愛好ᄒ되不效ᄒ어歆美
호디不學ᄒ고恐懼호디不悟ᄒ면他人의奴隷되야開化ᄒᄂᆫ指揮을服從
홀ᄯ름이니國人이心을同ᄒ야戒愼홀者ㅣ此에在홈이라

◎且夫開化者ᄂᆫ實狀과虛名의分別이有ᄒ니實狀開化라ᄒᄂᆫ者ᄂᆫ事物
의理致와根本을窮究ᄒ며考諒ᄒ야其國의處地와時勢에合當케ᄒᄂᆫ者
며虛名開化라ᄒᄂᆫ者ᄂᆫ事物上에知識이不足호디他人의景況을見ᄒ고
歆美ᄒ야然ᄒᄃᆫ지恐懼ᄒ야然ᄒᄃᆫ지前後를推算ᄒᄂᆫ智慧가無ᄒ고施
行ᄒ기로主張ᄒ야財를費ᄒ기不少호디實用은其分數를抵ᄒ기難홈이
니外國을始通ᄒᄂᆫ者가一次ᄂᆫ虐名[2]의開化를經歷ᄒ나歲月이久遠홈으
로無限혼練歷이有혼後에至혼則實狀開化에始赴홈이라然혼故로他人
에長技를取ᄒᄂᆫ者ㅣ決斷코外國에器械를購買ᄒ거나工匠을雇用ᄒ지
勿ᄒ고必先自己國人民으로其才를學ᄒ야其人으로ᄡᅥ其事를行홈이可
ᄒ니盖人의才操ᄂᆫ窮盡홈이無ᄒ거니와財物은有限혼者라萬若自己國
人이其才操를修홀진디當場에利홀ᄲᅮᆫ아니라國中에傳播ᄒ야其効驗이
後世에遺ᄒ기에至ᄒ려니와外國의器械를購買ᄒ면其器械가傷ᄒᄂᆫ時
ᄂᆫ其器械가更無홀지오工匠을雇用하면其工匠이去ᄒᄂᆫ時에ᄂᆫ其工匠
이更無홀지라如何한器械와如何혼工匠으로其事를更行ᄒ리오其勢가
其器械를更購ᄒ고其工匠을更雇ᄒ나니眞實로如是홀진디我의虛費ᄒ

---

1 賓容 : '賓客'의 오자이다.
2 虐名 : '虛名'의 오자이다.

는者財物이라若玆의虛費하는財物이何處〈3〉를從ᄒᆞ야來ᄒᆞ리오畢竟은
百姓의게其害가歸ᄒᆞᆯᄯᆞ름

○嗟呼라開化ᄒᆞᄂᆞᆫ事가他人의長技을取ᄒᆞᆯᄲᅮᆫ아니라自己의善美ᄒᆞᆫ者를
保守ᄒᆞ기에도在ᄒᆞ니大槪他人의長技을取ᄒᆞᄂᆞᆫ意向도自己의善美ᄒᆞᆫ者
를補ᄒᆞ기爲흠인故로他人의才操를取ᄒᆞ야도實狀잇게用ᄒᆞᄂᆞᆫ時ᄂᆞᆫ則自
己의才操라時勢을量ᄒᆞ며處地을審ᄒᆞ야輕重과利害를判흔然後에前後
를分辦ᄒᆞ야次序로施行ᄒᆞᆷ미可ᄒᆞ거ᄂᆞᆯ過흔者ᄂᆞᆫ毫末의分別도無ᄒᆞ고外
國이盡善ᄒᆞ다ᄒᆞ야自己으國에ᄂᆞᆫ如何흔事物이든지不美ᄒᆞ다ᄒᆞ며已甚
ᄒᆞ기에至ᄒᆞ야ᄂᆞᆫ外國의景況을稱道ᄒᆞ야自己의國를慢侮ᄒᆞᄂᆞᆫ弊俗도有
ᄒᆞ니此를開化黨이라謂ᄒᆞ나此豈開化黨이리오其實은開化의罪人이며
不及흔者ᄂᆞᆫ頑固흔性稟으로事物의分界가無ᄒᆞ고外人이면夷狄이라ᄒᆞ
고外國物이면無用件이라ᄒᆞ고外國文字ᄂᆞᆫ天主學이라ᄒᆞ야敢히就近치
못ᄒᆞ며自己의身이天下의第一인듯自處ᄒᆞ고甚ᄒᆞ기에至ᄒᆞ야ᄂᆞᆫ避居ᄒᆞ
ᄂᆞᆫ者도有ᄒᆞ니此를守舊黨이라謂ᄒᆞ나此豈守舊이리오其實은開化의讐
敵이니聖人의言이有호ᄃᆡ過흠과不及흠이同ᄒᆞ다然ᄒᆞ나開化ᄒᆞᄂᆞᆫ道에
至ᄒᆞ야ᄂᆞᆫ過흔者의獎[3]害가不及흔者에셔甚ᄒᆞ니其故ᄂᆞᆫ無他라過흔者ᄂᆞᆫ
其國를危케흠이速ᄒᆞ고不及흔者ᄂᆞᆫ其國를危케흠이遲흠이라然흔故로
必然히得中흔者有ᄒᆞ야過흔者를調制ᄒᆞ며不及흔者를勤勉ᄒᆞ야他의長
技를取ᄒᆞ고自己의美事를守ᄒᆞ야處地와時勢를應흔然後에民國를保全
ᄒᆞ야開化의大功을奏ᄒᆞ리니若其口中에外國卷烟을含ᄒᆞ고胸前에外國
時標를佩ᄒᆞ며其身이반등이나交椅에踞坐ᄒᆞ야外國風俗을閑話ᄒᆞ와其
言語를略解ᄒᆞᄂᆞᆫ者가豈曰開化人이리오此ᄂᆞᆫ開化의罪人도아니오開化
의讐敵도아니라開化의虛風에吹ᄒᆞ야心中에主見업시一箇開化의病身

---

3 獎 : '弊'의 오자이다.

이라

○世級이降호슈록人의開化호ᄂᆞᆫ道ᄂᆞᆫ前進호ᄂᆞ니言者가或曰호ᄃᆡ後人이前人을不及호다호나然호나此ᄂᆞᆫ未達호談論이라人事가無窮호故로時代를隨호야變幻홈이有호거ᄂᆞᆯ後人이應變호ᄂᆞᆫ道理를不行호고舊規模를株守호야事爲上에施호다가不合호ᄂᆞᆫ者가有호면輒曰今人이何敢古人과同호리오호나此言이豈然호리오萬若人의氣質과局量이代마닥減衰홀진ᄃᆡ祇今을從호야幾千年을經호면應當人의事爲가絶홀지오又幾千年을再過호면人의道理가無홀리니此ᄂᆞᆫ理의不然홈이的實호지라人의知試⁴은閱歷이多홀ᄉᆞ록新奇호者와深妙호者가疊出호ᄂᆞ니今에此을證호건ᄃᆡ古人은陸地往來에代步호ᄂᆞᆫ物이馬아니면車라千里長路를旬望의旅行이로艱辛이得達호더니今人은火輪車의迅速홈으로半日의工을不費호고水路에ᄂᆞᆫ一片木船으로萬頃蒼液⁵에出沒호야風濤의險惡호時ᄂᆞᆫ危殆홈도極臻호더니今人은火輪船의堅固홈으로萬里의風浪를平地에셔便이往來호고古人은百里間에一封書消息을傳호기에來往間二三日은處費⁶호더니今人은電氣線의神妙홈으로萬千里의殊域이라도瞬息間에往復호야咫尺에對話홈과無異호고古人은各種物品의製造호ᄂᆞᆫ法이人力를費홀ᄯᆞ롤이라其辛苦호景狀이可衿⁷호더니今人은火輪器械의便利홈으로一日의製作호ᄂᆞᆫ者가幾萬人의工夫을對敵호則此等事ᄂᆞᆫ吾輩의聞見호ᄃᆡ로古人의不能호비며近世에至호야其功效를始顯호者라

○抑此新奇호고深妙한理致ᄂᆞᆫ舊世界에不存호고今日에始有호者아니

4　知試 : '知識'의 오자이다.
5　萬頃蒼液 : '萬頃蒼波'의 오자이다.
6　處費 : '虛費'의 오자이다.
7　可衿 : '可矜'의 오자이다.

요天地間에其自然훈根本은古今의差異가無ㅎ되古人은窮格ㅎ기不盡
ㅎ고今人은窮格ㅎ야攄到훈者니此를由ㅎ야觀ㅎ면今人의才識이古人
에比ㅎ야超加훈듯ㅎ나然ㅎ나實狀은古人의草刱훈者을潤色홀ᄯ롬이
라火輪船이雖曰神妙ㅎ나古人의作舟ㅎᄂ制度을違ㅎ기ᄂ不能ㅎ고火
輪車가雖曰奇異ㅎ나古人의造車훈規模을不由ㅎ면不成홀지오此外에
도如何훈事物이던지皆然ㅎ야古人의成法을離脫ㅎ고今人의新規를刱
出ㅎ기ᄂ不能ㅎ니支那에도公輸子의飛鳶과偃師의製人〈4〉과張衡의地
動儀와諸葛의木牛流馬와祖恆의輪船과宇文愷의行城과元順帝의自鳴
鍾과張騫의西域을言홈과甘英의大秦을通홈과郭守敬의大統曆을劍홈
이有ㅎ고我方에도高麗磁器ᄂ天下에有名훈者며李忠武의龜般[8]은鐵甲
兵船이라天下에最先創出훈者며鐵鑄字도天下에最先刱行훈者라然則
東亞人도萬若窮究ㅎ고窮究ㅎ야便利훈道理를經營ㅎ엿드면千萬事物
이今日에至ㅎ야天下萬國에名譽가支那와我邦에歸ㅎ엿슬지어늘後輩
가前人의舊規를潤色지아니홈에何오

自助論第二號(前號續)

自助自立의精神이各個人의日日行爲上에發現하난거시라英國全般에
到處마다此特色이顯現하니是ㅣ古今英國人民의誇示하난비라英國에
도拔羣한豪傑이亦有하야人民의上에位하야一國崇敬을受하니英國이
此人의게負賴한비甚多한질然하나英國의最大進步난乃是多數한人民
의作出한비라大戰爭에其姓名을永久히記存한者난小數한將校而已로
디實際에勝利를得한所以ᄂ個人의剛氣와兵卒의勇敢으로由홈이니國
家各般事情이다그러한지라自古及今에經營의實力을醸出한거시無名

---

8 龜般 : '龜船'의 오자이다.

氏의게多在하니此等無名氏의文明進步에貢獻한비가彼名聲赫々한政
治家와實業家에不讓한지라其位地를比하면雖甚低下하나其行爲를見
하면正直勤勉하야能히社會의規範이되고其影響이國家福趾에及하난
者ㅣ不鮮하니其人의生涯와品性이陰陰之中에四圍를感化하난力이水
의潤物과如하니라

個人의奮鬪的主義난卽自助精神의發現한비이니社會民衆에向하야應
化하난効力이最爲强大하야實地敎育이되나니是난吾人의日々經驗하
난비이라小學과中學과專門大學가탄거슨其感化波와의力이一局部에
不過而已라吾人이或簿書堆積하裡에나或農耕하난場에나或商估店頭
에나或家庭에셔나社會敎育에負賴한者ㅣ太半이오到底히學校敎育의
及한비아니라大詩人(시루레룬)云호디人類敎育은人으로하여곰社會
一員이되야自修克己하난精神을敎育할거시니此敎育은讀書學問에不
在하고實地修練에全在하다하고(베ㅣ콩)이曰學問은只是學問而已오
實際應用의法은不敎하나니實際應用의法은是ㅣ自己가省察하야自得
하난거시니自得의力은是ㅣ免學以上의智慧라實際生活에셔智를修攘
한다하니此言이甚眞하도다故로人이其讀書에從事하난것보담勞作에
依하야其人格을鍛하며其品性을堅케하난거시優勝하니라

비록然하나偉人傳과義士傳가탄거슨導人하난力이頗多하니高尙한生
活과高尙한理想과奮鬪하난行爲가其中에皆在하야人으로不如不覺에
其境에跳入하야現在吾心을驅하야偉人義士에近似케하야其片片言行
이往日에異하고坯自重自信하난精神을鼓舞하나니人世에成功하난者
난自力을發揮홈이在하니라

吾人의目的은吾人所志한力으로秦功을能得함이니自古로科學技術家
偉人과或絶大한宗敎家와或大詩人大哲學家가其出홈이一定階級이無
하니學校에도不必出彼等이며工場에도不必出彼等이며富貴家에도不

必出彼等이라大宗敎家가兵卒에셔出한者도有하며極貧한人으로極富
한地位에到한者도有하니當初에此等人이處世奮鬪함이困難障害가疊
疊橫途라傍人으로觀하면到底히透過키難할듯하나然하나這個困難病
苦가拘碍함이不無로디도로여其人의勇氣忍耐를鼓舞하야萎縮하던氣
力에新生氣로注射케하야써成功을促成함이니라

(세구스비아)난英國思想界에最偉最大한人物이라英人이到今까지英
國에此人이産出한거슬誇負하나니세이구스비아少壯之時에如何한境
遇를經過하엿난지何人이라도確知치못하거니와但其下層社會에셔出
한거슨無疑하니彼의父난屠牛〈5〉하난者오坙牧畜의家라彼ㅣ少時에其
父의業을助하야牧場에在하고後에坙一學校書記가되고坙金貸業者의
店丁이되고彼가水夫의言語를能通하난故로壯時에水夫가되얏다난하
난者도有하며寺院書記되얏다하난者도有하며馬尙이되얏다하난者도하
니비록다有眞實한言이라謂치못할거시나彼가各樣下級社會에셔積其
經驗하며硏其智識한거슨可히掩치못할거시라故로彼가著書立言하면
英國上下가다愛讀하야國民의品性을養成한力이到今까지衰치아니하
니라

航海家(구-구)와詩人(바ㅣ스)는其始에日傭勞働하던者오벤존숀은煉
瓦製造하던人이오生理學者(죤한다-)와東洋學者(리-)하工匠이오有
名한旅行博士(류인구스돈)과詩人(단나루)는織工이오水師提督(사-
군로우데수례-)와宣敎師(모리손)과科學者(도-마스,예도와-)도하皆
靴工이오歷史家(죤스도-)와畫家(쟛군숀)勳爵士(사-죤호-군스웃만)
와北美合衆國大統領(안도리우-죤숀)은是ㅣ裁縫師라(죤숀)이華盛頓
에셔大衍說할時에聽衆이嘲呌하야曰汝난是裁縫店使丁而已라한디(죤
숀)이昻然히對하야曰今에予를裁縫店使丁를譏評하난者ㅣ有하나此言
이予의게所耻가毫無한지라予가裁縫店에在하여실제裁縫에頗巧하야

顧客의信用하난빈되고또約束을違치아니하야其職責에對하야忠實를
常保하여시니政治家가되야政治에忠實함과如하다하더라

勤勞를積하야貧賤에起身하며後世에揚名한者ㅣ各國歷史上에또한甚
多하니羅馬法王(구-레고리-)의七世祖난工匠이오法王(써구스스스)
의五世祖난牧羊하던者오(아도리안)六世祖난貧賤한舟子라(아도리
안)이少時에貧窮하야欲讀書호디燈火가無하야不得已하야衛燈과或
寺院塔燈所在에就하야其燈光을借하야써課書를讀하니此苦學賓生이
後年에羅馬法王位에上하야各國帝王을驅使할줄을誰가知하얏시리오
(未完)

支那衰頹의原因　　　　　　　　　　　죠-지게난氏論

外國人의支那에旅行하난者의最所感觸하난거시其人民의貧窮홈과中
央政府勸力의微弱홈인한지라支那가五百萬方里豐穰土地와四億萬
保溫順能勞働하난人民을有하고또三千年來綿綿한特殊의文化를含蓄
한지라故로其內情를不如하난者난다其人民이豐富하고國家의勢力이
偉大하리라고想像하나然하나實地踏査하면想像에셔全反한지라人民
이貧困하야西洋人의眼目으로見하면餓莩예踞함이只隔一步之間이라
多數한貧民의一日所費가米國勞働하난者의一朝所費하난珈琲代價에
不過하고또中央政府勸力이全然히地方에不及하야外國非理要求하난
디對하야排斥할實力이無하고全歐州에不下한民衆을有하며合衆國에
不讓할膏腹土地을有하고도其政府의歲々收入하난거슨和蘭一國의收
入에不及하고其自衛하난力은土耳其에셔尙下하니其如此한所以난何
耶아其原因을詳査하야其救治의法을講究하면貧한者로富케하며弱한
者로强케하난거시難事가아니라今에試하야予의視察한바로써枚陳함
을左와갓치하노라

國民的統一缺乏

支那國勢의不振한所以난其國民이統一이缺乏함으로由함이니支那十八省이各々半獨立의形이有하야總督巡撫가統轄하야其行政하난거슨其意所欲디로하고中央政府의命令을必奉치아니하고皇帝난總督巡撫를撰任하야監督할샏이오實際處置權力은다總督의手에懸在하야小獨立國의儀觀이恰有한지라往年拳匪의亂에南淸各省據督巡撫가星夜奔馳하야皇帝의難에趨赴하난거시固當하거늘實際不然하야各々其省의勢力을自守하야陰然割據하야或外國領事로더부러條約을結하야쎠其地方의利益을保하고中央政府와皇帝의危急한거슨毫不顧慮함이至하니라〈6〉

支那上下가 國民統一이라하는거시 是何物인줄을 殆如不知라各省에特種軍隊가有하며自由徵稅가有하고坴貨弊製造함을得하니是皆獨立國의態度라全國制度가劃一치못함이如此하니一朝에各省의兵을動하랴면엇지能히共同一致의行動을望하리오(베레스우호-도)卿이言을有하야曰支那軍隊가十四異種이有하다하니可信하도다

就中統一하는業에最妨흐는者는貨弊濫造하는디在하니各省貨幣가비록省內에셔는流通無礙하나境外에一出하면可히交換할수無하니其不便不利한거시莫此爲甚이라國民感念의統一치못함이坴한貨幣의統一이無함과如하니다內治行政이不整不備함으로由함이니라

官吏貪妄

支那貧弱한第二原因은其官吏가廉恥와節操가無하야公然히貪欲을逞함으로由함이라今에支那의强盛을欲圖할진디맛당히中央政府의歲入을優足께할거시니國庫가充實한後에야陸海軍備를可得擴張할거시며國始敎育을可得普及할거시오各般事業을可興할거시니라

然하나支那官吏가貪慾無厭하야租稅五分의四를窃取하야營々히自家
의囊槖만充하는디라故人民의納하는稅額은비록多大하나中央政府의
收入은能히充足지못하니畢竟是官制不定한罪라今支那官吏가俸給이
甚少하야實際費用이不足하니비록廉直한士라도旣在官職이면其勢가
貪欲을不行하기不能하니試하야總督에就하야見하면總督의一個年費
用이常히十萬圓에超過하거늘年々所給俸額은一萬二千圓에不過한지
라巡撫와知府와知縣과村長이其情勢가다此와如하니비록租稅를無貪
코져하나能치못하리로다

支那稅法이銅錢으로徵收하고中央政府에納入함이는兩의데ㅣ루額을
用하야故로其換算하는際에其間의利益取하는거슬徵稅하는吏의常職
으로視하나니支那人民中에智識이有한者ㅣ비록官吏의不正한才段을
能知하나反抗ᄒ는거시無益한줄을知하고大抵從命上納하야써官吏의
歡心을得하야別岐利益을圖하나니라

支那가政府會計理財의條目을公示치아니하는故로民上納하는稅額과
政府收入하는額이其差가幾許되는줄을知할수無하니라

一切官職을賣買에附함이其價額의高한거시可驚할지라上海道臺가一
年俸給이三千兩에不過하고其交代의期限은三年間에在하거늘其價値
는十萬兩을給與한다하고ㅉ上海一裁判官이及其退職함이畜財한거시
三百五十萬兩이有하다하니此等大金이何處로從하야獲得하엿나냐

支那總稅務司(로바-도하-도)가余다려告하야曰支那全國地租總額이
年々히四億萬에達하고其他營業稅도亦頗多額하니만일正當히徵收하
면陸海의擴張과敎育의普及과官吏俸給의增加할거슬足히次第完成할
거시여날奈何로財政을整理치아니하야如此한美事를不能奏功하는지
하더라

公德絕乏

支那不振하는第三原因은人民의德義心이掃地함으로由함이라支那人民이快活而忍耐하며溫順而勤勉하니如此人民을何處에셔得來하리오然하나勇烈한氣槩와愛國하는誠心과殉國할精神이缺乏하고私利와私憂만知하야人이捨私奉公하난擧가或有하면彼等이見하고써愚타하난지라彼等이生涯에汲々하야古典을硏究하난것도國利와民福을必思함이不是라쟝찻及第科擧하야官吏를欲爲혐이오彼等의官吏를欲爲하난目的은官吏權能을利用하야多額한官稅를攫得코져함이不過ᄒ니歐米人으로見하면有心術의陋劣함이可驚할지라曾聞하니三十餘年前에日本英雄西鄕隆盛氏가韓國征服할計劃을立할새〈7〉一身을犧牲으로하야京城에赴하야敵意를抱한韓人으로自己를殺害케하야써開戰할理由를欲作하니其書가維新史上에載在하야言々旬々가다國만思하고身을殺하며功名을失할거슬不顧하니라

現今支那總督中에如此히國難에趨하난忠誠이有乎아日本은其艱難한時를當하야西鄕氏와如한忠誠公明의士가多數히湧出하니其國家의勃興함이固其所也라支那將來에或如此한人物이出할난지今日에在하야난不幸하야其人을未見하개시니旣無其人한지라所以로國勢不振하나니라北京駐箚한某國公使館의書記官이予다려語하야曰支那에必要改革할거슬政治組織에不在하고國民의德義心을振作하난디在하다하니라

論二十世紀之帝國主義　　　　　　　　　日本　幸德秋水述

盛美哉라所謂帝國主義의流行也여勢如燒原ᄒ야不可嚮邇니世界萬邦이皆其膝下에慴伏ᄒ야贊美之ᄒ며崇拜之ᄒ며而奉持之로다
夫英國이朝野의信徒를擧ᄒ든狀況과德意志의好戰의皇帝ㅣ其勢力을盡ᄒ야鼓吹ᄒ든事實을見乎아否乎아且如俄國者는自稱ᄒ기를自昔으

로傳來ᄒᆞ는政策이라不云乎아若法也와澳也와意也도孰不熱心於此리
오마는但彼則瀛海의美國을隔ᄒᆞ야其主義를不得遂ᄒᆞ고其方針을轉變
ᄒᆞ얏고至若日本ᄒᆞ야는一自日淸戰爭의大捷以來로上下의狂熱이火와
如ᄒᆞ고茶와如ᄒᆞ며軛을脫ᄒᆞᆫ悍馬와恰似ᄒᆞ도다

夫國家의目的을經營ᄒᆞ는者는社會永遠의進步에在ᄒᆞ고人類全般의福
利에布ᄒᆞ거늘彼則不然ᄒᆞ야現在ᄒᆞᆫ頃刻의繁榮과小數된階級의權勢를
專圖ᄒᆞ야其國家의主義는不知ᄒᆞ나니今日國家의所謂政事家라自稱ᄒᆞ
고帝國主義를奉持ᄒᆞ는者ㅣ果然吾人의進步를期圖乎아吾人의福利를
經營乎아

吾人의深信無疑ᄒᆞᆫ바는社會의進步를求코져할진딘其基礎―반다시「眞
正科學的智識」을待ᄒᆞᆫ後可固ㅣ며人類의福利를求코져할진딘其原泉이
반다시「眞正文明的道德」에歸ᄒᆞᆫ後可得而其極致는반다시極愛와平等
에在ᄒᆞᆫ後에可成也ㅣ니盖古今東西를勿論ᄒᆞ고順之者는榮ᄒᆞ나니松柏
의後凋ᄒᆞᆷ과如ᄒᆞ고逆之者는亡ᄒᆞ나니蒲柳의先零ᄒᆞᆷ과如ᄒᆞ거날彼帝國
主義의政策家ㅣ果然此의基礎와原泉이有乎아果然此의理想과極致가
有乎아如其然也면則此主義者ㅣ實노社會人類의天國福音이될지니吾
輩는비록執鞭의事를行ᄒᆞ야도欣慕不已호리라

如哉不幸ᄒᆞ야吾의所言과不如ᄒᆞ면帝國主義의勃興流行ᄒᆞ는所以는非
科學的智識이라實迷信也며非文明的道德이라實狂熱也며非自由正義
極愛平等이라實壓制邪曲頑陋爭鬪也ㅣ니是等의劣情과惡德이世界萬
邦에支配할뿐아니라而其「精神的」「物質的」에皆受其傳染ᄒᆞ야其毒害
의橫流ᄒᆞ는비深히寒心할비아니리오嗚呼라帝國主義여汝의今日流行
ᄒᆞ는勢力이於我二十世紀의天地에쟝ᄎᆞ寂光의淨土를現코져ᄒᆞ는뇨또
ᄒᆞᆫ無間의地獄을墮코져ᄒᆞ는뇨且進步乎아腐敗乎아福利乎아災禍乎天
使乎아惡魔乎아其眞相과實質이果炫如何한지實노熱心硏究할진져炫

이나現今二十世紀의經營ᄒᄂ人士난此眞焦頭爛額의急務라할바여날身列後進ᄒ야不揣不才ᄒ고呶々不已ᄒ노니誰或聽之耶아

教育

教育의必要

夫天下의父兄된者ㅣ誰人이其子弟를不愛ᄒ리오必其子弟로ᄒ야금一世의英偉俊傑ᄒ人을成ᄒ야宏大ᄒ事業을做키롤欲望ᄒᆷ은人々의同情이라以故로基⁹子弟의將來活動原素되난教育은他人의强制롤不俟ᄒ고各自勉行홀지니國家가此에干涉ᄒ야⟨8⟩其國家의重大事業으로經營ᄒ야不盡ᄒᆷ이無ᄒᆷ은一私人의事를干涉ᄒ야甚히不可ᄒ듯ᄒ나然ᄒ나此난不思ᄒᆷ이甚ᄒ者라盖其故가極大ᄒᆷ인져

國際의競爭은今世의大勢라盖列國이宇內에分峙ᄒ야洋은東西로別ᄒ고區난彼此로隔ᄒ야千萬里롤相距ᄒ야도事實上으로論之ᄒ면卽比隣과同域과無異ᄒ지라耽々環視ᄒᄂ間에셔角立ᄒ야各其區域을限ᄒ고一方에割據ᄒ며其優를互競ᄒ며其勝을相爭ᄒ니人道의大義로써看ᄒ則其思想이狹隘ᄒ며其器量이齷齪ᄒ이一個蝸角의紛爭과蟻陣의輸嬴에不過ᄒ듯ᄒ나世界를統合ᄒ야一大國家롤化成ᄒᆷ은幾千萬年後世난不知ᄒ거니와今日에在ᄒ야난但一片夢想에나然홀뿐이라故로現在의計난惟一國의民이一團을成ᄒ야써他에對ᄒ지아니ᄒ則其生存도能保치못ᄒᄂ니彼猶太人이며波蘭人을看홀지어다世界到處에亡國ᄒ民으로써指目ᄒ야殘虐ᄒ逐斥을加ᄒ며暴戾ᄒ壓伏을蒙ᄒ야도何에도號訴

---

9 基 : '其'의 오자이다.

홀處이無호고遑々然捷々然히一日도安居홈을不得호야跟々히水草를
逐移호는蠻民的境遇에濱호얏스니何其悲慘호고夫如此호지라人類의
天職을欲充홈도亦難호도다此를要호건디今時代의形勢에在호야는國
家는人類의安宅이며國民的의團結은人類의必要호事業이라一切의平
和安寧을곳其中에斯存호然後에야一切人道를扶植홈이有홀지니

然則國家의存在호는要件이其外形으로써觀之호면內政外交及軍備며
延호야殖産興業에至호기까지各種의施設을俟홈에在호야도其第一要
素로國家의根柢됨이可호者는各其國家의性格과國民의特色을維持發
揚호야其健全호開展을期홈에在호니如英人의自負와美人의堅忍과俄
人의頑强과法人及德人의儁拔과日人의剛敢이何者던지皆其特長을發
揮호지아니호는者가無호지라盖百般의智能과藝術은必此一段의特色
性格을圍繞호야存在홈을得호느니若夫此一氣가全體國民을貫徹호야
流注홈이無호則個人으로는尙或存在홈을得호야도國民으로는旣已澌
滅홈이니此는卽其國이無홈과同호지다

故로國民의敎育은此特色性格을陶冶호야其助長發展을務홈으로써實
効를擧호則彬々호文學의士와赳々호武勇의夫와山海를鑄煮호는富源
이며燦然輝赫호制度文物이皆這裡에서胚胎호야異日의發現을期俟홀
지니然호으로個々人々이各其意를任호야其子其弟를敎養홀진디人은
各其意의偏호바와又其見의異호바가有호則一己의好호는바를推호야
其子弟를感化케호며敎養홈은是自然必然호事實에可避치못호는者라
其歸結은勢必支離散漫호야統率호는力을全缺호고國家의必要호國民
的特色性格이蕩然히掃地一空호리니邦家의生存에危殆홈은多言을不
俟호야自明홀지라是故로敎育을個人의所爲에委任호기不能호야國家
의力으로써此間에干涉홈을要호는所以니今代의先進列國이堂々호敎
育制度를敷호야勞力의夥大와費用의洪巨를不吝호고國家事業으로써

經營ᄒᆞᄂᆞᆫ現象을呈ᄒᆞᄂᆞᆫ所以로다

大槪敎育의制度가國家에在ᄒᆞ야旣如斯ᄒᆞᆫ則此制度의基本되ᄂᆞᆫ敎育主義도亦是此趣에副ᄒᆞ야敎育의目的을達ᄒᆞᄂᆞᆫ方法으로써二種의方面에分ᄒᆞ야其完成을期ᄒᆞᄂᆞ니卽一面에ᄂᆞᆫ國家의要求에應ᄒᆞ기爲ᄒᆞ야各々個人에게鼓動ᄒᆞ기를一國의特色性格으로써ᄒᆞ야其國民的精神의發達을促ᄒᆞ면셔他面으로ᄂᆞᆫ個人에存在ᄒᆞᄂᆞᆫ活動의必要되ᄂᆞᆫ智識의開發을致코져擬ᄒᆞᆷ이니是ᄂᆞᆫ則今代敎育의精神骨子이라古代의自治的敎育과ᄂᆞᆫ斬然히其面目을異케ᄒᆞ야規模의壯大ᄒᆞᆷ을致ᄒᆞᆫ所以라

夫敎育이旣此二種의手段을具ᄒᆞᆫ則其敎育機關의設備도亦此와相件ᄒᆞ야其實行에適合ᄒᆞᆫ組織을不執ᄒᆞᆷ을不得ᄒᆞᆯ지라故로敎育은又二者로分ᄒᆞ야一曰普通敎育이며一曰專門敎育이니〈9〉此二者를聯絡ᄒᆞ기ᄂᆞᆫ中等敎育으로以ᄒᆞᄂᆞᆫ故로或은普通을稱ᄒᆞ야初等敎育이라ᄒᆞ며專門을稱ᄒᆞ야高等敎育이라ᄒᆞ나니普通敎育은往昔普魯士國厚禮斗益大王의二世時에强迫就學令의例를一開ᄒᆞᆫ以來로붓터各國이皆其範을此에取ᄒᆞ야凡父兄되ᄂᆞᆫ者ᄂᆞᆫ其子弟가一定ᄒᆞᆫ年齡에達ᄒᆞᄂᆞᆫ間은必皆就學케ᄒᆞᄂᆞᆫ義務를有ᄒᆞᆫ者라ᄒᆞ야是를又云義務敎育이라別名ᄒᆞᄂᆞ니盖普通敎育은各個人을通ᄒᆞ야其職分을盡ᄒᆞ기에必要되ᄂᆞᆫ性格과智識을指授啓導ᄒᆞᄂᆞᆫ主旨에從出ᄒᆞᆷ인즉職分은大道라何人이던지容易蹈得ᄒᆞ며又必蹈ᄒᆞᄂᆞᆫ義務가有ᄒᆞ거니와專門敎育은此와反ᄒᆞ야深邃ᄒᆞᆫ學理와精妙ᄒᆞᆫ技術을敎授ᄒᆞᄂᆞᆫ者가되ᄂᆞᆫ故로其程途가高遠오야一切人의攀得ᄒᆞᄂᆞᆫ限에不在ᄒᆞ고又其必攀ᄒᆞᆷ을不要ᄒᆞ며又彼普通敎育은國民敎育이라特稱ᄒᆞ야重大히視ᄒᆞᄂᆞᆫ所以ᄂᆞᆫ其本趣가國民되ᄂᆞᆫ性格精神과及人格을皷發薰陶ᄒᆞᄂᆞᆫ點에在ᄒᆞᆷ일시니라

雖然이나普通及專門의二者가全然分離ᄒᆞ야各其一方을固守ᄒᆞᄂᆞᆫ者가아니오兩相比倚ᄒᆞ야唯一敎育의目的을達ᄒᆞᄂᆞᆫ手段에不過ᄒᆞᆷ이니譬之

컨디 車의 輪과 同ᄒ야 兩輪이 具ᄒ 然後에야 其車가 始全ᄒ이라 故로 普通
教育이란 主旨ᄂ 國民教育의 基礎가 되야 智育啓發의 初階段을 成ᄒ고 專
門教育은 智識의 鍊磨를 務ᄒᄂ 中에 旣已 修養ᄒ 國民教育의 成果를 更且
完美케ᄒ을 期함이니 要之컨디 教育이라ᄒ ᄒ은 但 智識의 啓發과 技術의
磨琢을 專主ᄒ야 謂ᄒ이 아니오 心神의 修鍊과 人物의 陶冶와 品性의 導善
을 旨ᄒᄂ者라 此意를 領解ᄒ則 普通專門의 區別은 教育施行ᄒᄂ 秩序的
分派가 되야 其注歸ᄒᄂ 點이 唯一ᄒ 目的에 同在ᄒ을 可知ᄒ지라

我韓은 近日 學校의 設立ᄒ이 非不紛然日興이로디 原來 專門教育은 固勿
論ᄒ고 至於 普通教育ᄒ야도 鹵莽ᄒ이 極甚ᄒ야 國家에 教育의 機關이 一
個도 設備ᄒ이 無ᄒ으로 學校의 制度規程이 各其殊異ᄒ며 教科ᄒᄂ 書類
도 各自로 隨意教訓할ᄲᆫ더러 教師의 材料도 絶少함으로 依舊히 訓詁先生
으로 教師의 任에 當케ᄒ니ᄂ 瞽者를 命ᄒ야 丹青을 辨ᄒ과 如ᄒ지라 엇
지 智識의 啓發과 精神의 振刷를 敢望ᄒ리오 且 學員은로 言ᄒ지라로 能히
國民的 精神으로써 義務의 教育에 注意ᄒᄂ者ᄂ 十人에 一도 鮮ᄒ듯ᄒ고
或 外國語를 卒業ᄒ야 異日에 禮式院官員이나 得參ᄒ던지 外國人의 通譯
을 做ᄒ야 每朔料金으로 穀腹絲身의 計를 得ᄒ 經營ᄲᆫ이오 不然이면 法官
養成所에 卒業ᄒ야 法部나 高等裁判所에 官員을 得ᄒ지오 師範學校나 中
學校에 卒業ᄒ야 各學校教官이나 教員을 得ᄒ지오 武官學校에 卒業ᄒ야
軍隊의 尉官을 得ᄒ지라ᄒ야 其一般精神이 但 官職에만 在ᄒ야 專히 金錢
의 滋味와 宕巾의 主旨에 不出ᄒᄲᆫ이오 毫髮도 國家의 思想이나 國民의 特
色을 爲ᄒ야 學業에 從事ᄒᄂ者ᄂ 少ᄒ으로 教育의 發達은 姑舍ᄒ고 漸히
退步ᄒᄂ 現象을 呈ᄒ니 此ᄂ 人民의게ᄯ 專責ᄒ 것 아니라 政府의 溺職
ᄒ 責이 甚大ᄒ다ᄒ지로다

實業

汎論

夫混沌이肇判홈으로붓터吾族人類의初生호時代논杳然玄邈호야書契가未備호고文獻이無徵호니遡考호기實難호거니와雖然이나其始生홈으로붓터飮食을用호야其生命을保維홈은推而可知홀지라故로支那古人의說에曰太古鴻濛호時代에논人이木食澗飮호者라고쏘호西洋의考古學者도言호기를原始의人은食草或食肉호든動物이라호니兩說이皆今日의參考홀好材料롤供호논도다盖上古의世에人物이始生홈이蠢々然貿々然知識이未開호고大朴이未散호야目前에攫取호기最易호天然的成熟物을取호야其日常食料에供호논故로其食호논바物이其處호논地롤隨호야不同호나니假令山野間에處호논者논禽獸의肉과草木의實과及其苗葉을食호고湖海邊에處호〈10〉논者논鱗介의肉을食홈은各其所處의形便을隨호야自然한理勢에出홈이오肉食草食호人種이區別이有함은決코아니며又其食호논바物도但其飢롤是充홀而已오其旨味롤擇홈은아니라其餘논別노欲호논바物이無호故로其生涯도亦極便호나自然其食호논物中에도毒이有호者논棄호고口에適호者롤擇호며又草木의果實갓든者논其成熟을待호야多少間收獲貯蓄호야其絶乏호논時롤預備치아니치못호리니此논卽農業의元始가最先으로人類와共生호者며其次논山間에處호人은或天然호岩穴이나土窟에其居롤定호고原野에處호人은或茂草롤藉臥호거나或樹木에捿息호다가人口가漸漸繁殖홈을隨호야天然호居處가其用에不敷홀지라始乃人力으로써窟穴도新鑿호며樹木의枝柯롤結搆호야或巢形도作호며茂草롤葺結호야野幕의形도作호야漸次其居處롤擴張호고又其身體롤掩護호논道논草木의葉을編호거나獸魚의皮롤取호야衣服의用에供호고其智가少開홈

인器械의 必要도 生ᄒ則 自然尖銳ᄒ 石片을 拾ᄒ야 漁獵의 具도 作ᄒ며 剪
刈의 器도 做ᄒ니 此ᄂ 卽工業의 元始가 農業에 亞ᄒ야써 由生ᄒ者이며
又其次ᄂ 人의 嗜欲이 各殊ᄒ은 天賦의 自然ᄒ 性質이라 假令此에 鳥獸의
肉은 多ᄒ나 草木의 實이 無ᄒ고 彼ᄂ 草木의 實이 足ᄒ나 鳥獸의 肉은 乏ᄒ
며 甲은 身體ᄅ 掩護ᄒ 材料가 有ᄒ나 乙은 口腹을 充飽ᄒ 物品이 無ᄒ則 自
然彼此의 有無ᄅ 相換ᄒ야 其欲ᄒᄂ 바ᄅ 遂ᄒ며 且海邊居ᄒᄂ 人은 其食
ᄒ바 貝介餘殼을 山間에 居住ᄒᄂ 人의계 傳給ᄒ면 山間人은 其色彩가 燦
爛ᄒ 異物을 初見ᄒ고 此ᄅ 樂取ᄒ며 山間人은 ᄯ한 其食ᄒ바 走獸의 皮와
土地에 自在ᄒ 晶白의 石類ᄅ 海邊人의계 遺贈ᄒ면 海邊人도 亦是 初見ᄒ
ᄂ 物品인 故로 是ᄅ 貴重히 녁이ᄂ니 此ᄂ 山海間 物産을 交易ᄒᄂ 思想과
寶貝幣玉의 名稱이 始ᄒ음이오 且身體掩護ᄒᄂ 物과 口腹充飽ᄒᄂ 物의 相
換ᄒ음은 衣食兩料의 交易思想이 萌起ᄒ음이니 此ᄂ 卽商業의 元始가 관ᄒ 農
業과 工業에 後ᄒ야 起ᄒ 所以로다
農工商 三業의 原始 大槪ᄂ 如此ᄒ나 但其始生ᄒ 意想의 胚胎만 略存ᄒ고
特別指定ᄒ 名稱도 無ᄒ고 如何分別ᄒ 職業도 無一體混沌ᄒ 世界로 經過
ᄒ더니 忽一朝에 燧人의 神功으로 火食ᄒᄂ 道가 始起ᄒ음이 人文의 開發이
此ᄅ 從ᄒ야 炎炎益熾ᄒ則 無限ᄒ 火力을 用ᄒ야 山澤의 樹木을 焚烈ᄒ고
土地ᄅ 開拓ᄒ며 猛獸ᄅ 驅逐ᄒ야 妨害ᄅ 除去ᄒ며 金屬을 鎔化ᄒ야 精利
ᄒ 器械로 農具ᄅ 作ᄒ야 耕墾ᄒᄂ 道ᄅ 廣開ᄒ니 是乃 眞正ᄒ 農業의 發達
이 非常히 大進ᄒ음이오 且火食의 由來로 自ᄒ야 生食ᄒ면 野種人類가 一變
ᄒ야 文明의 域에도 漸進ᄒ얏거니와 煩弊ᄒ 事情도 隨亦滋生ᄒ야 其飮食
ᄒ기에 器皿도 要ᄒ며 其居處ᄒ기에 宮室도 要ᄒ며 其身體에ᄂ 衣服과 行
走에ᄂ 舟車ᄅ 亦要ᄒᄂ 中에 人의 智巧가 日進ᄒ則 乃又度量衡의 制ᄅ 設
ᄒ야 繁雜ᄒ 事物에 應用ᄒᄂ 機關을 備ᄒ고 其餘에도 往嘗에 不用ᄒᄃ 物
品이 今則日用事物의 必要로 其無ᄒ음이 不可ᄒ기에 至ᄒ者가 枚擧키 不遑

ᄒ니此乃工業의逐漸大開홈이오

且人旣文明ᄒ域과繁雜ᄒ世에一至ᄒ則自然其生活의方法으로嗜欲ᄒ
ᄂ바와要求ᄒᄂ者가漸至增多ᄒ야常用에必需ᄒᄂ物品이倍夥홈으로
써日中市의貿易ᄒᄂ道ᄅ用ᄒ야其有無相資ᄒ던小規模로ᄂ決코擧世
衆多ᄒ人의欲ᄒᄂ바와需ᄒᄂ者ᄅ洽滿ᄒ도록辦應ᄒ기甚難홈으로敏
速周洽ᄒ道ᄅ謀ᄒ야交易貿遷의便利ᄒ方法이始ᄒ니是卽商業이發達
ᄒ所以라農工商의三業이漸을由ᄒ야推移相進홈이若是홈이一人의兼
業으로ᄂ其術의不精홈은姑舍ᄒ고勞多益少ᄒ緣由[10]ᄅ亦悟ᄒ지라始
乃各人의分業ᄒᄂ法이生ᄒ야各其能ᄒ바趍ᄒ則四民의名을區別ᄒ야
其職業을判異케홈에至ᄒ나此亦時代와世界의〈11〉關係가不無ᄒ니時
代로論ᄒ면古代ᄂ今日에比하야ᄂ分別이猶且未詳ᄒ고世異[11]로論홀
진디各其國의進步程度ᄅ從ᄒ야不同ᄒ지라

歐美列邦은分別이判異ᄒ處가槪多호디東洋各國은不然ᄒ야或三業을
混同ᄒ處도有ᄒ며或二業을混同ᄒ處도有ᄒ며或略相分別ᄒ處도有ᄒ
나就中에我韓을特擧ᄒ야言ᄒ건디農工商三業이擧皆幼稚莫甚ᄒ中에
其工商이尤甚ᄒ야其有홈이與無로是同ᄒ則此에至ᄒ야ᄂ混沌世界라
稱ᄒ야도過言이아니로다夫農工商三業의次序가其沿革先後ᄂ如彼ᄒ
거니와又其關係ᄅ觀ᄒ건디農業이란者ᄂ人生의最重ᄒ衣食을供ᄒ며
且世界萬物의成且作ᄒᄂ十中八九多數ᄅ占ᄒ야其範圍가甚廣ᄒ기로
最先으로根本이라稱ᄒ고工業이란者ᄂ物品을自己出産ᄒᄂ力이無ᄒ
고農에셔生ᄒ原料에製造ᄒᄂ術을加ᄒ야凡百物品을成器ᄒᄂ故로其
次에居ᄒ고商業이란者ᄂ物品을出産홈도不能ᄒ며且製造홈도不能ᄒ
고但農工이已成ᄒ物의餘澤을賴ᄒ야分配交易홀당름인故로到底히其

---

10 緣由 : '緣由'의 오자이다.

11 世異 : '世界'의 오자로 보인다.

獨立의價値가無ᄒ야最末에處ᄒ나然이나商이아니면工의製造ᄒ物이
나農의出産ᄒ物을利用ᄒ기難ᄒ中에且農工의必要ᄒ物品의缺乏을補
助ᄒ기에도其路가無하고工이아니면農에셔出産한物의原料ᄅ利用ᄒ
ᄂ方法이無ᄒ中에ᄯᅩᄒ農及百工의利用ᄒᄂ器具도得치못ᄒ며且農이
아니면一言以蔽之曰工商의材料ᄅ生成치못ᄒᄂ니夫然ᄒ故로三業의
相須ᄒᄂ關係가甚密ᄒ야此에一이라도闕ᄒ이不可ᄒ지라
雖然이나若經濟의大道ᄅ誤ᄒ야或此重彼輕ᄒ거나本衰末盛ᄒᄂ境遇
에는非常ᄒ痛害ᄅ反釀ᄒ야匡救ᄒ기甚難ᄲᅮᆫ더러其結果ᄂ三業이一時
에俱衰ᄒᄂ大患에至ᄒ지라是以로其權衡을平正케ᄒᄂ方針이各其國
의時勢와及物情에依ᄒ야其過不及의抑揚이不同ᄒ나萬國一致의大意
ᄂ一農二工三商의次序로其准的을立ᄒ니盖以上三業을統稱ᄒ야曰實
業이라ᄒ나니라

我韓의農業大槪

我韓은元來農産國이著稱ᄒᆷ은前號에已論ᄒ얏거니와古代ᄂ悠遠ᄒ야
考徵ᄒ기果難ᄒ거니와箕子의時代로論ᄒ지라도東渡ᄒ初에殷家의遺
制로首先히井田을畫ᄒ야至今ᄭᅡ지平壤에其區畝가宛然ᄒ니此로써推
ᄒ야도箕聖의時代로붓터農業에注力ᄒᆷ을可見ᄒ지라盖洪範八政에食
이居一ᄒ니箕聖의經濟大道가衣食으로爲本ᄒ이니其後新羅時代에至
ᄒ야도尤히農業에專力ᄒ야牛耕ᄒ난法과耒耟의利ᄅ刱造ᄒ야農作의
器具ᄅ完備ᄒ며又國內各處에灌漑의利ᄅ興ᄒ야如咸昌之恭檢池와金
提之碧骨池와延安之南大池와堤川義林池等이皆新羅時에浚鑿ᄒ야써
水利ᄅ開ᄒᆷ은歷史上에昭著ᄒ야其遺跡이今尙未泯ᄒ니其時農業에注
意ᄒᆷ을可想지라以故로新羅朝에ᄂ官使의俸祿을皆米穀으로써頒給ᄒᆷ
으로世가禾穀을稱ᄒ야曰羅祿이라ᄒ며ᄯᅩᄒ可驚ᄒ者ᄂ新羅가唐兵을

請ᄒ야百濟와高句麗ᄅᆯ滅ᄒᆯ시內外國軍兵이數十餘萬에過ᄒ고征戰의
役이四五年에皆至ᄒ거늘能히一隅褊方의力으로粮餉을運輸ᄒ야策應
ᄒ되缺乏의患이無ᄒ고大功을卒成ᄒ니其時農産의豐盈홈과實力의健
全홈이엇지今日全國의力으로써可比ᄒᆯ바리오高麗時에逮ᄒ야도또ᄒ
堤堰을常修ᄒ야灌漑ᄅᆯ便利케홈으로米穀의産出이豐富ᄒ야女眞蒙古
의連年兵革에能히軍餉의困難을得免ᄒ얏고我國朝以來로도亦農業에
最注力ᄒ야勸農의官을置ᄒ며堤堰의司ᄅᆯ設ᄒ고農業을獎勵ᄒ며又農
書ᄅᆯ編刊ᄒ야農學을硏究케ᄒ더니一自中葉以後로ᄂᆫ儒術의虛文을崇
ᄒ며仕官의利慾을爭ᄒ야朋黨의禍가起홈으로國政의務와經濟의策은
漠然이腦後에抛置ᄒ고다믄貪虐을恣行ᄒ야民産의侵漁로爲主홈으로
農業者가僅히誅求ᄅᆯ免하기로幸福을삼아〈12〉實業의講究ᄒᆯ餘地가無
ᄒ故로漸히衰退ᄒ狀況을呈ᄒ지라於是에堤堰의制가廢ᄒ야水旱을一
遇ᄒ면飢饉의慘을被ᄒ고開拓의利ᄅᆯ不求ᄒ야荒田陳土가到處에曠蕪
ᄒ며農器의制度ᄂᆫ太古新羅의遺制ᄅᆯ仍用ᄒᄂ지라엇지農業의發達을
希望ᄒ며且鄕里豪富者의兼幷의害가極大ᄒ야庄土田畓이數三郡을連
ᄒ者ㅣ多홈으로其小作人에게田租ᄅᆯ濫徵ᄒ야賭租라稱ᄒᄂ名色이作
人의所作ᄒ田租三分의二ᄅᆯ徵收홈으로其作人은終歲勤勞ᄒ야地主의
賭租와縣官의結稅에充ᄒᆯ而已오豐年樂歲라도飢寒의患을未免ᄒ니此
로由ᄒ야農業의不振홈이쏘ᄒ一大弊源이되ᄂ所以로다

植林談

(日本林學博士本多淸六[12]氏의韓國殖林에對한談話)

一凡林業은第一期二期三期에分ᄒ엿ᄂᄃᆡ第一期의造林은그風土에適

---

12 本多淸六 : '本多靜六'의 오자로 보인다.

應ᄒ고發育이確實홀새슬植ᄒ고第二期三期을待ᄒ야비로소完全한樹
林을作홀지니若一日에完全ᄒ거슬得ᄒ랴하면도리여本林業에妨害홈
이有이ᄒ리라더ㅣ杉과如ᄒ者는當地風土不適홈을因ᄒ야發育ᄒᄂ者
ㅣ稀少ᄒ니故로風土에適當ᄒ고成木이確實하야一日이라도速키禿峯
을變ᄒ야蒼鬱홀森林을擇ᄒ야植홈만ᄌ못ᄒ니라

一水源으로涵養ᄒᄂ效果는樹木의種類을因ᄒ야多少差異가有ᄒ나大
凡樹木은그涵養上에著大ᄒ效가有ᄒ니라비록著大有效ᄒ樹種이라도
그最初發育不美ᄒ者는不可ᄒ니就目下形勢ᄒ야ᄂ그效果의差等如何
을不拘ᄒ고다만그成育이迅速ᄒ야殖林地을鬱閉케홈이在ᄒ니故로針
葉樹와潤葉樹[13]을不問ᄒ고其成育安固ᄒ고發育迅速홀써슬滿山種植
ᄒ야速키鬱蒼케홀더이라凡樹木이水源涵養上에有效홈은學를勿論ᄒ
고實驗에도不差하며非但杉檜等이라凡樹에도亦同하니라

一樹苗는冬季의寒氣보담도春季의寒氣을不耐ᄒ야被傷ᄒᄂ者ㅣ多ᄒ
니凡殖林地內에杉檜를種植ᄒ야그發育優良홀거시冬季는生氣靑々하
다가春季發芽홀際에及ᄒ야猝然히自枯ᄒᄂ者ㅣ有ᄒ니此等은곳春寒
를不耐ᄒ야被傷ᄒᄂ거신디ᄯ도往往히樹苗成長홈이五六尺에及훈者도
此害을被ᄒᄂ事ㅣ有ᄒ니그理由을言ᄒ건디樹苗가春氣ㅣ漸漸融和홈
을及ᄒ야그萌芽作用을催코져홀際에氣候劇變홈을遇ᄒ야莫耐被傷ᄒ
ᄂ거시니라ᄯ山谷의半面은杉檜가잘成育ᄒ고半面은凍傷ᄒᄂ者ㅣ有
ᄒ니此等은冬季의寒氣를由ᄒ야被凍ᄒᄂ것인디ᄭᄎ山谷山腹의別이有
홈이라그山의洞谷되ᄂ處은空虛無蔽ᄒ야直接으로凜烈寒氣을受ᄒᄂ
故로此處樹苗는多凍傷ᄒ고그山의背腹되ᄂ處는一屛障되ᄂ거이有ᄒ
야直接으로ᄂ凜烈寒氣을不觸ᄒᄂ故로此處樹苗는少凍傷하ᄂ니故로

---

13 潤葉樹 : '闊葉樹'의 오자로 보인다.

山谷方向에는寒氣凌耐ᄒᆞᆫ樹木을植홈이適當ᄒᆞ니라ᄯᅩ韓國山岳이大
抵旱天에는極히乾燥ᄒᆞ고雨天에는極히潤濕ᄒᆞ니此等土地에는乾濕을
共耐ᄒᆞᄂᆞᆫ樹苗던가濕潤을不恐ᄒᆞᄂᆞᆫ赤楊類等을植홈이宜ᄒᆞ고ᄯᅩ此等土
地ᄂᆞᆫ冬季濕潤ᄒᆞᆯ時에凍結ᄒᆞ야樹苗롤傷케ᄒᆞᄂᆞᆫ事ㅣ有ᄒᆞ니故로此等處
에豫先留意ᄒᆞᆯ지니라

一(포푸라)穗枝을折來ᄒᆞ야揷ᄒᆞᆯ時에初年에는多數ᄒᆞᆫ新芽롤發生하나
만일그더로置ᄒᆞ면後日에往々히枯死ᄒᆞᄂᆞᆫ者ㅣ有ᄒᆞ리니故로初年에반
다시그新芽一二枝만存置ᄒᆞ고그餘는다瓜去ᄒᆞᆯ지니라

一當地山에樹苗害虫이多ᄒᆞ고ᄯᅩ地中에셔樹苗根을食害ᄒᆞᄂᆞᆫ一種虫이
有ᄒᆞ야苗을往々이枯死케ᄒᆞᄂᆞ니그驅除及豫防홈을尤要注意ᄒᆞᆯ지니라

一防火線은植林地四方周圍에一種凌火ᄒᆞᄂᆞᆫ樹木을植ᄒᆞ야ᄡᅥ火災를防
ᄒᆞᆯ지니라

一釜山港에셔水源涵養植林事業이有하니目下韓國形勢上에植林이必
要홈은不待識者而知之者也라勿論何處하고本業創始홈은實로善美ᄒᆞᆫ
事業인디其中水源涵養이利益이大하니라〈13〉

婦人宜讀第二回　부일이맛당이일글뎨이회라

　　가정학　　　　　　　　　　　　　　　　　　일본 하던가자 뎌
　　　　　　　　　　　　　　　　　　　　　　　디한 됴양보ᄉ 역

유아괴육의디요

아동을괴육홈이원졍-화초기루ᄂᆞᆫ스롬-이화초기룸갓타야비양홈이맛당
홈을어드면다풍자를안보ᄒᆞ고그려치아니ᄒᆞ면이초와기화가ᄯᅩᄒᆞᆫ황퓌ᄒᆞ
야그횡디와란엽의자라나미터연의가려홈을손샹홈이잇심은디기쳐음에
지식티못홈에말미아무미라아동를괴육홈이이리치로더부려다름이　업
신디라

이런고로아동이자라남이약ᄒ고둘홈은틱육에조심티못홈과어린ᄶ의가
라침을이짐으로말미아뭄이니이ᄂ불가불쳐음에조심홀거시오쏘강건ᄒ
고형능ᄒ한아히를엇고뎌홀딘디반다시그어미의강건ᄒ고현능ᄒ한후에가홀
ᄶ라

셔양의현텰ᄒ니말에ᄀᆯ오디텬신이하민을니루ᄉ어미를디어ᄊ어아히롤기
루며가라친기능을부탁ᄒ시다ᄒ니이런고로녀자의셩경이자인ᄒ고인ᄂ
홈이진실로그러ᄒ한바라셰간의디업을셰우고큰공을일우ᄂ영웅호걸이뉘
자모의손에안보ᄒ고기룸으로말미아마나다아니ᄒ리오

고로아동어릴ᄶ의괴양홈은힘ᄊ쏘조심홀디라언에ᄀᆯ로디자모의아히기
로ᄂ공이쟝부의셔샹껭졔ᄒᄂ것보담크다ᄒ니이난쟝부가다아동으로부
터일움이라셰샹에ᄉ롬의어미되ᄂᄂ니ᄂ맛당이두셰번이에살펴조심ᄒ여
어린아히괴육홈에겨울리ᄒ야아녀의노디홀ᄶ의실푼지경에ᄲ지지말게
ᄒ라

틱육의관게

건장ᄒ한아히을엇고뎌홀딘디몬져그어미의건쟝홈을본거시오어진자식을
엇고져홀딘디몬져어미의그졍신괴육홈에인ᄂ이라고로부인이자식빔이
잇시이쳤ᄶ맛당이기거를조심ᄒ고신톄와이목의감동ᄒ한바에어미의거동
을일치말지라

디기틱즁아히어미로더부려갓치감동ᄒ고쏘ᄒ한어미의톄질를이은디라그
관게홈이지극히밀졉ᄒ니잉부가불가불졍신을진작ᄒ야ᄊᄉ로운동홈을
젹당케ᄒ야ᄊ고지톄를할발케ᄒ야종용이히틱홀졔을기달을디라

디기히산ᄒᄂ일은부인의큼일이라산젼산후의신실로조심치아니ᄒ면텬
년을상ᄒ기쉬읍고혹다실으지못홀병이잇슴을쏘ᄒ셰알이지못홀거시나
그러나잉부의히산홈은본디하나리쥬신직분이니그다른병에비ᄒ디못홀

거시라고로산전의더옥조셥ᄒ야기루고산후의조셥ᄒ기를겨울리아니홀
디어다쏘ᄒ가히두려울일이아니니라

잉부의위싱

잉부의의복을맛당이가부얍게다시고덕ᄉᄒ게ᄒ며몸의갓가온옷슬가장
쳥결케ᄒ야습긔가잇디못ᄒ게ᄒ며게울날은맛당이덕ᄉᄒ고부드러운비
로ᄶ신옷슬입어링긔로ᄒ어금살에침노치말게홀거시오열음날은허리와
비를쏘ᄒ링긔을더질으지못ᄒ게ᄒ고허리쒸를단ᄉ이미기를쎠릴디니라
셰상스람이혹일으되틱즁에아히를발육홈이과셩ᄒ면산ᄒ기어럽다ᄒ고
로미양복부을단ᄉ이밋고뎌ᄒᄂ니이난디기기그른니라틱즁의아히발육홈이
완젼치못ᄒ면문득희산ᄒ기어려우문리셰의반다시일을바니라
잉부의식물은맛당이자양홈이만ᄒ고쇼화ᄒ기쉬운거슬가릴거시오쏘ᄒ
리홈이맛당ᄒ기을요군ᄒ고그먹고십지아니ᄒᆞᆫ거슨강연이먹지아니홀거
시요맛당이만이먹디말고다맛공북을쎠려몸의젹당ᄒ게홀디니라
잉부의겨쳐ᄒ난방은맛당이남으로낫ᄒ며혹동남으로낫ᄒ야날비시빗치
며쏘고공긔유롱ᄒᆫ곳을긔란거시요빅화만발ᄒ야션명ᄒᆫ완졍에와온가나
무록음속에와혹산쳔완야에바리볼만ᄒᆫ곳이가장맛당ᄒ니〈14〉
만일이러ᄒᆫ곳을엇지못ᄒ면반다시고죠ᄒ고명량ᄒᆫ곳을긔려쎠ᄉ로창문
을여려공긔로ᄒ여금시로들게ᄒ고거쳐ᄒ난방안의항상졍결케ᄒ야졍신
으로ᄒ여금상쾌ᄒ게홀디니라

잉부의동졍

잉부의신톄을항상젹당케운동ᄒ되쎠ᄉ로들밧게ᄒᆫ가이단이며혹바다가
이며혹평광ᄒ고곰활ᄒᆫ당이면혹졍원과년포의사이에단여시공긔을호흡
ᄒ야심신을상쾌ᄒ게홀디니라

오직놉고나진기구호길과혹쥰판을더우자붐과거마올탐과츔츄고발굴니
며무건슬들어힘을씨지아니홀디너라

쏘일간에운동이젹당호직야간에잠들기쉬울디니잠자믈츙죡호면몸기루
기에유익홈이젹디아니호너라

힁산홀나리갓갑거든더옥맛당이셩신으로호여금샹콰이젹당케호야신체
을쳥결케호고운동홈을셔챵호게호고잠자기을츙죡호게호야이쩌에만당
이산실과일체기구룰졍돈호야셔々이힁산홀나를기다를지너라

미양슈티호날노힁산호기까지일으면이빅팔십일가량이니곳사십셩긔간
이라셩긔란말은양력에일월화슈목금토가한셩귀너라음려으로써계산
호면열달가량이라

포육-젓먹여키운둔말이라-

영아을포육홈이유모를졍호야먹인이도잇시며김싱의졋을먹기니도잇시
나다친어미의졋만갓지못호니더기호날이스람을넉미그감미의먹눈료-
임히온량호고자혜호어미의계싸라나너라고로어미의아히먹이은실노쳔
부의직분이니

이직분을극진이홀자는아녀의지체강건홈을엇고그럿치안이호면퍼리고
약홀지니만일산후에졋진익을셜누호면스사로먹는자사셩긔에나지못호
야극치고그려치아니호면육셩긔나혹팔셩귀올지널지니엇지두럽지아니
호리요

쏘산모식량의더홈과혈익슌환호니그니힁쏘호크게졋먹눈여부의관계되
거눌셰샹스람이혹말호되산모가자긔졋을먹인직용모가슈이샹호다호야
다른스람의계막게길우느니그른마리로다더기안히을취호기눈아름다운
아달기루기를쾨홈이니엇지용모아름다움롤취호리요

그러호나방금셔양갓튼문명호나라도오히려이비록호풍속를면치못호니

실푸지아니ᄒᆞ리오쏘스사로졋을먹이지아니ᄒᆞ자는모자친이ᄒᆞ졍이반다시두텁지못ᄒᆞᆯ거시요쟝ᄂᆡ교육홈에도실슈홈이만ᄒᆞᆯ지라더범셰상ᄉᆞ람의어미되는자조심ᄒᆞ야그쳔부의직분을볘리지말나

유모의쥬의

싱모의유집이우락(牛酪)과건락(乾酪)의본질과유당(乳糖)과슈분(ᄉᆞ룸의몸의무리ᄉᆞ불지일이라)과염분(鹽分)등를비합ᄒᆞ야된지라쏘산후의유집이남이심히느지러묘ᄒᆞ게씀을실노가히싱각ᄒᆞ야의논치못ᄒᆞᆯ지라향리에오리된쳐십이영아로ᄒᆞ여금난뒤에로고란약을(鸕〔鴣〕藥)먹여그틱독을졔ᄒᆞ니이자못위험ᄒᆞᆯ지라맛당이간졀히경계ᄒᆞᆯ바니라

분인이산후에조셥홈이잉틱ᄒᆞ엿실쎄와다름업셔슐마시기를가쟝ᄭᅥ리고먹는물건을맛당이만ᄂᆡ보ᄒᆞ 고슈이소화ᄒᆞᄂᆞᆫ거슬씰거시니라

초산혼부인이졋먹기는더익지못ᄒᆞ야반다시곤란ᄒᆞ나그러나슈일후에졈ᄼ익을지니그쎠에졋시만치악니ᄒᆞ되격졍ᄒᆞ지말나영아발육홈에밋쳐유집이졈ᄼ만ᄒᆞᆯ지라쏘졀문부인이잠잘졔만이자녀의게졋을먹이며자니잠집피득뒤에왕ᄼ이눌더쥬기ᄂᆞᆫ폐잇난지라이난불가불조십ᄒᆞᆯ거시니라 (未完)〈15〉

同志規箴

菽粟이비록倉에盈하더라도熟하야食지아니하면療飢하난듸無益하고布帛이비록箱에滿하더라도裁하야衣치아니하면禦寒하난듸無救할지니吾儕ㅣ德義와品行을日ᄼ論說하나實地를脚踏지아니하면濟事하난듸何益이有하리오今에三項規箴을作하야同志로各自遵行케하노니此로自修하야三年을怠치아니하면其品性智識에반다시大補가有하리라

(一)不妄語

昔에劉器之ㅣ司馬溫公의게心要를問한디溫公이曰莫妄語하라劉ㅣ初
에甚히易히녀기더니及歸하야私自檢省한則語多妄發하야三日를經過
함이其妄을愈覺하깃난지라於是에愼을發하야日夜로點檢하야力行한
지朞年에胸中이泰然ᄒ야비록山岳이倒前하더라도心神이凝定自若한
지라然後에야溫公이我를不欺한줄을始信하더라

朱子ㅣ忠信을論說하야曰忠은內로心에欺치아니함을謂함이오信은外
로言에妄치아니함을謂함이라하시니言簡而摘要한지라同志ㅣ心體力
行한則此不妄語라하난戒에其背馳치아니하리라

我國人이言이多하야一言에可決할事를數百言에도斷決키未能하니是
난無他라心이浮妄한故로言이簡要치못한所致라人을接하며事를處하
난際에森嚴淵默의德이有한者ㅣ言을出함이人의肺腑에深入하고其ㅣ
事를決함이ᄯ한確實無疑하야一刀兩斷에剖析如流하나니凡我同志난
日用平常에自愼自重하야一言一行이라도반다시苟且히함이無하야言
을發할際에반다시몬져內로自省호디此言이果然眞實하야己를欺치아
니함인가하야其眞實함을明知한然後에出하며事를行할時에반다시몬
져內로自省호디此行이果然正大하야人의게愧치아니한가하야其正大
함을的見한後에行할지니言을出하며事를行함이其獨을愼함이果然能
히如此하면비록君子의班에不入코져하나可히得지못하리라

昔에法國亞歷山得大帝의師가臨死에帝를呼하야曰汝ㅣ한번言ᄒ며ᄒ
번行ᄒᆷ이이몬져二十六字를數ᄒᆫ後에發ᄒ라하니西人이到今ᄭ지傳誦
하야名訓이라稱ᄒ난지라吾同志ー平生用心律己ᄒ기를ᄯᅩᄒ如此할거
시니라

(二)貴責任

天子로自호야庶人싸지任務가有치아니홈이無호니任務가在호바인責任이係호빌라孟子ㅣ曰호디士[14]난志를尙호다호시고又曰호디仁義而已라호시니卽此是士子의責任이라馮婦ㅣ攘臂搏虎홈이善士ㅣ笑호니其志向이確立지못호야士子之任에背馳홈을笑홈이라官職에在혼者ㅣ上自宰相으로下로獄吏싸지責任이各有호니其志ㅣ職任을全홈이惟在호고窮達榮辱에난絲毫도胸中에置치아니호랴야士大夫의面目을不辱호다謂할거시니今日在朝의士와在野의士를不問호고責任의可貴호줄을能히知호야馮婦의所爲를不爲할者ㅣ坖幾人이有乎아勢利에誘호며富貴에淫하며威武에屈하난者ㅣ蠢蠢然到處皆是라國家의發達를誤하며民生의幸福을害홈이此輩에在하니此所謂獅子身中의虫이라此虫를除却지아니하면民福이何로從하야進步하리오然하나責任을不解하난거슨此病이吾儕에도有之하니何暇에人을責하며世를誹하리오責人하기난甚易하고責己하기난最難하니吾儕는其甚易호거슨捨置하고其最難호거슬力學할지니卽此是深히人을責하며世를誹하야流俗의弊風을矯救하난道니라

(三)重約諾

這一句가國人相交하난社會上이第一必要한거시라今에家屋을建築하면柱石을必要하나니柱石이無하면三尺屋宇라도建造키不能이라況廣廈千萬間乎아約束을牢守하며然諾을重히〈16〉하난거시社會組織하난디柱와石이家屋建築하난디와如하야有하면비록千万人이라도信用而無疑하고無하면비록父子兄弟妻子의間이라도能히一日도保持치못하

---

14 土 : '士'의 오자이다.

리니라先聖이垂訓하야曰與國人交至[15]於信이라하시니此一言이社會
組織하난要訣이라可謂하리로다歐米文明國民의今日如許흔盛大를致
흔所以난學問優餘에와技術巧妙에不止하고國民의信義相交하난디在
하니使歐米社會로信用思想을一旦除却하면彼의文明富强흔거시卒然
히支離滅裂ᄒ야一日이라도不能保全ᄒ리라英國(타임스)新聞에셔日
本文明을論評ᄒ야云ᄒ디日本人이戰場에셔武士의精神이全軍에發動
ᄒ야軍規를守ᄒ며命令을遵흔난思想이到死不變ᄒ난지라所以로世界[16]
第一强兵이되여시니만일에如此흔精神이商工에도同一發動ᄒ면日本
이大商工國됨이無慮할거시라日本商業家ㅣ約束의可重흠과信用의可
貴흠을不知ᄒ고一朝의利를獲ᄒ난디急ᄒ야永久의信을失흔지라故로
商工國의眼으로日本을視ᄒ면日本이未足恐이라ᄒ엿더라

今日我國의情勢가何如ᄒ뇨ᄒ면官民이相欺ᄒ며人々相疑ᄒ야交誼懇
親흔間이라도無約束可重ᄒ며無信用可貴ᄒ야朝爲親交라가夕爲仇讎
ᄒ난者도有ᄒ며昨日爲敵이라가今日爲友ᄒ난者도有ᄒ야信義相持ᄒ
며窮達相扶ᄒ야靑年結交에白首不渝ᄒ난美風善俗은掃地無餘흔지라
古聖이言을有ᄒ야曰民無信不立이라ᄒ시니嗚呼라我韓이今日之境에
至흠거슨엇지他人의罪라ᄒ리오我國이自招흔거시라當此之時ᄒ야文
明制度를欲布ᄒ며産業發達를欲圖ᄒ나人心이腐壞ᄒ야朽木에雕刻을
試ᄒ며沙地에家屋을築흠과洽然相如라其所以[17]濟事리오凡我有志者
난맛당히自警自省ᄒ야晨鐘을聞흠과如ᄒ야自治에注意할지여다議世
評人ᄒ난거슨易中尤易흔거시오責已克已ᄒ난거슨難中最難흔거시라
凡人이能談能論ᄒ야終日囂々不倦ᄒ야老熟흔博士라可謂할者ㅣ其人

---

15 至 : '止'의 오자이다.

16 世界 : '世界'의 오자이다.

17 所以 : '何以'의 오자로 보인다.

이不乏ㅎ되其實踐實行ㅎ난能力을夷考ㅎ면三尺童子와無異ㅎ야二千
万人力을合ㅎ야國權을未能保全ㅎ니皆是個人不自治ㅎ罪라吾儕난平
生交際之間에約束을重히홈으로各自期待ㅎ며互相戒勵ㅎ야國人의責
已自重ㅎ난風을漸次養成ㅎ야國家社會上基礎를鞏固케홀지여다
規約三項은如右如定ㅎ야平生戒箴을作爲케ㅎ노니以此로日々相勵ㅎ
야頹世中에敫然崇立ㅎ야鄒孟子의泳山[18]嚴々홈과如ㅎ야隱然히一敵
國을別作ㅎ야人意를强케ㅎ난거시是吾儕의厚望이니勉홀지여다

◎內地雜報

駐韓日本師團司令部

六月十五日日本某新報를據ㅎ즉韓國駐屯ㅎ日本軍은目下咸鏡道咸興
에第十三師團司令部와會寧에旅團司令部를置ㅎ고京城과及其近附에
第十五師團司令部을設ㅎ얏는디皆韓國官衙로써充케ㅎ고兵士는元山
과京城外에는五人或十人式을韓國民家에占居케ㅎ더니今回에兵營을
建築ㅎ야第十五師團司令部를龍山에置ㅎ고그所屬部隊는平壤과義州
에置홀터인디目下水質과其他建築地를測量ㅎ야本年內로建築에着手
홀豫定이요第十三師團司令部의建築地는아직決定치못ㅎ얏스나畢竟
咸興에設홀터이라云ㅎ엿더라

駐美我國人民調査

日本統監府에셔駐美日領事의게訓飭ㅎ야美國各處에在留ㅎ我國人民
을調査ㅎ야政府에公文ㅎ얏는디桑港과布哇外에現在ㅎ人口가一百五

---

18 泳山 : '泰山'의 오자이다.

十名中에婦人이六이오小兒가一이오鐵道工夫가八十五名이오人參販
賣人이五名이오其餘ᄂᆞᆫ皆是鑛軍〈17〉이라더라

布哇我民獨立

美國領地布哇國에居留ᄒᆞ는我國人民이幾千名인디日領事의保護ᄂᆞᆫ期於
不受홀터이니本國領事ᄅᆞᆯ派遣ᄒᆞ라ᄒᆞ더니今番에日領事가人口調查ᄒᆞ
ᄂᆞᆫ디ᄯᅩ反對不應ᄒᆞᄂᆞᆫ故로布哇에在ᄒᆞᆫ我國人民은不得調查ᄒᆞ엿다더라

義親王殿下回國

義親王殿下계오셔去月二十八日下午一時量에南大門驛에到着하셧ᄂᆞᆫ
디同驛에我國邊으로만各部大臣以下及各學校生이오日本邊으로ᄂᆞᆫ長
谷川大將及鶴原總務長官以下各文武官이多數出迎하엿더라警務廳及
軍隊에셔儀仗ᄋᆞᆯ派送하야護衛入城하야卽時詣闕復命하시고馬車로泥
峴에新定ᄒᆞᆫ義親王宮으로歸邸하셧다더라

派送日憲兵

近日各處에義兵이蜂起하ᄂᆞᆫ디義兵鎭壓하기爲하야京城日憲兵分隊에
셔派遣ᄒᆞᆫ憲兵의報告가如左하니
三陟附近에셔數百名義徒가出沒ᄒᆞᄂᆞᆫ디其魁首ᄂᆞᆫ申石右及黃淸一이라
ᄒᆞ엿다더라

烈哉兩夫人

南來人의傳說ᄅᆞᆯ聞ᄒᆞᆫ즉前義兵大將閔宗植氏의夫人은洪州被陷홈ᄋᆞᆯ聞
하고卽服藥自盡하얏고今番被捕ᄒᆞᆫ義兵大將崔益鉉氏의夫人은其夫의
被補홈ᄋᆞᆯ聞하고亦服藥自盡하엿다니可謂義夫烈婦라하깃더라

統監遭警

伊藤統監歸任하ᄂᆞᆫ途中에安陽等地를距ᄒᆞᆫ十里에셔何許人이統監搭乘ᄒᆞᆫ汽車에向하야投石ᄒᆞ야玻璃窓이破壞되엿ᄂᆞᆫ디該犯人은卽時警察憲兵의게取押ᄒᆞᆫ빅되야去二十五日에憲兵本部에셔調查하야도投石理由ᄂᆞᆫ姑未判明이나該地에셔再次投石홈은甚히怪異ᄒᆞᆫ事라더라

統監陛見

去月下旬에日本伊藤統監이八[19] 闕 陛見ᄒᆞ엿단槪況을聞ᄒᆞᆫ즉伊藤侯가如左三件事로上奏ᄒᆞ엿다는디

一 宮禁肅淸을實施홀事

二 義兵을倡動ᄒᆞᆫ關連者를査究홀事

三 宮內府에所在ᄒᆞᆫ馬牌鍮尺을金升文[20]이何以帶持홀事

右三件事룰上奏ᄒᆞᆫ後更奏曰屢次宮禁肅淸으로勸告ᄒᆞ여스되終始實施치아니홈으로此等事가頻々生出ᄒᆞ여스니不可不日本官憲으로 宮禁肅淸에着手ᄒᆞ깃나이다ᄒᆞ고旋卽退出後下午十一時量에警務使朴承祖氏와警察課畏李憲珪氏와丸山顧問과岩井警部와日巡査及巡檢日憲兵이一齊히 宮中에前進ᄒᆞ야各門을把守ᄒᆞ고內侍及腋庭[21]所屬의出入을一並禁止ᄒᆞ고奉侍中幾人을搜索中이라더라

鑛山條例

近頃에移民鑛山兩條例가頒布前各新報에屢次報道하얏기로玆에揭載ᄒᆞ노라

19　八 : '入'의 오자로 보인다.
20　金升文 : '金升旼'의 오자로 보인다.
21　腋庭 : '掖庭'의 오자로 보인다.

第一條　鑛業者난鑛物의採掘及此에附屬ᄒ난事業을謂홈

鑛物의種類난命令으로定홈

第二條　未經採掘에鑛物廢鑛及鑛지난國有로홈

第三條　鑛業을經營코져ᄒ난者난鑛物의種類를明起히야鑛區圖를附

添ᄒ야農商工務²²大臣의許可를受홈이可홈

鑛業請願ᄒ난地에其採掘코자ᄒ난鑛物의存在홈을證明홈이

可홈

第四條　鑛區의境界난直線으로定ᄒ고地表境界線에直下를限홈

其面積은石炭의在ᄒ야난五万坪以上其他鑛物의在ᄒ야난五

千坪以上으로ᄒ되都是百万坪으로超過홈을得지못홈〈18〉

但鑛利保護上又鑛區分合上不得已ᄒ境遇에난百万坪을超

過홈을得홈（未完）

移民條例

第一條　移民者난勞働에從事홀目的으로外國에前往하난者及家族으

로同伴하며又其所在地에前往하난者를謂홈

第二條　移民은農商工部大臣의許可를受치아니면外國에前往홈을得

지못홈

前往許可난其許可日로붓터六個月以內에出發아니하난時

난其効力을失홈

第三條　農商工部大臣은必要로認하난時난移民의前往을停禁하며又

其許可를繳消함을得함

前往停禁中日數난前條第二項期間에算入아니홈（未完）

◎海外雜報

清國官制改革　六月十日

六月五日北京特電을據한즉淸國政府と張之洞, 袁世凱, 岑春煩, 周馥, 及趙爾巽氏等이屢々히往復商議하야그結果가出洋五大臣의歸朝홈을俟하야新官制을發布할터인디新官制은各省에鹽法道, 兵務道, 督粮道, 稅務道, 工商道, 交涉道等의六道와, 財政司, 掌刑司, 提學司, 輸傳司, 警政司, 民政司等의六司를置하야다地方長官의統轄에歸케하고知府知縣以外各官은全廢하야地方長官은從來巡撫로任用하고總督將軍等은內閣或其他衙門에轉任케할計畫이라더라

淸兵斷髮　十五日

淸國遊歷者의傳說을據한즉淸國의敎育하と陸軍이四十餘萬名인디其中精銳兵은三萬兵에不過하고遠世凱[23]氏轄下兵은一齊斷髮하엿다더라

遣外公使進言　十六日

墺地利德國英國에住在한淸國公使と一致하야淸皇陛下에게進言홈이如左하니

一　淸國의立憲政治을布할事

一　地方自治制을布할事

一　言論集會條條을發布할事

國會와政府　上仝

倫敦電을據한즉俄國에셔政府와國會間에調和홀貌樣이無하고國會と

23　遠世凱 : '袁世凱'의 오자이다.

每日開會하야官府의不法을議하며改革의計畫을議한다더라

俄人請求　上仝

滿洲에在흔俄人이如左諸件을淸國全權委員으로하야곰承諾케ᄒ라고
俄國公使의계申請ᄒ얏다홈이如左ᄒ니

一　滿洲蒙古一帶地예伐木及採礦權

一　領事所管內에셔俄淸兩國의交涉事件을議定ᄒᄂᆫ權

一　東淸鐵道一帶地예셔俄國의特權

一　松花江及其支流예俄國軍艦의航行權

撤簾上奏　十七日

淸國에셔御史七名이聯名上奏ᄒ야曰國家多事ᄒ고聖母年卲하니撤簾
歸政ᄒ고頤年을靜養하야天下人民의望을副ᄒ게ᄒ소셔ᄒ디西太后가
嘉納하셧다더라

楊使電報　十八日

駐日淸公使楊樞氏가本國政府에電報ᄒ되日本이滿洲에셔商工業의利
權을占有ᄒ랴ᄂᆫ計畫에對하야拒絶홀手段을取ᄒ라하엿더라

俄國總領事의承認　上仝

駐韓俄國總領事公認問題로日本外相林董氏와駐日俄公使바구메지에
후氏가數次交涉하더니俄國예셔畢竟日本政府의主張을許하야日韓協
約의規定을因하야日本의公認을請ᄒ기로〈19〉內定하엿다더라

北滿洲占領의獻議　廿日

北京電에曰哈爾賓에在한俄國司令官이本國政府예電報ᄒ되現今馬賊을利用ᄒ야黑龍江吉林兩省을占領홈이好時機라하엿더라

第二日露戰爭　二十二日

五月十七日伯林電를據ᄒ즉日露媾和ᄒ後에獨逸皇帝가豫言ᄒ기를吾ㅣ極東에셔二大帝國의霸業을爭ᄒᄂ結果로再次大戰爭惹起홈을見하리라ᄒ시고쏘露國바바예노-氏가近頃에第二日露戰爭不可避라ᄂ論을著ᄒ야陸軍大臣의게獻ᄒ얏ᄂ디辭意ᄂ포쓰마우스條約은다만休戰을쓸음에不過ᄒ고自今五年或六年間에日露가반다시再次交戰ᄒ리니此交戰은日本이挑起홀지라由來日本東洋政策이露國을太平洋沿岸에驅逐ᄒ後에已홀主義인즉吾國도맛당이此準備를怠치아니홀지라目下滿州附近에吾軍隊三分二를駐屯精練케하야써他日의大襲을備홀썻이며西伯利亞東部에殖民事業과鐵道改複線을速營홀썻이며黑龍江烏蘇里의兩鐵道을急成홀썻이며浦鹽斯德軍港을改築ᄒ야第一等軍港을作홀지며滿洲國境一帶에防禦工事를行홀지며多數戰鬪艦을製造홀썻이라ᄒ엿더라

猶太人의被殺　十九日

桑港電을據ᄒ즉俄國에셔猶太人虐殺이愈益增加ᄒ야猶太人二百名이이믜虐殺되엿다더라

猶太人의哀訴　上同

露國議會의猶太人議員은倫敦에在ᄒ諸名士의게電報ᄒ야露國에셔猶太人虐殺ᄒ기를開始ᄒ라ᄒ니我等을救ᄒ기爲ᄒ여盡力ᄒ여둘나고哀

訴하엿다더라

英俄協商內容

英京外務省機關紙스단싸ㅣ쓰로暗示호英俄協商의內容은左와如ㅎ다ㅎ니

二[24] 쯔례무긴內閣의成立은英俄媛協啓題[25]의鮮決을圖達홈에有利호事實이有호지라

一 俄國은波斯灣에一港만要求ㅎ고同領地에一商業的鐵道의敷設하기는廢棄ㅎ며

一 波斯는南北兩區에分ㅎ야南區는英國勢力範圍로ㅎ고北區는俄國勢力範圍로ㅎ며

一 中央砂原을獨立地帶로ㅎ며

一 俄國이가와기쓰스鐵道는다잇수를經由ㅎ야게루만시야或은가니긴에延長ㅎ야빠수짜도線에連絡홈을得호境遇에는德國은君士坦丁에셔싸수도짜지鐵道英國은빠수다도에셔灣口섯지鐵道監視權을受ㅎ고或은빠수다도에셔灣口에至ㅎ는線은世界的監視下에置케하며

一 俄國은全線監視權이無ㅎ나商的利益의發展은認諾홀事

一 阿富汗斯坦,西藤[26],土耳其는現狀維持의主義에不踰ㅎ며

一 此協商은彼의獨逸的로結ㅎ지아니ㅎ며

一 極東問題는日英同盟의精神을基ㅎ며

內容의槪意는如右호디近日內에外相에네도와ㅡ도,쭈례이氏는此內容이一層協成ㅎ면更히公示ㅎ야國民의意見을徵홀意가有ㅎ다더라

24　二 : '一'의 오자로 보인다.

25　啓題 : '問題'의 오자이다.

26　西藤 : '西藏'의 오자로 보인다.

英美默契

近着ㅎ데리ㅣ,데례궁라후는英國皇帝어쯔와ㅣ쯔七世가近近加奈陀에
旅行ㅎ신다홈을報ㅎ고쯔此旅行이單히加奈陀에만止홀뿐아니라華盛
頓,紐約까지及ㅎ다云하며英國皇帝의此美國行은幾多의利益이伏在ㅎ
다云하며쯔進ㅎ야英國外交의活動을說ㅎ야曰加奈陀는英美兩國에橫
호連鎖가될지라此連鎖로ㅎ야歷史的이될뿐아니라又記臆이될지니日
英同盟,英法協商,俄日親善이오更히北美에旅行ㅎ야大統領과會見
〈20〉等은將來平和의紹介者가되야英國을迎ㅎ는好箇의寶座가아니리
요近時外交의活動은他時代에比ㅎ야最聳홈이有ㅎ다ㅎ엿다더라

駐劄米國某國大使가客月에大阪每日新聞通信員에對話호極東觀

英國이만일露國과同盟條約을締結홀日에는卽英日露佛四箇國이東洋
에在호各其利益에可히堅固 호協商을得結홀엿시오다맛米國이曰英의
對東洋主張에비록贊成을表ㅎ나此四國同盟에加入ㅎ는事는不爲홀지
오쯔獨逸과及其他諸小邦도亦然ㅎ리라
日本이滿洲에셔其基礎을作코자ㅎ는志는瞭然히睹火ㅎ기와如하나日
本도맛참니軍隊를撤退ㅎ고商人만殘留ㅎ야其經濟的勢力을扶植홀엿
이니滿洲南部는事實上에반다시日本의所有가될지라此時에는露國도
쯔한滿洲北部에虎踞ㅎ야日本과相峙ㅎ리라
近年傳評ㅎ난바英露協商은此如何호理由計畫에基하얏는지未可推測이
나彼日英同盟은利己的野心이아니로되英露協商의性質을察하건디露國
은貪求土地ㅎ는野心이未休ㅎ는지라故로英露二國이或淸國에各其部分
의侵畧的行動을不爲ㅎ야英國은淸國北部에染手치아니하며露國은淸國
南部에染手치아니한는內約이라ㅎ니此想像이雖不中이나其不遠호者인
져然則露國이將次其羽翼을支那北部에伸홀것은昭著호지라故로日本이

반다시 此協商을 反抗ᄒ리니 目下 日本이 韓國을 經營ᄒ며 南滿洲에 蟠踞ᄒ
나 露國의 東洋에 勢力發展홈을 見ᄒ면 彼焉能默視ᄒ리요

日獨二國의 前途

東洋에셔 不遠에 日本과 構難홀者ᄂᆫ 獨逸이 必是也라 獨逸이 今에비록 膠
洲灣을 占有ᄒ엿스나 日獨戰爭開始ᄒᄂᆫ 日에ᄂᆫ 必爲日本所奪略故로 此
가 到底可恃홀地가아니라故로 海軍根據地와 一同盟國을 別有ᄒ야셔 黨
與삼은 然後에야 始可開戰홀지니 淸獨開戰홀時도 亦然ᄒ지라 支那訓練
兵으로陸上에셔 攻擊ᄒ면 該灣을 占領홈이 不難이라ᄒ엿더라

復讎戰備 (二十七日露都發電報)

一昨夜露都에셔 貴族大宴會을 開ᄒ엿ᄂᆫ디 그僉席ᄒ 톄녜칸푸將軍이 演
說ᄒ야曰 日露國이 極東에셔 復讎을 圖謀홀日이旣近홈으로 國威와 領土
룰 回復홀 準備가 漸々整頓ᄒ다ᄒ니 會衆이 大喝采ᄒ야셔 此語룰 歡迎ᄒ
엿다ᄒ얏더라

日本一將軍의 對露國談

日本一將軍이 露國을 對ᄒ야言하엿스되 露國은 擾亂內爭이 無所底止ᄒ
야 其勢가 次第加劇홈이 上下人心이 睽離之狀이 日有커늘 此룰 不關ᄒ고
陸海軍의 準備改良이 日新月盛ᄒ야 着々히 發展홀策을 講究ᄒ며 艦艀製
造도 亦別노訂約ᄒ며 特히 陸軍에 到ᄒ야ᄂᆫ 其復舊力이 非常혼勢가 有ᄒ
고 坐戰後에 몬져 新陸軍僉謀大學校룰 刷新ᄒ며 各軍管區組織울 變更ᄒ
야 敗戰恥辱을 洗雪코져ᄒᄂᆫ 念이 隨處發現ᄒ니 其勢不可遏이라 만일 今
日形勢로 進ᄒ면 今後經過五年에 其實力이 반다시 開戰前에 遙優홀지니
日本도 맛당히 自今戒心ᄒ야 軍事經營上에 怠惰치아니 홈이 可ᄒ다ᄒ엿

더라

日本某新報가統監歸任에對ᄒ야評論ᄒ엿난디今에其槪意을譯載ᄒ노라

大觀兵式祭列한光榮을擔ᄒ고歸朝ᄒ엿던伊藤統監은南韓儒生崔益鉉等이暴發ᄒ야就縛ᄒ後에歸途에登ᄒ엿더라

統監歸朝한後에儒生이暴發ᄒ야幾多紛擾를經ᄒ事난吾儀가統監과갓케深히遺恨ᄒ난빈니不知케라統監歸任ᄒ난日에쟝차如何ᄒ經營設施에出할ᄂ지

今에韓國形勢를察ᄒ건디韓皇陛下以下로官僚鹿民ᄭ지다日〈21〉本을信賴치아니ᄒ고도리여露國에依ᄒᄂ意向이有ᄒ니韓廷이如此히我의保護를信賴치아니하거날我獨保護코져ᄒ면한갓儒生의暴發과暴徒의蜂起를續出케홈이니何効가有ᄒ리요統監된者ᄂ그所佩ᄒ釰이何意에基ᄒ거신지顧念치아니치못홀거시라統監의釰은巡査의釰도안니며憲兵의釰도안니라統監의釰은我邦의保護를妨害ᄒᄂ者가안니면拔홈이不可ᄒ며韓國의獨立을危殆케ᄒᄂ者가안니면拔홈이不可한지라故로我邦의韓國保護홈은扶助誘腋으로써韓國獨立을固케홈에在ᄒ고鎭壓은不可ᄒ니或統監府官吏가置酒高歌ᄒ야泰平에醉ᄒ난것을非論ᄒ난者ㅣ有ᄒ니非論홈도無理홈은안니로되煩瑣ᄒ法을用ᄒ야韓民을鎭壓拘束ᄒ난것보담優勝ᄒ니置酒高歌가其度를逸하면風敎를害홈이有ᄒ나法令을濫發ᄒ면其害가直接으로韓民의게及케홈이니라

由來韓國君民이憂愁가其身을纏ᄒ야歡樂이何物일줄을不知ᄒ니韓國의此을致ᄒ所以난韓人의陰險ᄒ고沈鬱ᄒ故ㅣ라故로吾徒의伊藤統監의게切望ᄒ난바난韓人生活의沈鬱홈을變ᄒ야하여곰快樂케하며韓國社會의陰險홈을化하야하여곰信實케하고扶助誘腋으로指導홈이在ᄒ고坫伊藤侯의前日東京橫濱間으로醉歌舞蹈하난域에化케ᄒ것을贊홈

이아니라그國의程度를因하야置酒高歌를認홈이니不知케라統監歸任
하는日에所齋호三鞭酒는얼마나되난지

詞藻

秦始皇　　　　　　　　　　　　　　　　　　　　　石南山人

焚書計太拙黔首何曾愚竟發驪山塚還非詩禮儒
　評曰千古之愚至此發之可謂字字鍼砭

宿山寺　　　　　　　　　　　　　　　　　　　　　前人

夕投山寺近層空枕底泉聲石竇風老釋不關塵外事獨敲秋聲月明中
　評曰間雅[27]流麗

松坡渡　　　　　　　　　　　　　　　　　　　　驪江 歧客

野店行人古戰場京江曉色望蒼々孤舟雁渡丹楓水兩岸鷄鳴白葦霜長愧
老年奔水陸不禁秋氣灑衣裳柴牛亂笠楊州客又趁朝炊入漢陽
　評曰情景依然直大家手

見閔忠正公堂上生竹有感　　　　　　　　　　　　朴聖欽

此公堂上此君生。鐵幹霜枝拂檻輕。丁寧遺囑吾何諉。万事悠々泣
數行。

27　間雅 : '閒雅의 오자이다.

同 張千麗

橋邊屋裡一般生。二老孤忠孰重輕。喚起斯民皆夢死。揮來血淚幾
多行。

同 金達河

骨枯尸冷歎吾生。只惜鴻毛一死輕。來對此君何意思。臨風自滴淚
雙行。

同 金錫桓

從容一室閉寢門。碧血沈々晝日昏。要死或生去時囑。猗然綠竹返
人魂。

國精竹記

竹之爲物, 頗多靈異, 如孝竹義竹萊公竹之類是也. 夫人之精神, 能與
天地感通, 至誠所到, 亦能生化, 則其所謂靈異者, 固理之常而無足恢[28]
矣. 光武十年七月五日, 都中士女, 犇走暄呼, 以爲故閔忠正公家, 有竹
生焉. 漢城舊無竹故, 蓄花卉者, 必託南州人, 用盆栽, 輸之舟車. 然經
年, 輒不得活, 而今此竹之生, 不亦怪哉! 急趨而往視之, 盖其几筵所
在之側, 有檻窒而檻板, 皆以油紙稍之, 而竹乃穿其隙而出焉, 卽公殉
國時, 刺刀及血衣所實處也. 第一藂[29]三本, 其二, 長, 周尺三尺餘, 有
傍技[30]二條, 其一, 差短而凡十八葉. 第二藂[31], 亦三本二長一短而凡十

---

28 恢 : '怪'의 오자로 보인다.
29 藂 : '叢'의 오자로 보인다.
30 技 : '枝'의 오자로 보인다.

一葉. 第〈22〉三叢, 二本而凡六葉. 第四叢, 一本, 長菫二寸許而且未有葉. 共九本三十五葉, 盖細篠也. 嗚呼! 自古殉國之臣, 不可以一二擧, 而如公者則宜乎其能與天地感通矣. 本記者, 敢因是而述公冥々之意, 何也. 公必曰[32]吾一人之精神, 獨能生竹於無竹之地, 而國民二千万口之精神, 獨不能生國於無國之日乎. 然則此竹也非惟公之精神所化而已, 實我國民之精神所寓者耳. 請名此竹曰國精, 以質于天下之諸君子, 未知肯許之否. 悲哉, 悲哉!

小說

波蘭革命黨의奇謀詭計

波蘭首府와루소ㅣ는露國革命黨의巢窟되는地라同地監獄은히항國事犯者로써塡充ᄒ더니去四月二十三日에ᄯᅩ革命黨十人을押來ᄒ니라元來獄內에셔革命黨檢束홈이普通囚人보담大段히嚴密鄭重히ᄒᄂᆫ故로獄吏가其煩勞홈을難耐ᄒ야미양革命黨員의入監홈을見ᄒ면悚然히懼色이有ᄒ더니此日에ᄯᅩ한獄長獄吏等이終日奔走荒忙하야到夕纏定한지라夜十一時頃에獄長이低聲告副獄長曰

今日收監홈이嚴密하니脫獄할憂가無하나新囚徒는危險이多ᄒ니可히怠心치못할것시니라昨日예聞ᄒ니二三日前예고-가사스地方廳예셔一人把守兵이金庫을護衛ᄒᄂᆫ際예交代時間十分前예他交代兵이來曰時間은少早ᄒ나我가代할써시니君은去休하라한디衛兵이곳謝禮하고去ᄒ엿쩌니誰가此交代兵이革命黨의假裝인줄을知ᄒ리요즉시金庫鍵鎖

---

31 蕞 : '叢'의 오자로 보인다.
32 日 : '曰'의 오자이다.

을破ᄒ고六十万元을窃去ᄒ여스니그手段巧妙홈이實로可驚可怖한지
라吾輩ᄂ須要幾重警戒어다

副長이曰然ᄒ이다彼等革命黨員의陰謀은可謂神出鬼汶이니想之悚然
이로소이다

語未終삐忽然이警察本部로電話曰今日貴監押收之新囚十人은明早朝
예他獄으로移置ᄒ가시니急々히그準備을하라獄長이曰謹奉命令호라
이다

盖囚人이減少할지라동이려此獄吏의喜ᄒᄂ바여ᄂᆯ况可怖甚煩한革命
囚徒乎아곳副獄長의게此命令을詳言ᄒ고明曉을待ᄒ더라

翌日午前三時예一憲兵이警官十人을率來ᄒ야署長의捺印한命令書을
交附ᄒ고써囚徒轉送홈을求한즉該副獄長이죠곰도疑치아니ᄒ고곳因
式處判하야十人囚徒을引出ᄒ야馬車예艦繫ᄒ고馭者을附給ᄒ니憲兵
一行이其勞苦홈을謝하고去ᄒ니라그後一兩日을經ᄒ야도杳然히消息
이無ᄒ고또貸給한馬車馭者가回來치아니ᄒᄂ지라獄長이비웃소疑ᄒ
야使人四出探查한즉忽見一森林中예馭者ㅣ被縛ᄒ며馬車ㅣ放棄ᄒ고
또憲兵警官服裝이散亂抛布한지라

獄吏가見之大驚失色ᄒ야비로소日前警察署長의電話가皆是革命黨員
之奇計秘謀요憲兵警官의命令書아無非革命黨員之僞造詐飾인주을知
ᄒ니라

비스마룩구淸話

第一概觀

(비스마룩구)ᄂ德國人이라其邸宅이(후리-도릿히스루-)地方에在ᄒ더
니客이相訪與語ᄒ고歸ᄒ야其友人의게書를贈ᄒ야曰비公의言語가一
種人心을感動하ᄂ能力이有하야聽者로自然興起케하니믄이此人을直

接하야其談話를聽하면宛然히(세에-기스피아)의劇曲을聞함과如하야
唯其覺得할거슨今世英雄이悠寬한態度로兄의面前에셔快談不倦하는
것쓴이라恍惚히意消心醉의야吾忘吾身而又不能揷一語라하엿더라比
公이幼時에(게쓰징겐)校舍에在하더니朋友(모쓰도레-)氏가伯林에셔
訪見하고後에其妻의게贈書하야曰比公이與予로當代大事件을擧하야
長談을試할時에彼가平易한口調로歐州六年間可驚歷史를演說홈이魂
飛骨舞하야無限快樂을永久難忘이라하엿더라　(未完)〈23〉

廣告

廣告

京城西署西小門內(電話三二三番)

同工場

仁川公園地通(電話一七○番)

同支店

新着營業品廣告

◎防疫消毒 新劑테신픽토올

臺灣樟腦專賣局製品인데諸傳染病의豫防劑에適當ᄒ고또各種의毒虫과蝎(빈디)을驅除홈에驚홀만ᄒᆫ效가有ᄒ고其他唾壺,便所,芥捨場等에撒布ᄒ면臭氣가忽止ᄒ며衣類의洗濯,家具,切傷,痘症에用ᄒ면有效如神ᄒ오

◎和洋紙各種

日本所製各品과멀니歐米各國製紙場製品中으로부터本社가特히撰擇혼和紙洋紙及色紙等各樣이新着ᄒ얏소

◎朝日메털

硬軟數種의合成金으로磨擦力이些少ᄒ니諸機械의軸承及磨擦部에使用ᄒ야破損減擦이無ᄒ고熟度의平均을持保ᄒᄂᆫ故로油脂의消費를節約ᄒ며運轉을滑게ᄒ야動力을增加홈이著大홈은實驗者의證明ᄒᄂᆫ비라

◎紡績糸

攝津紡績株式會社製品十六手紡績糸가마니왓소

◎木材各種

檜椹材가新着ᄒ얏ᄂᆫ디其貿入法에極히注意ᄒ얏슨즉材質의善良과價格의低廉은本社의誇ᄒᄂᆫ비라

京城南署公洞(電話二三〇番)

藤田合名會社

仁川各國居留地(電話一五二番)

仝仁川支店

特別廣告

本社雜志를每月十日及二十五日二回로定期發刊ᄒᆞᄂᆞᆫᄃᆡ初回부터未備
ᄒᆞ엿든事務가尙未整理홈이未得已ᄒᆞ야今番에도ᄯᅩ五日間延期되얏습
기恐縮을冒ᄒᆞ고玆에再次此事由를謝告ᄒᆞ오니愛讀諸君子ᄂᆞᆫ以此恕亮
ᄒᆞ시옵

朝陽報社告白〈24〉

大韓光武十年
日本明治三十九年
丙午六月十八日第三種郵便物認可

朝陽報

第參號

朝陽報第參號

新紙代金

一部新貸　金七錢五厘

一個月　金拾五錢

半年分　金八拾錢

一個年　金壹圓四拾五錢

郵稅每一部五厘

廣告料

四號活字每行二十六字一回金拾五錢二號活字依四號活字之標準者

◎每月十日廿五日二回發行

京城南大門通日韓圖書印刷會社內　臨時發行所朝陽報社

京城南大門通四丁目　印刷所日韓圖書印刷株式會社

　編輯兼發行人　沈宜性

　印刷人　申德俊

目次

朝陽報第一卷第三號目次

論說
　品行의智識
　自助論
　愛國論

教育
　我韓의教育來歷

實業
　我韓의農業
　支那의山林關係
　韓國의漁業事情

談叢

　婦人宜讀
　半島夜話
　本朝名臣의攬要

內地雜報

海外雜報

詞藻

小說
　비스마룩구의淸話 (續)

廣告

注意

有志하신僉君子씌셔或本社로寄書ᄂ詞藻나論述時事等類를寄送하시면本社主意에違反치아니할境遇에ᄂ一々히揭記할터이오니愛讀諸君子난照亮하시옵시고或小說갓튼것도滋味잇게지여셔寄送하시면記載하깃ᄂ이다.本社로文字를寄送하실時에著述ᄒ신主人의姓名과居住地名統戶를詳記하야送投하압쇼셔萬若連三次寄送한文字를記載할境遇에난本報룰無代金으로三朔을送呈할터이오니부듸氏名과居住를詳錄하시옵소셔

本社特別廣告

本社에本報第一卷第一號를發刊ᄒ와業已諸君子案頭에一帙式供覽케ᄒ얏습거니와大抵本社의目的은無也[1]라東西洋各國의有名혼學問家의言論이며內外國의時局形便이며學識에有益혼論述의材料와實業의利点되ᄂ智識意見을廣蒐博採ᄒ야我韓文明을啓發할主意오쪼혼小說이나叢談은滋味가無窮ᄒ오니有志ᄒ신諸君子ᄂ每月二次式購覽ᄒ시옵소셔先般에ᄂ無代金으로皇城愛讀ᄒ시ᄂ諸君子쎄一體送呈ᄒ얏습거니와第二號붓터ᄂ代金이有ᄒ오니分傳치말ᄂ구긔별치아니ᄒ시면그디로보닉기스오니照亮ᄒ심을敬望
京城南署公洞日韓圖書印刷會社內
朝陽雜誌社臨時事務所告白〈1〉

---

[1] 無也 : '無他'의 오자이다. 『조양보』2호 동일기사 참조.

論說

品行의智識論

希臘古諺에曰智識은勢力이라ᄒ니智는本性의具오識은格致의成이라
人이能히其本性의智를擴充ᄒ며其格致의識을成就ᄒ면事를不明홈이
無ᄒ고物을不通홈이無ᄒ야高等人品을可做할지니비록掀天의勢와拔
山의力이有ᄒ야도其智識을不服키不能ᄒ리니智識의勢가웃지大치아
니리오雖然이나智識이德義方正과奸猾不正의區別이有ᄒ니巧妙詭譎
노써能事를숨는者는奸猾不正의智識이오眞實良善으로써主意를숨는
者는德義方正의智識이니此는不辨키不可ᄒ지라大都繁華ᄒ地에掏盜
라ᄒ는者가有ᄒ니日本東京과英國倫敦에此類가恒多ᄒ야利刀를手藏
ᄒ고人海中에混入ᄒ야時計의絲를或斷ᄒ고衣囊의縫을或拆ᄒ야其物
을掏取ᄒ나니此는敎育을不被ᄒ야品行이無홈이라英國高倫那人士提
反은有名ᄒ將帥라一城을嘗守ᄒ더니忽然히賊兵이有ᄒ야其城을襲取
ᄒ고士提反을生擒ᄒ야曰平時의著名ᄒ將略으로此城을堅守ᄒ더니今
에其城이安在오答曰城이吾胸中에在ᄒ다ᄒ더賊魁가默然히敬憚ᄒ니
盖英雄烈士가時運의不利홈을遇ᄒ야雖敗失이有ᄒ야도其一團方正ᄒ
心을不失ᄒ는故로城은비록見奪ᄒ얏시나復城할心이胸中에自在ᄒ야
威武로能屈치못ᄒ나니賊이비록强暴ᄒ나쏘ᄒ奈何리오賊心은玉石을
不辨ᄒ고兇鍔만只恃할ᄯ름이라若此히失城ᄒ烈士로써如彼히得城ᄒ
賊徒에比較ᄒ면天下의敬服할비失城ᄒ者에게在할가得城ᄒ者에게在
할가法國孟典은文學士라眞實良善으로써著名ᄒ더니國內에賊亂이有
홈을適値ᄒ야城中人民이皆倉黃奔逃ᄒ되孟典이門戶를洞開ᄒ고毅然
히不動ᄒ거늘賊徒가其門을過ᄒ고不入ᄒ니盖孟典이平時에品行이素
著ᄒ야令聞이有홈으로賊徒가心中에不服키不敢ᄒ지라此로觀ᄒ면智

識의勢力이雖大ㅎ나品行에基因치아니면下流에反墜ㅎ리니品行을欲
修ㅎ면敎育을舍ㅎ고何로ㅎ리오

滊機의發明

凡人의學術은皆智識을廣홈이니一瞬千里에馳空ㅎ고電信과奔水ㅎ는
輪船이智識을擴充혼結果라英人瓦妬는其父가造船을素業ㅎ더니初饒
後貧혼지라瓦妬의天禀이多病ㅎ야遊嬉를不好ㅎ고一室에恒處ㅎ야讀
書窮理ㅎ더니一日에爐를對ㅎ야煎茶할시罐內에水沸ㅎ야其盖를搖動
ㅎ거늘其蒸氣의有力홈을知ㅎ고小舟를叛制ㅎ야汽筒을立ㅎ고池塘에
試ㅎ니迅速히自行ㅎ는지라此術을研究혼지十餘年에駕海할大船을欲
造호디其費가夥多ㅎ야自資할道가無ㅎ지라其意를親知에通知혼즉或
은迂誕ㅎ다謂ㅎ며或은狂妄ㅎ다稱ㅎ야信從ㅎ는者가無ㅎ더니西曆一
千七百六十八年에其友人貴福의助力을獲ㅎ야蒸滊의功用을大發ㅎ니
政府로붓터專賣權을給ㅎ야巨富를致ㅎ지라及沒에國人이祠를建ㅎ야
尊敬홈을天神과如ㅎ니盖瓦妬의智識은小罐에起하야天下에溥利하니
後生은勉할지여다

電氣의發明

天이蒸民을生홈이良知良能의才質을均賦ㅎ엿거늘暴棄에甘心ㅎ는者
는天生을虛負ㅎ고進就에注意ㅎ는者는知能을能全ㅎ나니其所以然의
理를不究홈이可홀가西曆一千七百六年에富蘭克令이란者가有ㅎ니米
國普秀敦人이라其家가本是白蠟을制造[2]홈으로專業을슴더니富蘭克令
이理學에注意ㅎ야窮究홈을不厭ㅎ는지라年이十七에家鄕을離別ㅎ고

2　制造 : '製造'의 오자이다.

費拉特費에往遊ㅎ야商業을經營ㅎ되貧困ㅎ야自資홀道가無홈으로貧
困日記를作ㅎ니國人이皆傳誦ㅎᄂ지라因ㅎ야雷電不二의理由를叛設
ㅎ니時人이迂誕ㅎ다ㅎ거늘富蘭克令이紙鳶을乃作ㅎ야其上에銅尖를
帶ㅎ며麻繩을繫ㅎ야空中에放上홀手持處에銅線으로接ㅎ야電擊을防
ㅎ고紙鳶이雲際에高接홈이麻線周圍에亂絲가蓬々ㅎ거늘鐵匙로其氣
를引傳ㅎ야電瓶에收聚ㅎ얏다가放出홈이發光爆響이天空에電火와無
異ㅎ거늘이에衆人〈2〉이其見을始服ㅎ니此ᄂ電線의製造가由出혼비라
自是로泰西人이層樓疊屋에避電針을皆揷ㅎ니其製가人字樣과如ㅎ야
其上에鐵針을揷ㅎ고左右에洋鐵筒을斜施ㅎ야屋背로보터電火를引傳
ㅎ야左右筒으로分注ㅎ고地中에流入消散케ㅎ니비록傑搆高棟이天際
에高翔할지라도震轟撲倒의患이無ㅎ니大盖金鐵은引雷ㅎᄂ者오洋鐵
은藏雷ㅎᄂ者오地氣ᄂ散雷ㅎᄂ者라富蘭克令이電學을硏究ㅎ야富饒
를竟致ㅎ니其術이電線과避電線에奚止ㅎ리오後世에電燈과電話와電
車等類가皆是라米國이英領을曾破ㅎ엿더니西曆一千七百七十四年에
十三邦紳董이華盛頓으로元帥를삼아英人을戰克ㅎ고富蘭克令을法國
에遣ㅎ야獨立을請認ㅎ고米國獨立檄文을作혼딕英人이駁論을不敢ㅎ
더니及歿에年이八十四라諸國人이三個日에朝市를停ㅎ야吊禮를表ㅎ
고其名이永世不朽ㅎ니人界에天生知能를完全코져홀者ᄂ此人을効則
홀지어다

論愛國心

日本人 幸德秋水述

我國民을膨脹케ㅎ고我版圖를擴張케ㅎ야大帝國을建設ㅎ고我國威를
發揚케ㅎ고我國旗를光榮케홈은是所謂帝國主義의喊聲이니彼等이自
家의國家를愛ㅎᄂ心이亦深矣로다
英國의南阿를伐홈과美國의非律賓을占領홈과德國의膠州를取홈과俄

國의滿洲를奪ᄒᆞᆷ과法國의呼亞鎮達을征ᄒᆞᆷ과意國의馬卑亞尼亞를戰ᄒᆞᆷ
이卽是自己의帝國主義를將ᄒᆞ야行ᄒᆞᆫ바較著의現象이니盖帝國主義의
向ᄒᆞᄂᆞᆫ바ᄂᆞᆫ惟軍備오軍備의後援되ᄂᆞᆫ바ᄂᆞᆫ則外交ㅣ件之ᄒᆞᄂᆞ니라

其發展의迹에現ᄒᆞᆫ者가所謂愛國心으로ᄡᅥ經을作ᄒᆞ고所謂軍國主義로
ᄡᅥ緯를作ᄒᆞ야織成ᄒᆞᆫ政策이안인가名稱은비록愛國心이나其實은純然
ᄒᆞᆫ軍國主義也ㅣ니現時列國의帝國主義에共有ᄒᆞᆫ條件이안인가是以로
吾必曰帝國主義의是非利害를拒絶코져할진딘不可不만져所謂愛國心
과所謂군국주의를向ᄒᆞ야一層檢覈을加히야될줄노認ᄒᆞ노라

然則今의所謂愛國心이란者ㅣ만일愛國主義가何物됨을知할진딘吾人
이何故로一地를擇ᄒᆞ야我의國家됨을認ᄒᆞ리오若國土者ᄂᆞᆫ果然可愛乎
아果然不可愛乎아

夫孺子ㅣ墮井ᄒᆞ면匍匐往救할시其遠近을不問ᄒᆞ고其親疏를亦不問이
라ᄒᆞ니是子輿氏의言이不欺我者야ㅣ라若眞愛國心者ᄂᆞᆫ此孺子를井底
에救ᄒᆞᆷ과如ᄒᆞ야惻隱의念과慈善의心이油然幷茂ᄒᆞ리니美哉라愛國心
이여純然히不雜乎一私也로다

惟其然也ㅣ딘果然眞正高潔한惻隱의心과慈善의心이有ᄒᆞ야決코一己
의遠近親疏로ᄡᅥ異케ᄒᆞᆷ이無ᄒᆞ기를반다시人이孺子를救할時에決코己
子와人子로ᄡᅥ異케ᄒᆞᆷ이無ᄒᆞᆷ과如ᄒᆞ리니故로世界萬邦에仁人義士ᄂᆞᆫ반
다시支蘭士瓦路를爲ᄒᆞ야復活의勝利를祈할거시오반다시非律賓을爲
ᄒᆞ야獨立의成功을祈ᄒᆞ야英人을視ᄒᆞ기를敵國과如ᄒᆞ고美人을視ᄒᆞ기
를敵國과如ᄒᆞ게할지니所謂愛國心이란者ㅣ果能如此乎아否好아

今의名爲愛國心者ᄂᆞᆫ此와反ᄒᆞ야純然히軍國主義가되나니何則고英人
은반다시支蘭士瓦路를爲ᄒᆞ야其勝利를祈치안코美人은반다시非律賓
을爲ᄒᆞ야其獨立을祈치아니ᄒᆞᆷ은다自己의愛國心을損할가慮ᄒᆞᆷ이니故
로彼등의愛國心이無ᄒᆞ다ᄒᆞᆷ은不可ᄒᆞ나然ᄒᆞ나彼等의高潔ᄒᆞᆫ惻隱慈善

의心을究할진딘果然其同情을表示ᄒ기難ᄒ도다然則其所謂愛國心者
ᄂ奈何로孺子를救홈과如호熱念이無ᄒ야마참너一致치못ᄒᄂ뇨

然則前述호所謂愛國心者ᄂ醇乎與惻隱慈善之心으로相背者ㅣ니彼의愛
國心에所愛者ᄂ自家의國土에限ᄒ고自家의國人에限할而已니他國을愛
홈이自國을愛홈만不如ᄒ고他人을愛홈이自身을愛홈만不若ᄒ야다만浮
華의名譽와壟斷의利益만愛홈이니果然公乎아私乎아 (未完)〈3〉

自助論 (前號續)

一兵卒의出身으로將官位地에進한자ㅣ佛國이英國보담遙多하야革命
以來로比前特多하니功名之道ㅣ才能을向ᄒ야開라하난言을佛國이能
히證한지라吾英國도登庸ᄒ난路ㅣ一開하면亦佛國으로相與角逐하기
無疑하니라

(호-시) (훈베루도) (핑-스구루-)氏갓튼니는元是一兵卒이라 (호-시)軍
隊에在할時에兵學의書를欲購호더金이無ᄒ야不得已短衣를刺繡하야
少許賃金을獲하난것스로常職을하고 (훈베루도)난靑年無賴의徒라十
六歲에脫家하야혹商賈의奴僕도되며或工人에奴隷도되며或兎皮行商
人의奴僕도되얏다가一朝에義勇兵이되고軍籍에入한지僅一年에旅團
長이되니라 (무라스도)者난 (베리고-루도)一小旅店의子로以飼牛爲事
하더니其初에輕裝兵聯隊에入하야上官의命令을服ᄒ기를不好하기로
除籍하얏다가其後에營에再入하야大佐에登하니라 (례-)十八世에輕騎
兵聯隊에入하야漸次超遷하더니 (구레-베루)가 (례-)의軍功을嘉하야彼
를不屈綽名으로擧하야二十五歲에副將軍예登庸하니라

更見一方에 (소-루도)入營後六年에軍曹位地에達하고 (마스세나)난入
營후十四年에始爲軍曹하야後漸次昇進하야爲大佐爲師團長爲元帥하
고陸軍大臣元帥 (란동)은亦皷手로셔登庸한人이라如此實例가佛國軍

人을鼓舞作興하야使兵卒로誰某던지手德만有하면他日에得爲元帥하
기無慮함을確信케홈이라

(소-루도)가靑年時에敎育을受한것시少하더니後에外務大臣이되야비
로소地理學을學하니라

堅忍不拔的精神과專向的精力에依하야卑賤한地에서起身하야社會有
力的人物이된者ㅣ英國과他國에其實例不少한지라這等卓絕한人에就
하야觀하건디年少時代에困難逆境을遇하난것이昻成功上에不可缺할
要件인줄을可知할것이니라英國下院에此等自己의力으로成功한人이
甚多하니被等이英國人勤勉性格을代表한者이라代議士(조셰우)(부라
자-돈)이일즉十時間方案을討議할새感慨를不禁하야其綿布製造場職
工되여실쩌經歷을自陳하야曰予當時困苦를于今思之라도不覺悚然이
라若得意于世면此勞働者의境遇를改善코져하난念이其時에萌動하얏
노라演說을終치못하야(사-)(제에-무스)(구라와무)가拍手喝采하며起
立曰(부라자-돈)君의卑賤에起身하야今日地位에到達한經歷을予未及
聞知러니今行得聞之라如斯한卑賤하던身으로셔世襲紳士로並見而坐
하니其光榮이彼紳士보담勝하다하더라

代表(오-루도와무)代議士故(후오즈구스)氏가過去生涯의回想을陳述
할時에반다시몬져其(노루우오스지)에셔機械屋職工된것슬言하니氏
와갓치卑賤에셔出한代議士의尙今生存한者ㅣ多하니라

(산다-량도)를代表한代議士有名호船主(링도셰-)氏가일즉其經歷을
語하야曰予ㅣ十四歲에孤兒되야舊然[3]히志를立하야(구라슨고-)에去하
랴고(리우아푸-루)로向호려할서囊中에一錢도無하야船賃을給하기不
能하야不得已船役에從事하야石炭掃除夫가되야써船賃을辦하려하난

3　舊然 : '奮然'의 오자로 보인다.

더(리우아푸-루)에 到하야 七週間을 經하도록 未能得職하야 陋室에 住居하야 生活이 慘怛하더니 漸々西印度航行에 被傭하야 使喚이 되니 其品行이 正實善良한緣故로 以함이라 十九歲에 未及하야 拔摘을 被하야 一船指揮의 任을 當하고 二十三歲에 予ㅣ船職을 去하고 海岸에 定居하니 予ㅣ此로 自하야 光榮에 向하야 進步發達이 迅速하얏다더라

(北데루비-샤아)에셔 選出한代議士(우오리야무,쟈즈구손)氏ㅣ十二歲時에 其父ㅣ死한지라 氏가 年少한身으로 不可不生活를 自營하야 一船舶側에 坐하야 朝六時로 夜九時까지 勞役에 從事하다가 及主人臥病에 彼ㅣ算計所에 入하니 此處난間隙이 多한지라〈4〉彼ㅣ讀書할機會를 得하야 英國百科全書全部를 讀了하고 其後에 商業에 從事하야 勤勉積財하니 現今彼所有한船舶이 海灣到處에 有하야 世界各國과 貿易하나니라

故(리쟈-도,고부뎬)이 亦下層貧賤에셔 起身한지라 少時倫敦에셔 一倉庫稚丁이 되야 正確勤勉하야 智識을 發達할念이 甚熾하니 主人은 是頑固保守人이라 (고부뎬)이 讀書함을 見하고도 로여 戒而止之호디 (고부뎬)이 不顧하고 讀書益力하더라 彼以歷訪顧客廣告商品으로 爲務하더니 相知하난人이 漸多함이 遂於(만지에스다-)에셔 白布印刷業을 開始하니라 彼ㅣ公共問題와 敎背問題에 有味하야 漸々穀物條例를 硏究함이 到達하야 此條例廢止함을 爲하야 其財産生命을 賭盡效力하니 此於歷史上에 有名한事實이니라 彼ㅣ後日에 第一流雄辯家로 推稱하난디 其始公衆面前에셔 處女演說를 하다가 辭令이 拙劣하야 無一可聽하야 浚巡而退하니 其慘怛를 可想야라 常人에 在하얀 恐不再試할지여늘 彼資性이 剛毅精悍하야 一敗의故를 以하야 沮치야니하고 精神이 愈爲振作하야 終得爲有力演說家하니 (亽-,로바-도,피-루)의 能辯으로도 彼의 演說를 賞讚無已하고 佛國公使(루우이-스)일즉(고부뎬)을 評하야曰 彼의所示한 勤勞堅忍이 成功하난道된다한것이 唯一活的證據也라 社會最賤한地位로셔 起身하

야最高位置에到한것이오직自己의力으로한지라英人이堅實한性質이
固有호디彼가最完全히發達하얏다하더라

敎育

我韓의敎育來歷

我韓의上世는人文이未闢ᄒ야榛々狉々ᄒ一混沌의世界라宇內萬國이
其開闢ᄒ던時에는皆鴻濛홈이此와如ᄒ거니외及其君長이起立ᄒ야邦
國의體制를組織ᄒ고政治의制度를定홀진딘工拙은勿論ᄒ고皆能히其
國의方音으로文字를自造ᄒ야써其民을敎ᄒ며其事를記ᄒ거늘我邦은
檀君의神聖홈으로도文字가獨無ᄒ야如何ᄒ敎化의跡을未聞ᄒ니是는
朝市郊野의生長老死ᄒ는間에다믄一眠然ᄒ鳥音이오蠢然ᄒ虫行而已
라엇지煩鬱홈堪ᄒ리오

東國遺事에檀君이其人民을敎ᄒ되編髮盖首ᄒ며飮食居處의制로써ᄒ
얏다ᄒ니此는敎化의始라可謂홀지나學術로써人民을敎育ᄒ는眞相은
아니오一千二百十有二年을經ᄒ야神聖ᄒ신殷太師箕子가東來ᄒ심ᄋ
ㅣ支那堯舜禹湯의文明을비로소輸入ᄒ야東夷의陋俗을一洗ᄒ고洪範
의文化로陶鑄ᄒ니周易의所謂箕子의明夷라홈이是를稱홈이라東史에
云ᄒ기를初에箕子가東來홀始에殷人의隨ᄒ는者五千이라詩書禮樂과
醫藥卜筮와百工技藝의流가皆從ᄒ야始至에言語가不通홈으로文字로
써譯ᄒ後에야乃知ᄒ고於是에其民을敎호디禮儀로써八條의敎를設ᄒ
며田蠶을敎홈으로人民이盜賊을羞ᄒ며婦人은貞信ᄒ야不淫ᄒ며田野
가闢ᄒ고飮食을籩豆로써ᄒ믹仁賢의化가有ᄒ야지금가지天下가東方
의君子國이라稱홈은皆箕子의遺敎라ᄒ니

此는卽我邦의敎育의鼻祖라箕子는支那의聖人이라學問이廣博ᄒ고道
德이崇大ᄒ야洪範九疇를周武王의게陳ᄒ고不臣之義를遂ᄒ샤朝鮮으
로東出ᄒ시민文明혼敎化로人民을敎育ᄒ야荒俗을丕變ᄒ고禮義를培
養ᄒ시니其敎育의制度가必也彬彬然可觀이有ᄒ깃거늘不幸히歷代史
牒을다兵燹에燼蕩ᄒ고文獻을莫徵ᄒ야考稽키不能ᄒ니엇지慨惜치아
니ᄒ리오歷九百二十九年而三韓이興ᄒ니라

三韓以來로史多佚文ᄒ야學校의制度가追寥寥無聞이오新羅,高句麗,
百濟의三國이繼興홈미쏘혼敎育이未備홀쑨더러新羅는辰韓故地에起
ᄒ야最荒僻홈으로梁書新羅傳에曰新羅는文字가無ᄒ야刻木爲信이라
ᄒ니其昧陋홈을可想홀지며且〈5〉其君王이尼斯今이라麻立干이라稱한
則其無文을可知오百濟는馬韓地에起ᄒ니馬韓은原來箕子의後孫箕準
의立國혼地인고로三國中에文明이最早開ᄒ야隣邦에見稱ᄒ나學校의
制는其如何홈을未見홀지라試以史文의雜出者로써探考ᄒ건디新羅脫
解王이始生에棄之海濱ᄒ얏더니有老嫗가收養혼後及長홈이嫗曰君은
骨相이殊異ᄒ니宜力學ᄒ야功名을立홀지라혼디脫解가自是로遂學問
에專精ᄒ야地理를兼通ᄒ얏다ᄒ니推此觀之ᄒ면新羅의初에도學問의
科程이有홈을可証홀지라

百濟古爾王五十年에王子阿直岐를日本에遺□디阿直岐는經典을能通
홈으로日皇의子稚郞이就學ᄒ고又百濟博士王仁은一國의秀士인故로
日皇의延聘을被ᄒ야論語와千字文을齎ᄒ고日本에往赴ᄒ야皇子의師
가되민日本의文字有홈이此時로붓터始ᄒ얏스니百濟의文學이有홈은
其來가已久로디但東史에闕略이多ᄒ야其敎育의制度를記載홈이無ᄒ
더니近肖古王二十八年에至ᄒ야始以高興으로爲博士ᄒ고書記를掌하
얏다하니百濟의學國[4]이早已設有혼것을此時에始置라홈이엇지闕文이
아니리오

高句麗는小獸林王元年에太學을立ᄒ고國子博士와太學博士의官을始
置라ᄒ나高句麗는其地ㅣ支邦[5]와密接ᄒ야交通이最早홈으로其文化의
輸入이亦久하야琉璃王의黃鳥詩와陝父의諫章이立國未幾에已著혼則
其文學의風敎가肇開홈을可卜홀지라엇지數百年을歷ᄒ야小獸林王時
에國學을始叛ᄒ리오此亦史氏의闕略홈이로다

新羅神文王二年에國學을始置ᄒ고景德王이諸業博士와及助敎를設ᄒ
얏다가尋에大學監官이라改ᄒ고聖德王이詳文司와通文博士를置ᄒ니
新羅의文化가至是大闢ᄒ나然ᄒ나其用人의法이極히野昧ᄒ야法興王
末年에童男의容儀端正혼者를選ᄒ야風月主라謂ᄒ고善士로써敎養ᄒ
야選用ᄒ다가眞興王時에는又花郞이라는科名을置ᄒ고學徒를群聚ᄒ
야粧飾을盛히ᄒ고山水間에游娛ᄒ며道義로相磨ᄒ야邪正을分別혼後
選用ᄒ니엇지古代의大朴의風이아니리오

新羅는眞德王以後로붓터는唐國의文物에心醉홈으로金春秋를遣ᄒ야
唐朝國學에留學ᄒ니此는我國人士의海外留學ᄒ는嚆矢라自此로春秋
가回國홈이學校의制度를唐朝에一依ᄒ며衣冠과冠制까지當을摸ᄒ고
及其王位(卽武烈王)에卽홈이又其子仁問을遣ᄒ야唐에留學ᄒ야經史
를博通ᄒ고文章이宏深혼지라因此로唐朝의優渥을被ᄒ야麗濟를統合
ᄒ고文明을發達ᄒ는效果를奏ᄒ니學問의功이엇지淺鮮타謂ᄒ리오又
任强首,薛弘儒와如혼文學의士가輩出ᄒ야薛聰은能히我國의方言으로
써經傳을解釋ᄒ야後生을訓導ᄒ며且俚讀를作ᄒ야文字의未通홈을通
케ᄒ야我國ㅅ文의源流를倡起ᄒ니엇지千秋斯文의功이아니리오

自是로唐에入ᄒ야留學卒業혼者ㅣ如崔孤雲,崔匡裕,崔彦撝,金仁存諸
氏五十餘人이相繼菀興ᄒ야全唐의才子를凌駕ᄒ며東方의文化를大闢

---

4 學國 : '國學'의 오류이다.
5 支邦 : '支那'의 오자이다.

ᄒ니於乎盛哉로다

高麗의 學制ᄂ 成宗이 國子監을 刱設ᄒ고 司業, 博士, 助敎等官을 置ᄒ며 大學四門을 設ᄒ야 博士와 助敎를 各置ᄒ고 又 十二州目에 經學博士를 增置ᄒ고 忠宣王時에 成均館을 改設ᄒ고 明經博士를 加置ᄒ며 恭愍王時에 書學, 算學의 外에 律學을 增置ᄒ고 恭讓王 三年에 各道府牧에 敎授를 廣置ᄒ야 京外人民을 敎育ᄒ니 此ᄂ 高麗學校의 大槩라

雖然이나 高麗ᄂ 科擧法을 設ᄒ고 詞章의 綺麗를 專尙ᄒ고 道德의 實理ᄂ 不講홈으로 四百年來로 眞儒가 寥々ᄒ더니 及其季葉이 至ᄒ야ᄂ 道學의 君子가 稍々挺生ᄒ야 如金良鑑, 安文成裕가 首倡理學ᄒ야 安文成의 道德의 敎育은 實로 東方道學의 祖라〈6〉平生에 興學養賢으로ᄡ 其任을 作ᄒ야 七管十二徒의 成就홈이 實로 我國에 刱有홈이니 自是로 文學의 士가 皆其 餘波에 漸染ᄒ야 文風이 大振ᄒ며 且 其資材를 毅然ᄒ야 贍學錢이라 禰ᵃᄒ고 學校를 廣設ᄒ야 生徒를 敎育홈도 亦 吾邦에 刱覯홈이니 第一敎育家라 可謂홀지로다

其後 禹倬은 易學의 理에 明邃ᄒ야 世가 易東先生이라 稱ᄒ고 權溥ᄂ 程朱의 學을 尊尙ᄒ야 性理의 諸書를 刊行ᄒ며 歷代孝行錄을 撰ᄒ야 彝倫을 勸獎홈으로 世가 菊齋權文正이라 稱ᄒ고 李齊賢은 學問이 淵邃ᄒ고 議論이 宏博ᄒ야 其文章事業이 一世에 輝赫홈으로 人皆宗師로 仰ᄒ야 號를 益齋先生이라 稱ᄒ고 李穡은 其道學文章이 元朝의 儒士를 驚倒ᄒ며 國民의 師範을 作ᄒ야 擧世가 牧隱先生의 名下에 風靡ᄒ야 其文人弟子가 名碩鴻儒로 著稱ᄒᄂ者ㅣ 多ᄒ고 鄭圃隱夢周ᄂ 自少로 豪邁絶倫ᄒ야 好學不倦홈으로 能히 性理學問을 精研ᄒ야 五部의 學堂을 建ᄒ고 外方各郡에 鄉校를 設立ᄒ야 子弟를 敎育ᄒ며 浮華를 黜ᄒ고 實用을 究ᄒ야 學問의 眞理를 發

---

6 禰 : '稱'의 오자로 보인다.

揮ᄒ니公은實로我東理學의宗祖라道學의淵源을其門人吉再冶隱에계
傳ᄒ고吉冶隱은又金叔滋江湖散人에계傳ᄒ야我國朝五百年文治의化
ᄅ遂開ᄒ니公은體用이兼備ᄒᆫ學問이라可謂ᄒᆯ지라其功名과事業은鼎
彝에銘ᄒ고其忠義와烈節은竹帛에傳ᄒ며又其文章이渾然히天成ᄒ야
百世에膾炙ᄒ니公이身殉ᄒᄂᆫ日에高麗의宗社도隨亡ᄒ니嗚呼라公은
眞萬世의偉人이오千秋의師表라ᄒᆯ지로다

恭愍王元年에牧隱李文忠公穡이當時學校의弊ᄅ擧ᄒ야言事ᄅ上홈이
其敎育의狀況을槪見ᄒ깃기로玆에其略을抄陳ᄒ노니夫學校ᄂ乃風化
의源이오人才ᄂ卽正敎의本이라若其本을不培ᄒ면고치못ᄒᆯ지오其源
을不濬ᄒ면淸치못ᄒᄂ니國家ㅣ內으로成均十二徒와東西學堂을設ᄒ
고外으로州郡에薄ᄒ야ᄯᅩᄒ學校가各有ᄒ니祖宗의써崇學重道ᄒᄂ바
深切ᄒ거늘今에明徒[7]가解散ᄒ고齋舍가傾頹홈은所由然이有ᄒᆯ지라古
의學者ᄂ將ᄎ써聖을作코져홈이나今의學者ᄂ將ᄎ써干祿코져홈이라
詩書ᄅ誦讀ᄒ나繁華의戰이已勝ᄒ야雕章琢句에用心大過ᄒ니誠正의
功이安在오或變而之他ᄒ야其投筆을誇ᄒ며或老而無成ᄒ야其誤身을
歎ᄒ니其中에英邁傑出ᄒ야儒林의宗匠과國家의柱石을作ᄒᆫ者ㅣ幾人
이리오登任者ㅣ未必及第오及第者ㅣ未必由國學이면誰가肯히捷徑을
棄ᄒ고岐途에趨ᄒ리오伏乞條制ᄅ明降ᄒ야外而鄕校와內而學堂에其
才ᄅ考ᄒ야十二徒에陞ᄒ고十二徒ᄅ摠考ᄒ야成均에陞ᄒ고日月을限
ᄒ야其德藝ᄅ程ᄒ고學術을科ᄒ야中者ᄂ依例히官을與ᄒ고不中者도
出身의階梯ᄅ給ᄒ되學校로由치아니ᄒ니면試에與치못ᄒ계ᄒ則人才
가輩出ᄒ고學術이日明ᄒ야作用不竭일가ᄒ노라

盖我國의敎育來歷을溯考ᄒ건ᄃᆡ箕子以來로儒敎의化에服從ᄒ야洪範

---

7 明徒 : '朋徒'의 오자이다.

의 餘波를 涵漾ᄒ나 其時는 民俗이 草昧ᄒ야 聖學의 程度를 遽然히 發達키
難望홈으로 箕子도 다만 民俗을 隨ᄒ야 敎化를 施홀 ᄯᅡ람이오 實狀 彬彬ᄒ
敎育은 施치 못ᄒ얏스나 雖然이나 大朴을 未破ᄒ 人民이 神聖의 敎化중에
沐浴ᄒ야 煥然히 一變ᄒ얏고 羅, 麗, 濟 三國에 至ᄒ야는 支那의 佛敎가 流
入ᄒ야 三國의 君臣이 皆 汲汲然 遵奉홈이 天來福音과 如히 神悅心醉홈으
로 伊時는 佛敎로써 文化를 大闢ᄒ지라 佛敎의 崇拜홈이 極度에 達홈으로
名山勝地에 寺刹을 廣建ᄒ며 金銅寶貝로 弗像을 多造ᄒ야 王公將相과 后
妃婦人으로 下至 閭巷 人民ᄭᅡ지 靡然風從ᄒ야 一代의 敎化를 大鑄ᄒ니 至
今 全國에 山川城邑의 名號도 皆 佛氏의 文字로 稱述홈이오 君王諡號와 歷
史記乘도 ᄯᅩ홈 皆 釋家의 文字로 從出홈인 즉 推此觀之컨ᄃᆡ 當時에 純全ᄒ
佛敎로써 文明을 大闡홈을 可證홀지오

及其 太宗武烈王 以後붓터는 唐家에 留學ᄒ야 詞章의 學에 稍稍〈7〉崇拜홈
으로 于時는 文學의 士가 始起ᄒ야 孔子의 廟를 立ᄒ고 國學을 設ᄒ야 釋奠
의 禮를 講ᄒ며 經典의 旨를 究ᄒ나 儒佛敎의 擩染이 已久홈으로 緇衲의 羈
絆을 未脫ᄒ며 詞章의 浮華를 是尙ᄒ다가 高麗가 繼興홈이 太祖 王建이 ᄯᅩ
ᄒ 國師 道詵의 術을 惑信홈으로 八關會를 首設ᄒ고 大壇樾[8]을 施ᄒ니 其立
國의 初에 刱業의 君이임의 如此홈으로 遂後 嗣子孫의 模範을 貽燕ᄒ야 王
氏 四百年의 佛國을 做케 ᄒ니 嗚呼라 高麗에 學問敎育도 ᄯᅩ홈 佛氏의 敎로
써 一世 人民을 荒誕寂滅의 域에 陷케 ᄒ도다

高麗의 末葉에 至ᄒ야는 我國朝의 文化를 開홀 兆朕으로 突然히 釋氏奔波
中에 一代偉人이 出ᄒ니 卽 晦軒先生 安文成公 裕氏가 是也라 孔子의 道를
尊崇ᄒ며 六經의 奧를 硏究ᄒ야 儒敎의 一脈精神을 喚起ᄒ니 其時 麗家의
國學, 四門學, 各府郡의 鄕校가 有ᄒ야도 但 虛位에 不過ᄒ고 實地學理를

---

8 大壇樾 : '大壇越'의 오자로 보인다.

講究ㅎ야儒敎에服從ㅎ는者ㅣ絶無홈으로學宮敎堂이皆荒凉頹圮ㅎ야
榛草에沒ㅎ지라安公이此를感傷ㅎ야一詩를作ㅎ야日

香燈處處皆祈佛, 簫鼓家家亦賽神, 惟有數間夫子廟, 滿庭秋草寂無人.

此時를見ㅎ면其學校의情況을槪想ㅎ지라文成은原來慶尙道順興郡人
이라家貲를盡出ㅎ야學校의敎育費를措辦ㅎ고子弟를募集ㅎ야人才를
養成ㅎ니於是에社會上學問家가始開正道를悟ㅎ고眞理를究ㅎ야外交
를一掃ㅎ니禹倬, 白頤正, 權溥, 李齊賢, 李穡, 鄭夢周, 吉再諸賢이併起ㅎ
야一代文化를振起ㅎ니라

實業

韓我의農業

日本人이我韓의農業狀況을視察ㅎ고言하야日韓國은純然호農業國이
라稱홀지라其輸出品을見ㅎ야도明瞭ㅎ니將來韓國의實力을養成홀진
디惟此農業과及若干鑛業에不外ㅎ니韓國의地勢는山嶽이重疊ㅎ고또
大江河가富ㅎ야豆滿, 鴨綠, 大東, 漢江, 錦江, 洛東의六大河左右沿岸에
土壤이膏沃ㅎ야最히農産이豐富ㅎ고此豆滿江及鴨綠江의上流는鬱蒼
호森林이尙多ㅎ나韓國은殖林法을不究ㅎ고村民의斫伐에一任ㅎ야原
野의草를刈홈과如ㅎ니是는一方으로建築과及其他普通의用ㅎ는外예
特히冬期에溫突을爲ㅎ야多量의燃材를消費홈으로山勢가愈愈裸禿ㅎ
야今에山骨의露出홈이不少호지라

其國內의作物은米, 大小豆, 玉蜀黍, 粟, 黎, 胡麻, 荏, 木棉, 枲, 麻, 烟草, 野
菜等이니農法은支那에比ㅎ야更히拙劣ㅎ야幼稚를未免ㅎ고肥料는人
糞, 畜屎, 灰, 塵芥, 雜草等의若干을用홀쑨이오家畜은牛, 馬, 驢, 豚, 山羊의

類인디各種畜類가普通으로皆小種에屬하나唯牛눈特히秀逸ᄒ며就中牡
牛눈尤美大ᄒ야西洋牛와同等ᄒ다ᄒ며韓國은傾斜地가富홈으로將來에
蠶桑業及果物의作이最有望홀것이日本에比ᄒ야其氣候가乾燥홈으로安
全ᄒ結果롤收홀것이되但養蠶에對ᄒ야는蠶室과裁桑ᄒ눈法을韓國에適
當ᄒ도록考究홈이可ᄒ도다

韓國의農事눈徹頭徹尾改良을要ᄒ나然ᄒ나彼等農民으로눈不能ᄒ리
니其政治가萎靡ᄒ야其所得이反히身上예危險을招ᄒ눈것과如히思推[9]
ᄒ야아모리赤貧ᄒ者라도貯蓄心이却小홈則彼等의改良心을誘導홀진
디韓國에最大生産物되고又最大貿易品되눈米穀에對ᄒ야新奇ᄒ手段
을先用ᄒ여야可홀지니溜池의構造와稻扱의使用을先試홀지로다

韓國의米作은專히降雨예依賴ᄒ고水의貯藏이缺乏홈으로屢々旱害에
罹ᄒ야凶歉을未免ᄒ고且移植의節期눈雨에在ᄒ야雨量에應ᄒ야移植
ᄒ눈故로移植의時期도長期를延亘ᄒ야晚候에至홈으로써收穫의損害
가不尠ᄒ고又他日十分의降雨로由ᄒ야最初移植을減홈이多ᄒ며或其
田畓一隅에若干小池롤掘ᄒ야幾分의水롤貯蓄ᄒ나其效用이深히完全
치못ᄒ니各其地形을隨ᄒ야溜池를設ᄒ되假令三面에山이有ᄒ거던一
面은〈8〉堤롤築ᄒ고其底롤堅固케ᄒ後雨水롤貯蓄ᄒ얏다가移植에需用
ᄒ며又生育의灌漑도效果를得홀지니釜山에日人의造ᄒ飲料貯水池나
其他韓國古來에流傳하눈碧骨池, 義林池, 恭儉池等의類에其驗을可徵
홀지오其外河川의水롤引漑홀時눈天然ᄒ形勢의勾配에依ᄒ야簡單ᄒ
揚水車나又喞筒을使用홈이甚便ᄒ고其次韓國의米穀은穗롤木石에叩
打ᄒ야籾가地上에散落ᄒ면箒로써掃集홈으로土石이混ᄒ야價値롤減
ᄒ니此눈亟宜稻扱을用케홀지라

---

9 思推 : '思惟'의 오자이다.

韓國에模範農場을設立홈이最有利혼줄노思推[10]ᄒ노니其位置ᄂ韓人
의去來頻繁혼京釜鐵道線路附近에設置ᄒ고次々各地에도小模範場을
設置홀必要가如左ᄒ니

韓國産米ᄂ日本産米의中品과等ᄒ야供用에足ᄒ나然ᄒ나灌漑法은天
水에一任ᄒ야旱害에屢罹ᄒ고又收獲調製가其宜를不得ᄒ야米穀中에
多量의土砂를混ᄒ니其適當혼地에模範農場을設置ᄒ고貯水池를造ᄒ
며收穫方法을現示ᄒ며幷히養蠶과其他諸農作의模範을示ᄒ면韓日貿
易의發達에大益홀ᄲᆞᆫ더러韓國農業의前途에多望홀事情을略言컨디

一 未開地가多ᄒ니人口比較的에稀薄홈은理論上,事實上에可證홀지오

二 現農業上에改良의餘地가多ᄒ니韓國의農法은尙히撒播雜植의幼稚
혼法을行ᄒ고灌漑와排水를皆人工을加홈이鮮ᄒ고

三 地味가中等諸作에適合ᄒ고

四 氣候가乾燥ᄒ고且地勢가傾斜ᄒ야蠶桑과及果樹에甚適ᄒ고

五 日本과風土,事情이類似ᄒ야日本의農法과及農人이韓國의開發에適
當혼지라

韓國의富源을開ᄒ며實力을養ᄒ고貿易力을增加ᄒ야써日本과過不足
을相補ᄒ며鐵道其他諸般經營에有利케홀진딘專혀農業의進步됨에在
혼지라

韓國의人口ᄂ完全혼調査가不有ᄒ거니와大略推定홈은千二百萬人으
로算定ᄒ노니其面積八萬二千平方里에對照ᄒ면每一平方里에百四十
六人式되ᄂ니各國의一平方里人口表에叅照ᄒ건디韓國은葡萄牙와略
同혼지라東洋舊國의淸國은每一平方里예二百九十二人이오日本은二
百九十九人이오西洋英國은三百四十三人이오白耳義ᄂ五百八十八人

---

10 思推 : '思惟'의 오자이다.

이오義太利는二百九十三人이거늘韓國은獨히人口가如斯히寡小홈은
甚히究解키難호지라戰亂의瘡痍가未癒호고政治가不振호야衛生을不
行호며身心이惰弱호야生存競爭의困難等의各種原因을綜合호야人口
增殖을妨害호緣故라雖然이나此人口가比較的稀薄홈이卽韓國前途예
多望홀所以니未開地가尙多호야現今遺棄호原野와及荒蕪地가極多호
則僅히排水나又灌漑의便을起호면利用홀良圃美田이不少호니是는經
濟上에韓國의價値를唱導호所以로다

韓國은其國人의衣食住의需要가極히單一호低度로호야一人이平均一
反五畝에不超호니是를千二百萬人으로乘호면百八十萬町步니總地積
이二千百四十一萬三千町步의八分五厘라日本의純耕之一割三分에比
호면韓國의入[11]分五厘는其所見이錯誤호듯호거니와韓國全面積의一
割五分은卽三百二十一萬二千町步니是卽耕作의地라其中에現耕호는
百八十萬町步를除호면百四十一萬町步의地가尙餘호야將來에是를利
用홈에足홀지라爲先其一半七十萬町步를米作地로호고一反步에十五
圓의收入으로計호면一億五百萬圓이오餘一半은畑田地로호고一反步
에八圓收入을豫算호즉五千六百萬圓이니合計一億六千百萬圓이라엇
지農産의益을注力치아니호며此新開地百四十萬町步로써一人二反步
에平均호면能히七百萬人口를養홀지니엇지多大호利益이아니리오〈9〉
其他鑛産業과及漁業등에就호야도韓國에良好호鑛脉이甚多홀쓴더러
環海三面에漁採의業이甚히有望호며至於工業호야는韓人의素昧호바
라其勞働者로觀홀지라도遠히淸國人에不及호니若韓國에셔工業을試
用코져홀진디其需要에適當호綿絲,麻絲,並綿布,麻布등의紡績業이第
一이오其他大豆,菜種,棉實,胡麻,荏의搾油와及葡萄酒의釀造와精米

---

11 入 : '八'의 오자이다.

業의類가最宜ᄒ도다

且以商業으로論ᄒ진더韓國은最貧國이라其民이一年의計를貯蓄ᄒ지못홈으로其商業도專혀農産物의豐凶으로輸出의多少에依ᄒ야豐作ᄒ면輸出이多ᄒ고又是에對ᄒ야需要品의輸入도增多홈으로購買力이亦大ᄒᄂ니是를一言而蔽曰農業에附帶ᄒ商業이라謂ᄒ지라

其農産物의輸出品은日本이迨其全權을握ᄒ얏시나第一需要品의綿絲, 綿布에對ᄒᄂ米國,印度等의有力者가競爭ᄒ고麻布ᄂ殆히淸國의全有에歸ᄒ고雜貨ᄂ日本의生産品에屬ᄒ얏스나此競爭에對ᄒ야能히永久히日人이優勝ᄒ地位를保有ᄒᄂ지一方으로韓國의需要品을製作上에適當과堅牢와廉價를注意ᄒ고一方으로ᄂ韓國各市場에셔日本商民이一致團結ᄒ야日本에셔入ᄒᄂ手數費用을減ᄒ고品質을適良케ᄒ며販賣에도必也相當ᄒ價格을保ᄒ지로다

支那의山林關係

昔時中國의山에森林이甚盛하고禽獸가亦多하더니益의烈山焚澤함과禹의隨山刊木함과如한것이經典에載在하고또歷代의斬伐함을經하야森林이드듸어日로鮮少하야今에中國이平原에만樹林이無할ᄲ뿐이아니라卽山中에도亦然하야西北一帶가赤地千里에巖々의石이無不頂禿而骨出하고其樹林이稍有한것은最高하야人迹의能치못할處에在하니嗚呼라森林이世界에最可實貴[12]할物이여늘中國이森林斬伐하기를如此히하고愛護하난디畧不可意하니其水旱의災가無時或已함이宜하도다客이有하야陝西에遊하다가秦嶺에登하야一地를見하고其間에徘徊하니始是曩日의松林으로今已無有한지라然하나其地가形勢甚峻하야松

子가尙有하야地上에濃布한것이氈과如하니回憶當時에風來謖々ㅎ야
天然的音樂이有하던것今日에一無留遺하야濯々如此하고비록極高
한山嶺이라도樵輩의至할바난亦一顧而空하니是ㅣ엇지人의過失이아
니리오

凡山麓의居民이旣多하면곳木材를需用함이坯한甚多하고坯山上의伐
樹하난人만僅有하고栽樹하난人은並無하야大樹를이믜伐去함이小樹
를栽하야써補치아니하난故로樹盡而山童하나니他國도伐樹하난人이
無한것슨아니로더有用한大材만伐하고小樹를留하야伐치아니하거날
支那난不然하야大樹를先伐하고小樹와蔓草까지斫伐하야薪도作하며
炭도作하야此로써微細[13]한利를求하난지라是로以하야山麓이一槪曠莽
하야荊棘만叢生하야甚至於連亘數百里에一小樹林도尙無하니是ㅣ可
惜하도다

若夫平地난森林의存한者ㅣ更鮮하야村莊之中에寺院과墳墓의保護함
을賴하야數枝老樹가間々有之할쑌이라中國墳墓上森林中에山東曲阜
의孔陵이官力으로禁止樵採함을由하야其林이最大하니라

今에山林의大關係를特言如左하노라

夫一國의森林이日少하면其木價가반다시日貴하고木價가旣貴하면人
이반다시木을小ㅎ게用하나니中國木價의貴한所以난곳此로由함이오
民間蓋屋하난것을漸々土皮와土塊를改用하고坯佳木을多得하기不能
하야農夫의日用器具를반다시柔木으로代하난지라加以森林이旣盡하
면樹陰下에生하던上品藥料를將次다시見치못할것이오舊時林中高等
野獸의皮도亦〈10〉無從産出하리니坎拿大에셔森林이甚大함을因하야
其皮貨의産出이商務大宗이되나니라

---

13 微細 : '微細'의 오자로 보인다.

若夫關係의 更重한者난一은水에在하고二난土에在하니

雨水의滋潤하난것이一은日光의蒸曬함이되고二난江河에流入하고三
은地底에滲入하나니日光의蒸曬한水난相關이無하고惟江河에流入한
것과地底예滲入훈것이所係가尤要ㅎ니라中國西北山上에森林이本有
하고森林下之地에草와苔蘚과凋落한敗葉이有하야土中에朽爛ㅎ야雨
水가此에至ㅎ야直流하기不能하야써漸々地內에滲入ㅎ야泉源을成하
난故로地上에各種植物이自然히其潤澤을受하고泉源이此에만出할뿐
아니라곳井을掘하난者ㅣ得水하기甚易하고또一帶小河가有하야恒常
流하야息지아니하더니今直隷山東等省에旣無山林하고復無長草한故
로雨ㅣ山에下함이光堅한石上에在홈과如하야向下直瀉하야往々히水
道已涸한河가忽然히大水驟發하야橋梁만衝毀할뿐이아니라卽兩面의
田畝와村落이亦在所難免이오都邑까지水灾를被하임至하다기短時間
後에水ㅣ去하고河ㅣ涸하야地上에水迹이更無하고所謂水는皆已海中
에流入한지라中國에森林이無하야河溝에流入하는水가土地에入하난
水보담太多한故로成灾하기易하야大水가屢發하야田庄을淹沒하고天
이少旱하면水의缺乏함을常憂하나니라(以上論水)

若夫土의關係인則地面에草와樹根이有하던지或森林의覆幄이有하면
大雨之時에土泥를衝刷하야挾以俱走하기不能한故로山上에森林이有
하면山의上層에土泥常留하야衝刷를隨하야下치아니하려니와不然하
면山石이蔭蔽가無하야上層土泥가漸々衝去하고山石之巓이遂露하나
니卽如黃河가年々히中國山上의美土를取하야海中에送入하난것이不
知其幾何오他河도亦然하니山上의農夫가土泥下流의速을知하고每々
히山坡를從하야重々히限堤를設하야써阻하나此法이山麓에만可行할
것이오較高한處에도已爲難行이오且河水漲發之時에沙礫이浮去하기
易하야遂至肥沃之田이一被淹沒에卽成荒瘠하고今直隷山東의農民이

往々히刈麥한後에麥根을盡拔하야遍地로皆成鬆土하야大風이刮去한
則乾土가變爲厚塵하야飛揚滿天下나니他國의田은靑草가有하야泥土
를堅靭케하난故로大風의吹動하난빈되지아니하난지라故로中國에遊
歷하난人이此景狀을乍見하고驚以爲奇홈을未免하나니라江淅一帶의
山은竹林이甚大한故로各種植物이다其蔭蔽를受하고竹竿의生長이尤
速ᄒ니라(以上論土)

況樹林者난雨之母라北方에樹林이無한故로旱災가恒多하니此時를及
하야不速爲之ᄒ면恐하건디變하야大沙漠이爲할日이不遠할지라此國
家의所宜注意할것이니卽多費公款하더라도坐한不爲無益할지라靑島
가德國에入한後에其山上의樹木을이믜滿載[14]하얏시니誠非無見이라
現在한森林은맛당히派人保護하야斬伐를禁止할것이니語에曰호디十
年樹木이오百年樹人이라하얏신則其事ㅣ敎育으로並重하니誰人이此
를謂하야利民의要政이아니라하리오

韓國漁業事情(日本水産會社理事의談話)

韓國의海난果然漁業에有望ᄒ가人이或韓의海가漁業에有望하다稱ᄒ
난者ㅣ有하면余난此에答ᄒ야曰그난人에在ᄒ다ᄒ리니何者오그大體
에난有望ᄒᆫ듯ᄒ나其人을得ᄒ後에야有利홈을因홈이라

韓半島에繞ᄒ海岸의北半釜山으로부터豆滿江에至ᄒ난沿岸에난北冰
洋으로부터流來ᄒ난寒流一派가大段히其沿岸에接流ᄒ니此를豆滿
江流라稱ᄒ고此海流난十月頃에始ᄒ야翌年三年[15]頃ᄼ지消ᄒ난거신
디其寒流의來할時에난鮭,鯡,眞鱈,明太魚等가튼寒流魚族을送ᄒ나니

---

14 滿載 : '滿栽'의 오자로 보인다.

15 年 : '月'의 오자로 보인다.

此等魚類と釜山近海로産卵場을作ᄒ야棲息ᄒ다가寒流의消홈과ᄀ치北으로去ᄒ〈11〉나니라

坐每年四,五,六,七,八,九의六個月間은南方으로來ᄒᄂ黑潮가鯖,鰺,烏賊等魚類를送來ᄒ나니此ᄂ곳南北沿岸에寒熱[16]兩帶의回遊魚를排布홈이오其他近岸에ᄂ溫帶의魚가棲息ᄒ나니然則韓國의沿岸에ᄂ寒熱溫三帶의魚族을排布棲息케홈이니子ㅣ故로韓海의漁業이有望ᄒ다云홈이오비록有望ᄒ나漁ᄒᄂ經驗이無ᄒ면不可ᄒ故로其人을得ᄒ後에야有利ᄒ다云홈이라만일他人의漁ᄒ던結果만見ᄒ고依樣코져하면도리여失敗ᄒ나니라

(經驗이資本) 韓海의漁業에ᄂ經驗이라ᄒᄂ資本을持치아니하면無利ᄒ니韓의海에ᄂ凡八種의餌를産ᄒᄂ디其ᄂ一年中期節을從ᄒ고坐其場所를由ᄒ야異ᄒ니假令何月何所에ᄂ海蔘을採取ᄒ며坐赤海月이浮來ᄒ고其次에何處의海에ᄂ盲鰻이有ᄒ며手長蛸가居ᄒᄂ等事를豫知하면一箇月間에十日만이를蒐集하면二十日間은可釣홀것이니如斯히一箇年의蒐餌홀行事를豫知하면卽一資本이라謂홀지라만일經驗이無ᄒ者면一箇月間의過半은餌를評議하난디費ᄒ고漁홀時ᄂ十日內外에不過홀지니如斯ᄒ時日의差를一漁期의間으로計算ᄒ면非常ᄒ差異을生ᄒ나니此經驗을有홈은一箇熱心以後의事니라

(漁夫의收穫) 經驗을有한漁夫의收穫은果如何ᄒ뇨ᄒ면彼日本人의濟州島附近에出漁하ᄂ者가二千六百十四名에達ᄒᄂ디其中一千六百八十名은廣島縣安藝郡人이라彼等은莫大ᄒ收穫으로其居村을富케ᄒ고昨年五月부터一漁期의間에七百圓의綱[17]과一千圓의流通資本을持來ᄒ야鰯漁을ᄒ던日吉橫井가튼者ᄂ一萬七千圓內外의收穫을揚ᄒ얏고此

---

16 寒熱 : '寒熱'의 오자이다.

17 綱 : '網'의 오자로 보인다.

에經驗이無ᄒ고大功을成ᄒ자ᄂᆞᆫ肥後로셔來ᄒᆞᆫ漁夫가鮀鰊綱을羣山沖
에張ᄒᆞ야非常ᄒᆞᆫ利를得ᄒ얏고今年은其船이四百艘에過ᄒ나其漁具ᄂᆞᆫ
十二尋或八尋四方되ᄂᆞᆫ網一張式持ᄒ고一万二千尾로二万尾에至ᄒᄂᆞᆫ
鱈鯛等의收穫을揚ᄒᄂᆞ니라

유모의 션틱 續

셩모가, 만일연고잇셔, 능히졋슬먹이지못ᄒᆞ면, 부득이, 유모를, 졍ᄒᆞ야,
먹일지니, 반다시, 그신체, 강건ᄒᆞ고, 셩질이, 온량ᄒᆞ고, 병이업셔, 나이, 이
십이나, 삼십수오세, 되니를, 기리되, 그나와, 밋히산ᄒᆞᆫ날이, 셩모로, 더부
러, 상등ᄒᆞᆫ사람이더욱맛당ᄒᆞ니라
다만자녀를, 유모의게만, 맛기지말고, 반다시써ᄼ로간촬ᄒ고ᄯᅩ유모를더
졉ᄒᆞ되, 관유ᄒᆞ고, 자이홈으로, 쥬장을삼고, 그음식과, 의복을, 반다시위
성에, 젹당케ᄒᆞ고, ᄯᅩ너집으로, ᄒᆞ여금, 셔로화합ᄒᆞ케홀거시나, 그러나,
그오리된, 버르슬, 속커변코작ᄒᆞ면, 혹건장홈이, 손히잇실터이니, 인도ᄒᆞ
기를차ᄼ로홈이, 맛당ᄒᆞ니라

인공포육

즘성의졋과, 혹유분(乳粉)으로, 써먹긴거슬, 인공포육이라ᄒᆞ니라가장맛
당ᄒᆞᆫ거슨, 우유니소의졋을취ᄒᆞ되, 건장ᄒᆞ고, 광활ᄒᆞᆫ목쟝의항상팟과, 남
시를, 먹고, ᄯᅩᄶᅵᆫ것젹게먹난소를, 기릴디라, 그러나, 이갓탄소ᄂᆞᆫ엇기쉽지
아니하니, 힘써근사ᄒᆞᆫ소를기려씸이가ᄒᆞ니라
ᄯᅩ소의졋이, 아침의, 자ᄂᆞᆫ거슨, 담ᄒᆞ고겨녁의, ᄶᅡᄂᆞᆫ거슨농ᄒᆞ니아히처음
나이, 맛당이, 담ᄒᆞᆫ졋슬써되, 아히난후, ᄒᆞᆫ달로, 셕달까지ᄂᆞᆫ첫ᄒᆞᆫ쌴의, 물
셋쌴을타먹이고, 넉달로, 여셧달까지ᄂᆞᆫ, 졋ᄒᆞᆫ쌴의, 물두쌴을먹이고, 일곱
달로, 아홉달꺼지ᄂᆞᆫ, 졋ᄒᆞᆫ쌴의, 물ᄒᆞᆫ간을먹이고, 이뒤로, 졈ᄼ물을감ᄒᆞ야,

마참니, 순젼호졋을, 먹이고, 쏘혹유당과빅당을먹이되, 불에씨린후, 조금
식게호야, 짜심이, 젹당케호야, 먹임이가호니라

졋먹이는그릇슬, 힘써깃긋시호되, 씨々로, 불에, 디려, 오예〈12〉라더울씨
에더옥부픠호기쉬우니, 속키바림이, 맛당호니라. 소의졋이, 부픠홈이, 스
룸졋보담속호야, 극히더운씨에난아츰에짠졋이, 져녁에, 니르지못호야,
부픠호니, 만일갈마두고져홀진디졋넌, 병을, 긴히막고디려씨린후에넝슈
의가운디두미맛당호니라

소졋먹인, 아히의, 량은, 아히의톄질이강호고약홈을, 인홈이니, 일졍호기
어려운디라더기, 호번먹이는, 졋그릇스로, 먹인후에가히십오분시간을,
빅부를지니, 씨을침작호야, 가감홈이가호니라

일본에셔, 만근우유즁에, 우인(牛印)과, 응인(鷹印)과, 이제(飴製)와, 연
유(煉乳)로, 써흔거시, 가장맛당호니라.

그쓰는법은, 아히난뒤, 삼월가지는, 졋, 혼, 다시(茶匙)에, 물, 다셧쟉(勺),
을, 더호고, 셕달뒤, 여덥달가지는, 졋, 혼, 다시반에, 물, 다셧작을, 더홀지
니라

포유시각

디범아히졈々자라나미, 능히규구를, 직키는자는, 만이아히버릇으로, 말
무아마, 그러호거시니, 난뒤일쥬일간에, 곳호번졋멱기는시각을, 졍호연
후에, 졈々범빅사무에, 밋칠지니라

졋이, 비위가운디, 소화홈익, 모로미, 혼, 소시, 스십오분가량이니, 일노쎠,
졋을먹이미, 반다시, 두소간에, 혼차려을, 먹이고, 밋졈々자라나미, 졈々차
례슈을감호고, 쏘밤가운디, 잠자미, 혼밤즁과, 날실임시가지, 삼차를, 먹
이미맛당호고

쏘졈々자라는즉, 곳쳐, 취침홈미, 일은시벽까지, 두차려을먹이되, 그나문

쩌에는,비록우러도,다못안아달니고,맛당이,졋을먹이지아니홀지니라

단유긔

졋먹이난긔한을,쓴의미,가이,훈만이,졍치못홀지니,진실노훈번젹당치
아니ᄒ면,아히몸에,병이만아,심지어조사홀지라,부득이ᄒ야,졋을속히
쓴으되,니,싱긴뒤로,졈々식물을먹이고,오히려,조셕으로,졋을먹여,이
년후에전연이쓴의미맛당ᄒ니라

소아의, 의, 식, 슉

나무,쳐음나미,붓도두기와,기루기을,힘씨지아니훈즉,그셩졍이,반다
시열ᄒ야,기지도,빗계나ᄂᆞᆫ지라.고로,어린아히,바륙홈이,온젼치,못홀
쩌롤,당ᄒ야,어미,가라치고,기루난득실에,강약과,현불효가,미엿시니,
버르슬,잘홈을도라바,셩질을궁구려밍기미,이갓트믈,도라볼지니라그
러훈즉,비록사람의,영고와,득실이라도,젼연히어미의,졔조홈이,나니,
가히소홀치못홀지라
고로아히옷과,밥과,자ᄂᆞᆫ,일을,어미되난이,용심ᄒ기롤,극진이홀지니라

의복의종류

아히,의복을거부엽고,다습고,셩글미,맛당ᄒ니,무명뵈와,법국셔나ᄂᆞᆫ
융(絨)이,가쟝맛당ᄒ고,여름에ᄂᆞᆫ,삼뵈가,가호다.힌빗슬씀은,더러
움이,쉽계나타ᄂᆞᆷ을,취홈이라
일본규족의,집에,어린아히도,또훈뵈옷슬입피니,가히죠흔십관이라,명
쥬가,어린아히의게,젹당치못홈은,그싯기,어렵고,더럽기쉬은연고오,
또애동으로ᄒ여금,사치ᄒ난폐단을,믈듸리지아니케홈이라,부귀훈집
이,또훈애동으로ᄒ여금,막고,힌옷슬,입필지니라

의복의제조

어린아히, 의복이, 넉々ᄒ고, 널븜이, 조흐니, 품과소미를, 넉々히넙게ᄒ
고, 띠를, 단々히밋지아니홈은, 사지의운동에, 방히론연고라. 게울에는, 소
음을엽게놋코, 여름에는, 도두(兜肚)와혹반비(半臂衫)를, 입펴, 사지로,
드러잉게ᄒ야, 운동홈이, 편케홀지니라

의복의증감

세샹스롬이, 어린아히로, ᄒ여금, 옷슬만이입펴, 치운걸, 막기를, 조와ᄒ
나, 딕범, 어린아히가, 피부, 연약ᄒ야, 치운걸밧기쉬우나, 그러나, 열분옷
스로, 버룻슬듸리고, ᄯᅩ의복이, 두터우면, 사지운동에, 구위불편하니라
(未完)〈13〉

半島夜話 續

客이問曰泰西의文明諸國도孔孟의道를亦取ᄒ야立國ᄒᄂᆫ基를숨ᄂᆫ다
홈은敎旨를謹領ᄒ거니와請컨딕更히其實例를示ᄒ소셔
主人이答曰今에其例를欲擧홀則大抵彼國에紳士라稱ᄒᄂᆫ者ㅣ日常行
動과心事가다此가아님이아닌지라盖泰西文明의源은古代로붓터希臘
의哲學으로셔流出홈이니希臘의至賢소구라데ᄉᆞ시의名을泰西士民이
至今ᄭᅡ지傳唱不措ᄒ야千古의師表로尊仰ᄒ고且律社會의全般風紀가
皆基督敎를信ᄒᄂᆫ故로個人交際의間과商估買賣홀際라도互히信用과
德義로써爲期홈으로其美風好俗이到底히東洋諸國에셔ᄂᆫ能히見치못
ᄒᄂᆫ바라余가倫敦에曾在할時에日本商人某가英國의某商店을向ᄒ야
帽子數千個의製造홈을托ᄒ고時日을限홈이英商이日夜로督工ᄒ야期
日이到홈이果然成혼지라於是日商에게告ᄒ니其初ᄂᆫ日商의心中에此
短時日間으로비록英商의勤勞와忍에라도必然成工ᄒ기不能홀줄思惟

ᄒᆞ고以謂ᄒᆞ되若時日을違ᄒᆞ거던違約으로藉口ᄒᆞ고代價ᄅᆞᆯ可히減ᄒᆞ리
라ᄒᆞ얏다가今에先期ᄒᆞ야得成홈을見ᄒᆞ고更히第二策을按出ᄒᆞ야其着
色이如約치못ᄒᆞ야다고詰難ᄒᆞ되英商이聞之ᄒᆞ고忿然發怒曰若貴意에
不合ᄒᆞ거던請컨ᄃᆡ卽今破約ᄒᆞ리라吾儕ᄂᆞᆫ原來信義로써世上에立ᄒᆞ지
有年이로ᄃᆡ先約을履치못홈이未有ᄒᆞ거늘貴下의一言이是ᄂᆞᆫ吾의商店
으로ᄒᆞ야곰汚名을蒙케홈이라ᄒᆞᄂᆞᆫ지라日商이굿치여破約홈을不欲ᄒᆞ
여百方으로辭盡慰諭ᄒᆞ며前言의失謬홈을謝ᄒᆞ되英商이終是不聽ᄒᆞ거
늘於是에日商이商人俱樂部ᄅᆞᆯ訪ᄒᆞ야다른英人의개依託ᄒᆞ야和解홈을
謀ᄒᆞ되此事가임이俱樂部의一般聞知ᄒᆞᆫ바되여皆日商의不德홈을忿히
넉이고向後ᄂᆞᆫ永히絶交ᄒᆞ야賣買예不應ᄒᆞ리라共誓ᄒᆞᆫ지라余가旅舘예
相同ᄒᆞ야日商과知ᄒᆞ더니其小利ᄅᆞᆯ爲ᄒᆞ야大利ᄅᆞᆯ謬홈을憫ᄒᆞ고坐ᄒᆞᆫ英
國商人의信義ᄅᆞᆯ爲重ᄒᆞ야一事도不苟홈을大感ᄒᆞ얏스니商値도尙然커
던所謂紳士者流의操行品性은不言可知홀지로다
客이問曰今에韓國은內로治홈도不足ᄒᆞ고外로抗홈도不足홈으로日本
의壓迫을蒙ᄒᆞ야能히保護ᄅᆞᆯ免치못ᄒᆞ거늘當此時ᄒᆞ야仁義와忠信만徒
說ᄒᆞ면先히於道에未弘ᄒᆞ고國이先壇홀지로다
主人이默然良久에曰日本의壓迫은毫髮도足히懼홀것이아니니彼가此
以上에壓迫을欲加ᄒᆞ나四周의形勢[18]가不許홀가恐ᄒᆞ노니吾國은只宜
雌伏收翅ᄒᆞ야牢囚의恥ᄅᆞᆯ忍ᄒᆞ고二十年이나三十年이나國力ᄒᆞ養ᄒᆞᆫ後
에圖홀지니國力養ᄒᆞᄂᆞᆫ法은진실노敎育과産業에不外ᄒᆞ니就中에가장
吃緊着眼홀處ᄂᆞᆫ國民的의德性을敎養홈이在ᄒᆞᄂᆞ니余가東京에在홀日
에聞ᄒᆞ니韓國學生이慶應義塾에在ᄒᆞᆫ者ㅣ其語學의才能은勿論ᄒᆞ고一
切學科에도通曉ᄒᆞ야進步가可驚홀만ᄒᆞ야日本學生의及홀비아니되一

朝에公德精神을發揮홀時를臨ᄒ야ᄂ三尺兒童과如히浚巡退避ᄒ야己
往의辨才와多識과ᄂ不似홈으로往往日人의指笑ᄒ비되ᄂ지라余가目
擊耳聞ᄒ고深히國家興復이容易치못홈을知ᄒ얏스니姑息의手段을廢
ᄒ고大本上에工夫롤着홈을期홀지니謾히國家의急을叫ᄒ야慷慨히死
에就ᄒ며身을殺ᄒ되不悔홀者ㅣ八道에其人이不乏ᄒ되國脉을危케홀
者ᄂ ᄎ라리此等義人의徒오新學을說ᄒ고政治롤論ᄒ면서時勢에追趣
ᄒ야國事로써一個營利職業을合ᄂ者가大官으로붓터有志者까지다不
然ᄒ者ㅣ無ᄒ니其胸臆을測ᄒ건ᄃ功利의念이根基가되고范仲淹魯仲
連의志가有ᄒ者ᄂ能히幾人인고君國을誤ᄒᄂ者ㅣ實노此輩政治家의
類라ᄒ노라

客이問曰先生의所說과如ᄒ면好ᄒ거니와맛당히무含手段으로써其目
的을達홀가〈14〉

主人이咨曰孔子曰十室之邑에도必有忠信을如丘者라ᄒ니오國도亦然
ᄒ지라一郡一鄕의間에必也恒心의士가有ᄒ야信義가足히相托ᄒ고聰
明이足히共議홀만ᄒ거늘此徒ᄂ今日까지離羣索居ᄒ야孤立無援ᄒ地
에在ᄒ故로能히驥足을伸치못ᄒᄂ니今에一團을合作ᄒ고其全生의力
을擧ᄒ야志롤殉ᄒ고激勵롤圖ᄒ면區區ᄒ半島롤엇지足言ᄒ리오伊太
利改革은마치니,아리파루ᄶ,數輩[19]의力而已오日本의維新은西鄕隆
盛,大久保利通,橫井小楠等이先驅가됨이니大凡國家의中興時롤當ᄒ
야志士가前後로流血ᄒ고生民이臥薪의苦이有ᄒ야艱難을忍耐ᄒ여야
비로소國步가一轉ᄒ리니想컨ᄃ吾國의今日은結望의時가아니오多望
의時며衰滅의時가아니오곳復興의時라其一機ᄂ主唱者의心術如何에
惟在ᄒ니西洋의某政治家가有名ᄒ語롤曾發ᄒ야曰時勢의改革은多히

---

19 數輩 : '數輩'의 오자로 보인다.

一個人의正大호熱誠과精神의力에셔由호야被動호政治家덜은其後를
從호야追隨홀짜롬이라호니此에셔吾儕個人의精神이時或國家보다重
홈을知홀지라彼隣邦의壓迫을엇지足히介懷호리오

客이問曰泰西列國이今에논合從連衡의術에紛忙호니歐洲의安寧을可
히遣期치못홀지라一朝形勢가定호논日에논其侵犯의勢가江河를如決
호야將츳東洋을向호야一齊傾射호며來홀것시니未知케라東洋의運命
은何處로止泊홀고

主人이荅曰善哉라問이여此大憂를抱호者ㅣ淸國에在호則故李鴻章伯
싼이오日本에在하야논故勝海舟伯싼이니余가此二老에不過一二次面
談홀싼이오其抱負논略聞호얏거니와今에余의見으로써叅호건디日本
이비록開明强大호다云호나淸國의富를得호야結치못호則獨히能保홈
을不得홀지오淸國의富盛이비록世界에冠호다云홀지라도日本의兵强
호力을得호야結치못호면쏘호能히獨保치못호며若吾韓國은富强과文
明이共無호則二國의力을利用호야其扶持홈을待치아니호則能히獨保
치못호리니形勢如此홈은三尺童子도쏘호能知호깃거늘老大호政治家
도此等知見이却乏호야淸國政府논徒以猜疑로列國을見호고日本을向
호야仇敵의感을抱호야每양一事를議홈에柄鑿[20]호야相容치못호고日本
政府도쏘호戰勝驕傲의態를漫挾호야써淸韓에臨호고大人的의規模가
毫無호니要之컨디淸國政治家논다만淸國의錙銖의利만僅知홀싼이오
日本의治家논다만鷄頭的의名을僅求홀짜롬이니可歎홀진져日本에피
스마룻구갓튼英雄이有홀진디應이日本으로써東洋의覇主를솜기를피
스마룻구가普魯士로써獨逸聯邦의盟主솜음과恰如호깃거늘可惜호다
日本政治家여兵力術策만可美홀줄知호고人心을收攬홀誠은無호니余

---

20 柄鑿 : '柄鑿'의 오자로 보인다.

로써見ㅎ건디日本을帝國主義라고稱ㅎ기不足ㅎ고近年行動은皆覇者
以下의技量이로다我韓에至ㅎ야는政治家가愚直치아니ㅎ면陰謀營利
홀而已니二國의小才에比ㅎ야도更히尤小ㅎ니殊不足言이로다曾에一
亡命客의語룰聞호則西鄉南洲가大臣과參議룰爲ㅎ엿슬時에自戒曰爲
大臣者가先以世界의大臣이된心으로써己룰立홀지니此心이有흔然後
에日本政府大臣이된則僅히國命을不辱홈을得ㅎ리라ㅎ니其見地가遠
妙ㅎ다可謂홀지라今日東洋의憂는無他라此의豪傑이其位에未據홈에
在ㅎ니故로其政策行動規模가偏小홈을不免ㅎ야鼎足相持의形이無ㅎ
고蝸牛角爭의觀이有ㅎ야韓日清이相憎相殺ㅎ니是는歐洲政治家로ㅎ
야금拍手ㅎ고其愚룰笑ㅎ며閒隙의乘홈을써圖케ㅎ도다
歐洲形勢가未定의先에東洋의連衡扶持홀策을講定하야名樣[21]政策이
一莖에出혼則藩籬가始堅ㅎ야容易히西力이侵치못ㅎ리니昔에나파륜
用兵秘決에曰敵이其力을團集ㅎ기前에吾兵全力을擧ㅎ야敵의一枝隊
룰粉碎ㅎ고進次突破ㅎ면是는以一當十ㅎ는理라兩軍의全數가비록相
均ㅎ더리도兵力運用의妙가能十倍라云ㅎ얏스니東洋의形勢도萬若依
然히今日과如히〈15〉三國이各各自狹自小ㅎ야國力을區々히分離코져
ㅎ면맛츰니나파륜的의泰西外交家의擊破홀바이될가是로써憂ㅎ노니
東洋運命이何處에止泊ㅎ깃는與否는엇지人의계問ㅎ리오쫀호各々스
스로決心ㅎ기에在홀쑨이니大丈夫의志操가應當如此할진디
於是에座客이此一句話룰聽ㅎ고皆肅然이整襟ㅎ더라

本朝名臣錄攬要

本朝五百年에名臣이項背相望이라今에其偉功異蹟을逐次攬錄하야本

---

21 名樣 : '各樣'의 오자로 보인다.

報에 逐號揭載하야써 僉君子의 閱覽하심을 供하노니 此於博古通今하난
디 裨益으 多大할지라 明心注意ᄒ시기를 厚望홈

黃喜의 字난 懼夫오 號난 厖村이니 長水人이라 公이 麗季에 在하야 積城으
로 自하야 松京을 向할시 一老翁이 黃黑兩牛를 牽하고 耕하다가 方脫秬而
息하더니 公이 問曰翁의 兩牛가 優劣이 無乎아 翁이 趨進하야 附耳低聲而
答하야 曰某色者優라하거날 公이 曰翁이 牛의게 何畏가 有하야 如是隱語
乎아 翁이 曰甚矣라 爾之年少而未有聞也여 畜이 비록 人語를 不通하나 人
言의 善惡을 皆知之하노니 만일 己를 劣타함을 聞하면 心의 不平함이엇지
人과 異하리오 公이 瞿然함을 不覺한지라 其平生謙厚의 量이 翁의 一言으
로 自하야 成하니라

公이 江原監司되여실時에 歲가 飢한지라 公이 悉心賑救하야 民이 捐瘠이
無하더라 常々蔚珍臨海의 岡에 憩하더니 旣去에 民이 思慕하야 其地에 就
하야 臺를 築하고 名曰召公臺라하니라

朴好問等이 野人을 審察하고 歸하야 曰請컨디 誘引하야 安業케하고 其不
意에 出하야 掩擊하쇼셔 上이 政府六曹三軍都鎭撫를 召하야 議할시 公이
曰所獲이 所失를 不償할지라 勞而無功하고 彼賊의에 貽笑만하리니 乞令
都節制使로 被虜한 人口와 牛馬와 財貨를 責還하야 如其不從이면 宣言致
討하야 使之懼而遠遁케하면 名正言順하야 直한것시 我의에 在하니이라

公이 爲相에 金宗瑞가 工判이 되얏더니 嘗於公會에 宗瑞ㅣ 令工曹로 酒果
를 備하얏더니 公이 怒曰國家가 禮賓寺를 政府傍에 設한것은 三公을 爲함
이니 若虛腸인則 當令禮賓寺로 備來할것이니 何以私辦乎아하고 入啓請
罪코져하다가 諸宰救之乃止하고 宗瑞를 前에 致하고 峻責하니라

平居에 淡如하야 兒孫僮僕이 左右에 羅列하야 啼呼戲噱호디 公이 略不呵
禁하더라 일즉 僚佐를 引하야 議事할시 童奴가 有하야 書牘上에 溺하더 公
이 怒色이 少無하고 다만 手로써 拭함뿐이러라 公이 政府에 在한지 二十四

載에 成憲을 務遵하야 紛更을 不喜하고 處事循理하야 規模遠大하고 從容靜鎭하야 大臣의 體統을 得한지라 太宗과 世宗이 眷依甚重하야 事無大小히 苟有難斷이면 반다시 公의게 咨詢하면 公이 片言에 定하고 退하야 所議한것을 未嘗言之하더라 或舊制를 變更할 議를 獻하나니 有하거든 公이 必曰臣乏變通하니 凡有更制난 不敢輕議라하야 宅心持論하기를 務極平恕로디 及議大事이면 斥是非하야 毅然不可奪할지라 我朝賢相을 稱公爲首러라 卒年이 九十이니 世宗廟廷에 配享하니라〈16〉

內地雜報

閔忠正血竹

典洞故閔忠正公泳煥氏의 邸第內에 其血衣血釖을 公의 平生居處ᄒ던 房室內에 藏置ᄒ고 此를 其家人이 不忍掛目ᄒ야 戶扃을 深鎖ᄒ고 開見치아니ᄒ다더니 今年梅雨가 頻仍ᄒ야 其室堂이 滲漏홈으로 家人이 乃開門入見ᄒ則 忽然意想外에 神奇ᄒ 綠竹四本이 其堂上에 挺生ᄒ야 猗々靑々ᄒ지라 於是에 家人이 大驚ᄒ야 上下諸人을 會集ᄒ고 共히 詳察ᄒ則 果然竹四本이 堂上에 生ᄒ얏는디 原來該房室은 溫突인디 變ᄒ야 板木으로 堂을 鋪ᄒ고 堂底는 石灰로 築ᄒ處인디 竹이 其板木兩隙에 生ᄒ지라 第一本은 三幹이니 長三尺凡十八葉이오 第二本은 亦三幹이오 長二尺이니 凡十一葉이오 第三本은 二幹이오 長一尺이니 凡六葉이오 第四本은 一幹이오 長僅半尺餘니 凡三葉이라 此說이 傳播于世ᄒ미 於是漢城內外의 男女老幼가 爲觀竹而來者ㅣ 逐日會集如市ᄒ야 塡街塞巷에 騈闐喧藉ᄒ야 或有瞻拜而哭者ᄒ며 或有蹈舞而歌者ᄒ고 西洋諸國之人과 及淸日各人도 亦爭來玩賞ᄒ며 或有搭影寫眞ᄒ야 以爲寶藏者ᄒ고 此事가 入聞于 皇上陛下

ᄒᆞ야特命近侍ᄒᆞ샤其竹의眞狀을考察ᄒᆞ시고竹葉一枚를摘入ᄒᆞ샤親手接見ᄒᆞ시고喟然太息ᄒᆞ샤曰此竹이卽閔某의忠血이라ᄒᆞᆸ시고悲懷를不禁ᄒᆞ신다더라

森林事案復起

西北沿邊森林의種植採伐權을光武三年에農商工部에셔俄公使와契約ᄒᆞ고俄人의게許與홈으로俄人이森林會社를設ᄒᆞ고豆滿江鴨綠江兩沿邊에所在ᄒᆞᆫ森林을採伐ᄒᆞ기에著手ᄒᆞ얏더니一自日俄開仗以後로俄國과互締ᄒᆞᆫ一般契約을一切廢止ᄒᆞᆫ則森林條約도自歸繳消ᄒᆞ지라其時日公使林權助가外部와交涉ᄒᆞ야該森林의採伐權을日本人의게讓許ᄒᆞ야軍事의需用에供케ᄒᆞ얏더니近日統監府木內總長이農部와交涉ᄒᆞ야該案을更히提出ᄒᆞ얏다더니向日伊藤統監의官邸에參政大臣以下各部大臣이會同ᄒᆞ야各項關係되ᄂᆞᆫ事件을提議ᄒᆞ얏ᄂᆞᆫ디右森林案도妥決ᄒᆞ기로議定ᄒᆞ얏더라

移民條例 續

第四條　移民處辨人되자ᄒᆞᄂᆞᆫ者ᄂᆞᆫ農商工部大臣의許可를受홈이可홈移民處辨人이代理를實ᄒᆞ난時도亦同移民處辨人이아니면移民前往의周旋又募集을行홈을得지못홈
　　　　第一項의許可ᄂᆞᆫ許可日로붓터六個月以內에營業을開始아니하ᄂᆞᆫ時ᄂᆞᆫ其効力을失홈

第五條　移民處辨人은農商工部大臣에保證金을捧納ᄒᆞ난後아니면營業을開始홈을得지못홈
　　　　保證金은一萬圜以上으로ᄒᆞ고農商工部大臣이定홈
　　　　農商工部大臣은必要로認ᄒᆞ난時ᄂᆞᆫ保證金額을增減홈을得

홈但前項金額以下에減홈을得지못홈

第六條　移民處辨人은前往을周旋ᄒ든移民이罹病하며其他困難을
極하난境遇에난救助ᄒ며又歸國케ᄒ난義務을有홈

前項義務를負擔하난期間은移民을前往식이던其月로붓터十
個年으로홈

第七條　移民處辨人은其代理人又代表者가在留아니ᄒ난地에移民
을前往케홈을得지못홈

第八條　移民處辨人은手數料外에移民에게何等利益을受홈을得지
못홈但其手數料ᄂ미리農商工部大臣의認可을受홈이可홈

第九條　移民處辨人은勞働契約에由하야前往ᄒ난移民을募集ᄒ며
又其前往을周旋하ᄂ時난移民과文書로契約홈이可홈其契
約條件은미리農商工部大臣의認可를受홈을要홈

第十條　農商工部大臣은左開境遇에當ᄒ야移民處辨人의營業을停
止ᄒ며又營業許可를繳消홈을得홈

一　移民處辨人又代理人若代表者의行爲가法令에違背ᄒ며
〈17〉又公益을害홈時

二　移民處辨人又代理人若代表者가指定ᄒ期限내에罰金을
捧納아니ᄒ時

三　第五條第一項에違背ᄒ時又第五條第三項에由ᄒ야保證
金의增加를被命ᄒᄂ境遇에當ᄒ야指定ᄒ期限內에其捧納
을아니한時

移民處辨人이前項處分을受ᄒ며又營業을休止ᄒ며若廢止
ᄒ時라도旣經前往ᄒ移民에對ᄒᄂ義務의履行을中止홈을得
지못홈

第十一條　移民과移民處辨人間에生ᄒ爭議에關ᄒ야ᄂ農商工部大臣

이決定홈

第十二條　前往許可를不受ㅎ고又不正手段으로許可를受ㅎ며又前往
　　　　　停禁令에違背혼移民은五圜以上五十圜以下罰金에處홈

第十三條　移民處辦人이許可를不受ㅎ代理人으로ㅎ야곰其行爲를行
　　　　　ㅎ게ㅎ는時난二十圓以上二百圓以下罰金에處홈

其行爲를行ㅎ든代理人亦同（未完）

鑛山條例　續

第五條　　皇城及離宮의周圍三百間以內　皇陵園墓의火巢以內處所는
　　　　　鑛區로홈을得지못ㅎ고又所轄官廳의許可를受치아니하면鑛
　　　　　業을爲ㅎ야此를使用치못홈이라

　　　　　陸海軍所轄城堡要港火葉庫彈葉庫及各官廳의許可를受치
　　　　　아니하면鑛區로ㅎ거나鑛業을爲ㅎ야使用홈을不得홈이라

第六條　　鐵道軌道々路運河々湖沿地隄塘社寺境內地公園地及墳墓建
　　　　　物부터地表地下를勿論ㅎ고其周回五十間以內處所에셔는
　　　　　所轄官廳의許可又所有者若關係人의承諾을受홈이아니면
　　　　　鑛物을採掘ㅎ며又鑛業을爲ㅎ야此를使用치못홈이라

　　　　　正當혼理由가無ㅎ고前項承諾을拒絶則鑛業權者는農商工部
　　　　　大臣의判定을請求홈을得홈이라

第七條　　農商工部大臣公益上其他事由로必要가有홈을認ㅎ는時에는
　　　　　鑛業을許可치아니홈이라（未完）

審査確報

日本憲兵司令部에在囚혼大官이並受毒刑ㅎ엿다구傳說이有ㅎ더니確
報를據혼즉崔益鉉金升文[22]兩氏는業已審査ㅎ야南門外司令部에在囚

혼데金氏는受刑혼事가確有ᄒ고閔泂植閔丙漢閔景植洪在鳳趙南升諸
氏는芋洞司令部에在囚혼데一次도姑無審查ᄒ고在囚而已라더라

財政槪算

本年度總豫算額은大槪歲入이八百五十萬元이오歲出이八百七十萬元
인디歲出額加ᄒ는理由는警務內務農務士木等費用이라다借款을因ᄒ
야歸正되얏고現今外債가一千三百萬圓이니本年度에本年派邊相換홀
條件이九十萬元計算이라더라

改善政策

伊藤統監이我韓에對ᄒ야啓發홀方針을혼다는디其條件은如左ᄒ다더라
第一은實業發達을圓謀ᄒ며國運의正大發展홈을期홀事
第二는敎育을振興ᄒ고人才를養成홀事
第三은宮中과部中을各別이ᄒ야皇室에尊嚴을加ᄒ고政府가責任을分
明이홀事
第四는國事犯의嫌疑로日本에逃亡혼者를寬大혼處分에出홀事
第五는宮中部中에財政을根本的으로整理홀事〈18〉

海外雜報

○駐韓俄國領事問題　六月一日俄國新聞「노-우에, 우레미야」紙上에韓
國京城駐在俄國領事쓴란손氏의赴任에關ᄒ야如左히載論ᄒ엿더라
기요른通信員의電報를據혼즉俄國은韓國駐在領事를任命ᄒ얏는디日

22　金升文 : '金升旼'의 오자로 보인다.

本은駐在認可를東京에셔請求ᄒ라고要求ᄒ엿다ᄒ니륜는無他라日本
이俄國으로ᄒ야금自己이最後의韓日條約을依ᄒ야得혼自國의韓國管
理權을公認케ᄒ도록민드는것이라彼韓日條約의本文은지금吾人手中
에無ᄒ나曾往英國新聞의所傳과如홀진디第一은, 日本이韓國帝室에名
譽尊嚴을保護ᄒ기로約ᄒ고第二, 日本은韓國政府의首班에立ᄒ야全般
行政을管理ᄒ는統監을任命ᄒ는權利을有ᄒ고第三, 韓國은自國의外交
를擧ᄒ야日本監督下에委ᄒ야全然히日本의指導를從ᄒ기로約ᄒ되此
事에就ᄒ야韓國을爲ᄒ야有利혼點은다만日本이將來에韓國內部의狀
態가其外部의獨立을擔保ᄒ기에足홀境遇에는大韓帝國의獨立을回復
케ᄒ기로公約혼一事섚이오第四, 韓日條約으로ᄡ韓國稅關管理는悉皆
히日民으로ᄒ야금任命케ᄒ기를規定혼지라

만일本文으로ᄒ야금無誤라ᄒ면日本은此條約을依ᄒ야韓國의諸般外
交를管理ᄒ는權利을有홈은無疑니此를隨ᄒ야領事의駐在認可證交付
ᄒ는權利을ᄯ혼有혼者ㅣ라此條約은다만第三者되는俄國에셔恪守홀
義務ㅣ無홀지니吾人은果然如斯한條約에對ᄒ야抗議을申請홀는지ᄯ
抗議와均等혼行動을執할必要의有乎否乎아我에此抗議의權利가有홈
은自固無疑라ᄒ는問題가不起홈을不得홀지요駐在認可證交付와如혼
官署의順序에關혼區々한問題로ᄡ韓國의獨立을作ᄒ고破홀者이아니
믄論을不俟커니와韓國의國際的位置된確然堂々혼干繫로ᄡ一定케된
者인디彼言此言의儀式된此者에對ᄒ야는全혀微々혼價値를有홈에不
過ᄒ도다今日에强硬혼態度를執ᄒ야어디까지든지韓國의獨立을擁護
ᄒ랴홈은自初로吾人의本意가아닌즉駐在認可證交付問題와如홈도ᄯ
혼爭홀者ㅣ아니라其不可不爭홀者는곳俄日의干繫혼點에만論及홈을
不俟홀지니吾人이如斯히論ᄒ는所以는韓國의位置된國際上으로互相
交際ᄒ는各國의利害休戚에關ᄒ는問題라故로俄國된者는決코他列國

에게不利홀先例로解釋케홈과如혼行動을爲홈이不可ᄒ도다此롤換言
컨디韓國駐在의俄領事ᄂ駐在認可롤何人으로붓터受ᄒᄃᄂ지俄國에게
ᄂ全혀問홀바아니로되俄國은此點에關ᄒ야先例롤作홈이不可ᄒ다ᄒ
얏더라

軍備報告 七月十四日

近者에西伯利亞에셔歸來혼一法國人의報告롤據혼즉俄兵이滿洲에셔
漸次撤退ᄒ나其代의新部隊가陸續히極東으로發行ᄒ야合爾賓及(ᄒ바
로후슈구)의守備兵이漸次增加되고特이ᄒ바로후슈구ᄂ一小市에不過
ᄒ나將來極東에셔俄軍에總本部될形勢가有ᄒ야多數砲鎗을輸送ᄒ야
守備兵이三萬에達ᄒ고海參威도近時에砲數를增加ᄒ야更一層整備ᄒ
고又一面으로ᄂ到處에國境守備兵을顯著이增加ᄒ얏다더라

淸國의大演習과戰備　上同

今年秋期에總督張之洞氏가其部下精兵을率ᄒ고河南野原에셔袁世凱
氏鍊軍과將次對抗大鍊習을擧行한다ᄒ고坐日本으로軍馬六百頭와大
砲十六門과及附屬軍需品一切을購入ᄒ며日本武官을雇聘ᄒ야戰爭準
備롤計畫中이라더라

英艦來韓　十五日

目下日本各地를巡航中에在혼英國支那艦隊ᄂ同艦隊司令官무-아海
軍中將의指揮로來月十一日釜山에入港ᄒ야四五日間同港에碇泊혼後
十六日頃仁川에來ᄒ야司令官以下가入京홀旨意로當報某官에電報가
有ᄒ다더라

俄煽馬賊〈19〉

吉林黑龍兩省의北變一帶는馬賊의橫行이比前尤甚흥지라俄國人은馬賊猖獗로以흥야他日에口實을作흥기便利흥者라흥야新設銃器를無數密賣흥다더라

英使忠告

北京電을據흥즉駐淸英國公使가淸廷에忠告호디淸國이東滿洲에만稅關을設置흥고淸俄境에는設置치아니홈이不可흥즉萬若黑龍江省吉林租界에設치아니흥면各國도쏘한均添흥야營口稅關徵稅에反對흥깃다흥엿더라

威海衛還附

英國의現內閣은獨逸海軍艦隊主力을持홀方針을隨흥야威海衛를淸國에還附케흥고但目下鐵道에就흥야淸廷에要求흥는中이나其承認를得흥기는아마威海衛를還附흥後에야次第로되리라더라

俄國과韓國의保護

海參威電을據흥즉俄國노보덤야新聞이韓國에셔日本의保護權을論흥야國際公法上으로論흥야도日本의韓國保護는何等根柢가無흥다구斷言흥엿더라

美國次期大統領

美國大統領루스벨트氏는次期千九百八年의選擧에候補者됨을辭홀뿐아니라以後永久히候補者로不立홀意로去月二十日에公然發表흥얏다는디례바부리간의候補者로는現陸軍卿다푸도씨가推薦하랴구期待흥

고且루스벨트氏가將來에는元老院議員이되리라고도云ᄒ며坐巴奈馬
峽地帶와或比律賓의總督이되리라고도云ᄒ더라

撫順炭坑返還의請求

北京電을據ᄒᆫ즉淸國外務省에셔日公舘에照會ᄒ야日淸商孟等의稟請
을據ᄒᆫ즉現今日本에셔占據ᄒᆫ撫順炭坑은淸商이自營ᄒᆫ者니淸商이株
式十萬兩을有ᄒ고俄國에셔出資ᄒᆫ六萬兩은淸商의借款이오決코俄淸
의合資홈이아닌故로日本에셔該炭坑을戰利品과如히認홀權利가無ᄒᆫ
즉貴公使ᄂᆫ速히遼東軍政署에電飭ᄒ야該炭坑을返還ᄒᆫ後更히條約締
結홈을請ᄒᆫ다ᄒ엿더라

滿洲關放과英德商人

上海電을據ᄒᆫ즉上海淸國協會ᄉᆞ頭다쓰존氏가今番滿洲에셔歸來ᄒᆫ英
國商人의視察報告書를北京公使團體에送交ᄒ고又如左諸件이緊急홈
을論述ᄒ얏ᄂᆫ디
日本商品이大連의自由港을利用ᄒ야無稅로內地에入홈으로同地에釐
金局及支那稅關을設置홀事
淸國에셔韓國境을越來ᄒᆫ不法商品을防遏홀事를講究홀事
遼河架橋로由ᄒ야運輸貿易의損害를被ᄒᆫ事에對ᄒ야善後策을取홀事
英人團体뿐아니라上海에在ᄒ德國商人團体에셔도同一ᄒ意見으로北
京外交團体에建議ᄒ엿다더라

雲南總督의對法政策

淸國雲南省이法人의勢力範圍에入ᄒ고로淸廷에셔雲南總督에게屢次
電訓ᄒ야設法抵制케ᄒ엿더니該總督이近者에軍器處에電報ᄒ야辦法

數條를陳述ᄒ얏ᄂᆫ딕其大要가如左ᄒ니

一 眞越[23]鐵道의守備兵을加募ᄒ야來往의法人을保護홀事

二 鑛政局을設置ᄒ야該省의鑛産을調査ᄒ고紳商을勸誘ᄒ야採掘케홀事

三 速히眞蜀[24]鐵道를敷設하야利權을保存홀事

四 學堂을設ᄒ야敎育의普及을圖홀事

五 學生을日本에派送ᄒ야鐵道速成科를學習케홀事

六 省의警察을開設홀事

七 軍器를購入ᄒ고北洋陸軍制를倣ᄒ야蜀眞軍[25]을編制홀事

八 礦務大臣唐烟과協議ᄒ고昭通官餉廠을整頓ᄒ야擴張을圖홀事〈20〉

詞藻

海東懷古詩　　　　　　　　　　　　　冷齊[26]柳得恭惠風

檀君朝鮮

東國通鑑東方에初無君長이러니有神人이降于檀木下어늘立爲君ᄒ고
國號를朝鮮이라ᄒ니唐堯戊辰[27]歲라三國遺事에檀君이都平壤

大同江水浸烟蕪王儉春城似畵圖萬里塗山來執玉佳兒尙憶解扶婁

　　(註)大同江은興地勝覽에在平壤府東一里ᄒ니一名은浿江이오又名
　　은王城江이니其源이有二라一出寧遠郡加幕洞ᄒ고一出陽德郡文音
　　山ᄒ야至江東縣界에合流爲西津江ᄒ고至府城東ᄒ야爲大東江ᄒ고

23　眞越：'滇越'의 오자로 보인다.

24　眞蜀：'滇蜀'의 오자로 보인다.

25　蜀眞軍：'蜀滇軍'의 오자로 보인다.

26　冷齊：'冷齋'의 오자이다.

27　戊辰：'戊辰'의 오자이다.

西流爲九津溺水ᄒ고至龍岡縣東ᄒ야出急水門入海ᄒ니라

王儉城은三國史에平壤城은仙人王儉의宅也라ᄒ고東史에檀君의名王
儉이라ᄒ고興地勝覽에燕人衛滿이都王險ᄒ니險은一作儉이니卽平壤
이라ᄒ고

塗山執玉은東史에檀君이遣子夫婁ᄒ야往會於夏禹氏塗山之會라ᄒ고
文獻備考에檀君의子解扶婁가爲扶餘始祖라ᄒ니라

箕子朝鮮

史記에武王이旣克殷ᄒ고乃封箕子於朝鮮而不臣也라ᄒ고東國通鑑에
殷太師箕子ᄂ紂의諸父라紂ㅣ無道어늘箕子ㅣ被髮佯狂爲奴러니周武
王이伐紂에訪道于箕子한디箕子爲陳洪範九疇ᄒ고東之朝鮮ᄒ야都平
壤이라ᄒ니라

兎山々色碧森沉翁仲巾裾草露侵猶似龍年奔卉寇松風閒作管絃音

兎山은興地勝覽에箕子墓ᄂ在平壤府城北兎山이라ᄒ고翁仲巾裾ᄂ
董越朝鮮賦에曰東有箕祠ᄒ니禮設木主ᄒ고題曰朝鮮後代始祖라ᄒ
니盖尊檀君爲其建邦啓土ᄒ고宜以箕子爲其繼世傳緒也로다墓在兎
山ᄒ니維城乾隅라有兩翁仲이如唐巾裾로다點以斑爛之苔蘚ᄒ고如
衣錦繡之文襦로다

管絃音은文獻備考에壬辰之亂에日兵이掘箕子墓左邊一丈許ᄒ다가
聞樂聲이自壙中出ᄒ고懼而止라ᄒ니라

麃眼籬斜井字阡一村桑柘望芉[28]々誰知遼海蒼茫外耕種殷人七十田

殷人七十田은平壤志에箕子井田이正陽含毬二門外에在ᄒ니區畫이
宛然이라ᄒ니라

---

28 芉 : ‘芊’의 오자로 보인다.

衛滿朝鮮

史記에 朝鮮王滿은 故燕人也라 燕王盧綰이 反入凶奴어늘 滿이 亡命호야
聚黨千餘人호야 魋髻[29]蠻夷服으로 東走出塞호야 渡浿水居秦空地호야
稍役屬眞番朝鮮及燕齊亡命者王之호고 都王儉이라호고 括地志云平壤
은 本漢樂浪郡王儉城이라호니라

椎髻人來漢祖年同時差擬趙龍川箕王可恨無分別塡補梟雄博士員

　　博士는 魏略에 云箕子之後朝鮮王準이 立호이 燕人衛滿이 詣準降이어
　　늘 準이 信寵之호야 拜爲博士호고 賜以圭호야 封之百里호고 令守西邊
　　이러니 滿이 誘亡黨호야 衆稍多어늘 乃詐遣人告準言호디 漢兵이 十道
　　至호니 求入宿衛라호고 遂還攻準혼디 準이 與滿戰不敵也라호니라

樂浪城外水悠悠誰識萩苴漢代侯不及當年津吏婦箜篌一曲艶千秋

　　樂浪은 今平壤이 其郡治오 萩苴는 史記에 朝鮮相韓陰이 亡降漢이어늘
　　封爲萩苴라호니라〈21〉

　　津吏婦는 古樂府琴調九引箜篌引에 曰 公無渡河는 朝鮮津吏霍里子高
　　의 妻麗玉의 所作이니 子高晨起刺船홀시 見一白首狂夫가 被髮携壺호
　　고 亂流而渡어늘 其妻ㅣ隨呼止之호디 不及호야 遂溺死호니 妻ㅣ乃援
　　箜篌而歌曰 公無渡河러니 公終渡河로다 公墮而死호니 將奈公何오 其
　　聲音이 甚悽愴이라 曲終에 亦投河而死어늘 子高ㅣ還以其事로 語麗玉
　　호디 麗玉이 傷之호야 乃引箜篌以寫其聲이라호니라

韓

後漢書에 韓有三種호니 一曰馬韓, 二曰辰韓, 三曰弁韓, 馬韓은 在西호니
有五十四國이라 其北은 與樂浪으로 南與倭로 接호고 箕子後四十餘世에

朝鮮侯準이自稱王ᄒ더니燕人衛滿이擊破準而自王이어늘準이乃將其
餘衆數千人ᄒ고走入海ᄒ야攻馬韓破之ᄒ고自立爲韓王이라ᄒ고東國
通鑑에箕準이入海居韓地金馬郡이라ᄒ고興地勝覺에箕準城은在益山
郡龍華山上ᄒ니周가三千九百尺이라ᄒ니라

當年枉信漢亡人麥秀殷墟又一春可笑蒼黃浮海日船頭猶載善花嬪

　善花嬪은三國志에云朝鮮王準이爲衛滿所攻奪일ᄉᆡ將其左右宮人ᄒ
　고走入海居韓地라ᄒ고東史에箕準의號ᄂᆞᆫ武康王이니興地勝覺龍華
　山은在郡北八里ᄒ니世傳武康王이入國馬韓ᄒ고與善花夫人으로遊
　山下라ᄒ고又云雙陵은在五金寺西ᄒ니後朝鮮武康王及妃陵也라
　(以下見次號)

古意　　　　　　　　　　　　　　　　　　　　　　　南嵩山人

蘭生幽谷底敷葉正猗猗香姿美可悅谷深人不知春與衆草芳秋同衆草萎
刈之入樵蘇香死不見悲所以魯聖歎操琴寄哀辭

　評曰託意甚眞詞亦古朴如聞倚蘭之操[30]氣象閒雅精神洒落洵可與知
　者言

小說

비스마룩구淸話

第一　槪觀　續

所謂夜會난비公이曰耳曼聯邦宰相이되어실時에組織ᄒ야國會라名한

30　倚蘭之操 : '猗蘭之操'의 오자이다.

(비-루)會也라비公이此會를組織한所以난其私邸에在하야煙草를喫하
며麥酒를酌하면서胸襟을披하야政治上問題를談論하난것이議會大臣
席에셔辨論하난것보담勝함이遠한줄를知한緣故라此夜會가果然政治
上大勢力이有하야海陸將官과各省大臣과國會議員과銀行家技術家와
文學家와外客富豪紳士有名한人物이다此夜會出席함으로以爲榮譽하
더라

此夜會에비公의遇客하난것이快活寬大하야不設障壁하고邸內에諸人
出入함을悉許하야禮儀甚簡한지라米國一客이此夜會의狀을記하야曰
비公閣下난親近하기最易한人이라彼가議會投票에無關係한吾儕에도
쏘한政治問題를熱心討議하야與親朋無異라하여시니此會光景을可以
想見이라會場一隅에(바바리아)製造한麥酒를疊々推積하야來客으로
自由痛飮케하고中央長卓子에珍味를種々備列하야人々마다隨好得食
케하니普通來客이此等饋餉를受하고數刻間談笑而歸하난디來客중望
重有名之士난尙留하야第二會談席을開하니所謂煙草會議者ㅣ是也라
此時에비公이右手로長形제루망파이푸(西洋煙管)를持하고衆客面前에
占坐하야談話를開始함이此平生常例也라비公이談話를始함이滿座肅然
敬聽而已오不見一人能對話者라自始至終히惟비公一人이繼續獨語하
니衆客贊否를不待하고一種宣告와恰如하야使人永不能馳背하더라

비스마룩구混化敎訓과興味調合要件과快樂의術를頗能曉解라비公을
一面한者ㅣ逢彼諧謔하야捧腹絶倒하면不知不覺之中에自然히實際上
眞理를默得하난지라베루링一切新聞이셔비公의快活高遠한談話를其
夜會에歡迎하고翌日新聞上에其〈22〉談話를爭相揭載하야讀者를喜悅
케하야以爲之常하더라

一千八白六十九年에此夜會를創立하야以來二十餘年을依然繼續하더
니及비公이致仕而退에健康이亦不能如昔日이오且深夜에耽於喫煙及

飲食은爲醫師所禁이라自此로此夜會가一變하야午前宴會가되니라

夜會雖廢나引接賓客하야談話를開展할機會난不乏其時 호니日々마다
政治家外交家의訪問함을接하야鄭重한饗應을開設하고談論不倦하난
지라行年七十에日々마다同卓食하난賓客이常不下十二人이러라

비公이常於午後五時에晩食하고食後에其日所見所聞한快事와或追往
懷古하난高談을言하야쎠自慰하고午後九時에婦人室로去入하야平生
深思熟考하야所自得한眞理를且語且誨하난形狀이宛然히傳道하난師
와如하더라

비스마룩구晩年交際하난法이大抵自邸에셔賓客을招集宴會함으로爲
常하야普佛戰爭이終了함이其名이世界에顯著한디此方針을益守하야
自非朝廷宴會면殆無赴焉하니以此로一切宴席이漸覺寂寥러라彼長大
한軀幹이於午餐席이나於劇場이나於玉突場이나於外交宴饗席에不能
發見하고家에在하야爐邊에靜坐하면超然脫俗하야或歌謠를作하야쎠
自慰하니其歌에曰

噫라樂哉兮樂哉兮여自己家에獨在하야靜裡消日樂哉로다破除萬事不
顧하고爐邊에靜坐하야光陰을消遣하니樂哉兮樂哉로다

此老雄이於交際場裡快樂以外에又一種□天地가別有하니其襟懷의大
함을足見하리로다

비公이(후리-도리히스루-)地方에退老할신平素此英雄을崇敬하던諸人
이其音容을欲見하야四方來集者ㅣ甚多하더라今에此訪問者의日記帳一
節를見하니

此處에完全家庭이有하야宗敎改革者(루-데루)와及詩人(게-데)의所有
한家庭보담遜色이少無하니비公이近年은這裡에在하야靜安生活를營爲
하난지라被가列席於(후란구호루도)議會以來로난被의創造的思想과煽
動的性情과英雄的氣魄을彼의友人과親戚을對하야種々談話한거슬因하

야知得하엿더니今也에ᄂ此等特質이混和하야老熟域에達하니幽雅ᄒ田園邸內에老偉人의面目이躍如하도다彼ㅣ日耳曼人民을對하야最深愛情이有하니彼ㅣ吾國民의未發達無統一ᄒ時를當하야着眼將來에計畫得宜하야使我國으로雄飛字內케ᄒ偉人이라故로予輩가彼로써眞正豫言하난深慮英雄이라하야永讚하난者로라하엿더라

倫敦(타임스)新聞에셔評曰獨逸國民이國家大事에關함이반다시比公의意見을欲聞하난지라彼於一夕宴會에平々談話하난것이國會議場連聲絶叫하난議員의最長演說보담萬々勝似하다하엿더라

第二 學生時代及初陣之政治家

(비스마룩구)의名聲이世界에聞하야其一言一行이世人의耳目을聳動하기난(곤닝구랏쓰)大戰後에在하니故로於其戰하기前에彼의談話를記錄한것이戰後談話에比하면其材料가甚少하나비록然하나彼의修學時代에其資性行爲上이趣味談話가不無한지라此等談話中에一二可記할것이有하니彼가(게즈징겐)과伯林大學에在하야學位得함을不及하야退하고其後에伯林法廳書記를欲爲하야嚴重한試驗을受할시其時試驗委員이彼의履歷을報告하야曰

此人이二十一歲時에(게즈징겐)大學에在하야其同窓學生으로하여곰怠惰한디陷케한外에난其才能과經歷이甚히不良한것은不見하깃다고하엿더라 (未完)〈23〉

特別告白

本報愛讀ᄒ시ᄂ 僉君子의 購覽의 便宜ᄒ심을 爲ᄒ야 左開諸處에셔도 發售ᄒ오니 照亮請購ᄒ심을 切望

金基鉉氏冊肆 鐘路大東書市

金相萬氏冊肆 布屛下

鄭錫龜氏紙廛 大廣橋

朱翰榮氏冊肆 洞口越便

廣告

혼和紙洋紙及色紙等各樣이新着ᄒᆞ얏소

◎朝日메털

硬軟數種의合成金으로磨擦力이些少ᄒᆞ니諸機械의軸承及磨擦部에
使用ᄒᆞ야破損減擦이無ᄒᆞ고熟度의平均을持保ᄒᆞᄂᆞᆫ故로油脂의消費
를節約ᄒᆞ며運轉을滑게ᄒᆞ야動力을增加홈이著大홈은實驗者의證明
ᄒᆞᄂᆞᆫ비라

◎紡績糸

攝津紡績株式會社製品十六手紡績糸가마니왓소

◎木材各種

檜椹材가新着ᄒᆞ얏ᄂᆞᆫ디其貿入法에極히注意ᄒᆞ얏슨즉材質의善良과價
格의低廉은本社의誇ᄒᆞᄂᆞᆫ비라

京城南署公洞(電話二三〇番)

藤田合名會社

仁川各國居留地(電話一五二番)

仝仁川支店

特別廣告

本社雜志를每月十日及二十五日二回로定期發刊ᄒᆞᄂᆞᆫ디初回부터未備
ᄒᆞ엿든事務가尙未整理홈이未得已ᄒᆞ야今番에도坐五日間延期되얏ᄉᆞᆸ
기恐縮을冒ᄒᆞ고玆에再次此事由를謝告ᄒᆞ오니愛讀諸君子ᄂᆞᆫ以此恕亮
ᄒᆞ시옵

朝陽報社告白〈24〉

大韓光武十年
日本明治三十九年
丙午六月十八日第三種郵便物認可

朝陽報

第四號

朝陽報第四號

新紙代金

一部新貸　金七錢五厘

一個月　金拾五錢

半年分　金八拾錢

一個年　金壹圓四拾五錢

郵稅每一部五厘

廣告料

四號活字每行二十六字一回金拾五錢二號活字依四號活字之標準者

◎每月十日廿五日二回發行

京城南大門通日韓圖書印刷會社內　臨時發行所朝陽報社

京城南大門通四丁目　印刷所日韓圖書印刷株式會社

　編輯兼發行人 沈宜性

　印刷人 申德俊

目次

朝陽報第一卷第四號

論說
　宮禁肅淸問題
　愛國論
　俄國의議會解散論

教育
　我韓의敎育來歷

實業
　農業과早嘆
　我國의農業改良法

談叢

婦人宜讀
　本朝名臣錄의攬要
　日本佐藤少將의談
　英俄協商外交의秘談

內地雜報

海外雜報

詞藻

小說
　비스마룩구의淸說*

廣告

---

* 淸說 : '淸話'의 오자로 보인다.

注意

有志하신僉君子씌셔或本社로寄書ㄴ詞藻나論述時事等類를寄送하시면本社主意에違反치아니할境遇에ᄂᆞᆫ一々히揭記할터이오니愛讀諸君子난照亮하시옵시고或小說갓튼것도滋味잇게지여셔寄送하시면記載하깃ᄂᆞ이다本社로文字를寄送하실時에著述ᄒᆞ신主人의姓名과居住地名統戶를詳記하야送投하압쇼셔萬若連三次寄送한文字를記載할境遇에난本報룰無代金으로三朔을送呈할터이오니부듸氏名과居住를詳錄하시옵소셔

本社特別廣告

本社에本報第一卷第一號를發刊ᄒᆞ와業已諸君子案頭에一帙式供覽케ᄒᆞ얏습거니와大抵本社의目的은無他라東西洋各國의有名ᄒᆞᆫ學問家의言論이며內外國의時局形便이며學識에有益ᄒᆞᆫ論述의材料와實業의利点되ᄂᆞᆫ智識意見을廣蒐博採ᄒᆞ야我韓文明을啓發할主意오쪼ᄒᆞᆫ小說이나叢談은滋味가無窮ᄒᆞ오니有志ᄒᆞ신諸君子ᄂᆞᆫ每月二次式購覽ᄒᆞ시옵소셔先般에ᄂᆞᆫ無代金으로皇城愛讀ᄒᆞ시ᄂᆞᆫ諸君子쎄一體送呈ᄒᆞ얏습거니와第二號붓터ᄂᆞᆫ代金이有ᄒᆞ오니分傳치말ᄂᆞ구긔별치아니ᄒᆞ시면그더로보니긔ᄉᆞ오니照亮ᄒᆞ심을敬望

京城南署公洞日韓圖書印刷會社內

朝陽雜誌社臨時事務所告白〈1〉

論說

宮禁肅淸問題

塵이 積하면 掃할지오 水가 濁하면 淸케 할것슨 固是 當然한 事業이라 今伊
藤統監이 我國　宮禁肅淸하기에 率先主唱하야 方且 着々實行하니 盖是 我
國禍源과 政治病根이 宮中에 策士가 潛伏하며 雜輩가 密集한디 在하니 此根
源을 肅淸하면 枝葉과 末流난 可히 力을 費치 아니하고도 次第蕩平하리니 是
或 伊藤統監의 着眼하난비라 吾輩로 視하더라도 所見이 亦同하니 大抵
吾皇의 聰明을 掩蔽하며 政治의 紊亂을 釀致하난것이 此所謂 策士雜輩에
不外하니 此等 流輩가 宮中에 蚓結하야 如蠅營々하야 驅之不去하야 遂使
日本警官으로 誰何의 權을 司케하야 宮門出入을 嚴重히하니 統監의 計畫
이 可히 親切타 謂할지라 雖然如此하나 當今之時하야 吾儕가 日本人의 地
位에 立하야 見하면 統監을 向하야 一言을 呈할 不得已한 理由가 有하니
試問 今日 韓日平和에 妨碍하난者가 果是 策士雜輩而已라 所謂 策士雜輩
를 掃除一去하면 全韓官民이 相率歸正하야 平和의 業을 可企하갓난지 是
ㅣ一大疑難한 問題라
天下何國에 此等 雜輩策士가 無하리오 此等 雜輩策士가 天下를 動搖할 力
이 有한것도 아니며 國家를 起倒할 術이 有한것도 아니오 只不過 時潮를 乘
하야 自己의 小舟를 掉[1]함과 如하야 其時時勢와 人心의 向背를 從하야 其小
策을 弄하며 其小慾을 逞코져 할뿐이라
今 我韓이 日本을 對하야 反目嫉視하난心이 不減한 所以난 策士雜輩의 力
으로 獨能한것이 不是라 全韓官民의 全未諒解하난것을 因하야 其間隙을
乘함을 僅得함이라 腐한 物이 蟲을 生하고 嗅한 物이 蠅을 聚하나니 此의 廓

1　掉 : '棹'의 오자이다.

淸을欲求할진딕須先其腐嗅한物을努力除去하면蟲과蠅이自然히跡을
絶하리니宮禁肅淸이亦復如此라所謂策士雜輩난是ㅣ蠅蟲의類요腐嗅
의物이아니니故로今宮中肅淸問題에對하야其著眼할것이此等策士雜
輩의出入을禁하난딕在한듯하나到底히是난末葉問題이라

管見私料로난日本이淸國과俄國의二大戰爭을經함이國威가世界에遠
揚하야今에第一等國班에幷列하엿시니日本君民의努力榮譽가可히大
타謂할지라此時를當하야日本이將次東洋霸者로自任하야大帝國主義
를提出하야世界에呼號하리니新興國의意氣가固當如是할지라

俄國帝國主義난內地開發하난것으로目的을삼으니卽非軍事的이라乃
經濟的也오

英國帝國主義난其旣得한國土를保存하야本國與殖民地의統一을圖하
니此非積極的이라却是消極的이오

美國帝國主義난所謂有名한몬로-主義者라近來에(기유-바)를合倂하
며(히리즈핑)을領有하야積極的鋒鋩이雖頗露出이나恐하건딕永久한
方針은不是라南北亞美利加를合하야一大聯邦이되야合衆國政府가스
스로其盟主를欲爲하난것이是ㅣ年來理想이니

日本이將次如何한帝國主義를採用할난지俄國의內地開發하난目的과
도不如할지며英國의保存統一하난目的과도不如할지며美國의몬로-的
主義과도不如할지오想當東洋으로立脚地를삼아此處에一種몬로-的勢
力을扶殖하고更進하야世界大政局을向하야其政治的權威를欲振하리
니吾儕想像이果得不錯이면日本帝國의主義가可히遠大堂々하다謂할
지로다

今也에日本이滿洲와韓國에依據하야其帝國主義를試行하난딕吾韓國
이卽大陸政策試行하난第一步이라此地에셔成功하면其餘난破竹의勢
가有하고此地에失敗하면退嬰自縮하야永不可伸할것은智者를不待하

고明若觀火할지라故로吾儕난恒常謂호디日本의對韓行動이足히日本
의將來償値를判斷하리라하노라

將을射코져할진디몬져〈2〉民心을獲하난것이是ㅣ古今政治家의第一着
眼하난비니伊藤統監의聰明으로於此에不察함이豈有하리오今次肅淸
問題가亦是統監이憂吾社稷의所致이나然이나我韓官民이却相疑訝하
야人心이日本에歸向치아니하고感情이興發하야動輒反目하니彼策士
雜輩가民心의如此한것을見하고其凶謀를逞코져홈이니於是乎民心의
向背가着眼할本源이오策士雜輩의驅除하난것은下手할末流인쥴를可
知할지니然則統監府의致力할것은宮門出入의誰某에不在하고民心收
攬의道가如何한디在하니全韓民心이日本의德을感하야滔滔히日本으
로向하면비록策士와雜輩가有하나何處로從하야凶計를售得하리오

若使日本으로韓國에對하야懇篤親切한意로赤心을披攡하야其中興을
扶하고其獨立을保하면全韓人心이日本懷中에欲投하리니當此時하야
宮中肅淸과大臣任免과如한政治난一言可決할지라三軍의威가可怖할
것이며文明의强이難敵할것이라하나服人定國하난것은德誠에惟在하
고强威權勢로난其奏功할것을必하기不可할지라

膠州에駐在한獨逸官憲이支那山東省의人民을懷柔코져하야施設百端
하야用力함이年이有하되終不如意한지라英國領事가威海衛를治함이
支那人이皆悅服한다함을聞하고往하야其術을問한디英官이曰君이何
方法으로膠州를治하ᄂ뇨曰支那人을悅服할法은無一不用한지라經營
施爲한것이可히極盡하다自信하기시되人이終不悅服하난것은何也오
英官이曰治하난것이不爲하난디在하니予난英國으로써支那를治치아
니하고支那로써支那를治하노라하니言이簡호디意난深한지라吾儕난
日本이韓國에對하야쏘한此無爲大手段으로治하기를深望하노니不知
커라伊藤統監과東京諸政治家가吾의言을能容否乎아

今에 人의게 推하기를 誠으로 호디 其人이 不服하면 是固不服者의 罪이로
되 吾가 쏘한 不服者의게 歸罪하난것이 不可하고 反己自省하야 曰吾의 精
誠이 未足한 所致라할지니 昔者에 解廓²翁伯은 市井之俠이라 路에셔 一市
人을 逢함이 其人이 翁伯의 聲名을 憎惡하야 悍然히 無禮하니 翁伯의 勢로
其人을 挫할진디 只一眄의間이로디 翁伯이 不肯爲之하고 却爲自責하야
曰是난 吾가 德을 未修한 緣故라하더니 市人이 後에 聞하고 慚謝不措하야
身을 委하야 翁伯의게 服하여시니 天下人事가 皆如斯하니 市人을 對하난
것과 國家를 對하난것이 其理가 異치아니하니라

今也에 日本이 韓國을 對하야 中興의 業을 扶하야 東洋平和를 保全함으로
目的을삼으니 是ㅣ堂々한 義擧라 韓人이된者ㅣ似當欣喜服從하야 其指
導를 甘受할지여늘 今反不然하야 往々히 彼市人을 學하야 悍抗하난狀態
가 觸處發見하니 誠은 可嘆할것이나 然이나 日本의 處하난道가 果然能히
解廓³翁伯의 自責홈과 如할난지 不知할지로다

夫眞强者난 弱한者를 愛하기를 己와 如하나니 人의 孤兒寡婦를 欺하야 天
下를 取하난것은 石勒도 尙不爲之하여시니 堂々한 帝國主義를 欲行하난
者耶아 日本은 天下의 强國이오 韓國은 天下의 弱國이니 如彼한 强國으로
如此한 弱國을 臨함이 其規模의 大한것이 맛당히 天地의 大가 人畜의 飛行
自在함을 任홈과 如할지니 如是則 人畜이 天地에 逃하기 不能하고 韓國이
日本에 逃하기 不能할지라 人心이 歸向한則 韓國의 利權行政諸般經營이
惟其所欲에 莫之能禦할지여늘 吾儕로 視하건디 公使館時代 以來로 對韓
行動이 終是如此한 王者의 胸次가 有한것은 發見하기 不能하고 勢力을 挾
하며 驕態를 衒하난迹이 動輒有之하니 卽此是 韓國人으로 悍抗的感情을
增長케홈이니 吾儕난 竊爲惜之하노라 宮中肅淸이 固是緊要한 事業이니

2　解廓 : '郭解'의 오자이다.
3　解廓 : '郭解'의 오자이다.

吾儕도此로써無用타謂함은아니라只所願者난日本의對韓襟度가一層
加大함이是이라

日本이若以精誠親切의心으로我韓을臨하면十年을不待하야〈3〉全韓人
心이肅淸에皆歸하리니何獨宮中一部而已리오以今日之所爲로난形式
的肅淸은庶或得之하려니와人心肅淸하기난期必하기難하니彼策士雜
輩가亦是東散西現하야其居所를變함이不過하더니全韓局面으로見하
면亦非依然히舊態가猶存耶아

論愛國心 (續)

愛國心이愛故鄉心과相似혼者ㅣ有ᄒ니故鄉을愛ᄒᄂ心도雖可貴나
然이나究其原因컨딘實노卑鄙ᄒ야不足道者ㅣ有ᄒ니幼穉之時에竹
馬를騎ᄒ고泥龍을舞ᄒᆯ시果然能히鄉山의某山某水를可愛할줄知乎
아否乎아旣而오殊方異國에遠適ᄒ야隻影無儔할時를當ᄒ야비로소
懷土望鄉ᄒᄂ念이漸次而生ᄒᄂ니此卽外感으로써激刺된所以라故
로東西篷飄ᄒ고南船北馬ᄒ야熱心壯志가幾許分蹉跎ᄒ나니世態炎
凉과人情冷煖을無不躬焉歷之ᄒ다가回憶少年의鬪雞走馬ᄂ오작昔
日의愉快ᄒ든바이로되往往히其腦想中에復發故로故邱를慕仰홈이愈
切ᄒ고或行旅의艱苦로風惡土異ᄒ야停杯投箸에下嚥키不能ᄒ고萬
人海裡에半面交도無ᄒ야父母妻子의愛念을不能禁ᄒ야其發達이無
極ᄒ리니故로故鄉을愛ᄒᄂ心이實로其他鄉을嫌惡ᄒᄂ데로由ᄒ야起
홈이아니나盖其故鄉을對ᄒ야同情이眞有혼惻隱과慈善의心이感홈
이오他鄉을對ᄒ야愀懷가有혼디不過ᄒ니故로오작意를失ᄒ고境을逆
혼人이此情이最甚ᄒ나니他鄉을忌惡ᄒᄂ心이愈甚할스록故鄉을愛
戀ᄒᄂ念이ᄯᅩ혼獨切ᄒ니라

雖然이나故鄉을愛戀ᄒᄂ念이ᄯᅩ혼失意逆境혼人뿐아니라得意順境혼

人도亦有之ᄒ나然ᄒ나其所以然ᄒᆫ바를細釋ᄒ건디得意人의所謂故鄉을思慕ᄒᄂᆫ其心事ᄂᆫ一層更卑ᄒ야尤不足道者ㅣ有ᄒ니何者오彼等은其所謂得意ᄒᆫ事를鄉黨의父老의惻隱과慈愛에셔出乎아否乎아不過其一身의私意를爲ᄒᆯ而已也니然則다만虛榮과虛誇와競爭心에셔做出ᄒᆫ私意의專注ᄒᆫ바이니古人이有言ᄒᄃᆡ富貴ᄒ고故鄉에不歸ᄒ면곳衣錦夜行과如ᄒ다ᄒᆫ是語也ㅣ其秘密의隱裏을揭ᄒ고其汚穢의鄙念을破ᄒᆫ語意가洞然히燭照ᄒ도다

今의故鄉을愛戀ᄒᄂᆫ者ㅣ日호ᄃᆡ學校를반다시吾의鄉里에立ᄒ고鐵途를반다시吾의府郡에設ᄒᆫ다ᄒ며或甚ᄒᆫ者ᄂᆫ且日總務委員이반다시吾鄉에셔出ᄒ고總務大臣이반다시吾州에셔出ᄒᆫ다ᄒ니彼等의希望ᄒᄂᆫ一身의利益이虛榮外에不出ᄒ니其鄉里를對홈이果然同情의惻隱과慈愛의心이有乎아故로有識之士ᄂᆫ洞幽徹微ᄒ야能히仰天而太息ᄒᆯᄲᅮᆫ不是로다

惟其然也故로彼의愛國心이其原因과動機가다故鄉를愛戀ᄒᄂᆫ心으로더부러一轍이될지니彼虞芮의爭이진실로愛國者의好標本이될가彼蠻觸의戰이果然愛國者의好譬喩가될가嗚呼熙熙라실ᄉᆞᆼ天下의可憐ᄒᆫ一物인져

古者羅馬詩人의誇揚贊美ᄒᄂᆫ바ᄂᆫ皆是黨派의智識을利用홈이오참이른바國家를知홈은아니々彼의所謂國家란者ᄂᆫ敵國과敵人을因ᄒ야觸感된思想이니迷信의因導로由ᄒ야敵國과敵人을憎惡홈에不過ᄒ니라吾輩가所見이無ᄒ고云ᄒᄂᆫ비아니라當時羅馬의多數ᄒᆫ貧困農夫가少數의富人을爲ᄒ야所謂國家의戰事에奔走ᄒ며亦其臨戰ᄒᆯ時에도勇猛奮進ᄒ야矢石을冒ᄒ고兵革을躬ᄒ야一身을不顧ᄒ니其忠義와節烈이果然天地를感動ᄒ고鬼神을泣ᄒ도다然이나僥倖이戰捷ᄒ야全身의歸國홈을得ᄒ야도其從軍을因ᄒ야所負ᄒᆫ債務를積滯未償ᄒ야ᄃᆡ々여自

身이奴隷의城에陷ᄒ고ᅶ戰役之間에도富者의田畝ᄂᄂᄒᆼᄉᆼ巨屬과奴隷에屬ᄒ야其耕耘과灌漑를不失ᄒ거니와貧者의田은荒廢靡蕪에全委ᄒ야債務가由是而生焉故로往往自賣爲奴隷ᄒ나니嗚呼라〈4〉彼羅馬人의所謂敵國敵人을憎惡ᄒ다ᄂ者가果然愚昧ᄒ所見이로다彼敵國敵人이비록彼等에禍害가될지라도其同胞中富者에게被禍홈보담出치못ᄒ리니彼等이敵國敵人을憎惡ᄒ기爲ᄒ야其自由를見奪ᄒ고其財産을被損ᄒ야浸浸然奴隷의域에陷케ᄒ나니果然누가彼等으로ᄒ야금此境에至ᄒ도록ᄒ얏ᄂ가實노其同胞의所謂愛國心을主唱ᄒᄂ者ㅣ使之然也오彼等思想의所及ᄒᄒ빈아니로다

富者ᄂ戰爭을因ᄒ야益富ᄒ나니臣屬과奴隷가日益增加홈을因ᄒᄂ故也오貧者도亦因之而益貧ᄒ나니若詰其何故인디必曰國家의戰事를爲홈이라ᄒᆯ지니彼等이國家의戰事를爲ᄒ야奴隷의境에浸淪ᄒ도록오희려討伐敵人ᄒᄃᆫ過去의虛榮을追想ᄒ야ᄡ其勳業을誇揚ᄒ며ᄡ其功名을銘記ᄒ나니是何等의癡愚ᄒ思想인고嗚呼라古羅馬의愛國心이其實如此而已로다

古希臘의所謂耶羅德의奴隷者ᄂ旣事於兵ᄒ고又事於奴隷호디오희려彼等身體의强健이過度ᄒᆯ가慮ᄒ고彼等人口의增殖이過度ᄒᆯ가慮ᄒ야其主權된者ㅣ任意로摧折焉殺戮焉이로되彼等이其主權者를爲ᄒ야出戰ᄒ기를不厭ᄒ나니其勇敢과忠義가實無比於此나然이나맛참니ᄒ번倒戈ᄒ고其天賦ᄒ自主의權을恢復ᄒᆯ쥴不知ᄒ니悲夫悲夫여다

彼等의所以然ᄒ者ᄂ何故오其外國과外人을視홈을곳所謂敵國과敵人과如ᄒ게ᄒ야以爲憎惡ᄒ며以爲討伐ᄒ야當行ᄒᆯ義務로誤信ᄒ고無上ᄒ名譽로誤信ᄒ며無上ᄒ光榮으로誤解ᄒ야맛참니虛誇인쥴不知ᄒ고虛榮인쥴不悟ᄒ나니嗚呼라此等의迷信은진실로彼等所謂愛國心의虛誇的虛榮的에迷信이니實로腐敗ᄒ神水를飮ᄒᄂ天理의敎徒에不過ᄒ도다

然이나彼等의敵人을憎惡홈도猶不足怪也니盖人生이未開化ᄒᆞᆫ時代를
當ᄒᆞ야其智識이禽獸에게去ᄒᆞ기不遠ᄒᆞ니所謂同仁과篤愛가無ᄒᆞᆫ故이
라原始以來로愛憎의兩念이糾繩의相纏과環鎖의相連과如ᄒᆞ니禽獸의
原野에在홈을不見乎아瓜搏과牙噬이同類相殘ᄒᆞ다가一旦에未相見者
를遇홈이忽然이畏懼ᄒᆞ여震恐ᄒᆞ나니畏懼와震恐을由ᄒᆞ야卽是猜忌와
憎惡가生ᄒᆞ고猜忌과憎惡를由ᄒᆞ야於是乎咆哮焉ᄒᆞ며爭鬪焉ᄒᆞ야비로
소其相殘ᄒᆞᆫ든同類를締結ᄒᆞ야其公共의敵과抗爭ᄒᆞ나니彼等이其公共
의敵과抗爭할時에ᄂᆞᆫ其同類가互相親睦ᄒᆞᆫ形狀이怡然可掬ᄒᆞ고油然
相親ᄒᆞ나彼等의禽獸와如ᄒᆞᆫ愛國心이是耶아非耶아古代人類의野蠻的
生活이非若是哉아

野蠻人類의生活은同類相結ᄒᆞ야其自然의戰으로써其異種族의戰을釀
出ᄒᆞᄂᆞᆫ거ᄉᆞᆯ自以謂愛國心이라ᄒᆞ나니其灼然可見할者ᄂᆞᆫ彼等所謂團体
者의忽統親睦之同情者ᄂᆞᆫ其所遇의敵을由ᄒᆞ야生ᄒᆞᆫ비니오직敵人을對
ᄒᆞᄂᆞᆫ憎惡心의反動力이라故로其同病을因ᄒᆞ야비로소相憐의心이有홈
과如ᄒᆞ도다

오작如此할진된卽所謂愛國心이란者ᄂᆞᆫ外國外人을討伐ᄒᆞᄂᆞᆫ榮譽의好
戰心에不過ᄒᆞ니其好戰心者ᄂᆞᆫ卽動物의天性也오此物的天性이卽是好
戰的愛國心이라故로釋迦와基督의排斥ᄒᆞᄂᆞᆫ바오文明理想의目的에能
容치못할者이로다

哀哉라世界人民의如此ᄒᆞᆫ動物的天性의競爭場裡에十九世紀를迷過ᄒᆞ
얏시니更히依然이無涯無埃ᄒᆞᆫ二十世紀의新天地를占有할지어다

社會共理에適足ᄒᆞᆫ者ᄂᆞᆫ生存의法則而已거ᄂᆞᆯ進化가日漸發達ᄒᆞ야其統
一의境域과交通의範圍가亦隨而擴大ᄒᆞ나니於是에所謂公共의敵이라
ᄂᆞᆫ異種族과異部落이亦漸減少홈을因ᄒᆞ야彼等憎惡의目的을亦失ᄒᆞ고
其憎惡의目的을旣失홈을因ᄒᆞ야其所以結合親睦의目的을亦失ᄒᆞ리니

是以로彼等의一國家一社會一部落을愛ᄒ든心이變ᄒ야一身一家一黨
을愛홈이不過ᄒ고其種族間部落間에野蠻의好戰的天性이ᄯ혼變ᄒ야
個人間爭鬪와朋黨間軋轢과階級間戰鬪가되나니嗚呼라純潔혼理〈5〉
想과高尙혼道德이盛行할時를當ᄒ야動物的天性을오히려除郤지못ᄒ
면是時世界人民이旣無所敵故로其憎愛心을施할곳과戰爭을施할곳이
無ᄒ야但競爭於無形之地而名之曰愛國心이라ᄒ고自稱爲美譽之行이
라ᄒ리니不其惑歟아   (未完)

俄國의議會解散

俄國人民이議會를開한지三個月餘에唯是一氣振發하야官僚政府를覆
하기로必期하야全院이連聲高叫하야曰可히從來囚徒를放免할지며可
히死刑을廢止할지며可히大地主의所有地를擧하야國有地를爲할지라
云하니其所論所議가皆是政府의耐하기不能할問題이라議會에셔固知
之로되尙且此를敢爲하난것은盖官僚政府와國民議會가彼或不倒하면
此乃必倒하야到底히並立하기不能할쥬를確信함이러니果然客月二十
三日에勅命을因하야解散을被하니是俄國人民의期待한바이니今回議
會로無事히終局하리라구思하난恐컨딕俄國人中에一人도無하니라
今後俄國內治가如何한變情을呈할난지可히刮目視之할것이라窈想(고
레미깅)이現內閣으로辭職하야聽許를不被하고加之(도레포후)와如한
將軍은剛勇無雙의士인딕友人의勸告를斥하며暗殺의危險을冒하고頑
然히其位置固執하난것을見하니正히政府意氣가民黨壓迫하난딕必在
한쥬를可知할지오民黨도亦積年의志를鼓하야死하기로政府에向하야
兩者의爭에一方으로死하며一方으로傷하니今에此勝敗를測度하건딕
能히俄國農民의贊助를得하난者ㅣ勝을得할지라
今於議會에農民代表者가百五十人에不過하니비록議員總數의半에도

不充하나農民全數에至하야난俄國人口中에百分의八十을占하야시니
故로其의向背하난것으로足히俄國政界의前途를判知할지라

是로以하야政府가國庫費金을支出하야地方農工銀行으로農民의게貸
費하야써土地借入費에充할計畫을立하야此法案을議會에提出하니蓋
是政府策畧이先於議會의空論이紛々할時에我가速히經綸方法을發表
하야써大勢를制코져함이라議會에셔此를見하고寸刻이라도猶豫치아
니하고百四名의多數로政府의案을排斥하고土地國有의案을提出하니
如此히兩々暗鬪하기로解散하난것을終見한지라

議會解散한今日을當하야政府가騎虎의勢를不可中止할지라全體權力
을收集하야革命運動을壓迫하기에努力할것은必然의勢오民黨은議會
가閉塞함을旣被함이言論自由를失하야憤慨의心을禁하기不能하야反
抗하난氣勢가民間에鬱結하야暴動暗殺이處處發生하야虛無黨時代의
慘憺한光景을演出하기殆無疑한지라歷史上事例로見하면俄國政局前
途가尙히幾多變遷과幾多紛擾를經치아니하면恐하건디平和秩序를期
하기難할지니今回議會解散한것은僅是變動하난序幕而已니라

敎育

我韓의敎育來歷　前號續

高麗王氏의四百五十餘年의間은全國敎育의跡이只是一釋氏의風에不
過ᄒ다가及其忠烈王以後에至ᄒ야安裕,崔沖,禹倬,白頤正,李齊賢諸
公이相繼起ᄒ야孔孟의道를尊崇홈으로쎠於是儒化가梢々振興ᄒ야我
國朝文明의基礎를胚胎ᄒ니天이豈偶然ᄒ리오

國初에麗代의遺制를仍倣ᄒ야太學은成均舘을設ᄒ고漢城內에又四學

을 設立ᄒ며 八道各州府郡縣에 鄕校를 設ᄒ고 敎授와 訓導를 置ᄒ야 人才
를 培養ᄒ더니 世宗朝에 至ᄒ야 東方에 神聖ᄒ신 聖主로 位에 在ᄒ심이 麗
末의 陋俗을 一變ᄒ야 至今 五百〈6〉餘年 文化의 基本을 啓ᄒ신지라 禮樂을
撰定ᄒ시며 典章을 明立ᄒ시며 學校의 卷를 擴張ᄒ야 敎育의 術을 實行케
ᄒ시고 以至 農業及醫藥兵算等의 學術ᄒ야도 亦皆編撰講究ᄒ며 ᄯᅩ 東
國에 剏有ᄒᆫ 國文을 製造ᄒ샤 萬世文明의 利를 開ᄒ시니 實노 我國文敎의
宗祖시라 今에 其 訓民正音의 原文을 揭左ᄒ노니

訓民正音

國之語音이 异乎中國ᄒ야 與文字로 不相流通故로 愚民이 有所欲言이나
而終不得伸其情者 ㅣ 多矣라 予 ㅣ 爲此悶然일시 新製二十八字ᄒ야 欲使
人人으로 易習ᄒ야 便於日用耳라

ㄱ　　　牙音이니 如君字初發聲ᄒ고 並書如虯字初發聲ᄒ니라

ㅋ　　　牙音이니 如快字初發聲이오

ㆁ　　　牙音이니 如發[4]字初發聲이오

ㄷ　　　舌音이니 如斗字初發聲이오 並書如覃字初發聲ᄒ니라

ㅌ　　　舌音이니 如呑字初發聲이오

ㄴ　　　舌音이니 如那字初發聲이오

ㅂ　　　脣音이니 如彆字初發聲이오 並書如步字初發聲ᄒ니라

ㅍ　　　脣音이니 如漂字初發聲이오

ㅁ　　　脣音이니 如彌字初發聲이오

ㅈ　　　齒音이니 如卽者初發聲이오 並書如慈字初發聲ᄒ니라

ㅊ　　　齒音이니 如侵字初發聲이오

4　發 : '業'의 오자이다.

ㅅ　　　齒音이니如戌字初發聲이오並書如邪字初發聲ㅎ니라

ㆆ　　　喉音이니如挹字初發聲이오

ㆅ　　　喉音이니如虛字初發聲이오並書如洪字初發聲ㅎ니라

ㆁ　　　喉音이니如欲字初發聲이오

ㄹ　　　半舌音이니如閭字初發聲이오

△　　　半齒音이니如穰字初發聲이오

·　　　如呑字中聲이오

ㅡ　　　如卽字中聲이오

ㅣ　　　如侵字中聲이오

ㅗ　　　如洪字中聲이오

ㅏ　　　如覃字中聲이오

ㅜ　　　如君子中聲이오

ㅓ　　　如業字中聲이오

ㅛ　　　如欲字中聲이오

ㅑ　　　如穰字中聲이오

ㅠ　　　如戌字中聲이오

ㅕ　　　如彆字中聲이오

　　　　終聲은復用初聲이니○運書[5]唇音之下則爲唇輕音이오初聲
　　　　合用則並書니終聲도同ㅎ고·ㅡㅗㅜㅛㅠ附書初聲之下ㅎ고
　　　　ㅣㅏㅓㅑㅕ附書於右ㅎㄴ니凡字를必合而成音이라左加一点
　　　　則去聲이오二則上聲이오無則平聲이오入聲은加点이同而
　　　　促急ㅎ니라

右ᄂᆫ我 世宗大王이手自撰定ㅎ신國民正音의原文이라後來傳訛襲謬ㅎ

5　運書 : '連書'의 오자이다.

야多失其眞이로디今에硏究詳味호면其音聲의正과卷字의妙를可得홀
지라엇지我國의至寶가아니리오

其後 中宗朝에至호야于時羣賢이輩出홈이如靜菴趙文正公光祖氏와冲
菴金文簡公淨氏와金老泉湜氏와奇服齋遵氏와慕齋金文敬公安國氏等
이皆以道德儒術로進用於朝홈이趙文正이慨然히以敎育으로自任호야
八道各州郡에鄕校를增修호야一切功令의學을廢호고小學及六經으로
敎育의本을作호야各〈7〉其子弟의學者로호야금皆小學一書에專工케호
고詞章科擧의法을改革호야漢制孝廉과如히各州郡에셔文學賢良을擧
호야試選登用케홈으로定制를숨고八道方伯으로薦聞케홈이當時賢良
에入薦혼者凡一百二十餘이라乃以己卯四月로賢良科를設호고五十八
人을試選호야또金湜等二十八人을課取혼後卽時相當職에附호야任用
호더니邦運이不幸호야同年十一月十五日에神武門의禍가起호니盖南
袞沈貞等一種小人의輩가士流에不齒홈을自羞호야中傷의計로써排擊
擠陷호야一代賢流를網打治盡호고賢良科에被選혼人은一倂擯斥호야
世途에不容케호며小學을讀호고經術을講호ᄂ者ᄂ皆僞學邪黨이라指
目호야界에抵홈으로其時父兄과師友된者ㅣ其子弟를相戒호야小學의
書와經術의業을盡廢호니於是閭巷之間에絃誦의聲이絶호고學校之場
에荒棘의生이茂호야寥々혼全國에敎育의影響이消滅혼지라從此로各
府郡의鄕校ᄂ但鄕任輩의酒食의場을成홀ᄯ롬이오永히學徒의跡이掃
地호야歸然혼明倫堂이虛殼에不過호니엇지國運의關係가아니리오

其後 明宗朝에至호야周愼齋世鵬氏가順興郡守로在任홀시其境內白雲
洞에高麗名儒安文成公裕氏의古宅이有혼지라周氏가宋朝朱子의白鹿
洞故事를依호야一書院을刱立호고學者藏修의所를作호니此ᄂ我國書
院의刱始홈이라初에白雲書院이라稱호더니朝廷이聞之호고特히始修
書院[6]의號를賜額호시고內庫書籍을頒給호야士林을勸奬호며文化를振

興케ᄒ시니自是로全國士林이聞風繼起ᄒ야凡前賢往哲의所居地마다 並皆書院을設立ᄒ야國內書院의多가萬餘所에達ᄒ니라

宣祖朝以後ᄂ士論이岐貳ᄒ야朋黨이大起홈으로權利爭奪에業火가沸 騰ᄒ야政治教化ᄂ腦後에抛實홈으로遂三百餘年을經過ᄒ다가今日의 狀態에至ᄒ니嗟乎라國家之不振이여

甲午更張ᄒ後로븟러全國學校의制를始乃統一케ᄒ야部令을制定ᄒ고 尋常, 高等, 小學校를設ᄒ며中學校, 師範學校를置ᄒ고又其他法官, 法 律, 醫學, 農商工, 外國語, 等의各學校를逐次設立ᄒ고或外國教師로雇 聘ᄒ며或本國教官도試選ᄒ야若將振起教育이나然而十餘年來로日見 其退步而已오絶未聞一才一藝의卒業而成就者ᄒ며至于近日ᄒ야ᄂ人 民之私立學校者ㅣ又焚然日興ᄒ야全國公私學校之數가迨至百千이로 디究其實況이면皆虛名을冒ᄒ야聲譽를要홀뿐이오又不然이면皆資本 에絀乏ᄒ야中途而蹶者ㅣ迨種々焉ᄒ며遇或措辦贏金ᄒ야熱心教育이 라도亦發達之望이難矣로다

其故何哉오盖雖欲研究於新學問上이라도奈無教科之書類ᄒ며亦尠教 師之材料ᄒ야無以資教育之備則雖設許多學校나如無麵之不飩과無質 之繪畵ᄒ야穹然空屋에依舊是大讀天皇氏之弟子니是ᄂ寧不若仍貫之 爲愈也라焉用乎學校之興立哉아然則學校設立이雖屬時急이나尤以教 科書之編纂과師範學之養成으로爲今日第一急務也오至其國內의官公 私立之現在學校ᄒ야ᄂ亟宜講究其維持方便ᄒ야免致虧簣之歎ᄒ고不 必紛々然以徒設學校로爲急也니試舉現今我國內의官公私立學校之數 ᄒ야臚列如左ᄒ노니

---

6 始修書院 : '紹修書院'의 오자이다.

漢城內官立各學校表

名號	位置	數爻
師範學校	中署校洞	一
中學校	北署紅峴	一
農商工學校	北署壽洞	一
醫學校	中署勳洞	一
英語學校	中署司醞洞	一
日語學校	中署校洞仁川校友會	二
法語學校	北署磚洞	一
德語學校	北署安洞	一〈8〉
漢語學校	中署典洞	一
高等小學校	中署校洞	一
小學校	南署水下洞,鑄洞	二
	西署貞洞,梅洞	二
	北署齋洞,安洞	二
	東署養士洞養賢洞	二

右合十九校

漢城內外私立各學校表

名號	位置	名號	位置
中校義塾	中學橋	壺洞學校	壺洞
興化學校	壽進洞	旌門學校	旌門洞
光成學校	水閣橋	西學峴校	西學峴
後洞學校	後川洞	普光學校	敦化門前
巡洞學校	巡廳洞	廣州學校	廣州
陵洞學校	貞陵洞	仁川學校	仁川
蛤洞學校	蛤洞	達城學校	達城
相思洞學校	相思洞	冶洞學校	冶洞
山林洞校	山林洞	普明義塾	清風溪

桂山學校	桂洞	進明夜學校	黃土峴
孔德里校	孔德里	光興學校	藥峴
贊成學校		普通學校	孔德里二[7]
日新義塾	鍾路後	普成學校	
普明學校	北署新橋	養正義塾	磚洞,天然亭 京橋西門內
漢語夜學校	典洞	牛山學校	麻浦
廣成義塾	校洞		

右合三十四校

各府郡公立小學校數

漢城府　京畿觀察府　忠南觀察府　忠北觀察府　全北觀察府　全南觀察府
慶北觀察府　慶南觀察府　江原觀察府　平南觀察府　平北觀察府
黃海觀察府　咸南觀察府　咸北觀察府　開城府　江華郡　仁川郡　平壤郡
東萊港　德源郡又元山港　慶興港　務安港　三和港　沃溝港　城津港
昌原港　楊州　洪州

慶州　江陵　北靑　金浦　淮陽　甑山　振威　雲山　郭山　長津　永興
文川　洪原　定平　南陽　安山　鐵原　豐德　金城　富平　江西　金海
黃磵　安城　慶州鷄林　右以上現今實施

廣州　濟州　坡州　淸州　義州　林川　成川　順天　南原　安岳　安東
靈光　江界　通津　高原　安邊　長城　鍾城　長連　果川　龍仁　龍岡
抱川　三登　尙州　稷山　兎山　珍島　潭陽　密陽　端川　安州　楊根
中和　平康　會寧　汚川　金化　明川　北墾島　右以上姑未認施
右合九十四校

7　孔德里二：'孔德二里'의 오류이다.

各府郡私立學校表

名號	位置	名號	位置
廣興學校	廣州	永化學校	仁川
溫泉學校	廣州	長湍郡學校	長湍
廣進學校	廣州	北青郡學校	北青
大同學校	平壤	會寧郡[8]學校	會寧
日新學校	平壤	南海郡學校	南海
四崇學校	平壤	義州郡學校	義州
安洞學校	平壤	茂朱郡學校	茂朱
安興學校	安州	祥原郡學校	祥原
文化學校	安邊	順天郡學校	順天
沔陽學校	沔川	順川郡學校	順川
宣川郡學校	宣川	眞寶郡學校	眞寶
高敵郡學校	高敵	海美郡學校	海美〈9〉
洪州郡學校	洪州	光武學校	豐川
始興郡學校	始興	普興學校	南陽
時務學校	順川	彰明學校	沃川
進明學校	懷仁	普明學校	槐山
普昌學校	江華	專對學校	義州
贊成學校	江華	義成學校	義州
永化學校	楊根	光東學校	沃川
莘野義塾	抱川	樂英學校	兎山
永興郡學校	永興	師範學校	江西
碧瀾義塾	白川	博明學校	兎山
清湖學校	清州	曠成學校	兎山
東興學校	楊州	普通學校	金海
正明學校	定山	維新學校	端川
中成學校	江華	大雅學校	懷德
義性學校	南陽	東明學校	定州
明化學校	公州	演義學校	載寧

達城中學校	大邱	求是學校	義州
廣成學校	大邱		

以上共合五拾九校

右는 並已經學部認許者오其他未經認許而私立者는不得調査故闕焉ㅎ
노라

實業

農業과旱暵

我韓農業의最注意홀者는灌漑의設備라我韓自古로六大江河가國內에
貫流ㅎ나河川은甚히汚下ㅎ고田地는皆高燥혼陸岸에散在홈으로江河
의水로能히灌漑에資ㅎ야旱暵을莫救홀지라新羅時代붓터國內各處에
隄防을築ㅎ고湖澤을浚ㅎ야써灌漑의利를謀ㅎ더니隄防이廢壞홈이水
의蓄洩이無所ㅎ야水旱을一遇ㅎ면懷襄의滄沒과炎陽의焦熇으로凶歉
을未免ㅎ야農作의損害가全體에及ㅎ는지라

近日에天旱이太甚ㅎ야田野가白坼ㅎ고稻黍가黃萎ㅎ야田家喁々의情
이慘楚不忍ㅎ니如此等旱年을値ㅎ면但히圭璧을擧ㅎ며牲幣를奠ㅎ야
山靈水神이나風伯雨師의계雩祭를設ㅎ고祈禱를行홈으로써救旱의方
法을做ㅎ니엇지救旱의效를能望ㅎ리오假令僥倖으로雨澤을祈得ㅎ더
리도此는決코救旱의方法이아니오臨渴掘井의愚策에不外ㅎ도다

平時에在ㅎ야灌漑의術을深究實行ㅎ면我韓의地勢가쏘혼灌漑에便ㅎ
야收效ㅎ기容易홀지라吾輩ㅣ每常灌漑一事로論述홈이不止一再어니

8　曾寧郡 : '會寧郡'의 오자이다.

와大抵國內의六大河流域과及其他湖川의沿岸과陂池의隄防이在々散
布홀쑨더러民有의洑渠도亦不尠호則稍加擴張ㅎ면費力而少ㅎ나奏効
는多홀지오且耕地의改良은實노防水, 灌漑, 排水等의三者를施홈이最
히必要ㅎ니此等方法을皆採用ㅎ야着々進行ㅎ면農業發達의方計이實
노此에在ㅎ거눌今에我人은一毫도自已思想으로振起홀價値가無ㅎ고
但他人의手를待ㅎ랴ㅎ는지

萬若一個人이라도力量을大奮ㅎ야灌漑의利룰振興코져홀진디엇지資
本의鮮홈을憂ㅎ며奏功의難홈을慮ㅎ리오現今全國의內에荒蕪地와乾
燥地의遺棄혼利와損耗혼土가極多ㅎ거눌此際에灌漑의益을興起ㅎ야
資金을不吝ㅎ고前途의産業을是謀홀진디非但國家에有利혼公益의事
業쑨아니라將來自己의産業에其增殖됨을엇지籌量ㅎ리오

且湖澤을浚ㅎ며江河룰疏決ㅎ야隄防을築ㅎ고隄渠룰成홈은但其田地
耕稼의利만資홀쑨아니라其隄防에樹木을栽培ㅎ면㪍혼一種植林의事
業도此와伴行홀지오又此樹木으로由ㅎ야恒常滋潤혼氣를涵蓄ㅎ야田
畓의旱災도被홈이鮮ㅎ고㪍樹木이雨澤도能致홈으로前人이云ㅎ기룰
湖池의利는灌漑만專資홀쑨아니라樹林의陰翳와芙蕖의美景과魚蟹의
養畜과玩賞의〈10〉風致로人의心目을娛悅케ㅎ다ㅎ니余는此旱歲를當
홈이一層灌漑의術에感想이有홈으로兹에略述ㅎ노라

我國의農業改良法   日本農學士加藤末郞氏談

我國의農業改良은目下의急務인디此에關ㅎ야韓國興業會社支配人右
氏의實地調査로成혼改良意見은參考의資料로頗히有益혼故로左에其
大要를譯載ㅎ노라

(一)種物의選擇 農作物의種類로由ㅎ야收穫上에顯著혼影響을來케홈
은少無差異ㅎ는事實이니故로其氣候風土의適當혼良好의農作物種類

를選擇하야播種홈이最緊要혼것이니라韓國의通用不便혼種子改良法
에就ᄒ야ᄂ頗히困難혼狀況이有ᄒ나坐其改良新種子를一般農民의게
普及採用케홀事ᄂ更不待講究니라然이나目下에極히必要혼것은何等
農作物이던지其風土에適應혼것을考覈選擇홈이니라

(二)種子의塩水驗　種子의良好혼것은第一完全히成熟ᄒ야重量이多혼
者로定홀지니故로種子를選擇홈에ᄂ此를一々히塩水에投ᄒ야其浮沈
의狀으로因ᄒ야仔細히注意選擇홀지니라

(三)播種量의減少　韓國農業의播種量은大槪多ᄒ디過ᄒ니日本도昔時
ᄂ一反步의地에七八升의種子를播布ᄒ고甚혼者ᄂ一斗許를播布ᄒ더
니近時改良農業法의普及혼結果로普通一反步의地에播布의量이四升
內外에不出케된지라今韓國農業의現狀이恰然이日本昔時의狀態와同
ᄒ야實로多量의播種을行ᄒ니然즉一反步의地에就ᄒ야其播種量을少
ᄒ야도三升許나減치아니하면不可ᄒ니라

(四)稻苗의移植法　稻苗移植의亂雜혼것은太陽의光과空氣의通홈을妨
ᄒ야其成育上에害를及케ᄒᄂ事가不少ᄒ니故로移植의際에當ᄒ야ᄂ
아무죠록注意ᄒ야各苗株의距里를均一케ᄒ며縱橫을線列케홈을要홀
지니라

(五)灌漑水의節約　韓國과如혼灌漑設備의無혼土地에在ᄒ야灌漑用水
의節約은가장得策홈인디苗의移植後로收穫에到ᄒ기ᄭ지恒常灌水不
絶홀것이라然이나坐水를田面에瀦溜케홈으론每除草홀際에時々로排
水를行ᄒ야土壤을日光及空氣에觸케ᄒᄂ事도亦最緊要하니라及其開
花의後穗頭의稍垂홀際에ᄂ全여灌水를排除홀지니라

(六)旱害에對ᄒᄂ方法　韓國의稻苗移植홈은多히降雨를待ᄒ야行ᄒᄂ
故로移植홀時期에降雨가無ᄒ면맛츰ᄂ니此를行치못ᄒ고止ᄒᄂ事가有
ᄒ니如斯혼不幸에際홀時ᄂ其年의收穫은皆無에歸ᄒᄂ지라此境遇에

當ᄒ야는一水利의便혼土地를選定ᄒ야其地方全體水田에種홀稻苗를
다此에密集ᄒ야假移植을行홀지니且假植의苗株數ᄂ普通揷秧의三四
倍가될지라도可ᄒ고移植홈은七月下旬ᄭ지遲延홀지라도其收穫期에
及ᄒ야는平年作에比ᄒ야十分에八分以上의收穫을可得홀지니此方法
은韓國現時의狀況에鑑ᄒ야最適當혼것이니라

(七)稻病及虫害의豫防驅除　稻의虫害에關혼豫防驅除의方法은韓國農
業의現在에就ᄒ야殆히其實行을難見ᄒ깃고特히病害에到ᄒ야ᄂ아즉
硏究혼事가無ᄒ나다만麥澁病가튼者ㅣ일즉盛行홈을見ᄒ니該病源은
浮塵子와螟虫이共히發生ᄒᄂ故라其病害의豫防은種子를選擇홀時에
注意를要홀것이오害虫의驅除ᄂ石油驅除,枯穗拔取,刈株處理等方法
에由홈이可ᄒ이라

(八)肥料의改良　韓國農業에就ᄒ야肥料를使用홈이가장稀少ᄒ니彼糞
溺가튼天然良好혼肥料라도放棄ᄒ야使用치아니ᄒ거던況人造肥料에
到ᄒ야使用홈이有ᄒ리오만일現時의狀態로任放ᄒ면將來土地ᄂ減耗
홀一方뿐이노到底히地味改良홈은期치못할것이라是以로韓人은彼道
路林野到處에放棄不顧ᄒᄂ排泄物을今後遺落업시肥料에利用홈을務
홀지니此ᄂ다만韓國地味改良을圖ᄒᄂ確然혼方法이될뿐아니라同時
에韓〈11〉人의淸潔法을實行케ᄒᄂ最良手段인디一擧兩得의措置라可
謂홀지라ᄯ人造肥料의使用홈을韓人에促홈은今日形勢에稍有困難이
로되但彼等의勞力으로由ᄒ야自家로하야금肥料를製造케ᄒᄂ方針은
가장必要혼것이니假令牛馬屋에셔製造홈과動物骨片을粉碎홈과綠肥
用植物을培栽홈과如혼者ㅣ何者던지가장行ᄒ긔容易ᄒ고其效果가甚
히顯著혼것이라綠肥用植物의培栽ᄂ苜蓿,紫雲英,大豆,豌豆,蠶豆等
갓튼者ㅣ가다可혼딕北韓地方은苜種의培栽에適宜ᄒ고南韓地方은紫
雲英培栽에適宜ᄒ니라

(九)培栽作物의改良　韓國農業은米,麥,粟,其他少許의物을作홈에不過
혼現狀이나今後는一般農民을勸誘ᄒ야新種類의作物을培栽케ᄒ지아
니하면不可ᄒ니陸穗,馬鈴薯,甘藷,採糖植物,棉花,漆,烟草,薄荷,驅虫
菊,藺,蒟蒻,百合薑,落花生,蕃椒,其他果樹蔬菜等의新種類를培栽ᄒ야
漸次其傳播發達을圖홀것이오副産物은養蠶을獎勵홈이가장緊要ᄒ니
今後漸次로桑苗를移植하며養蠶法을改良하야一般農民의게敎示홀것
이오其他叺,蓆等의製造와家畜養成,造林事業等갓튼것을漸々其方法
을知得케ᄒ야一般農民의醒覺을促홈은죠곰도間却치못홀事니라

婦人宜讀第四回 부인의맛당이일글일

음식의분량 (젼호속)

어린아희가、안졍할쩌가、읍시、비록눕고죠을쩌라도、항상슈죡을굴신
ᄒ고、겨우길만ᄒ고、거름반탈쩌를당ᄒ면、더욱죵일각난ᄒ고、죠곰도
가마니잇지아니ᄒ는고로、먹는거시잘나리고、식량이졈々크게되나、그
러ᄒ나、어린아희들은、능히스스로졔양을싱가지못ᄒ고、다만입의맛는
것만잇시면、욕심디로먹느니、이거슨、반다시그어마니가、혈심으로보
호ᄒ야、먹고、자고、노는거슬、다각々졔휨의맛와할지여다、

음식의쥬의

어린아희로ᄒ야곰、항상밥숑에셔음식을먹게할지니、아희들이겨우쩌
버싱킬줄알만ᄒ쩌에、그어머니든지、혹ᄒ인들이라도、음식을씨버셔
멕이지말지니、디져젼염ᄒ는모든병이、마니일로말미야마옴나니、디
단이쥬의할진져、

거쳐를가려셔할일

아희의거쳐는、반다시남쪽과、동남과셔남으로향ᄒᆞ는거시맛당ᄒᆞ니、
이셰곳은、미양볏치잘들고、공긔가잘통ᄒᆞ는연괴니라。 쏘거름발타는
아희들은、더욱위티ᄒᆞᆫ경우가、마니잇시니、항샹잇는곳은、언덕과연
못과우물갓가운곳을、폐할지니、혹부득이ᄒᆞ야우물과연못을폐할슈읍
시면、반다시졀망과목착으로놉게막아셔、쪠러지고너무지는쎄단이읍
도록쥬의할거시오、밤에잘쩨에는반다시그어마니와갓치ᄌᆞ되、이불은
ᄒᆞᆫ가지덥지말지니라。

실닉의경결

거쳐ᄒᆞᆫ는방과ᄌᆞ는방은、가장졍ᄒᆞ고죠촐ᄒᆞ게할지니、드러운물건과고
약ᄒᆞᆫ닙시나는것을、방속에두지말지니라。 쏘방안시간은、낫낫치졍돈
ᄒᆞ야、어지럽고잘되게말지니、어려실쩨에、시간이졔졍ᄒᆞᆫ거슬익히보
와시면、ᄌᆞ라갈슈록그규모롤어긔지아니ᄒᆞ나니라。

아희들의이나고마마할쩨의질병

아희들의이날쩨에、극히유심이보호할지니、츙실ᄒᆞᆫ아희들은、오히려
강근홈을일치아니ᄒᆞ려니와、허약ᄒᆞᆫ아희들은、신열이나고이몸이아푼
일종々잇나니라。 쏘죵두시케긔롤、실시ᄒᆞ지말고、쏘ᄒᆞᆫ보호ᄒᆞ긔롤젹
당허게할지니、만일병에걸니면、더욱졍즁ᄒᆞ게죠셥ᄒᆞ는거시맛당ᄒᆞ
니、더져아희들은、풀과나무의싹날쩨갓튼고로、가장병밧긔가용이ᄒᆞ
니、불가불보양ᄒᆞ긔롤게르게말지니라〈12〉
아희들의이날쩨에、흔이편치못ᄒᆞᆫ죠짐이뵈이나니、혹눌과쎔이북든
지、혹잘쩨에놀닉든지、혹신열이잇든지、설ᄉᆞ롤ᄒᆞᆫ든지、모든증세가
뵈이거든、속히의ᄉᆞ에게진찰할거시오、만일임몸이죠곰아푸다ᄒᆞ거

든、곳정호슈건을더운물에젹시여、즈됴입몸을씻기고、혹부드러운물
건(문어、혹아교)을임의디로씹게홈도죠흐니라

동두호는거시필요한일

이젼에는젼연이쳔연호시두에위임호야、동々횡스호는참경을보고、
또、흔용모의흉악홈을면치못호던니、동두호는법이발명됨을인호야、
셰상스람이두우의근심은읍시니、읏지긔명의은틱이아니리오、그러
나、우미흔스람은동두가즁홈을싱각지못호고、도리여졍부의권유를시
려호고、혹쳔연두의불힝홈을면치못호나니、가셕지아니호리오、그런
고로스람의모씨된즈는、반다시동두가필요됨을、아라야아녀로호야곰
쳔두의비참을면케되리라

동두시키는기한

아희들의동두시키는기한은、난지칩십일노시호야육기월에지홈이맛
쌍호니、동두시키긔젼긔호야、먼져의스에게진찰호야、무병흔후예
동두를시작호고、또동두흔지육기월마다、일ᄎ식동두롤시키되、만
일두창이유힝할경우에는가장맛당이동두를、즈됴시키는거시필요호
니라 (未完)

本朝名臣錄의攬要

許稠의字난仲通이니河陽人이라 國初에禮樂이散逸하야太常이廢職호
얏쎠니公이奉常寺되야務去因循호고悉遵典故라權近이稱之曰異日에
我國典禮를主張할者ㅣ必此人이라하더라寧越의知郡時에郡俗이父母
를爲하야百日喪만行호더니公이禮로써民을勸호야三年의制를行케하
야드듸여厚俗을成호니라 上이便殿에御호야事를視호실시叅贊金漸이

進하야日殿下계오셔政을하심이맛당히今 皇帝의法度를一遵할지니이
다公이進하야日中國의法이可히法할者도有하며可히法하지못할者도
有하니이다漸이日皇帝ㅣ罪囚를親鞫하시니願컨디 殿下난效之하시소
셔公이日官을設하며職을分하야各々司한바有하니若人主가大小를不
問하고罪囚를親決한則將次法司를焉用하리오漸이日萬機의務를宜自
揚攬할것이오臣下의게委함이不可하니이다公이日求賢하난디勞하고
任人하난디逸하난지라任한則疑치말고疑한則任치마을지니 殿下난大
臣을愼擇하야六曹에布置하야委任責成할것이오細事를躬親하야臣職
을下行함이不可하니이다漸이日皇帝威斷莫測하야六部長官이奏事失
錯하면錦衣衛官을卽命하야脫帽曳出하나니이다公이日大臣을禮貌하
며小過를包容하난것이人主의洪量이여날今에一言의失로大臣을誅戮
하야畧不假借하니甚히不可하니이다漸이日皇帝ㅣ釋敎를崇信하나니
이다公이日釋敎를崇信하난것이帝王의盛德이아니니이다漸이一言을
每發함이怒氣가色에形호디公이徐々히折之함이色和而言簡하더라 世
宗이嘗日予가聞호니中朝士大夫가帝前에셔進退함이俯伏하난禮가絶
無하다더라公이對日中朝萬機를帝의게皆決하니人이衆하고事가煩하
야禮하기를未暇하나니經에日元首叢脞하면股肱이惰하다하니是誠嘉
言이로소이다 上이日然하다君이庶務를親히하면有司ㅣ皆待決於上하
야怠惰之心이必生할지니라 世宗이李滿住를將討할시羣臣이皆以爲當
討라호디公이獨日此輩倔强하니一與之鬪하면世々報復하리니輕擧홈
이不可하니이다後에邊將의策을因하야 上이忽刺野人을招撫코져한디
獷俗이喜人怒獸라谿壑이無厭하니不可招撫니이다公이操心淸厲하고
家를治함이嚴而有法이라人이日許公이陰陽事를不知한다한디公이笑
日詡와訥이何로從하야生하얏는야公이일즉禮曹에判하야上下의服色
을定하야截然有分케하니라 世宗을相하야官이左議政에至하얏더니及

卒에 世宗廟庭에配享하니라〈13〉

崔潤德은歙谷人이라公이稍長에膂力이過人하야强弓을能挽하난지라
一日에牧于山中하다가大虎가林莽으로瞥出하거늘公이一箭으로斃之
하니라父雲海가合浦에出鎭함이公이往省하더니父가試與較射할싀公
이左右馳射에發無不中이라父ㅣ笑하야曰兒의手가비록敏하나軌範을
尙爾未識하니長技라謂하기不可라하고射御의方을敎하야드릐여名將
이되니라

上이將次野人을討호려하야羣臣을命하야可將하리를議하신디皆曰潤
德이可將이니이다於是에公으로平安道都節制使를命하시고鞍馬와弓
矢를賜하시다

公이二相으로平安道都節制使와安州牧使를兼하야廳後隙地에瓜를種
하고公務之暇에手自鋤之하더니訟者ㅣ不知하고相公이何所에在하냐
問하면公하紿하야曰某所에在하니라하고入하야衣服을改하고聽決하
더라村婦가有하야泣訴하야曰虎가妾의夫를殺하니이다公이曰吾가汝
를爲하야仇를報하리라하고虎를跡하야手로射하야其腹을剖하고其骨
肉을取하야衣服으로裹하고棺을備하야埋하니其婦가感泣不已하더라

婆猪江野人李滿住等이邊方을犯하거늘 上이公을遣하야征하신디公이
崔致雲을遣하야啓하야曰今에內傳을承하야軍三千을發하야野人을征
討하라하시니臣이竊惟하건디虜地險阻하야每於所經에兵을留하야險
한것을守하기시니萬兵을須用하라야乃可하니이다 上이引見하시고曰
初與羣臣으로軍數를議할싀予가三千이少하다謂하얏더니今에上書를
觀함이果然하도다 上이致雲다려問하야曰潤德이何時에擧兵코져하나
냐致雲이曰潤德이計호디端午時에賊俗이相聚爲戲하고草亦長하니兵
을可擧로디但雨水가可慮하다하더이다又曰潤德이言호디征討하난日
에彼人의罪名을書하야榜을張함이宜하다하더의다 上이安崇善을命하

야榜文을草하야써送하시니라

公하江을過하야師를江邊에駐하얏더니四獐이有이야營中에自投하거
늘公이曰獐은野獸인디今에自來見獲하니是난野人이殲滅할兆徵이라
하고魚盧江에至하야兵六百을留하야柵을設하야林哈剌寨里를攻하고
仍하야營을駐하니吒納奴寨里가皆遁去하니라虜十餘輩가江邊에出하
야射하난것을見하고公이通事로呼語하야曰我等이行兵하기난忽剌溫
非[9]를爲함이오爾를爲할이아니니恐하지말라虜ㅣ皆下馬叩頭하거늘諸
將이七道로俱進하야男女二百三十六을捕擒하고其斬獲한것이一百七
十이오牛馬를得한것이一百七十餘頭오我軍은戰死한者ㅣ四人이오箭
에中한者五人이라吳明義와朴好問을送하야箋을奉하야賀한디 上이明
義와好問의게衣各二領을賜하시고宣慰使朴信生을遣하야軍에至하야
酒를賜하야諸將을慰勞하시니라

公이師를班함이 上이知申事를命하야迎慰하시고捷音으로中外에布告
하고諸將의게賞賜하심을差等이有케하고仍하야宴을設하야榮케하니
라 上이金宗端[10]다려曰卿과로일즉言하기를潤德이可히首相이爲할지
나然其任이至重하니戰功을賞하난것이不可하다하여시니今潤德이비
록戰功이有하나才德하若無하면決斷코可히授치못하리니卿이此意를
大臣에게具陳하야熟議하야써啓聞하라大臣이皆曰호디潤德이公廉正
直하고勤謹奉公하니비록首相이라도可愧할것이無하다한디於是에公
으로써權軫을代하야右議政을삼으니라

上이謂野人이報讎하기를心懷하니不慮함이不可하다하시고公으로都
按撫察理使를삼아城을築하며柵을設하야써疆圉를固케하시고璽書로
公을賜하니其書에曰

9　非 : 연문으로 보인다. 『세종실록』 세종 15년 5월 7일 기사 참조.
10　金宗端 : '金宗瑞'의 오자이다.

甚苦暴露라卿이奉國忠勤하야中外를宣勞하고廟堂重臣으로藩垣에出
鎮하야敵을威하고邊을鎮하야써予의憂를紓하니深히써嘉하노라屬當
嚴沍之時하야興居의節를愼할지여〈14〉

다今에內官嚴自治을遣하야宴을錫하야써慰勞하고仍하야衣一襲을賜
하노니至하면可히領할지니라公이　世宗을事하야官이領中樞府事에至
한지라卒함이　世宗廟廷에配享하니라

日本佐藤少將의談

捕虜將校死刑의說

捕虜將校의死刑에處하난것을野蠻이라云할者도有하며無法이라云할
者도有하려니와日本國民의元氣를振作하며日本軍隊의精神을確保하
난上으로吾人은此를主張하야毫末이라도憚할바를不知하노라

勿論捕虜者中에負傷하야戰場에顛사하야敵人의게捕虜된者도有하니
此난名譽라云하기도不可하고必是不名譽라云하기도不可하니吾人은
假令呼하야無名譽라名하더라도今에如此한無名譽의軍人에就하야云
하난것이아니라快足히戰死할地位에在하야奮勇決鬪하기不能하고敵
人의게投降하난軍人을云홈이니不幸하야日本의軍人中에도此種徒輩
를見하얏시니此를處分하난디毫末이라도私情으로假借함이不可할지
라萬一此輩를處하난道에誤함이有하면日本軍隊의大精神이一朝에崩
壞할懼가有한지라

軍隊의精神은理窟로써維持하기不可하고一死로軍人되난名譽를發揚
하랴난激烈한感情이凝結하야成한것이卽軍隊의生氣며軍人의魂이不
是耶아力이盡하야捕虜된것은無名譽라謂하지아니하더라도日本軍人
은有하기不得할事이라力이盡한地頭에난戰死하기外에他意가更無할
지라投降하난것이可乎아戰死하난것이可乎아할餘地도不有하니西洋

軍人은其境遇에利害를參考하야如何히處할것을選擇할餘地가有한지
도不知하려니와日本의軍人에난決斷코此가無하고惟死而已니此가日
本軍人의根本의特色이니此特色은世界에無比한지라以故로日本軍隊
가其强한것이世界에無比하니此點은西洋의人이無不明認하고外國의
從軍武官이誰某던지此로써日本軍의優等을삼나니日本軍의强한것과
捕虜가少한것은二者가不可離할關係가有하니라

日本軍人이되여셔此特色을一失하면엇지其可하리오戰爭은純然히人
員材料의戰爭이니敵이如許한人員材料가有하고我가如許한人員材料
가有하야兩者를比較하야勝한며敗하난數난이믜歷然하거니와然하나
我의七八十名人員으로彼의百餘人員을對하야尙히能勝함을得하난것
은是何故오寧死연명敵의게投치아니하랴난一片의意氣로由함이라

此를野蠻이라云하면野蠻이大段히好한것이니日本은此蠻勇이有하故
로一等國의列에上함이아닌가學術은如何하던지産業은如何하던지經
濟난如何하던지總皆歐洲諸國의後에在하더라도惟我가腕力으로彼를
凌侮하난故로大手를振하야彼等에伍함을得하니我의게此腕力이無하
면何로以하야一等國이되리오

國民의元氣며軍隊의精神이니此를不可輕할지라力이盡하야死하난事
를不知하고理由를設하야敵에赴하난者난此元氣와此精神을壞하난者
이니此의게極刑을加하야三軍을戒飭하난것이目下의急務라今에敵을
愛하난精神으로捕虜待遇하기난益々良好캐하야生을得할쑨이아니라
生하야此歡待를蒙하고戰이息함이鄕黨에安居함을得하면元來生을求
하고死를避하난人의至情으로誰가屍를戰場에曝하기를好하리오力盡
하야玆에敗하면決斷코生치아니할것이니此精神이若無하면日本이決
코露國에勝치못하리라하야도誣言이아니라

露將(스데세루)가二百○三의要地를失ᄒ고全防禦線도이믜我의게領

奪함이되고餘한處난僅히副郭의殘部而已라命이朝夕에迫하야毛厘도
恢復의目的이無하고力이盡하야投降하얏시되不拘하고露都에셔死刑
을宣告하얏시니〈15〉

何故로○○○의輩는尙且脫홈을得함이可하다云하난者가有하야辯하
야曰軍法會議가有하니法은屈함이不可하다하나뇨法의精神은彼等의
게死를命하난것이却爲合當할지라彼等이一隊의兵을率하고金州丸으
로自守할地를삼아잇다가彼가將校로셔自己의部下를船中에留하고自
己만守地를去하야可히盡力할듸盡力치아니하고敵의게投降하야시니
或은云호듸部下生命을救하기爲하야敵人의手에落하얏다하니部下를
救한다함은全軍을率하야投降한것을謂함이니此事가이믜不可하니假
令此事를可타하야도投降하난듸相當한行爲가有하니隊長이몬져스스
로敵軍에赴하난것은雖露將이라도敢히할비아니라元來複雜한事情도
有하지마난此는可問할必要를不見하깃고以上의事實은業已十分死刑
에相當한지라彼世人의게第一憎惡를被하난(溝口少佐)와如하니난船
의監督에不過하난故로或多少한其情의可히酌量할것시有할지도不知
하려니와(○○○)에至하야난到底히脫하기不能할것이라軍法會議난
適宜의處置를採하난듸不自由할事가毫無하고軍隊의大精神을保持하
난듸適當한處置에不出하면不可하니國民의元氣난寸毫라도減退케아
니할것이오軍隊의精神은片時라도荒廢케아니할것이니局을當호者ㅣ
一步를誤하면國家의不幸호것이絶大하니라

英俄協商外交의祕談

此난俄國新聞(노-우오,우레미야)紙上에記載호談柄인듸俄國都에駐
劄호某外國公使舘一室交換하난列席에셔外交官數人이有하야談論호
것이니

(甲) 英俄間에新協商을形成호所以난英佛協商에發端호것이니今英國
　　　內閣이旣與露國으로協商하얏시니其共同的方針手段을硏究하
　　　야全力을效할것이라

(乙) 印度난當如何히할고

(甲) 是固焦眉의問題인딕言하기難호者ㅣ有하니若英俄間協商이果然
　　　成立하면俄國이쏘호印度에對호野心을放棄할것이니英國內閣이
　　　此條件을見하고야비로소赤心을披攊하야協商談判을應하리니라

(乙) 波斯問題난當如何히할고

(甲) 予의所知로난波斯問題를解決하기난決코困難치아니할지니波斯
　　　를分割홈이不可라난議論이是英俄協商의根本的條項이니英國政
　　　府에셔本問題에關하야波斯北部에俄國優先權을認許하야其通商
　　　上利益을保持하야公平호態度를執홈이無疑하니라

(丙) 英俄協商이成立하난日에極東政畧上에對하야至大호價値가有하
　　　리라

(丁) 其故난何也오

(丙) 英俄協商이成하면英佛日俄四大國의協商이成호것은其勢가不然
　　　하기不得하리니此聯合協商이支那의獨立과極東의平和를保持호
　　　效力이有하고支那의政治와經濟上發達이此를因하야始有可期
　　　홀지니此形勢가成하면平和난決斷코破치아니하야獨逸의狡猾호
　　　政畧이畢竟空想에止하리니獨逸의支那에對하야狡猾호政畧이近
　　　來에着々奏功하야其勢力을侮하기不可하니四國이聯合하지아니
　　　하면獨逸를挫하기不能홀가恐하니獨逸이土耳其에셔成功호經驗
　　　으로今에쏘北京政府에試하나니라

(乙) 如此한聯合協商이英國과日本에반다시同情이多大하리니日本人
　　　이慘憺호戰爭의後에汲々히平和의手段으로其國開發하기를謀하

야비록戰을主하난黨이라도今則日俄戰爭에效果를儲得함으로不可不滿足호디到하얏시니日本人이四國協商에就하야議論이必多홀지라予私聞호니日本人이此協商에關하야非常히注意호다云하엿더라〈16〉

內地雜報

移民條例 續

第四十條　第五條第一項第七條第八條第九條에違背ᄒ며又法令에違背ᄒ移民의前往을周旋ᄒ며前往停禁中에移民을前往케혼移民處辦人及代理人은五十圜以上五百圜以下罰金에處홈이라

第十五條　許可를不受ᄒ고移民處辦의行爲를行호者及代理人又營業停止處分에違背호移民處辦人及代理人은百圜以上千圜以下罰金에處홈이라

第十六條　誘惑手段으로移民을募集ᄒ며又前往을周旋호移民處辦人及代理人은二百圜以上二千圜以下罰金에處홈이라

第十七條　本法에罰則은移民會社에在ᄒ야ᄂ其各條에揭ᄒᄂ行爲를行ᄒᄂ會社代表者에對ᄒ야도亦是適用홈이라

第十八條　第十二條乃至十七條에由ᄒᄂ處分은農商工部大臣이行홈이라

第二十條　本法及施行細則의規定에由ᄒᄂ處分은外國關係가有호故로日本國統監의同意를經홈을要홈이라

附則

第二十一條　本法은光武十年九月十五日로붓터施行홈이라光武十年六
　　月二十九日

御押　御璽　奉

勅　議政府參政大臣勳一等朴齊純

農商工部大臣勳一等權重顯

鑛産條例　續

第八條　　鑛業을請願ᄒᄂ者同一地에二人以上이有ᄒᄂ時ᄂ請願書
　　到達日의先者의게許可홈同日에到達ᄒᄂ者에對ᄒ야ᄂ農商工部大
　　臣이適當으로認ᄒᄂ者의게許可홈이라

第九條　　鑛業權者가鑛區의合倂分割又訂正을欲ᄒᄂ時ᄂ農商工部
　　大臣의許可를受홈이可홈이라
　　鑛區의位地形狀이鑛利를害ᄒᄂ境遇에ᄂ農商工部大臣은其訂正을
　　命홈이可홈이라

第十條　　鑛業權은農商工部大臣의許可를受치아니하면賣買讓與又
　　抵當치못홈이라
　　鑛業權은相續홈을得홈이라

第十一條　相當히鑛業을아니하며又危險之虞가有ᄒ며或公益을害ᄒ
　　ᄂ虞가有홈으로認ᄒᄂ時ᄂ農商工部大臣은其改良若豫防을命ᄒ며
　　或鑛業의停止를命홈이可홈이라

第十二條　農商工部大臣은左開境遇에ᄂ鑛業의許可를撤消홈을得
　　홈이라

　一　詐僞又錯誤로許可홈을發覺하난時

　二　正當한理由업시一個年以上休業하며又許可를得하난日로一個年

　　　以內에事業의着手아니하난時

三　第九條第二項又第十一條의命令에不遵하난時

四　鑛業이公益을害한줄노認하난時

五　鑛業에供用함이可하난土地를其目的以外에利用하난時

六　納稅期限內에鑛産稅又鑛區稅를捧納하지하난時

七　第二十五條第二項의鑛業權者가期限內에上納金을捧納아니하난
　　時

八　指定한期限內에罰金을捧納아니하난時

第十三條　鑛業許可의撤消를受하며又鑛業權이消滅하며廢業하난時
　에農商工部大臣이地表又坑內安全을保홈을爲하야必要로認하난構
　築物은除去홈을得치못홈이라〈17〉

　認可書를携帶하난者에對하야난其土地所有者又關係人은此를拒絶
　치못함但測量若調査를爲하야損害가生하난時난請求者난其賠償을
　行함이可함이라

第十五條　鑛業權者가鑛業上의必要가有하난時난土地所有者又關係
　人에게土地貸渡를强要함을得하되每年借地料를先給치아니하면其
　土地를使用치못함土地使用을爲하야所有者又關係人에게損害가生
　하난時난鑛業權者난其賠償을行함이可함이라

第十六條　鑛業權者가貸渡를受하난土地를三個年以上使用하난目的
　이有하거나又三個年以上使用한時에난土地所有者난鑛業權者에게
　其土地買收를强要함을得함이라

　土地一部의買收에由하야殘地를從事使用하든目的에供用치못하난
　時에난土地所有者난其全部의買收를强要함을得함이라

第十七條　第十四條乃至第十六條規程에由하난土地貸渡借地料土地
　買取賣買價格又損害賠償에對하야協議가調和치못하난時난農商工

部大臣에게其判定을請求홈을得함이라判定에要하난費用을負擔하
난者及其負擔額을農商工部大臣이定함이라

第十八條　鑛業에關하난請願請求又告知롤하난者난命令의所定한바
手數料롤捧納함이可함이라

第十九條　鑛業權者난鑛産稅及鑛區稅롤捧納함이可함이라鑛産稅난
鑛産價格의百分之一로鑛區稅난鑛區每一千坪에一個年五十錢으로
함但一千坪未滿者난一千坪으로함이라許可後滿一個年間의鑛區稅
난前項金額의半額으로홈이라

第二十條　鑛産稅난前年條롤每年三月中에捧納함이可함但鑛業權에
消滅若讓渡하난境遇에난卽納함이可함이라

鑛區稅난每年十二月中에翌年條롤前納함이可함但許可하난年에關
하난者난月別노卽納함이可홈旣納의鑛區稅난還付치아니함이라

第二十一條　農商工部大臣이本法又施行細則에由하야行하난處分에關
하야난政府난損害賠償의責에任치아니함이라

第二十二條　鑛業權을有치아니하고鑛物를採掘하난者又詐僞所爲로鑛
業權을得하난者난五十圜以上一千圜以下罰金에處하고採掘한鑛物
은入官하고旣經讓渡又消費한者난其代金을追徵함이라

第二十三條　第五條第六條第一項及第十三條規定에違背하난者난二十
圜以上五百圜以下罰金에處함이라

第二十四條　前二條의處分은農商工部大臣이行함이라

第二十五條　宮內所屬鑛山은勅令으로告示함이라

宮內府가其所屬鑛山을採掘코자하난者에對하야난左開規定에由하
난者外난本法規定을適用치아니홈이라

一　第八條의境遇에난農商工部大臣이適用으로認하난者에게許可함
이라

二 鑛業權者난第十九條에準하난上納金을農商工部大臣을經하야 宮
　內府에게捧納함이可함其納付에關하야난第二十條規定을準用
　함이라

第二十六條　本法施行을爲하야必要한命令은農商工部大臣이定함이라

第二十七條　本法及施行細則의規則에由하난處分은外國人에關係함이
　多有한故로日本國統監의同意를經함을要함이라 宮內所屬鑛山에關
　하야도亦同

第二十八條　本法發布前에許可를受하야現在鑛業에從事하난內國人은
　本法施行後二個月以內에本法에由하야請願함이可함이라

　前項請願에關하야난事業의定度에由하야本法第八條의規⟨18⟩程에
　不拘하야特히許可하난事有함이可함이라

第二十九條　本法의規程에由하난處分을爲하야本法發布前에現在鑛業
　에從事하난內外國人에게損害가有함으로認하난時난農商工部大臣
　은鑛業權者로하야금上堂히補償케함이可함이라

第三十條　本法發布前에鑛業權에特許를得하고現今鑛業에從事한外國
　人은其特許條件에抵觸하난者를除한外난本法의規定을遵守함이可
　함이라

附則

第三十一條　本法은光武十年九月十五日로施行함이라

第三十二條　本法에抵觸한法令은一切廢址함이라

　光武十年六月二十九日

御押　御璽　奉

勅　議政府參政大臣勳一等朴齊純

　　農商工部大臣勳一等權重顯

義親王殿下의授策顚末

光武十年七月十九日에

皇上陛下게오셔 詔勅을特下하사義親王殿下의授策之節를陰六月旬前
으로擇日擧行하라하신디同日에禮式院掌禮卿臣金思轍이上奏호디令
日官金東杓로推擇하온則陰六月初四日이爲吉이라云하오니以此日擧
行이何如할난지하야奉 旨依奏하얏난디 義親王게오셔再次辭疏를上하
야 批許를不得한지라陰六月初四日上午五時에 中和殿에셔授策禮式
을權停例로行하시고宗親文武四品以上이金冠朝服으로禮式에入叅한
지라同下午二時에 義親王殿下끠오셔寺洞本宮으로行次하시난디警官
이淸道에辟除行人하고儀仗이前導하야大漢門으로自하야鐘路를經하
야寺洞 親王府꼬지連續하야車馬塡路하고左右觀光人이拜瞻威儀에莫
不欣踏하난지라振冊하신第三日에皇城新聞社記者가國民의代表로一
辭를撰述하야 皇家의無窮之慶을仰頌하얏난디其辭가左와如하니

於虖

殿下난維我

皇上陛下之第二子也오我

皇太子殿下之愛弟也라金枝玉葉에貴寵이無比하고克岐克嶷에令聞이
夙彰하사

帝國基業은於萬斯年이고仙李枝頭에春光이不減하니三角이若礪하고
漢江이如帶토록

列聖子孫의本支百世홈은吾輩臣民의一心攢祝하난비러니而今에

聖詔誕降하사授策禮節을擇日擧行하시고王府官制도次第磨鍊하니國
家之慶이莫先乎此라想望光彩에曷勝欣抃가或者난不知하고却道 殿下
封王이宜在幾年以前이거늘今纔授策이豈非太晚이며況且 殿下난

皇上陛下愛子로셔不能安坐衣食於深宮之中하시고幼年離國에閱盡海

外之星霜하니 對此授冊儀節하야 太云晩矣[11]라하니

吁라 今日之賀에 可賀者ㅣ 左在於此하니 夫叅酌外國之制度하며 熟察世界之情形ᄒ고 吸收新鮮之空氣하며 與起[12]文明之思想하야 協贊我

皇上陸下 皇太子殿下之聖謨睿獻하고 副答我二千萬民之一般顒望하야 鞏固我大韓之基礎者ㅣ 實維

殿下之心也오 卽亦吾輩之所祝於

殿下者也라 是以로 殿下出疆之初에 年未弱冠이시고 血氣未壯이거늘 惟我 聖上이 不顧其止慈之情而許其遠離하시고

殿下도 不遑其問寢之誠而有此遠行하사 不樂其深宮廣廈에 溫凉之隨時하고 蒼茫萬里之海路에 喫盡無數之艱苦而不敢辭하며 不念其錦繡粱肉에 飽煖之適意하고 留連十年之殊方하야 物〈19〉換星移에 回顧故國하면 不唯攬景興懷에 不可按住라 君臣父子之至情을 豈能斯須忘之시리오마난竊惟 殿下之思想이 迥出於尋常萬々하사 一時之如何私情은 不能自顧하고 期將現世界之文明風潮하야 以邀斯國斯民之大慶福故로 旣如是淹留於海外하고 歸國未幾에 又此奉 命東渡하사 往觀於隣邦觀兵之式하시니 所以로 封王授策之節이 至于今遲々也이니 由是言之하면 此禮之今纔擧行이 尤豈非可賀者哉아 殿下初心에 苟徒坐在宮禁之中하야 不願聞海外之事하고 只以錦衣玉食으로 厚奉其口體而已오 只以其高枕安樂으로 擲送其光陰而已러면 惟此授策이 不在今日이오 出洋未久에 促駕言歸라도 卽此授策이 亦不至今日이어니와 將何以攬察全球之風雲而增長睿齡之智識也리오 然則今日吾輩之所望於 殿下者와 殿下之所以自待者ㅣ 豈但如昇平古代公子王孫之封君封王에 寵幸一時하야 淸歌妙舞로 自娛自樂而已哉 將上輔 皇躬에 盡其恊贊之誠하고 下對國民에 不負其惓々之

---

11 太云晩矣 : '太晩云矣'의 오자이다.

12 與起 : '興起'의 오자이다.

望하리니今日之始行授策이豈非尤可爲賀而祝之者哉리오

海外雜報

淸國의對日本要求

北京來電을據혼즉淸國外務部는林公使의着任홈을以ᄒ야近々南滿洲의問題에就ᄒ야左記交涉을開始혼다더라

(一) 大連에셔淸國關稅規則을施行홀事

(二) 鴨綠江의伐木事業은日淸兩國商人이合資開辦홀事

(三) 撫順炭坑을返還홀事

(四) 奉天,安東縣,大東溝,鐵嶺의租界에關혼事

(五) 遼東地方官의權限을明白케홀事

(六) 南滿洲鐵道에關혼事項及日淸條約第七條鐵道運輸營業規則에關
     혼事項

露國議會解散

伯林來電을據혼즉露國皇帝는議會를解散케하고明年三月五日로以ᄒ야新議會를召集혼다더라

解散後의露國議員

巴里來電을據혼즉露國皇帝는勅令으로下議院을解散ᄒ고農業代表者의重혼者는解散ᄒ기前에彼得堡에셔退去홈을命ᄒ얏더니解散後議員은帝都를不去ᄒ고到處에密會를續開ᄒ더라

戒嚴令執行

聖彼得堡及(비기에우)等諸府縣下에嚴戒令을頒布ᄒ야多數의議員은 芬蘭에赴ᄒᄂ디國內到處에人心이激昂ᄒ다더라

米國의日本人排斥

日本報知新聞을據ᄒᄌᆨ米國으로來ᄒ寄書를記載ᄒ엿ᄂ디其槪要가如 左ᄒ니

米國桑港이振災의實地硏究홈을爲ᄒ야特히官命을帶ᄒ고出張ᄒ理科 大學敎授地震學敎室의主任大桑博士ᄂ渡米以來로震害의硏究에熱心 ᄒ더니去月九日에博士가震害實況을撮影ᄒ기爲ᄒ야寫眞機械를携ᄒ 고桑港市郵便局前에至ᄒ야適當ᄒ地位를擇ᄒ려ᄒᄂ際에十三四歲許 의少年等이博士의近傍에集來ᄒ더니漸々集ᄒ야八九名이됨인ᄃ듸여 博士를向ᄒ야鍊瓦의小片을投ᄒᄂ지라博士ㅣ此를制禦코져홈이彼輩 ᄂ더욱瓦礫을爭投ᄒ야博士의帽子에卵大의穴을穿ᄒ지라日本人恊會 議員等이憤激을不勝ᄒ야事의顚末을列記ᄒ야同地郵便局長及警察局 長의게訴ᄒ얏더니該長等이陳謝ᄒ고其犯罪ᄒ少年搜査에盡力ᄒ야一 少年은此를爲ᄒ야放逐을被ᄒ엿스니由來太平洋岸에當ᄒᄂ白人種은 日本人排斥의感念을有ᄒ야其結果가少年社會에及ᄒ야每日本人을見 ᄒ면문득迫害的擧動을敢行ᄒ고ᄯ當地所謂日本人排斥會ᄂ至今ᄭ지 依然히存在ᄒ야市長이同會에出席ᄒ야日本人排斥의演說을ᄒ事가 〈20〉有ᄒ고 (구로니구루) 新聞紙ᄂ日本人排斥을主張ᄒ고加州選出議 員도議會에셔此說을呼出ᄒ여스니然則日本人排斥의聲이何時에至ᄒ 야止ᄒᄂ지도不知ᄒ깃고ᄯ何時에大森博士의受辱홈가튼事가起ᄒᄂ 지도不知ᄒ기시니此ᄂ맛당히日本人排斥에對ᄒᄂ國論을喚起ᄒ야新 聞紙던가學者던가議會던가國民의意志를代表홀만ᄒ機關으로米國民

一般에訴ㅎ야反省를要求홀것이오日本人排斥會라ㅎ눈것을徹停케홀것
이라云ㅎ엿더라

歐洲外交界新現象

近來歐洲外交界에著大ㅎ現象은英露間의默契와英露間의親近이라홈
이一問題가되눈듸列國이細心注意ㅎ야其結果의如何를見ㅎ눈지라近
日英國々會一議員이外務大臣구레─氏를向ㅎ야英露間에果然世評홈
과갓치一種默契가有否아問ㅎ즉구레─氏ㅣ答曰英露兩國政府에其間
問題를湧起홈은凡兩國의友誼的希望을爲홈이니若兩國이此傾向을永
續ㅎ면可或提携ㅎ야國際問題가되리라云ㅎ엿눈듸歐洲各國新聞紙가
쏘흔一筆로此擧를贊成ㅎ엿더라
倫敦(타임스)新聞은英露의親近默契로써旣定事實이라ㅎ야歡迎ㅎ엿
고(스단다도)新聞에눈此兩國關係눈決코獨逸을壓迫홈이아니오쏘獨
逸을對ㅎ야敵抵的契約을結홈이無ㅎ지라兩國眞意눈無他라公明의心
으로列國에對ㅎ야批判의地에立홈이니不遠의間에列國에通告한다云
ㅎ엿고佛國 (후이가로) 新聞에눈日二國協商이早晩에可히一種形式를
出來홀지니其所信홀者눈最近十二個月間에英國行動이到處에此傾向
을有ㅎ리라ㅎ고쏘同國(인도랑시쟝)新聞에눈英露兩國親近은次第로
鞏固ㅎ야歐亞兩大陸의勢力範圍를定홀지니露國의北波斯에와英國의
南波斯에며쏘汗富汗,西藏極東,及土耳其에在ㅎ야約守維持ㅎ눈等事
가其例證也라ㅎ엿고獨逸半官報(게루닛슛아이쓴구)에눈若英國이果
爲親近ㅎ야各樣問題에共同行動을執홀日에눈我獨逸이歡迎홀지니何
則고萬一兩大國의間에戰爭을起ㅎ면도리여吾國이重大ㅎ損害를受홀
지라吾國은由來露國政策에對ㅎ야忠實를保ㅎ눈故로如此히英露親近
을祝홈이오쏘彼波斯問題에對ㅎ야速히解決홈을望혼다ㅎ엿고(한부루

히,나히리히덴)新聞에ᄂᆞ英露二國默契ᄂᆞ可히平和及幸福을作ᄒᆞᆯ지니
黃金時代의先驅ㅣ라故로露國(노-오,우레미야)新聞에此擧를極筆稱
贊ᄒᆞ엿다더라

歐洲外交界의觀測及意向이如此ᄒᆞ니當局者ㅣ비록隱匿ᄒᆞ난바이나不
遠의間에事實發表홈을見ᄒᆞᆯ지로다

詞藻

海東懷古詩　　　　　　　　　　　　　　　　　柳冷齋[13] 惠風

韓

　　後漢書韓有三種ᄒᆞ니一曰馬韓二曰辰韓三曰弁韓이니馬韓은在西
　　ᄒᆞ야有五十四國ᄒᆞ니其北은與樂浪으로南與倭로接ᄒᆞ니라箕子의
　　後四十餘世에朝鮮侯準이自稱王이러니燕人衛滿이擊破準而自王
　　이어늘準이乃將其餘衆數千人ᄒᆞ고走入海ᄒᆞ야攻馬韓破之ᄒᆞ고自
　　立爲韓王ᄒᆞ니라東國通鑑에箕準이旣爲衛滿所攻奪ᄒᆞ고入海居韓
　　地金馬郡이라ᄒᆞ고文獻備考에金馬ᄂᆞ今益山郡에有金馬山이라ᄒᆞ
　　고輿地勝覽에箕準城은在益山郡龍華山上ᄒᆞ니周가三千九百尺이
　　라ᄒᆞ니라

當年枉信漢亡人麥穗殷墟又一春可笑蒼黃浮海日船頭猶載善花嬪
　　善花嬪은三國誌에朝鮮王準이爲衛滿所攻奪ᄒᆞ고將其左右宮人ᄒᆞ야
　　走入海居韓地라ᄒᆞ고東史에箕準의號ᄂᆞ武康王이라ᄒᆞ고興地勝覽에
　　龍華山은在郡北八里ᄒᆞ니世傳武康王이旣得人心ᄒᆞ야立國馬韓ᄒᆞ고

13　柳冷齋 : ‘柳泠齋’의 오자이다.

與善花夫人으로遊山下라ᄒ고〈21〉又云雙陵은在五金寺西數百步ᄒ
니後朝鮮武康王과及妃之陵也라ᄒ니라

濊

漢書에武帝元朔元年에濊君南閭等口二十八萬人이降이어늘爲滄
海郡이라ᄒ고後漢書濊傳에濊ᄂ北與高句麗沃沮로南與辰韓으로
接ᄒ고東窮大海ᄒ고西至樂浪ᄒ니木[14]朝鮮之地也라賈耽古今郡
國志에新羅ᄂ北界溟州ᄒ니古濊國이라ᄒ고文獻備考에今江陵府
東에有濊時所築古城遺址라ᄒ니라

大關嶺外大東洋蕊國山川蔭搏桑野老不知興廢事由[15]間間拾古銅章

大關嶺은輿地勝覽에大關嶺이在江陵西四十五里州之鎭山也라自女
眞之長白山縱橫迤邐據東海之濱者不知其幾而此嶺最高ᄒ니金員外
克己詩秋霜雁未過時落曉日鷄初鳴處生蕊國은輿地勝覽에江陵府ᄂ
本濊國이니一云鐵國이오一云蕊國이라ᄒ고古銅章은三國史에新羅
南解次々雄十六年에北溟人이耕田이라가得濊王印獻之ᄒ니라

貊

漢書에武帝卽位에彭吳穿濊貊朝鮮이라ᄒ고後漢書에句麗王宮이
與濊貊으로寇玄菟攻華麗城이라ᄒ고文獻備考에貊國都ᄂ在今春
川府北十三里昭陽江北ᄒ니라

昭陽江水接滄津通道碑殘沒棘蓁東吏[16]未窮班椽志堯時君命漢時臣

昭陽江은輿地勝覽에昭陽江은在春川府北六里ᄒ니源出麟蹄瑞和縣
ᄒ야與府之麒麟縣水로合流至楊口縣南ᄒ야爲草沙里灘ᄒ고又至府
東北ᄒ야爲靑淵爲丹淵[17]爲狄岩灘爲昭陽江ᄒ니라

---

14 木 : '本'의 오자이다. 『後漢書』에 '本'으로 되어 있다.
15 由 : '田'의 오자이다.
16 東吏 : '東史'의 오자이다. 『泠齋集』에 '東史'로 되어 있다.

通道碑ᄂ東史에檀君이命彭吳治國內山川ᄒ야以奠民居라ᄒ고本
紀通覽에牛首州에有彭吳碑라ᄒ고文獻備考에彭吳ᄂ乃漢人而非
檀君之臣也라ᄒ니라

金陵逢友人 七点山人

乘興飄然放小舸東南無地渺雲濤風光古國千年勝時序高秋八月遭文酒
轗軻憐白髮琵琶淪落泣靑袍故人去後詩留跡千里相思洛下皐
身作病枝宜易摧心藏熱火可成灰豈意十五盆山夜缺月重團好影來 評曰
兩詩俱極悲狀

鎖直 海綠生

宮槐翳日影幢々金碧樓臺十二摠深院無人春晝永碧桃花外燕雙々 評曰
可採池北偶談

其二

紫巾綠帶茜紅衫宣喚宮庭是殿監解說春風花月夜臙脂波上玉纖々
評曰宮詞之妙當令王仲初遜色

其三

鴉翎絛帶烙松牌宮婢高鬟一股釵莫是瑤池靑鳥使玉淸宮殿奉書來

其四

宮柳毵々窣地長玉階仙樂奏霓裳春風吹暖雲韶府繡字旗頭協律郎
評曰昇平盛事畫出眞境〈22〉

---

17 舟淵 : '舟淵'의 오자이다. 『新增東國輿地勝覽』에 '舟淵'으로 되어 있다.

踰蜜嶺口號

南嵩山人

余嘗陟南嵩絶頂以爲外此盡培塿爾而已霧掇見有鉅岳突出在眼前衆峰崒立雲表瞠而指問乃伽倻也余曰吾以吾嵩自多寔井蛙之見爾因此負願者宿矣自後仍汨々塵土但夢想仙境而已今年春李君汝材抵書要偕故乃於四月之初因事南行遂造其居促之翌日啓行

嶺途欹仄僅扶行山盡川開逈野城麥穗金黃連隴澗棠花雪白照溪明只因厭亂來眞界不是偸閒放逸情隱約雲山看漸近病餘羸骨覺還輕

余數日病瘧氣甚餒乏爲償宿願賈勇前進猶間有寒熱之勢如子羽東城一戰雖能奮力斬將氣已屈矣遂以詩諭瘧鬼曰

瘦骨如麻强住持猶能健酒且豪詩今行政入靈仙界分付魔軍按正旗

비스마룩구의淸話 續

(비스마룩구)가其事物判斷하난才能이獨創의見에皆出한지라其在大學에鬪爭을甚好하야每々히校中爭擾를釀出하거늘校長이一日에彼를喚하야懇切히其不可함을戒하니彼가毫不從之하고도로여校長을向하야佛人과佛國을嫌惡하난主義로一場演說하난지라校長이奈何하기難하야再次彼를喚하야誨諭하야曰汝가力不及의事를欲爲하니汝의意見이是舊時代의意見이로다彼ㅣ答하야曰「善說은冬日樹木과如하야後日에花開함을必見할이라하고更不從之하더라

其後革命黨의勢가益極猛烈하야(비스마룩구)푸루샤議會議員을聯合하난頃에非常히暴動하난ᄃᆡ至한지라(비스마룩구)見之하고大發憤慨하야或人다려謂하야曰總大都府者난無政府黨과革命黨을成熟케한것이니故로予ㅣ破壞之하고不可不一掃地上이라하니爾後로난(비스마룩구)가(푸루샤)人民으로自하야都府破壞者라하난綽名을得한지라此際

에暴動勢力이極히猖獗하니軍人社會가恐懼를皆懷하야討伐의命이下
하야도一人도進戰할者ㅣ無한지라後日에(비스마룩구)此時事狀을述
하야曰一千八百四十八年三月에我軍隊가(포즈다무)에在하더니我軍
이革命黨의暴動을大恐하야將校等이策略의可爲與否를協議하난디憂
心이現面하난지라此時에 (메루렝도루후) 將軍이椅子에半倚하야俛首
俯瞰하니其心中憂悶한것슬可見하깃더라予ㅣ在傍見之하니或은將軍
을向하야言호디可左往이라하고或은將軍을向하야言호디可右往이라
하야蕓議囂々不能決이라予가此會議의甚히緩謾함을見하고憤々한것
을不禁하야步를移하야(피아노)(樂器)在한所에到하야指를撥하야步
兵疾驅의軍歌二曲을高奏하니老將軍이溟默聽之하고喜色이滿面하고
勇氣가勃然하야身을起히야予를抱하며曰是眞上策이라予ㅣ今에汝意
가伯林으로直向하야進하난디在함을乃知하깃노라하더라然하나王이
意志甚弱하야無幾何에셔革命黨의게讓步한故로將軍등이奮發하야伯
林方面에向하야맛참니一兵도交티아니하고止하니라(비스마룩구)王
을(오랑졔리-)臺地에셔見하고國政改良할意見을陳한디王이謂호디
(비스마룩구)의所陳한過激方法을用하야革命黨騷亂을鎭壓하면是난
行險하기를自好함이니容易히用치못하리라하거날(비스마룩구)王의
게向하야曰陛下ㅣ危險을憂하시난거슨勇氣欵乏함으로由함이니陛下
ㅣ多少勇氣를加하시면엇지彼等의게不勝함을憂하리잇가此時에王后
가叢林之側에在하야侍臣로과語하다가비公의言을聞하고移步而來하
야曰(비스마룩구)난汝ㅣ何故로陛下를對하야如斯한言을述하나냐王
言이微笑하고王后를顧하야曰后난乞拋置任予여다予가今에可히彼를
處置하깃노라王이此忠言을採用할勇이無하야마참니革命黨의驅迫한
빈되야憲法制定을許可하니 (비스마룩구) 의苦心이到此하야水泡에皆
歸하니라(未完)〈23〉

特別告白

本報愛讀ᄒ시ᄂᆞᆫ僉君子의購覽의便宜ᄒ심을爲ᄒ야左開諸處에셔도發
售ᄒ오니照亮請購ᄒ심을切望

金基鉉氏冊肆　鐘路大同書市

金相萬氏冊肆　布屛下

鄭錫龜氏紙廛　大廣橋

朱翰榮氏冊肆　洞口越便

高裕相氏書舖　大廣橋東邊三十七統四戶

廣告

本社ᄂᆞᆫ大資本을增出ᄒ야運轉器械와各樣活版, 活字鑄造, 石版, 銅版,
彫刻諸印刷幷製本等을完全無缺케準備ᄒ야無論何書籍何印刷物ᄒ고
敏速精密로爲主ᄒ며親切廉直으로爲旨ᄒ오니江湖

諸君子ᄂᆞᆫ陸續注文ᄒ시믈敬希

京城南署公洞(電話二三〇番)

日韓圖書印刷會社

京城西署小門內(電話三二三番)

同工場

仁川公園地通(電話一七〇番)

同支店

○大韓自强會月報○

右大韓自强會月報는我國國民義務로組織호大韓自强會에셔發刊호는
雜誌인디其目次는論述, 會錄, 演說, 內國紀事, 海外紀事, 敎育部, 殖産
部, 國朝故事, 文苑, 詞藻, 談叢, 小說, 方言, 等으로定호고會員中으로委
員十餘人을選定호야編纂을任홈으로各其蘊抱호學術文藝와意見智識
을殫호야我國에第一有味호雜誌를每月二十五日에一卷式發刊호오니
我國同胞로愛國에有志호신　僉君子는不可不一帙式購讀홀冊이오니以
此照亮호심을切望　每朔一卷定價金十五錢
皇城中署下漢洞第　統第　戶
帝國雜誌社告白

○家庭雜誌○

右家庭雜誌는純國文으로簡單히編纂호야我國婦人의閱讀에便易케호
冊이오니家庭敎育에留意호시는僉君子는逐月購覽호심을望홈　每月一
卷發刊定價金十錢
京城南大門內尙洞
靑年鶴苑家庭雜誌社告白

特別廣告

本社雜誌를每月十日及二十五日二回로定期發刊호는디初回부터未備
호얏든事務가尙未整理홈이未得已호야今番에도또五日間延期되얏습

기恐縮을冒ㅎ고玆에쏘此事由룰謝告ㅎ오니愛讀 諸君子눈以此恕亮ㅎ
시옵

朝陽報社告白〈24〉

大韓光武十年
日本明治三十九年
丙午六月十八日第三種郵便物認可

朝陽報

第五號

朝陽報第五號

新紙代金

一部新貸　金七錢五厘

一個月　金拾五錢

半年分　金八拾錢

一個年　金壹圓四拾五錢

郵稅每一部五厘

廣告料

四號活字每行二十六字一回金拾五錢二號活字依四號活字之標準者

◎每月十日廿五日二回發行◎

京城南大門通日韓圖書印刷會社內　臨時發行所朝陽報社

京城南大門通四丁目　印刷所日韓圖書印刷株式會社

　編輯兼發行人沈宜性

　印刷人申德俊

目次

朝陽報第一卷第五號

論說
　國家的生氣
　統監伊藤政策
　論愛國心
教育
　泰西敎育史
　近時日本敎育의變勢
實業
　我韓의物産
談叢
　婦人宜讀
　本朝名臣錄의攬要

米人의朝鮮政觀
도루스도이伯의俄國々會觀
寄書
官報抄略
內地雜報
海外雜報
詞藻
小說
　비스마룩구의淸話
　野蠻人의奇術
廣告

注意

有志하신僉君子믜셔或本社로寄書ᄂ詞藻나論述時事等類를寄送하시면本社主意에違反치아니할 境遇에난一々히揭記할터이오니愛讀諸君子난照亮하시옵시고或小說갓튼것도滋味잇게지여셔寄送하시면記載하깃ᄂ이다本社로文字를寄送하실時에著述ᄒ신主人의姓名과居住地名統戶를詳記하야 送投하압쇼셔萬若連三次寄送한文字를記載할境遇에난本報롤無代金으로三朔을送呈할터이오니부듸氏名과居住를詳錄하시옵소셔

本社特別廣告

本社에本報第一卷第一號를發刊ᄒ와業己諸君子案頭에一峡式供覽케ᄒ얏습거니와大抵本社의目的은無他라東西羊各國의有名ᄒ學問家의言論이며內外國의時局形便이며學識에有益ᄒ論述의材料와實業의利點되ᄂ智識意見을廣蒐博採ᄒ야我韓文明을開發할主意옷도ᄒ小說이나叢談은滋味가無窮ᄒ오니有志ᄒ신諸君子ᄂ每月二次式購覽ᄒ시옵소셔先般에ᄂ無代金으로皇城愛讀ᄒ시ᄂ 諸君子께一體送呈ᄒ얏습거니와次號붓터ᄂ代金이ㅣ有ᄒ오니分傳치말ᄂ구긔별치아니ᄒ시면그디로보너기ᄉ오니照亮ᄒ심을敬望

京城南署公洞日韓圖書印刷會社內

朝陽雜志社臨時事務所告白〈1〉

論說

世界最偉團體

(國家的生氣)

吾儕ㅣ今日를當하야(구론우예루)의爲人을想像함이深하니時艱에想偉人하난것은古今同趨하난情이라

(구론우예루)가(한징구론)沼澤에潛身하야耕耘과聖書로自安하야頭髮이半白하도록亦世事를不念하더니一朝에事勢所迫이되야不得已而起하야代議士도되며將軍도되야彼所謂(피유-리단團隊)를率하고東爭西鬪하야맛참닉當時의奸黨을掃攘하고英國의未曾有하던改革을斷行하며英國三百年前史乘을潤飾하야遂使英國人으로我邦에(구론우예루)가有하며我邦에(피유-리단)이有하다구誇張케하니

彼와如한者난是ㅣ世의鹽이라全身이眞理에忠하며德義에勇하야唯以皇天의命을奉하야天國을地上에建하난것으로畢生의志願을삼고富貴利達과貧賤屈辱에至하야난眼中에毫無하야胸底에所藏한炎々의火가主張이別有하야燃하고塵世의區區한私欲으로薪材를爲함이아니러라

(구론우예루)가逝世한後에淸敎徒(피유-리단)一團이皆官을抛하며位를棄하고其鄕里에各還하야或羊을牧하며或靴를制하며或牛乳를絞하며或麵麭를燒하야向者全英國及歐州에震動하던英雄志士가今也에順良寡默한民이化爲하야시되怨嗟하난色이毫無하고

唯其春의晨과秋의夕에杳然히故首領의爲人을想起하야三々伍々히近邊父老를集하야往年事蹟을語하다가追懷의情을不禁하야唏噫流涕함리至하니其結托相許함이如此한지라(마고-레)讚호디有史以來로眞正한偉大團體라謂한것이溢美의辭아니라

盖(구론우예루)와如한者난千萬人中에一人도不可求오淸敎徒와如한

者난上下百世에再得하기難할지라雖然이나多少類似의士와多少類似
의團體가有하야國의中堅이되지아니한則其國이亦興하기不能할지라
今貪略虛僞와好辨爭名과威迫暴橫이滿世한時에吾儕가幽溟[1]에馳想하
야三百年前의士를喚起하야來하려하난것이엇지徒然함이리오

今我韓의國勢岌嶪이有若累卵하니正是胡澹菴申包胥之徒의次淚以血
之秋라誰가有하야能히(구론우예루)의誠心을挺身襲蹈하며誰가有하
야能하(피유─리단)의眞風을誓盟振發할난지吾儕의彼를仰慕하야止할
쥬를不知하난所以난其事蹟에不在하고其崇高한精神에在하며其運動
에不在하고其信義相結하난點에在하니

진실노(구론우예루)의徒가有하야出現하고(피유─리단)의志操가有한
者ㅣ聲應氣求하야千里相和한則一國生氣가鬱然히發生하야此 皇社稷
과此民國土가蘇息함을始見할지라

大凡國家興亡을卜하난것이其生氣盛衰에惟在하니羅馬난富强을用하
다가도로여自倒하고雅典은文學을用하다가도로여自衰하고伊太利난
軍備를張하다가도로여自萎하고佛國은工藝를力하다가도 로여自弱하
얏시니盖學校와軍備와貿易과政法과如한것은皆是所以興國하난具오
其原因은不是라上에叙한數國이此具가皆備호디로도여自不振하난所
以난是國家的生氣가欠乏한디因한而已라

英國이(오리사벳스)女皇으로自하야(쟈─루,　스지우와루도)時代에至
토록國의腐敗한것이其極에達하야華奢爲風하며淫靡成俗하며辯論競
巧하며收賄相誇하야士風이蕩然掃地하야恒心을殆不可見이라此時를
當하야淸敎徒一團이獨能嚴肅淸高로自持하야時俗에誓不爲染하야小
說를讀하며演劇을觀하난것으로오히려天皇의게受罪한다하야聖書를

1　幽溟 : '幽冥'의 오자이다.

讀하며聖詩를歌하야自心의過를上帝의前에慚悔하난外엔他事가更無하니時人이指笑하되는愚하야時世에不適하다하난것이固宜〈2〉한지라此蠢々迂愚의士가一朝에(구론우예루)를推戴而起함이義務를重히하고責任을守하야一切行動이上帝의道를履行하기만只求할줄을誰知하얏시리오其眞理에忠實하고信義에殉死할志가百戰勇士의不復回頭하난것과如한故로其前으로向함을當함이上으로天도無하며下으로地도無하며前으로敵도無하며後으로君도無하고震々冥々하야使天下皆驚케한지라

當時文明自誇의士도着手不得하던英國積年治弊가此迂愚의人을待하야廓淸을始見하니一見홈이奇怪한듯하되其實를究하면不足爲怪라良心이發揮하난바에天下ㅣ無不披靡하난지라生氣가此에寓함이廓淸이這裡에在하나니淸敎徒난卽良心의團結이라皇天이此土汚穢를淸掃하기爲하야一點生氣를英國에特降한것이니其餘烈이到今까지英美兩國土風에支配하야斬치아니하니진실로偶然치아니하도다

積衰積弱한我韓에在하야今에遽然히世界最偉團體에擬望하니人은以爲責難이라호디吾儕난其可히必得할것을信하노니儒敎의人心에染한지千有餘載라三尺兒童도德義의可崇할것과良心의可重할것인쥬를亦知하난지라其尙且不振하난所以난人이皆沮神喪心하야復起하기不能함이아니라政法이廢하고秩序가紊하야社會形體가崩壞함을被하야其道를欲致하나其處가姑無한故로비록德義聰明의士가有하나其鋒鋩을未露함이라

人世何處에英雄이無하며何人이良心이無하리오惟其啓發之充實之하난것이如何히하난것으로其國의興亡을可決할것이라

朝士라도不必智오野人이라도不必愚니만일人材를今日에求ᄒ려하면巖穴의裡와市井의巷에良器가往々發見할지라但時勢가日傾하야世事

不如意한것이不但十常八九而已라故로비록良器를得하야廟堂의上에
列하더라로木偶와不異하야莫之奈何이니故로此時에全韓의力을可致
할問題난朝에不在하고野에在하니同志之士가結호딕信義로以하고規
호딕名敎로以하야良心이是自家의生命인주를信하며良心集衆의力이
是國家의生氣인주를信하야淸敎徒가淫蕩腐敗한世에處하야儼然히其
操持를不枉함과洽如하야塵世의毁譽를排斥하고其主義에純忠하면國
家生氣가蔚然發生하리니萎草의得雨擡頭하난것과如하며涸魚의得水
打尾하난것과如하야社會의各般經營이浸々히其步를進호딕亦今日遲
緩의狀을不要見之할지라

一國着眼이是에아니하고徒然히形式的文化輸入하난딕從事하면譬컨
딕舊衣를換호딕新衣로하며舊冠을代호딕新冠으로하나其人이垂死不
起할地境에旣在하면堂々한新衣冠이何處에用하리오國家的生命을是
(구론우예루)와及淸敎徒의全事業에附與할것이오如其政治上運動事
功은其目的이不是라吾儕國家現狀에對하야往年偉人의跡을觀하고胸
底에英氣가跳躍함을禁하기不能한것을覺하깃도다

統監伊藤侯政策

統監伊藤侯난一代之人傑也라自日本明治의維新以來로於其內治外交
上에赫々以功名勳業으로著彰者난惟伊藤侯에必首屈一指ᄒ니如伊藤
侯난洵東洋之第一政治家耳라

往自西鄕氏의攻韓論之際로極排衆議ᄒ고獨倡平和者난唯侯之力이居
多焉이오及其天津條約之締結과馬關條約之協商也에爲韓國盡力ᄒ야
脫去羈絆ᄒ고扶植獨立者도亦侯之功德於韓者ㅣ至矣라韓人之德侯를
當何如哉아

然而至于今日ᄒ야난物換星移ᄒ며時改世變ᄒ야前日熱心扶植之功이

皆歸於雲影水泡ᄒ고但見山高海濶에風景이依黯而已오伊藤侯ᄂᆫ以統監而來駐ᄒ니人世之盛衰變遷이實無窮盡ᄒ야非可以意想而推測者也로다〈3〉

大抵統監이以高明宏邃之姿로擔此大任而來ᄒ니其運智設算이必有預定於胸中ᄒ리니譬之컨ᄃᆡ如國手之着碁ᄒ며老將之用兵ᄒ야其勝敗優劣之勢와出奇制勝之略을已應料度於心秤ᄒ며預決於幄籌矣리니何待吾人之亹亹勸告哉리오마ᄂᆫ竊有所一陳者ᄂᆫ

伊藤侯之專主於平和政策은吾輩ㅣ稽之於已往之跡ᄒ며徵之於其演述之旨ᄒ야已窺其端倪矣라然而日本政黨之間에未必一致於伊藤侯之政略矣오且侯ᄂᆫ文臣也라其與武將一派로未必亦同情而協意矣리니伊藤侯가坐在於各派軋轢之中ᄒ야能鞏固其地位ᄒ며發達其目的ᄒ야確乎有堅忍不拔之力은吾輩之所疑問者也오

且若使伊藤侯로坐日本之內閣ᄒ야策日本之政略이면其風氣習尙과人情物態를必瞭瞭如指掌ᄒ야左右應變에圓全措實矣어니와至於韓國之內客ᄒ야ᄂᆫ但察其政府之狀態ᄒ며傍助之言論ᄒ야以意推測而已라其人心物情之委折微細ᄂᆫ雖在此五六年乃至十餘年之久者도猶不能到底詳知커던況來駐日淺ᄒ야只憑於左右耳目之所及者乎아

且其左右耳目之人도亦皆新莅職務ᄒ며或粗鹵事情ᄒ야未必能周知纖悉온況其人이又皆主持公平을如伊藤侯之宅心者乎아或曰甲午以來로如大鳥圭介井上馨諸君之政略이非不欲刷新奮勵ᄒ야到底實行이로ᄃᆡ竟至失敗者ᄂᆫ皆不究韓國之事情ᄒ고徒欲急激改革故로所以未免於蹉跌이나然이나此ᄂᆫ知其一未知其二者也로다

盖今之時代ᄂᆫ與甲午之際로懸殊ᄒ야甲午之際ᄂᆫ國內人心之程度가極甚錮閉ᄒ야其屢百年排外的思想이深痼於腦髓故로新政之布達이困難無比ᄒ고又其時ᄂᆫ宮府內外의新舊黨派가互相樹潛勢力ᄒ야爆線之轟

發이甚猛故로未免於急激之失이나然而到今호야는時機之變遷이大異
前日호야全國輿論物情이無不痛宗國之寂業호며無不慎政治之腐敗호
야皆謳吟思服於革新之政化호니人心이已到十分極竿之頭호야懷轉移
變更之望者ㅣ久矣라然則其時機之難易와人心之激否가與前何如哉아
迨此時機호야苟能實心圖治호야勵精刷新이면全國이必靡然風從홈을
如影之隨形호며響之應聲호야不費勞力而治然有桴거之捷矣어늘不此
之爲호고惟欲以壓力而驅之호면反如激水而求安流호야愈激而愈起危
波矣라惡能得順流而安波哉아竊恐平和之策이難望以此而奏効矣리니
夫立非常之勳者는必有非常之能力호며必行非常之施措然後에能做非
常之事業호느니所謂非常之施措者는非武力之謂也오非箝制束縛之謂
也라第一所可注意者는曰人心之向背也니試問人心之所最望者ㅣ何事
며所最惡者ㅣ何人고호면必曰政事之公平을是望이오政府之得人을是
希며且貪汚無恥之鄙夫庸材를是惡矣라호리니此는全國二千萬人々의
所痛心切骨호야寤寢忿歎에怨恨中傷이라惟此一段이固結深凝호야不
能釋然者也어늘乃反獎勵而結托호며指導而使用호야愈速危亡之禍而
益怫公衆之情호니嗚乎라其不思之甚也로다自古로樹大勳者ㅣ安有違
反人情而能收安全之功者哉아

或者以謂호디韓國之不振은日本之利益也라故로欲使其政治로任其腐
敗而不欲刷新호며欲使其人民으로受其壓迫而不欲自由케호며欲使其
教育으로任其鹵昧而不欲發達호며欲使其法律로任其紊亂而不欲整理
호고俟其危亂之極而着手倂呑之計라호니以前後施行으로推之컨디此
說이然矣라難保其必無是心也로디

余는以爲호디此는只吾輩之推想的觀念也라日本政黨一派가設有此等
計畫이라도伊藤侯는決無是也오伊藤侯가設有此等計畫이라도日皇陛
下는決不爲此也오日皇陛下가設有此等計〈4〉畫이라로世界列强은決

不袖手而傍觀也리라ᄒᆞ노니何以知伊藤侯之決無是也오ᄒᆞ면盖韓國倂
呑之計畫이不過淺近者之爲見耳라今韓國之主權이已握其掌中ᄒᆞ야礦
山鐵道森林漁採田土農作等의諸般經濟事業을無不如意興殖ᄒᆞ고至其
人民之移殖者로亦潮湧河決ᄒᆞ야洋洋有不可防遏之勢ᄒᆞ니殖民之計畫
이已遂矣오至其政治上權利ᄒᆞᄂᆞᆫ尤不俟暇論인즉又何必確定其名目
曰領土曰屬地라ᄒᆞ야露其倂呑之名然後에爲足耶아此ᄂᆞᆫ愚昧之見也라
伊藤侯ᄂᆞᆫ決無是也ᄂᆞᆫ況以日皇陛下之宣言平和之保證者乎아故로確信
其決不爲此也오

且日俄戰事가畢ᄒᆞᆷ의俄人이以列强之一友로受大敗衂於東洋之一島國
ᄒᆞ니此ᄂᆞᆫ白人之大耻也라以故로現窺各國之意想컨디稍稍有抑日扶俄
底情態ᄒᆞ야屢萌芽於西人之報ᄒᆞ니此ᄂᆞᆫ猜疑之不得不然者也라日本이
當此之際ᄒᆞ야若聲言而欲倂呑韓國이면彼ㅣ猜疑之列强이安知又不有
日淸戰爭後에干涉還遼之三國者乎아此ᄂᆞᆫ決不應袖手默認也리니日本
이豈不度世情而做此愚人之計乎아吾ㅣ故로知日本之無是也로다

然則日本之對韓에將奈何오曰日本이旣以保護爲名ᄒᆞ고攬韓之權而經
營利益인딘改革政治ᄒᆞ며收拾人心ᄒᆞ야使不平乖激之民으로犁然釋憾
ᄒᆞ며融然和衷ᄒᆞ야携手同歸於平和之域而共享文明之幸福케ᄒᆞᆷ이卽日
本之今日得計也라

余ᄂᆞᆫ意者伊藤侯之智謀政略이必優優及此而苒任半載에緩漫遷延ᄒᆞ야
不施急激手段ᄒᆞ니想必有所觀望而然也라然이나全國之民이呻吟而思
治者ㅣ一日이深於一日ᄒᆞ고一時가切於一時ᄒᆞ야懷疑懷念에靡所止定
ᄒᆞ니若失此不圖ᄒᆞ고沮其希望之情而蓄其弗鬱之氣ᄒᆞ야爲日已久則窃
恐其氣其情이凝結堅固ᄒᆞ야日後融和之方이憂憂乎豈不難矣乎哉아

或이言雖欲刷新政治ᄒᆞ야以收輿望이라로韓人之力量材局과學問智識
이恐不能擔任其事故로無寧仍其舊貫ᄒᆞ며任地姑息ᄒᆞ고採用顧問之政

略ᄒᆞ야多派日紳而替任其務者ㅣ此也라ᄒᆞᄂᆞ니此ᄂᆞᆫ狙公飾假之說也라
天生人才에自足了一世之事라홈은古人之達論也라韓國이雖未開民智
ᄒᆞ야受人覊絆이나其力量才識은未必乏人이오忠義勇敢之士ㅣ亦豈無
十室之邑邪아但未之需用故로皆泯滅而無著耳라

嗚乎라近頃에有一種國事犯特赦問題ᄒᆞ야縷々提議於政府라ᄒᆞ고喧播
於各新報之紙ᄒᆞ야曰此ㅣ案出某處之勸告라홈이彼熱情之士ㅣ奔走睢
盱ᄒᆞ며仄耳接吻ᄒᆞ야曰方針之庶幾有變改乎아昨日政會之議決이何如
乎오ᄒᆞ되全²ᄂᆞᆫ獨不信曰此ᄂᆞᆫ一邊之愚弄也라幾年以來에以國事犯赦還
으로便做奇貨ᄒᆞ야一恐動一威嚇에必惹出一件事端ᄒᆞ다가終歸沈默홈
은吾人之所經驗者라苟有實際赦還之望이면硬然斷行이有何顧忌而徒
張聲勢ᄒᆞ야傳播於世耳而已耶아假令國事犯을蕩滌而赦還이라도未必
擔任政權을如宿昔之爲也어늘韓人은空然猜推萬端ᄒᆞ야有若大事之出
來ᄒᆞ니嗚乎徒自愚而已라寧不可哀乎哉아

論愛國心 (續)

自己를愛홈은可ᄒᆞ거니와他人을惡홈은不可ᄒᆞ고同鄕人을愛홈은可ᄒᆞ
거니와異鄕人을惡홈은不可ᄒᆞ며自國을愛홈은可ᄒᆞ거니와外國을惡홈
은不可ᄒᆞ니만일其所愛홈을爲ᄒᆞ야其所惡을討ᄒᆞᄂᆞᆫ者ᄂᆞᆫ웃지可히愛國
心이라謂ᄒᆞ리오

然則愛國生義란者ᄂᆞᆫ最可憐ᄒᆞᆫ者이니웃지彼等迷信의咎가아니리오若
非迷信이면實是好戰의心也오亦非好戰之心이면實爲虛誇虛榮의廣告
的賣品이니如此主義ᄂᆞᆫ實로專制政治家가自家의名譽를達코져ᄒᆞᄂᆞᆫ野
心으로其手段을供ᄒᆞᄂᆞᆫ利器로認ᄒᆞ노라

2　全 : '余'의 오자이다.

希臘羅馬의舊跡은勿論ᄒ고近代東西洋愛國主義의流行ᄒᄂ利用을較
之上古中古而更甚ᄒ도다

國民의愛國心者ᄂ一旦에忤其所好ᄒ면可以箝人口ᄒ고可以〈5〉掣人
肘ᄒ며可以束縛人之思想ᄒ고可以干涉人之信仰ᄒ며歷史의論評을
亦可得禁이오聖書의講究를足能得妨이며科學的基礎를可得破碎며
譯文明之道德을則恥辱之ᄒ나니若是等의愛國心이可以邀榮譽博功
名也歟아

如英國近代에自由國이라極稱ᄒ고博愛國이라極稱ᄒ고平和國이라極
稱ᄒ야도其愛國心의激烈할時를當ᄒ야ᄂ自由를主唱ᄒᄂ者와革命을
請願ᄒᄂ者와普通撰擧를主張ᄒᄂ者가非皆問以叛逆之罪者며非皆責
以國賊之名者乎아

英國人의愛國心이大發揚ᄒ홈近事例가莫如與法國爭戰之時ᄒ니此戰
爭이一千七百十三年大革命의時運을當ᄒ얏ᄂ딕自後로雖經多少의斷
續이나一千八百十五年拿破侖의覆沒할時期를延至ᄒ야비로스大段落
을成ᄒ얏시니彼等昔日思想과今日思想이其相距가幾何며彼等所謂愛
國心者ㅣ今日所謂愛國主義로더부러其流行의事情과方法이을마나相
異ᄒ고

法國의戰爭도當時英國의人民은惟此一事而已오惟此一言而已矣니其
原因如何와結果如何와利害如何와是非如何ᄂ勿論ᄒ고但以愛國心으
로論할질딕만일革命의精神과抗爭의熟念과批評의宏議가一旦에休止
ᄒ면無何有之鄕으로必歸ᄒ리니國內의黨爭이亦遂消滅ᄒ야如哥魯利
志者ᄂ戰爭의 初年을當ᄒ야亦頗非義라가旣而요國民을結合一致ᄒ야
遂轉其方針ᄒ고又若呼阿志者ᄂ以平和로自由의大義를自持라가已久
不渝홈이旣知議會의大勢를不可挽回ᄒ고亦不能守其宗旨ᄒ니雖或有
之라도議場中黨派的討論은不能抵制ᄒ나니嗚呼라當時英國을皆謂擧

國一致라ㅎ야所謂政治家策士가口頭에恒稱不已ㅎ나니所謂擧國一致
云者는卽羅馬詩人의所謂惟知有國家者와如할而已로라

雖然이나吾輩思之컨더是詩에英國의一般國民을擧ㅎ야問ㅎ되其胸中
에果然何者ㅣ爲理想이며何者ㅣ爲道德이며何者ㅣ同情이며 何者ㅣ爲
國家乎아ㅎ면皆必曰愛國心이라謂ㅎ얏시리라

當時英國의人民이擧國이若狂혼其宗旨의所在를叩코져하면惟對法國
을憎惡ㅎ며惟對革命을憎惡ㅎ며惟對拿破侖을憎惡홈이不過ㅎ니果然
一豪라도革命的精神이有ㅎ야法人의理想으로더부러關聯혼思想이有
乎아否乎아必然嫌忌할쏜不是라且必竟相侮辱ㅎ며侮辱할쏜不是라且
必群起ㅎ야全力을注ㅎ야攻擊ㅎ긔도非難이ㅎ리로라

於是에비로스外國을對ㅎ는愛國主義의最高潮가卽是內治罪惡을對ㅎ
는最高潮인쥰知ㅎ노라所謂愛國의狂熱者ㅣ但於戰爭時代에만其愛國
心이大發越ㅎ고至於戰後ㅎ야는其狀況을非所計及者로다

戰後英國을試觀컨디法國에對혼憎惡의狂熱이已覺稍冷ㅎ야軍費의支
出者ㅣ隨而停止ㅎ고大陸諸國의戰役中에在혼者가其工業界의狀況이
亦隨兵役ㅎ야其需用이絶焉ㅎ고英國의農工業이亦 隨之而一大衰頹의
景狀을逞出ㅎ며下等人民의困乏饑餓者ㅣ國中에遍滿ㅎ야시니當時富
豪資本家가果然一毫라도愛國心이猶存이며果然一絲라도慈悲同情의
念이猶存이며亦或擧國이一致的結合親睦의心이果存乎아依然히其同
胞의窮乏困餓ㅎ야溝壑에展轉혼者를坐視若漠然淡然ㅎ니昔日에讎敵
을憎惡ㅎ든前轍과如一치아니혼가然則下等의貧民을憎惡홈이法國革
命과拿破侖을憎惡ㅎ든思想으 로더부러果然孰重孰輕乎아

至若白多路羅(地名)의事者는尤堪功齒할者ㅣ有ㅎ니烏阿德路羅(地
名)에셔拿破侖의大軍을旣覆혼後에議院을改革할意로請求ㅎ든多數勞
働者를白多羅呼伊路德(地名)에集合ㅎ고悉踈躪而虐殺ㅎ니時人이稱

ᄒ되烏阿德路羅의戰爭은不滿一笑라ᄒ고오작百多羅의戰爭을尙今稱
傳ᄒ니然則敵軍을烏〈6〉阿德路羅에擊破ᄒ든愛國者가又一轉念ᄒ야復
縱於白多路羅而其同胞를虐殺ᄒᄂ디至ᄒ야시니所謂愛國心이란者가
果然同胞를愛ᄒᄂ心이有乎아否乎아所謂一致의愛國心을結合ᄒ얏ᄯ
든愛國心者ㅣ果然戰塵이方息홈이或於國家國民의利益을過而問之者
ㅣ有乎아否乎아吾輩ᄂ但見其國民은碎首敵人의鋒鏑만될而已니然則
同胞의血만空灑홈을嘗試홈에不過ᄒ도다

哥魯利志戰爭의始를當ᄒ야國民一致의主義를大唱ᄒ야擧國이騷然ᄒ
더니此際에至ᄒ야所謂一致者ㅣ果安在哉아다만憎惡의心으로써憎惡
의心을生할而已니何則고敵國人을憎惡ᄒ든心으로써其國人을憎惡ᄒ
ᄂ心이幻出ᄒ야시니然則動物的天性이果然斯如할ᄯ름인故로烏阿德
路羅의心은卽是白多路羅의心이니虛僞者ㅣ라愛國心의結合이여果然
如是할而已로다

一轉眼而更觀德意志

英吉利의事ᄂ姑不必論이여니와누구든지慧眼을更具ᄒ야德意志의情
狀을一察할지니夫俾斯麥公者ᄂ實노愛國心의權化오惟德意志帝國者
ᄂ實노愛國神垂迹의靈場이니卽是愛國宗의靈驗이果然如何ᄒ게赫然
灼然ᄒ지其威靈을觀코져ᄒᄂ者ㅣ有乎아試一詣此靈場ᄒ야視之여다
日本維新以後로貴族軍人의就學者가以爲ᄒ되凡世界萬國의愛國主義
와帝國主義를無不隨喜渴仰ᄒ되더욱德意志의愛國心에注意ᄒ나니盖
德意志의愛國心이란者ᄂ古代希臘과ᄀ못羅馬와近伐[3]英國이皆無其比
로도果然迷信치아닌者ᄂ誰也며果然虛誘虛榮에不惑ᄒ者ᄂ誰也오

---

3 近伐 : 近代의 오자이다.

故偉斯麥公者ᄂᆞᆫ實歷代의人豪라此公이未起之前을當ᄒᆞ야일쯕이北部
日耳曼諸邦의紛紛分立흠을灼見ᄒᆞ고一心에以爲ᄒᆞ되言語가同一ᄒᆞᆫ國
民이반다시結合지아니ᄒᆞ면不可라ᄒᆞ고直時帝國主義의眼光을先注射
之ᄒᆞ야始試其運動而竟能聯合諸邦ᄒᆞ야以成一致ᄒᆞ얏시니此公의大業
이진실노千載의光輝로다雖然이나其帝國主意를崇奉ᄒᆞ야써諸邦을結
合統一할目的이반다시諸邦實際의利益을保護ᄒᆞ야其平和를企圖코져
흠이아니라오즉他日武備의準備的思想에出홈인져

自由平等의義理를咀嚼ᄒᆞ고法國革命의壯視을希望ᄒᆞᄂᆞᆫ人士의一心에
以爲ᄒᆞ되蠻觸의爭을暫止ᄒᆞ고平和의福利를永享ᄒᆞ며外敵의侵寇를備
防ᄒᆞ야日耳曼의結合統一을企望ᄒᆞ얏시니是可望也커든孰不可望也리
오實際의歷史를試觀컨디決코此種企望에副된者ㅣ無ᄒᆞ니嗚呼奈何오
若日耳曼을統一ᄒᆞᄂᆞ거시果然北部日耳曼諸邦의利益이되면彼等이何
不以多數德義志語而結合澳大利乎아所以不爲此者ᄂᆞᆫ偉士麥克公一輩
의思想이決고德義志一般人民에不在ᄒᆞ고又ᄂᆞᆫ共同平和福利에不在ᄒᆞ
야다만普魯士와다못自身의權勢與榮光에在할而已니夫徹始徹終ᄒᆞ고
但以好戰之心으로滿足ᄒᆞᆫ手段을周旋ᄒᆞ야써結合提携를求ᄒᆞᄂᆞ거슨是
人의動物的常性이니悲夫也로다 (未完)〈7〉

敎育

泰西敎育史

第一章古代希臘의敎育

泰西開化의本原　希臘羅馬二國이則泰西文化의㪍始ᄒᆞᆫ者라學者ㅣ當今
開化의本原을欲稽할진디此二國에셔出홈을宜知홀지니如建築,　雕刻,

音樂, 詩文, 歷史, 演說, 法律, 政治, 哲學等事로人文을促進케ᄒᆞᄂᆞᆫ諸
元質이皆此二國으로셔由ᄒᆞ야其規準을遺ᄒᆞᆫ者니二國의民은又剛强忍
耐克己節制의美德을具홈으로能히愛國心思로써忠勇과節義와事業에
發ᄒᆞᆫ者도皆此二國으로由ᄒᆞ야其遺徽를傳ᄒᆞᆫ者라如東洋諸國은夢想에
도不及ᄒᆞᆫ代議政制도亦皆二國으로붓러傳홈이其注措의實利가能히
人々의自由를保ᄒᆞ야令人으로獨立의心을興起케ᄒᆞ고身外殘酷의權勢
에屈服치아니케ᄒᆞ야凡其所爲가人世의意智를開明케ᄒᆞᆫ者ㅣ不尠ᄒᆞ도
다又其良風懿俗이後世에昭垂ᄒᆞ야令人持守홈에足ᄒᆞ니持守란者ᄂᆞᆫ分
定의內에셔自然ᄒᆞᆫ福利의有홈을俾知케ᄒᆞᄂᆞᆫ지라

是故로二國이於敎育史上에高等位置를頗占ᄒᆞ야凡敎育에涉ᄒᆞᆫ思想이
나與其事業이皆後人으로ᄒᆞ야곰嚮仰의思를惹起ᄒᆞᄂᆞᆫ지라今에其大要
를左에摘記ᄒᆞ건디

(希臘의國情) 希臘은一小國이라南北이僅二百五十英哩에不過ᄒᆞ고東
西의最廣處도亦只百八十英哩인디古代에ᄂᆞᆫ又分爲二十餘州ᄒᆞ야其山
脉港灣을因ᄒᆞ야區劃ᄒᆞ고其風尙이互異ᄒᆞ며其政府의法律도殆甚踈陋
ᄒᆞ고民俗이擴悍ᄒᆞ야戰爭을不絶홈으로其酋長豪傑은連合兼幷ᄒᆞ야其
權力으로써他州를箝制ᄒᆞ나然ᄒᆞ나敎育史上에在ᄒᆞ야不必以此爲論이
오只須其中에二州或二三都府를揭ᄒᆞ면其槪要를可知홀지니此二都府
ᄂᆞᆫ卽斯巴達과雅典이是也라

(斯巴達의敎育) 斯巴達은在希臘都府中에最强忍好鬪의族이라故로其
敎育이尙武ᄒᆞ야剛强의兵士를造養ᄒᆞ니紀元前第九世紀에當ᄒᆞ야此府
의立法官來古庫氏가法憲을定ᄒᆞ니此州人士의事情에適合ᄒᆞᆫ지라以大
體로論之ᄒᆞ면其制度가甚爲嚴酷ᄒᆞ나然而剛强의兵士訓練에ᄂᆞᆫ其宜에
適合ᄒᆞᆫ故로斯巴達이遂作常備兵式의操錬ᄒᆞᄂᆞᆫ場ᄒᆞᆫ지라其敎育의次序
ᄂᆞᆫ如左略述ᄒᆞ노니

(甲)體育 大槪其敎育의法은以體育으로爲主ᄒ니其制가小兒를國家財産으로認做ᄒ야凡兒가初生ᄒ면直時問案官의前에抱出ᄒ야其撿査를請ᄒ면問官이其兒가强壯ᄒ야可히成材의望이有ᄒ줄노認明ᄒ然後에養케ᄒ고不然이면則殺之ᄒᄂ니小兒가七歲以內에ᄂ父母親戚의撫養을許ᄒ되七歲以後붓터ᄂ卽公家所設ᄒ敎育場으로送ᄒ야嚴酷ᄒ訓練을服習케ᄒ고食必粗糲ᄒ며衣必單薄ᄒ고其臥具ᄂ河畔野田에自往ᄒ야采蒲織藁로써藉臥케ᄒ며十二歲에至ᄒ則褻衣(裏衣)를禁着ᄒ고一年之中에僅히一襲衣만許用ᄒ며又每日에所配定ᄒ常食以外ᄂ竊盜로써得食홈을獎勵ᄒ야設或敗露ᄒ거나ᄒ면竊盜에拙劣홈을責ᄒ고鞭撻을加ᄒ며且身體로ᄒ야곰强固크져ᄒ야恒常體操를習케ᄒ니如高飛高跳競走角力抛鎗投環의諸技가皆此에始剏ᄒ바이로다

(乙)智育 斯巴達의智育은於文學에用力홈은極少ᄒ야僅히讀書識字만敎習홀而已라當此體育을偏重히ᄒ고智育을輕視ᄒᄂ世에欲令少年과與老輩로相交ᄒ야實物經驗의薰陶를受케ᄒ야乃於公同會食의所의令年少者로長老와互相言談論難케ᄒ야此로써國事를涉習ᄒ며知識을相資ᄒ고又其判斷力을欲養ᄒ야問題를屢出ᄒ야使之熟思深究ᄒ야答案을述케ᄒ니巴斯達의智育은以是로硏究홈에不過ᄒ니라

(丙)德育 德義上敎育은其感服홀者ㅣ甚多ᄒ니凡少年은其情慾을自己가裁抑케ᄒ야平居에ᄂ謙退의風을崇ᄒ며事變이〈8〉來ᄒ則敏捷勇敢ᄒ며强健不屈ᄒ야倉卒臨難ᄒ야도不肯苟避ᄒ고以捐軀致命으로相尙ᄒ야摩盪浸濡에堅忍의俗을養成홈으로能히寒暑와飢渴을耐ᄒ며阽危를不顧ᄒ고其於國家에在ᄒ야ᄂ又順親篤故ᄒ며敬老存長故로其少年이皆能히長者의忠告와責難을順受ᄒ며又巴斯達에音樂과詩歌의敎育이有ᄒ니其歌詞의中에猛厲ᄒ寓意가有홈으로令人으로武勇에趨嚮ᄒ야奮興의氣를皷激ᄒ며義俠의士됨을貴히역이고庸懦疲茶의人을賤히역

이니라

(丁)女子의敎育 壯健호人材를欲得호야女子待遇를男子와亦等視홈으로敎育獎勵의術이備至호야其優美의德과親愛의情을養호니是以로斯巴達의女子도愛國心을皆具호야怯懦로써可耻라호며母之於子와妻之於夫에戰死者를敢히悲傷치아니호고母가子를送호야戰場에赴홀時눈必戒語曰盾을持호야써兵을蔽홈보다寧敵盾을奪호야歸國홈만不如호다호야此로써相戒호느니라

(戊)結果 凡斯巴達의敎育은一言以蔽曰尙武敎育이니由此敎育의法호야宜將帥를造就호며或褊裨의材와與不屈의武士를養成혼故로能히雅典을攻敗호야當時에無敵혼지라希臘을써諸邦의領袖로 推崇홈이此로由홈이라森莫比拉에져生혼바英名無雙혼勞尼達士氏와與其三百勇士를見호면죠혼尙武의敎育을可知홀지니라

(雅典의敎育) 雅典의初盛時눈紀元前六百年에在호니梭倫이爲統領時에夙昔達賴瓜의苛法을一變호고仁義兼備의新法을編制호야敎育을大獎호되令爲父者로其子를不敎혼則日後衰老後에其子의게受養의權利를失케호니雅典의極盛은波斯와戰爭後에在호나然호나紀元前四百八十年으로五百三十年에至홀時눈巴斯達의攻破혼비되야政治主權을失호얏스나顧其文學技術을少衰차아니호고又其哲學者눈非特希臘全國의首出이라後世의摸範을能作호도다然호나此土의弊俗은以妻로爲夫之奴隸호야內室에常閉室호고夫의役使만供케호눈故로雅典은開化의元質을缺호야其亡이速호니後世눈宜此를深戒할지니라

(甲)兒童敎育 凡雅典의兒童은六七歲에至호則家庭敎育法을用호야其母와傭保가俗語로써敎訓호다가七歲以後則母와乳母의手를離호고外傅에게移就호니此外傅눈稱曰培達濶克이라호느니小兒를引導호야以受其敎育케호되其師傅의所任이甚多호야時爲從者호며時爲守護者호

며時爲相談人ᄒ며時爲監督者ᄒ야兒童과相伴ᄒ야游戱散步홈으로學
校中에셔師와弟子이常不相離ᄒ야初等學을通學ᄒ며凡學校ᄂᆫ均히政
府로셔管理ᄒ고初等學科ᄂᆫ讀書,習字,綴字,算術이니自十二歲로至十
四歲ᄭ지貧人은尋常工商을學ᄒ다가或廢學者도有ᄒ나富人은進ᄒ야
詩文音樂數學哲學神學等의諸高等學科를修ᄒ며十八歲에至ᄒ면公民
의籍에錄ᄒ야公務에就ᄒ고二年之後난任意로學問에從事홈을許ᄒ니
凡希臘大學의敎法은如是홈으로其學問이生計에役ᄒᄂᆫ者ᄂᆫ能히勝任
키不得ᄒ고間暇의人이多講明此事ᄒ지라英語에司廓兒法語에愛廓兒
德語에西鳥爾로쎠各學校를名ᄒᆫ者이盖希臘의司廓爾一語에셔基本ᄒ
者라皆閑暇ᄒᆫ意味를涵有ᄒ니라

(乙)美育　雅典敎育의宗旨ᄂᆫ美育에在ᄒ니與巴斯達로異ᄒ야以爲美麗
의精神은美麗의身體에在홈으로體育과與智育의保合을皆籍美育以發
達之라ᄒ야最於音樂,雕刻,建築,詩文,戱曲에注意ᄒ야並臻精妙ᄒ니凡
此ㅣ皆身體의優美를求홈이오又體操術을最奬勵ᄒ고泅水法을尤重히
녁여貧民은僅能讀書○水商法三種만知ᄒ면自足타ᄒ난故로小兒ᄂᆫ他
事를廢止ᄒ고도○水를先習ᄒᄂᆫ니雅典人은寧其阿爾哈培達(字母也如
我國之ㄱㄴ)은不知홀지언졍泅水를不知ᄒᆫ者ᄂᆫ無識〈9〉人을未免ᄒ고
其體操ᄂᆫ身體의强壯에不在ᄒ고但身體의美觀에在ᄒ며學校에도音樂
을盛用ᄒ야其精神을宣發ᄒ며其秩序를調和ᄒ며其情慾을慰安케홈으
로其音樂의用이有三ᄒ니一은常施於實際ᄒ니感其用也　오二ᄂᆫ法律노
歌詩를作ᄒ야布告홈이오三은宗敎로쎠홈이니라

(丙)哲學者雅典에三個哲學者이有ᄒ야各其美才少年을敎ᄒ니三人은
卽蘇格拉第氏,柏拉圖氏,亞理斯大德氏가是라
蘇格拉第者ᄂᆫ其家에셔敎授ᄒ되學校를不立ᄒ고柏拉圖의阿加達米耶
와亞理斯大德의臘伊司某ᄂᆫ皆最大ᄒ學校로一人의管理ᄒ비되야其所

施京 教授는 歷年이 頗久京나 高尙의 學科를 講求京니 其所用의 法則이 可謂今日 實際로 辨事의 嚆矢라 盖希藤[4]의 敎育의 光輝가 當時에 放京고 後世에 遺京者는 皆 三氏의 餘波로다

(蘇格拉第의 傳) 蘇氏는 紀元前四百六十九年에 雅典에셔 生京야 及長而學成에 以敎授로 終其身京니 學校를 不立京으로 弟子도 亦鮮京나 然京나 其啓發의 力은 一世에 普被京니 氏가 疑問을 善設京야 敎人에 剖柝京은 善히京는 故로 每在學校或市街京야 商賈工匠傭夫傖夫等을 遇京면 輒以疑問語로 問難京이 初雖人皆笑之京나 久後는 其聲音의 妙를 漸感京야 必傾耳仄聽故로 終乃는 肅然默聽京으로 凡巧辯家가 縱橫의 術을 擅京라가 蘇氏의 議論을 聆京면 往々이 其謬誤京을 自服京고 驕傲少年도 蘇氏의 言을 聞京則 必其自負의 心을 裁抑京고 政治家는 其意見의 自誤京을 認케京며 田夫野人까지도 氏의 緖論을 聞京則 能히 未知의 眞理를 悟케京야 人生으로京야곰 頓然省悟케京느니

盖其敎授의 法이 談話로써 疑問을 設京고 就事剖柝京거나 或人의 所長을 因京야 加之以一言京야 使自觀念을 喚起케京며 或微妙의 疑問을 出京야 使之反省京야 其心中에 備京 眞理를 自省케京거니 或令人으로 誤謬의 方向에 行케京야 其迷惑을 自覺케京니 其剖解가 詞明京고 言語가 簡略京며 且比例를 擧京도 切近京 故로 能히 人々으로 容易히 自明케京며 兒童을 敎授京에도 文字를 不用京고 但語言으로써 問答京야 能히 眞理를 見京고 其惑을 自解케京는지라 今에 其一例를 擧京건디 如左京니

蘇氏가 於沙上에 一線을 畫京야曰 兒童와 此線의 長이 幾何오

兒童曰 一尺也로라

又畫一線曰 此線은 幾何오

---

4 希藤 : '希臘'의 오자이다.

兒童曰二尺로다

又問曰第二線의平方과與第一線의平方이其大幾倍오

兒童曰可二倍나大ᄒᆞ니라

又於沙上所畵ᄒᆞᆫ長短二線에各造平方曰汝ᄂᆞᆫ能知第二者가較

第一者에其大가幾倍오

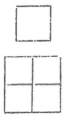

兒童曰大二倍로다

又指平方問曰汝ㅣ觀此ᄒᆞ라實爲幾倍乎오

兒童曰四倍也로다

蘇氏曰善다此其大較也라

(柏拉圖氏의敎育) 紀元前四百二十九年에氏가生於雅典ᄒᆞ야學於蘇格

拉第之門을凡十年에埃及과及意大利에游學ᄒᆞ다가雅典에歸ᄒᆞ야<u>阿加</u>

<u>達米亞</u>大林中에서敎授ᄒᆞ져亞理斯大德과及質木生那士가皆其門下의

高弟라氏ᄂᆞᆫ畢生토록哲學에用力ᄒᆞ야所述ᄒᆞᆫ<u>達奧羅克司</u>라ᄒᆞᄂᆞᆫ書가後

世에遺傳ᄒᆞ니라

氏의敎育法은體操와音樂을最重히ᄒᆞ고其於智育에ᄂᆞᆫ算術幾何天文修

辭哲學等을習케ᄒᆞ야써高深ᄒᆞᆫ智力을磨淬ᄒᆞ고至德育ᄒᆞ야ᄂᆞᆫ神과親과

國法의尊敬홈을說明ᄒᆞ니라

(亞理斯大德氏의敎育) 紀元前三百八十四年에氏가生於馬其頓國이라가

及長에赴雅典ᄒᆞ야哲學柏拉圖의門에受學홈이校中의智者로著稱ᄒᆞ더

니後에亞烈山大王의師를作ᄒ야寵遇를受ᄒ니라王이亞西亞를征伐ᄒ
고歸홈익臟伊司의學校를設ᄒ〈10〉고十三年을敎授홀서恒常樹陰에逍
遙ᄒ며門人으로講學ᄒ되午前은高第를集ᄒ야哲學科學의深遠之旨趣
를講ᄒ고午後는聽衆을多集ᄒ야政治倫理修辭等科로써報通의義를講
論ᄒ니라

氏의身體는極弱ᄒ되所成의事業인즉極大ᄒ니盖氏의學問이先히當時
諸學科를徧通ᄒ고又倫理學과動物學을新刱ᄒ야其著述이甚多ᄒ니如
政治學、倫理學、論理學、修辭學、動物學等의書가皆其遺니其動物
學研究의時에는亞烈山大王이各地動物을羅致ᄒ야其研究에供홈故로
氏가能히物理에深ᄒ니라

氏의哲學이後世에被ᄒ야重其書룰經典과如히홈으로異論을懷혼者는
以異端으로斥ᄒ더니及文學이再興혼以後로氏의名稱이雖少衰ᄒ나至
今日ᄒ야는又世에再顯ᄒ나니嘗曰小兒時에體育을施ᄒ여야他日智育
德育의受홀準備룰作혼다ᄒ니라

近時日本敎育의變勢

日本이新學的敎育을採用以來로其制度組織上에改良ᄒ고改良하아야
完全의域에殆達하엿난디敎育上弊害欠陷도亦此에實在한지라體釆形
式에만偏重ᄒ고能力智德을養成하난志난遂不可見하게되야二三識者
로將來大患이此에在한것을聲明한지年이有한지라大學卒業學士와如
한것이只不過敎科書器械인者ㅣ十中七八이라學士의出이愈多할수록
人才의棄가愈衆하니是난無他라制度組織을重히ᄒ고質實的敎育을輕
히한所致인디卽是敎育方針이根本上에有錯함을因홈이니從前日本敎
育의欠陷이如此한지라

今回新內閣成立에(牧野文相)이其局을當하야敎育界全般에向하야大

訓示를 發하야 學生의 風紀가 壞廢하고 精神의 修養이 欠乏하야 人格陶冶
의 道가 不備한것을 大戒하니 於是에 一世가 攪頭醒覺하야 各新聞에셔 亦
教育問題를 競相論議하니 吾儕로 視하건디 日本의 此一事가 國步長進의
端을 開한것이니 我韓의 當事한者ㅣ 細心精察하야 採擇하야 用하난것이
實今日의 急務이라 日本東京日々新聞에 記載한 一論文이 足히 日本의 近
時教育界情形을 見하갓기로 全文을 譯하야 左에 載하니

教育界近情

(牧野文相)의 訓令이 深夜警鍾과 如하야 教育界昏惰의 眠을 嗅醒하야 使
人으로 改善하난것이 必要한주를 感覺케하니 其功이 尠少치아니한지라
唯夫當局者ㅣ 時弊를 果能救治할난지否할난지 不能無疑한지라 吾儕로
觀하간디 當局者ㅣ 徒然히 消極的方面에 奔勞하고 其於積極的一新教育
界風氣에난 或缺함이 無할난지 吾儕가 其跡을 認치못하야 憾恨이 不無하
도다
曰寄宿舍의 監督을 嚴重히하고 又學校와 家庭의間에 于繫를 親密히한다
하며 曰圖書室를 撰擇하야 書籍을 排置호디 稗史小說과 及社會主義의 著
作을 排斥하고 倫理歷史傳記의 書를 專蒐한다하며 曰校舍內外를 不問하
고 有害한 書籍을 禁止한다하고 又某々學校에 入하난學生의게 對하야 體
格試驗을 嚴密히한다한것이 皆是消極的監督에 措重한所致라 消極的監
督이진실노必要함이 無한것은아니로되 雖然이나 如此方法에 據하야 其
效果를 欲收하랴면 不可不當事者의 德望과 宏量을 待할지니 若當事者가
其人을 不得하면 徒然히 苛察에 流하며 褊狹에 失하야도로혀 學生의 反抗
心을 惹起할것이 明於睹火한지라 惟文部之人이 這般消息을 不知하야 其
消極的方針을 故意加之한것이아니니 更以積極的方法으로 時弊를得一
掃去하기를 切望不巳하노라

何謂積極的方法고是其方法이一二에不止로디敎育家人物를選擇하난 것이卽其第一이라我邦敎育狀態를熟視하간디〈11〉學制의統一과敎授 法의巧拙과寄宿舍의構造와敎場의設備와敎科書의良否와敎員資格의 完不完과如한것은從來文部當局者의最所注意하난것이라其整齊完備 한것이言을何待하리오彼舊慣에拘泥한英國制度에比하면日를同하야 論하난것이不可할지나雖然이나其人物撰擇하난디措重하야校長敎員 의人物이學生薰陶의主力이될만한一事에至하야난我가英國에學할것 이不無한지라世人이或英人의宗敎를排斥하지아니하고敎育에混同하 야쎠其感化를依賴하난것을怪히녜기나니是則其國의人格養成을崇尙 하난것을足見할一端이니라

美國大統領(가후이루도)가일즉其恩師(마구호푸깅스)의感化力이大 흔것을語하야曰予가深山幽谷間에一冊書도無한것은尙可忍之하려니 와(마구호푸깅스)가玆에在하다함을若聞하면萬事를抛下 고師事하깃 노라하니學校設備의如何한것은猶是不必要問할것이오敎帥人物의如 何한것을擇採하난것이重要함이되난意를於此에亦可見之히리로다試 하야我邦封建時代의敎育을視ㅎ건디其敎育의課目方法設備한것이今 日에比較하면霄壤의差가洽有호디帥弟之間에人格養成하난디專力하 야心術를磨琢하며聰明을開拓하난一事난자못歐州中古時代에可比할 지오近時文明敎育家의能히企及할비아니니王政維新之際에人才輩出 하야今日까지風敎가未全墜地한것은乃是舊時敎育의賜라近時器械的 敎育法이發達함이人物薰陶의道] 廢하야校長敎員의威嚴이墜地하고 學生의風紀가日漸紊亂하니此頹勢를挽回할道난唯是敎員人物를撰擇 하난디在하니라

世人이或謂今日敎育界에此適任한人物를得하기甚難타하니吾儕도其 難한것을亦非不知나文部當局이坦懷宏量으로人才를廣求하면得人이

不難이니堂局은以爲如何탁할난지

實業

我韓의物産

我韓의物産에最重要ᄒᆞᆫ者ᄂᆞᆫ農産物이니第一은稻(卽粳米)粘稻(卽糯米)니米의品은黃海道延安, 白川, 黃州, 鳳山, 瑞興, 平山, 安岳, 文化, 載寧, 信川等各郡의所産者로爲最ᄒᆞ니盖以上諸邑은土極膏腴ᄒᆞ야宜五穀ᄒᆞ고且皆夾水沿海ᄒᆞ야築長堤防堰ᄒᆞ고水田粳稻가一望無際ᄒᆞ야歉荒을罕被故로米의此土에産ᄒᆞᆫ者ㅣ顆粒이長大ᄒᆞ고體質이粘潤ᄒᆞ야如支那의蘇杭ᄒᆞᆷ으로稱之謂長腰米라ᄒᆞᄂᆞ니今御廚支供을皆用此米ᄒᆞ니라其次ᄂᆞᆫ又全羅道羅州, 務安, 의産米가爲良ᄒᆞ니大槪三南은氣候溫和ᄒᆞ고水田이居多故로米産이最富ᄒᆞ고江原咸鏡平安等道ᄂᆞᆫ山岳이重疊ᄒᆞ고近北氣冷ᄒᆞᆫ故로米産이稀少ᄒᆞ고所産은皆黍, 粟, 蕎麥, 稗稷, 等田穀의類니其峽中山谷의居人은惟山田을燒ᄒᆞ야菑畬를耕作ᄒᆞᆷ으로其人이終歲力勞ᄒᆞ야惟以黍粟飯으로充飢ᄒᆞ고不然이면又甘藷를種ᄒᆞ야粟飯을以代ᄒᆞ니라其大麥, 小麥, 大豆, 小豆, 胡麻, 菉豆, 等의各種穀物은無處不産ᄒᆞ야勿論山野ᄒᆞ고所在皆出ᄒᆞ며木棉은三南에最宜ᄒᆞ고京幾以北은氣候稍冷ᄒᆞᆷ으로絶無繁殖이되惟黃海道一邊에種々産出이나亦不甚旺ᄒᆞᆷ故로每歲松都平壤諸商人이皆南中에往ᄒᆞ야木棉을貿取ᄒᆞ니라俗稱棉布曰木이라ᄒᆞ니國內最著稱之木은卽羅州木이爲上이오其次ᄂᆞᆫ義城木, 金泉木(卽金山之驛場名)이오苧ᄂᆞᆫ卽枲麻니産忠淸道內浦各郡과及全羅道幾郡이나然而以內浦所産韓山의苧布로爲上品이오其次ᄂᆞᆫ長城의苧布라ᄒᆞ며又一種의苧紗之極細者ᄂᆞᆫ出鎭安故로邃以地名々之ᄒᆞ

고又有黃苧布, 生苧紗 等各種ᄒᆞ야出全羅道者ㅣ爲佳ᄒᆞ니라麻ᄂᆞᆫ處々
産出ᄒᆞ나第一은咸鏡道所産麻布爲上ᄒᆞ니所謂北布가是也오其次ᄂᆞᆫ又
安東布니卽安東郡所産者라此等布의極細者ᄂᆞᆫ蜀中筒布에可比〈12〉ᄒᆞᆯ
지오其次ᄂᆞᆫ 江布니江原道産者오又川布ᄂᆞᆫ慶尙南道陜川郡所産者오其
他諸品은枚述不遑이니라 紬ᄂᆞᆫ蠶桑所織者니其品良者ᄂᆞᆫ首稱熙川博川
安州之紬와及永興, 鐵原之紬ᄒᆞ고又有奈城之紬ᄒᆞ니慶尙道安東之屬
市也라此外에又所在皆出이나無著名者오又有安州之羅ᄒᆞ니俗稱安亢
羅者ㅣ是也라我國이初不知織羅之法이러니距今百餘年前에安州人이
有見北京購來之羅ᄒᆞ고解其經緯而得其組織之法ᄒᆞ야遂盛行於國中ᄒᆞ
고又安州之刺繡ᄂᆞᆫ亦稱於國中ᄒᆞ니라絹은産湖南者ㅣ佳ᄒᆞ고人蔘은亦
一我國之特産也라自新羅時로以人蔘으로著名於漢唐故로唐人詩歌에
多用我國人蔘之語ᄒᆞ니其來ㅣ久矣라距今百餘年前에鎭安郡吳性[5]人이
發起蒸蔘一卽紅蔘之法ᄒᆞ야歲輸北京에利獲十倍故로以致富翁이러니
及臨沒에以其法으로傳之松都人ᄒᆞ되松都人이亦依其法ᄒᆞ야以致富ᄒᆞ
고於是에蔘農者ㅣ甚盛ᄒᆞ야遂聞名於天下ᄒᆞ니라松蔘之利가旣獲十倍
ᄒᆞ고其繁殖이漸進일져至 正祖初年에始自官課稅ᄒᆞ니此ㅣ官蔘之起源
也라全國內에以蔘著稱者ㅣ甚多ᄒᆞ야一曰嶺蔘이니嶺南은土宜人蔘ᄒᆞ
고又其種이傳自新羅之遺法ᄒᆞ야所在皆産而藥力이尤倍故로爲上品ᄒᆞ
고其次ᄂᆞᆫ曰江直이니卽江原道所産者오其他如錦山, 龍仁諸處에産品
이皆著名者也오又有一種山蔘은不由人力之培養ᄒᆞ고自生於深山鉅岳
者니此ᄂᆞᆫ多出於江界, 楚山等地홈으로歲貢進上山蔘ᄒᆞ야以供御用藥
料하니라 (未完)

---

5 性 : '姓'의 오자이다.

婦人宜讀第五回 (부인이맛당이볼일)

동두시커는경역

자우두팔에동두를듯퇴，혼팔에셰긔도놋코，혹다셧도늣나니，동두느은지 심일이되면，침파흐든자리가， 됴고마혼동기갓치되야불근빗치뫼이고，스 오일후에는，됴고마흔 게도도록혼거시농홍식이(슨잉도빗)뫼이고，칠팔 일이되면중심이붓고，십일후에는，두팔의젼체가됴곰아푸고，쏘신열이졈 졈나고，심신이불평흐다가，십이일디되면짝지안졋다가，그후칠팔일이핀 후에야，짝지가써러지나니，이거시그경역의순셔갸되나니라

아희덜의각식병

아희들의흔히알는병은，미양입으로나는병과，숨쉬는데로숨기는병과，뇌 와졍신경낙의셔숨기는병과，눈과귀의병과，긔타젼염하는병의졔증이잇 시니(곳두창(가마마)과，셜사(빈닉셜스)와，향독발반과，빅일긔침과，홍 역과，머리흐는것과，돌님감긔와，귀지알는것과이질과，곽난과，감긔의졔 반증셰)만일긔질이약혼즈는，더욱졔병이쳠노흐긔쉬인고로，어려실디 에줄보양흐는디유의흐야，항상호흡할시에신션혼공긔를마시게흐야신 체로흐야금강근흐도록할거시오，혹머리가빗쑤러지든지，혹억긔와등이 굴신흐긔어렵든지，혹슈둑이불인흐든지，혹젼신이마목혼졔증은，속히외 치흐는의스를마져셔다시를지니라

병증세에디단이쥬의할일

아희들이우는거시이승흐거든，먼져그신체에온도와，호흡의도슈를살피 여셔，만일숨소리가，톱질소리갓고，혹자다가도놀닉는졔증이잇거든，속 히의웬으로흐야근진찰할것이오，쏘코에미양코물이만이잇나니，잇쩌에 는발한을즈됴식휠거시오，만일오좀이잘나오지안튼지，오좀빗치희고글

든지호거든,심승이볼거시아니니,더져아희들은입으로말을못홈으로,맛
당이발병홀쩌에,속속히진찰할지니라

병구완호는방법

파리호고약훈어희의병을구완호기가더단이곤난호니,방안에셔부터,온
량의도슈와,의복의증감호는것과,졋과약메기는각스를,다맛당이상갈거
시오,그병셰의가감을살피여,더욱숭갈지니,조곰이라도연타호고고식지
계를힝호야,복약호는일에게을너셔아녀로호야곰,불힝훈일을당호지아
니호도록⟨13⟩고로아히들흔이알는병을,드러셔,병구안호는방법을자편
딘로셜명호노라

치통이니이아히들이날쩌를당호야,보양호기를숭가지아니호면,가장쩌
드렁이와,뎐이가,나긔쉬이니,이쩌에는발열이되고모든병의근인이되
야,두통과,안질과,혹가리침이글고,쏘코쑤멍이가럽고,쏘입살이말느고,
혹이질이되는,졔반잡증이,다치통으로말미야마나니,치통의두려움이
이갓치디단호니,웃지가희평일에용심아니호리오,쩌드렁이날됴짐이뵈
이거든,속히의스를마져셔,치료할지니,치통의 통숭다스리는법은,혹닝
슈를입의물긔도호고,혹베느미명으로이몸을씨긔도호나니,더져치통이
란거슨,이를잘닥지아니호야,이틀에드러운거시끼고,입안에악독훈닙식
가잇셔셔,병이되느니,미양이를ㅈ죠닥고,양츄질을자됴호는거시,치통
을예방호는양법이니라

열병이니 열병이란거슨,치환유무는물논호고,슈건을닝슈에죠곰당가다
가,몸에다두로고,담요든지혹솜거시든지물슈건우에더풀지니,이갓치호
면,슈긔가증발호야체열을힝독호고,물의습긔가쳥신경낙을진정호야,병
아로호야곰아푼거슬업고,좀들긔가슈이되니,만일좀이끼여셔쏘아푸다
호거든,다시훈번만시염호면즉츠호리니,이거시열병다스리는간편방법

이니라

하리이니 소아의흐리는, 맛당이공긔쳥결흔집에셔, 안든지업든지흐고, 손
보로운동흐야, 아희마음을위로흐고, 머긔그는쥭과탕이젹당흐고, 입픠긔
는면포가맏당흐니라 (미완)

本朝名臣錄의攬要 續

申叔舟의字난泛翁이오號난保閑齋니高靈人이라自少로家事로써累心
치아니ㅎ고讀書ㅎ기를不輟하더라登第함이及하야典墳을博究코져ㅎ
더家에書籍이無홈을恨하더니集賢殿에選入함이藏書閣에每到하야閉
戶端座하야經史百家를歷覽無遺홀시或僚友다려代直하기를請하고通
宵不寐하더라

上이以本國音韻이華語로더부러殊하다하야諺文子母二十八字를 御制
하샤 禁中에局을設하시고文臣을擇하야撰定케하시니公이實노 睿裁를
承한지라時에翰林學士黃瓚이罪로以하야遼東애配하얏더니乙丑에公
을命하샤入朝使臣을隨하야遼東에到하야瓚을見하고音韻을質問할시
諺字로華音을翻譯함이毫釐不差하니瓚이大奇之하난지라自是로遼東
에往還함이凡十三度에國文을遂定하니라

野人이邊鄙를侵하야年々不已하난지라 上이每欲征討에廷議紛紜하더
니公이홀로攻討의策을建한디上이公을命하샤討하야大捷하니라

世祖ㅣ經國大典과五禮儀를定하실시 三朝를淹歷함이書未克成하러니
上이公을命하야撰定하신디公이古今을參酌하야 一代의典書를勒成하
니라

公이南으로日本에奉使하며北으로野人을征討할시所歷山川要害를靡
不記錄ㅎ고또日本의官制風俗大姓族系諸島强弱을記하야써進한디 上
이仍命하샤我國八道地理와及諸國地理까지圖를作하라하신디公이海

東諸國記를作하니라

卞仲文等의還함이本國披攄한男女를刷還하더니船이岸에泊지못하야
颶風이大作하야船이覆에幾호지라刷還하난人中에懷孕한女가有하더
니舟中人이曰孕婦난木道의忌하난비니可히投하야써禳할지라한디公
이不可타하야曰人을殺하야써活하기를求하난것은吾ㅣ不忍ㅎ노라하
고翼蔽之하더니俄已오風이定하니라

英廟ㅣ集賢殿을置함이公이一日에入直하더이漏下二箭에 上이小宦을
命하야往覘ㅎ더시니還하야白호디燭을秉하고書를韻하더이다如是數
四이讀猶不輟하더니鷄鳴에始報就寢하난지라 上이嘉之하샤貂裘를解
하야하여곰熟睡를乘하야其上에覆하시니朝에起하야方覺하니라〈14〉

靖難하난日에公이省中에在하더니夫人이意호디必死하리라하야將次
自經호려하야裙帶를結하야俟하더니日이夕함이呵唱하난聲이有하니
公이歸하난지라夫人이其帶를解하며曰吾ㅣ君을爲하야死ㅎ려하얏노
라한디公이甚히愧하더라

韓明澮의字난子濬이니淸州人이라公이孕에在한지七月만이生하니四
體가猶未成形한지라乳媼ㅣ絮로써裸⁶하야密室에置하얏더니久而方成
한지라旣長에骨格이奇偉하더니少時에山寺에셔讀書할시 一日에夜行
山谷中하난디虎가有하야擁護而行하거늘公이曰遠來相送하니厚意를
足見하리로다虎가俯伏의狀을하더니天이明함이乃去하니라일즉靈通
寺에遊할시一老僧이有하야曰公이頭上에光이有하야赫々하니貴徵이
라하더라

年이三十八에敬德宮直에補하니時에國勢危疑한지라公이一日에吉昌
다려語하야曰時勢가至此함이禍難을平定하난것이撥亂의主ㅣ아니면

---

6 裸 : '褁'의 오자이다.

不可하니　首陽大君이豁達한것은漢祖와同하고英武한것을唐宗과類하
니天命所在를可知할지라今에子ㅣ엇지從容히建白지아니하난요吉昌
이써　世祖에게告하고且曰韓生은國士라雙이無하니今之管樂이니이다
世祖ㅣ命하야召하신디公이入謁하니　世祖ㅣ一見如舊하야曰엇지相見
함이晚한요自是로秘計密謀를다公의게委하야措劃하더라丙子五月에
帝ㅣ太監尹鳳을遣하야冠服을賜하신디　世祖ㅣ將次六月一日로廣延樓
에讌을設할서李塏와成三問等이是日에擧事하기를相約하얏더니公이
啓言호디廣延이狹窄하니世子ㅣ赴讌하심이不宜하고雲劍諸將을亦入
侍치勿케하소셔上이可之하신지라三問의父勝이雲釖을佩하고直入하
거놀公이呵止하더니翌日에事露하니라

庚辰北征以後에諸種野人이乘機窃發하야邊境이多虞한지라　上이赫然
히怒하샤親征코져하신디公이自願出征하야諜者로하야곰賊의게語하
야曰若速降하면已하려니와不然이면當深入搗巢하야殄滅乃已하리라
諸野人이相率款附하난지라　上이喜하야曰戰치아니하고人을屈하난것
이用兵의善한것이라하시더라

中宮嬭母ㅣ公의게謁할서靑鼠皮로써其鞋의內를托하얏더니公이曰此
皮난用하야扇에粘하야面을擁하난것이여늘汝ㅣ用하호야足을裹하니
何其舛也오愼勿如是하라嬭母ㅣ懼하야卽時坼하야棄하니自是로宮中
이다屛하야用치아니하니라

庚子에　王妃의封과弓角의事로京에赴한디　帝曰老韓은忠誠正直의士
라하시고所奏를皆允하시고癸酉[7]에　世子를請封하난事로京에赴하니年
이六十九라　帝ㅣ公이至함을聞하고曰忠直老韓이復來라하시고犀帶와
彩緞을賜하시고中使를遣하야通州에餞하시니　皇恩의隆重함이前古所

7　癸酉 : '癸卯'의 오자이다.

無러라

公이 布衣로셔 數年이 못하야 位致宰相한지라 三朝를 歷事호야 出入將相하고 又以戚里로 國舅의 尊이 되니 其功名富貴福履의 盛이 古今에 比하리 無하더라

秋江冷語에 曰明澮ㅣ漢水의 南에 亭을 構하고 恬退의 名을 得호려하야 將次江湖에 辭老하갯노라호디 爵祿을 顧戀하야 去하기 不能하난지라 上이 詩를 作하야 別하시니 朝中文士ㅣ 和하난者 數百이라 判事崔敬止의 詩에 曰 三接 慇懃寵渥優하니 有亭無計得來遊라 胸中自有機心靜하니 宦海前頭可狎鷗라하야놀 明澮ㅣ惡之하야 懸板에 列하지 아니하니라

도루스도이伯의 俄國々會觀

俄國文豪(도루스도이)伯이 退隱하야 (야스나야, 보리아나)庄에 在히야 殘年을 消遣하더니 今에 露西亞 全國이 革命黨의 擾亂하난 渦中에 被投함이 腥風血雨의 報道가 頻々히 其耳朶를 打호디 關係가 無한者와 如하야 風月를 友아고 隴甫를 放吟하며 時々로 一管筆를 驅使하야 滿腔熱血를 染濡하야 社會의 改革事業〈15〉을 完成함으로써 已任을 삼더니 近時예 英國新聞記者가 伯을 訪하야 問호딕 露國々會가 可爲何事耶아

伯이 其國會의 語를 聞하고 嫌惡의 感이 有함과 如하야 雙手를 伸하야 或緊握하며 或振廻하다가 徐히 答하야 曰國會가 可히 반다시 多々한 事業울 成할지라 吾國智者ㅣ皆賞讚하야 曰是ㅣ人民의 利益音圖하며 人民외 集會를 催하난者라하니 固然한지라 雖然이나 數百萬農民中에 能히 國會一語의 意味를 解할者ㅣ幾許가 果有할난지 於此에 吾國의 敎育當局者가 비도소 從來敎育政策이 誤하야 農民으로하여곰 如此히 學問이 無한 盲者가 되게한것을 悔悟하야 敎育이 有效혼쥬를 始知하다하고 又曰彼改革이던지 革命이던지 其動機가 同胞生民을 愛하난 熱誠으로 一出하여야 始好할지

니今日荷志의士ㅣ東西에奔走하난者가滔滔히相率하야大義名分을說
하나니其名인則甚美호되其實은一種私慾心을抱藏하야他日報酬를欲
得하난者니其心事가陋劣如此하고且此輩가農民을向하야頻頻히宣言
하기를雨의下함과如하니農民이其孰取孰舍할것을不知하야岐迷彷徨
하고加之從來政治家의約束한事가만히空言에止하야實行한것이無한
지라故로今日에一事도且不信하야農民이終相懷疑하난지라改革自由의
文字가政治家의農民의게約束한비인디今又國會文字로써加하니農民이
謂하되國會가果然萬病을醫할良藥인지吾儕가目을括하고視하깃노라云
하니彼等이政府와民黨有志의演劇을睹하난者와恰似하다하더라

露國革命

紐育(도리비웡)의所論

露國이今也에革命에沈淪하야其危難의度가甚大하야到底히一週間이
던지一個月間이던지可決할問題가아니라彼佛國의　革命과如한것이波
瀾所及이少小치아니하니革命이란것이王位를顚覆한다必言하기不可
하나歷史上에大抵有之하니皆人의所知라露國의立憲民主黨首領等이
努力하야王位를保存코져하니是果然可히其效를奏할난지否할난지容
易히斷言하기不可하니若政府에셔國民의希望을充치아니하면禍難이
忽然히頭上에落來하리니予以個人으로난王位의安全함을望하노니何
則고一日이라도로王位가無하면露國의政府가無하야써內亂에陷하리
니라

王位가保全하면獨裁政治도亦可存續歟아曰否라專制的獨裁政治난世
界大勢의不許하난바이니其命數가殆盡한지라文明의進步함을隨하야
獨裁政治가壞滅할것은勢不可避할數라夫權力이君上으로自하야漸次
로民에及한다云하난古代思想이旣去함이人民으로自하야漸次로君上

에及한다云하난見地가交代하니故로現時帝王이憲法範圍에其地位를
僅得維持할지라露國皇帝가此點에對하야似不想及이라彼唯戰々히佛
國革命의轍를蹈하야 (루이) 十六世와同一運命에陷할가懼하야百方으
로講策하니予난以爲獨裁政治의顚覆과王位의廢頹를防止코져할진디
是旣遲焉이라皇帝가議院內閣의組織을早爲許可하여시면革命汜濫[8]을
或得免焉할지여늘皇帝가其期를旣失한지라遂使在野不平의情이日增
하야露國運命이汲々是危케하니라

土地問題가農民感情에對하야所關이頗大하니今若政府에셔人民의希
望을容하야多大한土地를給與코져할지디非常한巨費를要할지오若或
其望을不容하면農民이相率하야革命黨으로入함을見할지라

露國에在한五百萬猶太人이自家의壓制를免하기求하야太半이나革命
黨으로驅入하니彼等이露國人同樣權利를獲코져하야常々히政府를向
하야抗議하니是露國官憲이猶太人을怒하난所以라(피아리스도즉구)
의虐殺도亦此에原因함이니若政府에셔猶太人의게他外國人과同一權
利를與하면足히其反抗〈16〉의心을大爲減殺할지여늘議會로셔이믜政
府에請要함이政府에셔決치아니하야도로혀革命黨主要者의虐得함이
되게하니失策의 甚한것이니라

議圓撰擧[9]가城攻野戰하난戰爭中에在하야施行하난者라可謂할지라撰
擧[10]事務室에皆以軍隊警衛하야門閾에 (고사쯕구) 兵이必有하야出入
하난人을呵禁하니(로쓰々)投票記入과如할時에 (고사쯕구) 兵이鞭을持
하야撰擧人背後에立하야政府黨을爲하야恐喝호디干涉如斯함이不可
하다하니人民黨의 多大한數의投票를得한것은是大勢의不得已함이라

---

8 汜濫: '氾濫'의 오자이다.
9 撰擧: '選擧'의 오자이다.
10 撰擧: '選擧'의 오자이다.

予가今에俄國騷亂을視하건디其最後結果의如何할것은비록豫言하기
不能하나問題區域이廣大함이　俄國人民이毫無循備하난것을察하니決
코一朝一夕에可히解決할問題가아니라想하건디十年이던지　二十年이
던지要할지니現時可採할策略은民意를聽하야政黨內閣을樹立할짜롬
이在하니라

寄書

閔載坤

詩不云乎아鳳凰鳴矣于彼朝陽이라ᄒᆞ니夫鳳凰은羽族之靈也라出於東
方君子之國ᄒᆞ야必待聖世ᄒᆞ야覽德輝而下之ᄒᆞ니故로君子以爲治平之
徵이라ᄒᆞ고朝陽은太陽之精也라方當金鷄報曉ᄒᆞᄂᆞᆫ銀河藏影之時에一
輪火傘이捧出於扶桑之上ᄒᆞ야挽長夜以開明則四海率土가無一物之不
照ᄒᆞ고無一方之不明ᄒᆞ야俾漆室暗寶昏朦之人으로頓覺睡鄕ᄒᆞ고吸新
空氣於腦髓之上ᄒᆞ야或想舊愆ᄒᆞ고或抽新得ᄒᆞ야士農工商이奮發精神
ᄒᆞ야各執其業ᄒᆞ야以致精妙ᄒᆞ니此非文明開化之大機關乎盖文明은天
道也오開化者ᄂᆞᆫ人事也라董子曰天人相與之際ᄂᆞᆫ甚可畏也라ᄒᆞ고易에
曰開物成務ᄒᆞ야化成天下라ᄒᆞ니然則文明開化ᄂᆞᆫ固有前員之垂訓敎勉
矣어ᄂᆞᆯ今之鄙儒ᄂᆞᆫ不識時務ᄒᆞ고語到開明에膠執前習ᄒᆞ야必驚怪而却
ᄒᆞ니良可寒心也로다嗚呼라大學明德之敎ᄂᆞᆫ以一把火照物노譬之ᄒᆞ고
春秋五伯之功은以昏衢秉燭으로稱之ᄒᆞ니彼把火衢燭도　猶能導人於昏
黑之境ᄒᆞ야使冤風雨如晦駸駸之憂이어든况乎朝陽之旭이曒出明照ᄒᆞ
야險崖窮谷에無一物之不光者乎아窃惟我韓이承累百年昇平之餘ᄒᆞ야
曾無隣國之交ᄒᆞ고尙遲更張之化ᄒᆞ야徒事文具ᄒᆞ고主免井觀이라故로

君子는 以祿位爲百年之計ᄒᆞ고 野人은 以絲穀으로 爲沒身之策ᄒᆞ야 民智
慘昧ᄒᆞ고 風俗頹敗ᄒᆞ야 沉々然至于今日殆岌之境이로디 尙無一人效鸚
朝[11]之鳴矣러니 何幸 貴社諸公이 特以文明進步勸勉之計로 創設一社ᄒᆞ
고 廣布月報ᄒᆞ야 名之曰朝陽報라ᄒᆞ니 美哉라 趣旨也여 大哉라 名報也여
以雛々喈々之音으로 述明々赫々之報ᄒᆞ야 自任以一國文明開化之重ᄒᆞ
니 豈不偉哉아 僕雖不言이ᄂ 公等이 豈無酬酌乎아 然이ᄂ 古語에 曰尙惟
詢于蒭蕘라ᄒᆞ고 又曰狂夫之言도 聖人이擇之라ᄒᆞ니 是故로 僕雖無平日
得御之喜ᄂ 不諒鄙陋ᄒᆞ고 猥以一辭로 敬啓ᄒᆞ노니 恕垂察焉ᄒᆞ소셔 幸望
秉筆堂々ᄒᆞ고 至公至明ᄒᆞ야 勿褒所好ᄒᆞ고 勿貶所憎ᄒᆞ야 有終有始ᄒᆞ고
無小間斷ᄒᆞ야 廣採內外國高明之學文과 奇異之事蹟ᄒᆞ야 善之可以爲法
者와 惡之足以爲戒者ᄅᆞᆯ 一々詳記ᄒᆞ야 警告八域頑蚩則八域頑蚩가 其必
將革舊就新ᄒᆞ고 頓開茅塞ᄒᆞ야 如披雲睹天ᄒᆞ고 望風追影ᄒᆞ야 明心張目
ᄒᆞ고 洗心發憤ᄒᆞ야 潛心於理化法律算數工商機造譯語之學ᄒᆞ야 無物不
具ᄒᆞ고 無學不精ᄒᆞ야 使熠耀爝火로 不敢放輝 於大明之下ᄒᆞ고 一隅偏邦
으로 齒列於文明諸國ᄒᆞ야 邦基鞏固ᄒᆞ고 民生完保ᄒᆞ야 昔日蚩岷[12]이 化爲
今日吉士矣러니 玆豈非貴報申申警告之力乎아 然則其朝陽之報가 眞不
愧於朝陽之名也夫ᄂ뎌

官報抄略

法部告示第一號

勅裁ᄒᆞ심을 奉ᄒᆞ야 八月一日보터 特別法院을 臨時開廷홈이라〈17〉

---

11 朝 : '鳥'의 오자이다.
12 岷 : '氓'의 오자이다.

特別法院開廷處所ᄂᆞᆫ平理院으로ᄒᆞ야李載規의刑事被告事件을裁判케
홈ᄂᆞ니라 (以上八月一日)△法部協辦金奎熙, 中樞院贊議具永祖, 平理院
判事李圭桓, 漢城裁判所判事李容相, 命兼任特別法院判事, △平理院
撿[13]事李建鎬, 仝鄭錫圭, 仝李僑, 命兼任特別法院檢事, (以上三日) △
任農商工部技手叙判任官七級金斗燮, 右ᄂᆞᆫ工科卒業人 △度支部에셔
請議ᄒᆞᆫ議政府移接修理費四百九十一 圜九十二錢과治道局建築費九百
三十一圜四十錢과農林學校設施費七百六十一圜八十錢과騎兵隊移接
修理費五千五百圜을預備金中支出事로議政府會議를經ᄒᆞᆫ後上 奏ᄒᆞ야
制日可라ᄒᆞ심 (以上六日) △石城,結城,鰲川,榮川,延日,金海,宜寧,機
張,草溪,漆原,萬頃,長水麗水, 濟州, 十四郡ᄂᆞᆫ守各該道觀察使의報告
書에本年度春夏等殿最에治蹟居下이ᄋᆞᆸ기免本官 △英陽,泰仁,蔚珍,谷
城,珍山,五郡守ᄂᆞᆫ軍物과公貨를義兵에게見奪ᄒᆞᆫ事로免本官▲德山, 求
禮, 永春, 延豊, 鏡城, 五郡守 ᄂᆞᆫ春夏等殿最居中인바宜實下考라 免本
官 (以上七日) ▲啓字 奏請規則, 第一條,啓字ᄂᆞᆫ宮廷及宮內府에關ᄒᆞᆫ內
部事務에對ᄒᆞ야 聖旨를表彰ᄒᆞᆫᄂᆞᆫ章으로홈이라, 第二條啓字ᄂᆞᆫ大小二種
을用홈이라, 第三條大啓字ᄂᆞᆫ別單奏本各宮財政文簿及宮廷又宮內事務
에關ᄒᆞ야正式奏本이안닌者에捺用홈이라, 第四條小啓字ᄂᆞᆫ奏請ᄒᆞᆫ事項
을修正改補할時에其箇所에捺用홈이라, 第五條啓下를奏請홈이라, (但
宮內大臣은典禮에關ᄒᆞᆫ啓下로特이緊急ᄒᆞᆫ境遇에限ᄒᆞ야禮式院掌禮卿
으로ᄒᆞ야곰其節次를行케홈도得홈이라) 第六條宮內各官廳事務에關ᄒᆞ
야啓下를奏請ᄒᆞᆫ事가有할時ᄂᆞᆫ各主務官은宮內大臣에게提出홈이라但
內大臣主管에關ᄒᆞᆫ者ᄂᆞᆫ內大臣에게提出홈이라, 第七條啓下文蹟은宮
內大臣에게下付ᄒᆞ되其內大臣에奏請에係ᄒᆞᆫ者ᄂᆞᆫ內大臣에게下付ᄒᆞ

---

13 撿 : '檢'의 오자이다.

야內大臣이宮內大臣에게交付홈이라. 第八條啓下文蹟을下付호時난宮內大臣은此에對호야必要호規定을定호야主務官에게命示호거나主務官으로호야곰施行의節次를行케홈이라. 第九條啓下文蹟은宮內大臣官房에을藏實호야秘書官이其保管의責을任홈이라. (但典禮에關호啓下文蹟은禮式院掌禮卿으로호야곰保管의責을任케홈도得홈이라) 第十條宮內各官廳은必要호境遇에난啓下文蹟의謄本을備實호기得홈이라. 第十一條啓下文蹟을竊取호야他人에게交付호者난刑法第五百八十九條에依호야處斷호고其文蹟은官沒홈이라. (附則)第十二條本規則은頒布日로부터施行홈이라 ▲農商工部分課規定改正件. 第一條大臣官房에左開三課를實호야其事務을分掌케홈이라. 秘書課, 文書課, 會計課, 第二條秘書課에셔난左開事務를掌홈이라. 一機密에關호事項, 二官吏進退身分에關호事項, 三部印及大臣官章管守에關호事項, 四褒賞에關호事項, 第三條文書課에셔난左開事務를掌홈이라. 一公文書類及成案文書接受發送에關호事項, 二統計報告調査에關호事項, 三公文書類編纂保存에關호事項, 四圖書並報告書類刊行及管理에關호事項, 第四條會計課에셔난左開事務를掌홈이라. 一本部所管經費及諸收入의豫算決算並會計예關호事項, 二本部所管官有財産及物品並其帳簿調製에關호事項, 第五條農務局에左開二課를置호야其事務를分掌케홈이라. 農業課, 殖産課, 第六條農業課에셔난左開事務를掌홈이라. 一農業及農業上土木에關호事項, 二農産物의蟲害豫防及驅除와其他農産物에係호一切損害豫防에關호事項, 三獸醫及蹄鐵工에關호事項, 四畜産에關호事項, 五狩獵에關호事項, 第七條植産課에셔난左事務를掌홈이라. 一森林施業並區域及境界의調査保護와利用及處分과編入及除却과統計及其帳簿와收入及經費와林産物에屬호土地建造物에關호事項, 二漁業漁船及漁具와鹽田塭政에關호事項, 三種桑養蠶及蠶桑試驗場에人民

受業과製茶에關흔事項 (未完)〈18〉

內地雜報

勅語特降

去月二十七日下午六時에

皇帝陛下끠옵셔叅政大臣以下各部大臣을　御前에入侍케하시고　勅語
를下하샤曰朕惟否德하야國勢委靡不振에當此極艱하얏스나卿等은願
務大臣이라豈無責任乎아往事난旣已莫追어니와從此以往으로各大臣
이一心團體예勵精圖治하야公選人材하며匡職是黜ᄒ야用人以公하고
處事如家하야挽回國權에宗社賴安이惟在卿等의闈乃心力이니立奏實
效를朕所深望이라하시고又下　勅하시되自今以後난各大臣이國事에關
하야上奏할案件이有하거든卽時請對敷奏하야上下隔絶하난弊가無케
하라ᄒ심이諸大臣이拜謝退闈하얏다더라

留學生組織俱樂部

現今東京에留學하난本國官私費學生五百餘人이今年一月붓터交誼를
親睦하고疾厄을相救할目的으로俱樂部를組織하얏난디向者答禮大臣
完順君李載完氏가一百元을捐助하고其時隨員諸氏와學生監督韓致愈
氏가各히數十元式補助하고義親王殿下게셔와李根鎬氏가쏘한義捐하
얏난디近日俱樂部學生會라稱號를改定하고會員의게도會金을收納하
야刷新의方畧을益加勉勵하난디爲先雜誌를刊行한다더라

海外教育

前領事金奭永氏가上海로前往하얏다더니李容翊李學均等과海蔘威로
同往하야該地에居留하난韓人教育會를設施하얏다더라

御前會議定日

政府會議外에各大臣이一週日內에二次式　御前會議를開設하기로　御
定혼故로水曜土曜兩日로排定하야本月初一日水曜日에第一回開會하
얏다더라

詔整軍紀

本月初에　詔勅을下하시되曩者所須步兵操典一書난亶爲軍紀之維持及
教育之順序矣라現今宇內軍政이日以進步하니誠不可獨守舊規라玆將
原書하야叅酌改訂하야頒示中外軍旅하노니其各欽遵無違하야勉臻精
銳케하라흐오셧더라

俄總領事到京

甲辰日俄開仗時에駐京俄公使巴禹路厚氏가撤還하고公舘汁物은法公
使에게委托하야尙今保護하더니平和條約이已成한後에日俄兩國政府
에셔通商契約을遂爲締結하고俄國에셔我漢城에總領事를特派한다더
니本月十日下午九時四十分에京釜線車를搭乘하고南大門驛에到着하
얏난딕隨行은男二人女一名이라俄國公使舘으로直時入去하야鷲旗를
高揭하고視務한다더라

海外雜報

去月十六日露都發電報를據호則露國大藏大臣고고스오후氏가上院에셔陳述호야日本年度에日露戰爭追加軍事費가八億一千二百萬留라云호니

露國自由黨新聞스로우오에셔右에對호야論難日本年度에追加軍事費가此巨額에達혼것이或日本에秘密히巨額을支拂호얏는의或極東軍事的設備에因홈인지萬若不然이면戰爭終結혼后今日에至토록如此巨額軍費를要혼바롤不見호얏다더라

墺地利新聞에曰前者墺獨兩帝끠셔會合호실際에獨墺伊三國이同盟혼外에更히露國을加호쟈는說로兩帝間에協議호얏는디此時에露獨兩國參謀長이墺都에在호야軍事上問題로上라如히談論호얏고兩帝會見後에墺國부루쓰구에셔軍隊檢閱式이有호야其席上에獨逸參謀總長伯爵후온, 모루로게中將라 墺國參謀總長볘쓰구男爵이셔로獨墺의外交關係가近來로加〈19〉一層親密호야셔乾杯辭롤交換호기롤祝호고其夜에墺國皇帝요세후陛下끠셔부다베스도로自호야故宮호샤急히外務大臣고루호우스기-伯을招호야深夜에至토록密議호야其結果로突然軍隊撿閱式中止命令을傳호니此等의事롤總合觀察혼즉新同盟의風說이반다시虛構홈이아니리라더라

本月七日倫敦電을據혼則露國政府는近日全國을通호야戒嚴令을施行혼다는風說이有호고又니고라스太公의非常執行官을任命혼것도事實로現出홀만혼警戒의前兆가有호다더라

同日同電을據혼則露國의當局者는宣言호야曰政府는充分혼兵力이有호니今에決心과勇力으로써猛然히革命運動의鎭壓에從事호고社會의秩序롤回復홈에決心호얏다호고右에對호야革命黨은宣言書롤新發호

야人民에게告ᄒ기를政府에對ᄒ야最後의決勝戰을開始ᄒ쟈고喩喉ᄒ얏다라

同電을據ᄒ則首露國國民議會波가一切革命團体와相合ᄒ야全國農民에게一大宣言書를布示ᄒ니書에曰

貴族太公及皇帝左右의臣이奸謀를用ᄒ야農民의土地를奪取훈者를宜令還附케홀것이오

各村邑官이吏員을撰훔을廢止ᄒ야써人民이吏員을撰홈으로換혼다ᄒ고

更附記에曰政府가今에國民을向ᄒ야挑戰ᄒ니則是我國民이可히慎起홀時라ᄒ얏더라

同電을據혼則구론스닷도軍港에要塞守備兵이謀叛ᄒ다는風說이傳播ᄒ야露都人心이愕然ᄒ야極히恐惶奔走ᄒ고叛徒에加入혼軍艦四隻이芬蘭首府에셔拔錨ᄒ야구론스닷도港에到著ᄒ얏다더라

露國到處에生命이不安홈으로써貴族의多數는變裝ᄒ고外國로退去ᄒ야婦人及小兒로ᄒ야금外國로 逃去케ᄒ얏다더라

本月九日北京電을據혼則烏里雅蘇臺將軍이北京軍機省에打電ᄒ야曰蒙古嘻嘛喇嘛가露國人이狡猾ᄒ야可히信賴치못홈을悟ᄒ고隨件露僧太半을減斥ᄒ니於此에露國政府에셔西此利亞總督에게促電ᄒ야倉皇히派使ᄒ야佛教의最高尊號와及許多金品을齎ᄒ고彼歡心을回復코져ᄒ야目下에極力周旋中이라더라

軍機大臣이密電을庫倫恰克圖塔爾巴哈臺科布[14]各大臣라及烏里雅蘇臺,伊犁兩將軍에게發ᄒ야曰露國이我邊上을窺ᄒᄂ機微가有ᄒ니宜嚴重히彼行動을探知ᄒ야速히報告ᄒ라ᄒ얏다더라

---

14 科布 : '科布多'의 탈자이다.

本月九日倫敦電을據호則俄帝끠셔讓位호신다는說이有호더라

同電을據호則米國人은아리시안群島附近에셔密漁에從事호는日本人
五名을殺害호고其後密漁監視船이來호야日本漁夫十二名을捕縛호얏
는디右殺害의理由는不分明호지라

右에對호야米國國務卿臨時代理페-곤氏는東京에在혼米國大使에게打
電호야아라스가에在혼米國官吏로브터來혼報道의要領을告호고且政
府가此報道를送호는目的은別로日本에謝罪홈도아니오又此報道以上
에遺憾의情을懷홈도아니라惟日本政府가此怪事에關호야針小棒大의
報道를得호야此를信홀가恐호는故라何者오호면米國政府는日本漁夫
로호야곰萬一아라스가의報道디로規定限界의三浬以內에在호야漁業
에從事홀것이면此를密漁者로看做홈으로以홈이라且其實際는日本密
漁者는海豹를捕獲호야其皮를剝호면셔米國人에게降服을拒혼것이라如
혼것이라云호얏다더라

同日同電을據호則倫敦다이무스新聞은其社說에日本人에朝鮮國內의
排日主義陰謀에關호야敢히皇帝를壓迫호는擧動이無혼것의賢홈을稱
讚호고同時에朝鮮國民을日本의征服國民으로待遇호는危險을警告호
얏더라〈20〉

詞藻

海東懷古詩　　　　　　　　　　　　　　　　　冷齋[15]柳惠風

高句麗

魏書에高句麗者는出於夫餘호니自言先祖朱蒙이오朱蒙의母는河

伯女니夫餘王이閉於室中이러니爲日光所照라引身避之ᄒᆞᆫ디日影이又逐이라有孕ᄒᆞ야生一卵ᄒᆞ니大如五升이어늘以物裹之ᄒᆞ야置暖處러니有一男이破殼而出이어늘及長에字之曰朱蒙이라ᄒᆞ니其俗言에朱蒙者ᄂᆞᆫ善射也라夫餘之臣이謀殺之어늘朱蒙이乃與烏引烏違等二人으로棄夫餘ᄒᆞ고東南走ᄒᆞ다가遇一大水ᄒᆞ야欲濟無梁ᄒᆞ고夫餘人이追之急이라朱蒙이告水曰我ᄂᆞᆫ日子河伯의外孫이라今日逃走에追兵이垂及ᄒᆞ니如何得濟오ᄒᆞᆫ디於是에魚鼈이並浮成橋어늘朱蒙이得濟ᄒᆞ니魚鼈이乃解ᄒᆞ야追騎不得渡라朱蒙이遂至普述水ᄒᆞ야遇見三人ᄒᆞ니其一人은着麻衣ᄒᆞ고一人은着衲衣ᄒᆞ고一人은着水藻衣라與朱蒙으로至訖升骨城居焉ᄒᆞ야號曰高句麗라ᄒᆞ고因以高爲氏ᄒᆞ니라三國史에高句麗始祖東明聖王의姓은高氏니自夫餘로至卒本川ᄒᆞ야觀其山河險固ᄒᆞ고欲都焉ᄒᆞ야結廬於沸流水上ᄒᆞ니時年이二十歲오漢元帝建昭二年也라琉璃王二十年에遷都於國內ᄒᆞ고築尉那岩城이러니山上王十年에移都於丸都ᄒᆞ고東川王二十一年에築平壤城ᄒᆞ고移民及廟社라ᄒᆞ고通典에高句麗ᄂᆞᆫ自東晋以後로居平壤이라ᄒᆞ니라

弧矢橫行十九年麒麟寶馬去朝天千秋覇氣凉於水墓裏消沈白玉鞭

麒麟寶馬ᄂᆞᆫ輿地勝覽에麒麟窟은在平壤府九梯宮內浮碧樓下ᄒᆞ니東明王이養麒麟馬于此라世傳王이乘麒麟馬ᄒᆞ고入此窟이라가從地中出朝天石ᄒᆞ야升天ᄒᆞ니其馬跡이至今在石上이라朝天石은在麒麟窟南ᄒᆞ니라

白玉鞭은輿地勝覽에東明王墓ᄂᆞᆫ在中和府龍山ᄒᆞ니俗稱眞珠墓라ᄒᆞ니世傳高句麗始祖朱蒙이常乘麟馬ᄒᆞ고奏事天上이다가年至四十에遂昇天不返ᄒᆞ니太子ㅣ以所遺玉鞭으로葬於龍山이라ᄒᆞ니라

昔日夫餘挾彈兒東明王子號琉璃數聲黃鳥啼深樹猶以[16]禾姬罵雉姬

挾彈兒ᄂᆞᆫ三國史에琉璃王諱ᄂᆞᆫ類利니初에朱蒙이在夫餘ᄒᆞ야娶禮氏
女有娠이러니及朱蒙이歸後에乃生子ᄒᆞ니是爲類利라幼年에出遊陌
上彈雀ᄒᆞ다가誤破汲水婦人瓦器ᄒᆞᆫᄃᆡ婦人이罵曰此兒無父故로頑如
此라ᄒᆞ거ᄂᆞᆯ類利慙ᄒᆞ야歸問母曰我父何人이며今在何處오母曰汝父
ᄂᆞᆫ非常人이라不見容於國ᄒᆞ야逃歸南地ᄒᆞ야開國稱王이라ᄒᆞᆫᄃᆡ類利
ㅣ乃與屋智勾鄒都祖等三人으로行至卒本ᄒᆞ야見父王ᄒᆞᆫᄃᆡ立爲太子
라ᄒᆞ니라

黃鳥ᄂᆞᆫ三國史에琉璃王이娶二女ᄒᆞ니一曰禾姬니鶻川人之一女也오
一曰雉姬니漢人之女也라二女爭寵일ᄉᆡ王이於凉谷에造東西二宮ᄒᆞ
고各置之러니後에王이畋於箕山셔禾姬ㅣ罵雉姬曰汝ᄂᆞᆫ漢家妾婢라
何無禮之甚고ᄒᆞᆫᄃᆡ雉姬慙恨ᄒᆞ야亡歸어ᄂᆞᆯ王이聞之ᄒᆞ고策馬追之ᄒᆞ
ᄃᆡ雉姬怒不還이어ᄂᆞᆯ王이甞息樹下ᄒᆞᆯ셔見黃鳥飛集ᄒᆞ고乃感而歌曰
翩々黃鳥여雌雄相依로다念我之獨이여誰其與歸오

老人亭漫吟　　　　　　　　　　　　　　南嵩山人

憶昔玆游已十春紅園綠酒政芳辰如今人與亭同老古櫟林間白髮人
　　評曰樹猶如此人何以堪嗟乎人世變遷石火電光〈21〉

小說

(비스마룩구)의淸話

一千八百四十九年四月에(비스마룩구)(푸루샤)第一議會會員을欲爲

하야百方周旋하야其目的을漸達하다가彼ㅣ其選擧運動홈을當하야選
擧民의게向하야演說함이憲法制定에關한談은甚少하고平生熱心졔루
만統一問題를提起하야曰如此大事業을맛당히(시에레스우옥구)로自
하야着手하야漸々北部로붓터進하야南部에及한다云하야時宜에毫不
適當한演說이多하더라勤王黨員이元來憲法制定에反對로디黨이少數
한緣故로敵黨의制壓하난비되야平生에憾恨하더니今回選擧에匹敵한
數를得한지라全黨이雀躍하야其一人이欣然히(비스마룩구)를向하야
大聲하야曰吾黨이全勝이로다(비스룩마구)徐言曰否々라安心하기未
能이니予等이今에敵黨을攻擊하야蕩盡無餘케하더라도是ㅣ當然之事
에不過하니予等의勝利가今後에在하다하더니果然一年後에急進黨이
勢威大加하야맛참뉘憲法制定을見하니到此에(비스마룩구)의箴言이
偶然함이아닌줄을人人始信之하더라

自由黨名士ㅣ當時에國會議長이된(스지에링)伯이一日에비公다려問
하야曰汝의好敵手가誰耶아(비公)이答曰(푸라기유-)戰役에셔生還한
(스지에링)也라하니當時(후레데리즈구)大王의勇將(스지에링)이戰死
한지라今에勤王黨을保守하난勇將으로써(비公이自任하고此故人의名
을戱假하야(스지에링)伯의게擬함이러라

(비스마룩구)議會委員會々議中에셔往々히其政友로더부러列席지아
니하고反對黨中間에占席하더니友人(안루-)가(비公다려其意指를詰
問한더(비公)이答하야曰予의朋友가予를苦케하니予ㅣ殆將悶死할지
라此處에在한則此憂가無하다하니蓋同黨議員中에迂論僻見이多한故
로以此諷刺함이더라

(비스마룩구)一日에(세미지즉구)에就ᄒ야硏究를語하다가有名한牧師
(스도즈가아)다려問하야曰人이皆臆病者라하난語가聖書原文에亦有
之也否아(스도즈가아)答하야曰小亞細亞人이皆虛言者也니其果有與

否를確定하기未能이로다(비스마룩구) 聽之하고默然良久에曰虛言者
與臆病으로是ㅣ同一性質이니豈獨小亞細亞人에限하리오又曰君이眞
正勇者를面見함이有乎아(스도즈가아)曰勇氣의意義가數種이有하다
하고將次諄々히解釋說明호려하더니(비스마룩구)ㅣ掉手遮之하고大
笑하야曰스스로野蠻의決鬪하난人이되야엇지人의撲我右頰하난것을
甘受하고左頰을其敵의게向하리오道德 勇氣의人은予도屢見하얏노라
하니盖(비스마룩구)가平生에決鬪하난爭鬪를好하야三軍의威를不怖
함으로勇氣를삼난者라今此牧師가(비公)의蠻勇을變하야人道의勇이
되게코져하야將次其理由를語호려하난디(비公)이其心樣을先察하고
其語하기前을及하야冷調의語로써加홈이라
비公이普魯西代表者로(후랑구후오루도)의間에滯在하야奧國議長(레
히볘룩구)로더부러議論이撞突하야將次決鬪할境遇에至하기를數回를
한지라(레히볘룩구)가或時(비公)을訪하야怒氣勃々하야曰予의朋友某
가明朝에君과로勝敗를釖으로一決코져하니君이肯諾之也否아(비公)
이卽答曰君이何故로如此한緩慢의語를作하나냐決鬪할意가若有하면
明朝를何待하리오今卽短銃을直提하고來하라予난君等이銃器를準備
하난間에遺書를當作하리니予가若死하면君이請컨디此書를伯林吾家
에送致할지여다(레히볘룩구)가卽時其準備를整頓하고更思호디(비
公)이此時胸中에深所回思하난것이有하고又其遺書를見하니其決心高
潔한것이令人感服이라하고自家의疎忽한것을悔過하야(비公)다려謂
하야曰予等이過矣오君之言이正矣라君이尙히決鬪를欲試耶아(비公)
이曰君等이予의所言을若能認之면好矣라鬪爭을何必更好耶아事遂得
止하니라

第二公吏의主進〈22〉

(비스마룩구)] (후란구우오루도)에公使로在한八年間의淸逸한談話를其妻와姉妹의게贈한書와及伯林政府에贈한文에셔知得할건이라此際彼의家庭光景을彼의老友(못도레-)가詳記함이左와如하니

予가(비公)을訪問할時에(비公)이食事中에正在하기로予가予의名刺를出하야約束하기를半時間後에可再來하잇노라하고去하얏더니(비公)이予의名刺를見하고人을馳하야予의後를追하더니路左하야得遇치못하고予가(비公)의家에再到하니(비公)이待遇하기를非常히親切케하야骨肉兄弟와異함이無하니予] 至今까지忘하기不能이라(비公)의妻와母가再三予의게向하야語호디(비스마룩구)가予의名刺를見함時에其喜悅의情이中心에發하야禁하기不能이더라云하니予] 實로予友人中에如許한價値人物이有하야眞摯한同情을寄與하난것을喜하노니此生存人類中에如此한人物이更無하니라

(비스마룩구)가其家에能히各人所好의物를備置하야漏함이無한지라家의前面에種々裝飾한客室이有하고其家族의起居하난一室이接續하야空中에聳出하고食堂은花園을面하야建하니此等室各處에老人도有하며小兒도有하고또(비스마룩구)의愛犬도有하야或飮或食하며或(피아노)를弄하며或煙 草를焚하며或花園에散步하야短銃을試放하고又於室之中央에(샨펭麥酒)와(즈랑데-)의銘酒와及(바나々)의銘葉(煙草)을整々置在하야賓客이來하야自由로取케하니其萬事整頓한것이可謂地上快樂이集此一家라하리로다

(후란구우오루도)의(푸류샤)公使舘附武官이又(비公)의此際狀況을筆記혼것이左와如하니

(비스마룩구)] 集會에每臨함이自期하난바無하되名譽를常得하니雖或男子의怨恨을招함이不無하나多情婦人의非常히注意保護함을常受

하난지라彼ㅣ集會에臨하야茶를喫하고談話를始開홈이滿座가皆靜聽
하야一言도發하난者ㅣ無히니此時에彼의才鋒이電光流來함과如하야
談話를豫備치아니하야시되彼가常々히衆中最高談話家가되니彼ㅣ如
斯한才智를有한所以난其平生學問과及實際社會經驗에셔收得한것이
不是라彼의本質로셔原泉流出來하난것이니라 (未完)

野蠻人의奇術

劣等野蠻人이로되世理化博士도容易히解釋하기不能할奇術이有하야
苦心하기를不經하고簡單히演來演去하야文明國의人을驚歎케하난者
ㅣ不少한지라先年에白耳義國의奇術師(셰루바아,레,루구-)氏가亞弗
利加(곤고-)國에出張하야得意한奇術를演하야野蠻人의大喝采를博得
하더니此時에 (곤고-)蠻人으로(루구-)氏의奇術에셔遙勝한者ㅣ出現
하니此人이手로普通蕪菁을持하야衆人의게示하고直時變하야人의顏
面이되게하니其迅速巧妙한것이(루구-)氏를驚嘆케하고又亞弗利加奇
術師가自身을變化하야獅子이던지虎이던지其他種々動物이되고或數
時間에非常한遠隔의地에旅行하 고或敵人의計畧을窺知한난術은電信
利器로도到底히及하기不能한지라五年前에英國一博士(후예루깅)이
라하난者가亞弗利加(라도-)에旅行하야실時에蠻人一奇術師ㅣ語하야
曰予ㅣ昨夜에此地에셔五百五十里되난地(나이루]河畔에在하얏난듸
㵴船二隻이其時에到着하얏다云한듸同博士가蠻地에久在하야英軍이
(스-당)地方老奪取코져아야來進한난지不知하난故로奇怪의談을聞하
고一笑에只附하고絲毫만도信치아니하난지라此奇術師가倉黃히土人
을集하야彼地情況을報告하고且曰今으 로自하야三十日以後에短鬚英
人이書翰을持하고(후예루강)博士를반다시訪來하리라하더니果然히
三十二日만이(라후돈베-)라하난者ㅣ博士를訪問하야來하얏더라〈23〉

同工場

仁川公園地通(電話一七〇番)

同支店

○大韓自强會月報○

右大韓自强會月報난我國國民義務로組織호大韓自强會에셔發刊ᄒᄂᆫ雜誌인디其目次난論述, 會錄, 演說, 內國紀事, 海外紀事, 敎育部, 殖産部, 國朝故事, 文苑, 詞藻, 談叢, 小說, 方言, 等으로定ᄒ고會員中으로委員十餘人을選定ᄒ야編纂을任홈으로各其蘊抱호學術文藝와意見智識을揮ᄒ야我國에第一有味호雜誌를每月二十五日에一卷式發刊ᄒ오니我國同胞로愛國에有志ᄒ신 僉君子난不可不一帙式購讀홀冊이오니以此照亮ᄒ심을切望 每朔一卷定價金十五錢

皇城中署下漢洞第 統第 戶

帝國雜誌社告白

○家庭雜誌○

右家庭雜誌난純國文으로簡單히編纂ᄒ야我國婦人의閱讀에便易케호冊이오니家庭敎育에留意ᄒ시난 僉君子난逐月購覽ᄒ심을望홈 每月一卷發刊定價金十錢

京城南大門內尙洞

靑年鶴苑家庭雜誌社告白

特別廣告

本社에셔事務所롤南署竹洞(永禧殿前)八十統十戶二層家屋으로移接
ᄒ고本報에關ᄒ一切事務롤此處에셔取扱ᄒ오니寄書든지書面이든지
或面議ᄒ실事件이有ᄒ시거든此所로來顧ᄒ심을切望
朝陽報社告白〈24〉

大韓光武十年

日本明治三十九年

丙午六月十八日第三種郵便物認可

朝陽報

第六號

朝陽報第六號

新紙代金

一部新貸　金七錢五厘

一個月　金拾五錢

半年分　金八拾錢

一個年　金壹圓四拾五錢

郵稅每一部五厘

廣告料

四號活字每行二十六字一回金拾五錢二號活字依四號活字之標準者

◎每月十日॥五日二回發行◎

京城南大門通日韓圖書印刷會社內　臨時發行所朝陽報社

京城南大門通四丁目　印刷所日韓圖書印刷株式會社

　編輯兼發行人沈宜性

　印刷人申德俊

目次

朝陽報第一卷第六號

論說
　　人々當注意於權利思想
　　論愛國心
　　歐洲勢力의關係

教育
　　泰西敎育史

實業
　　我韓의鑛産物
　　商工業의總論
　　物産의關係

談叢
　　婦人宜讀

米人의朝鮮施政觀
本朝名臣錄의攬要

官報抄錄

內地雜報

海外雜報

詞藻

小說
　　(비스마룩구)의淸話
　　世界奇聞

廣告

注意

有志하신僉君子믜셔或本社로寄書ᄂ論述時事等類를寄送하시면本社主意에違反치아니할境遇에ᄂ一々히揭記할터이오니愛讀諸君子난照亮하시옵시고或小說갓틀것도滋味잇게지여셔寄送하시면記載하깃ᄂ이다本社로文字를寄送하실時에著述ᄒ신主人의姓名과居住地名統戶를詳記하야送投하압쇼셔萬若連三次寄送한文字를記載할境遇에난本報를無代金으로三朔을送呈할터이오니부디氏名과居住를詳錄하시옵소셔

本社特別廣告

本社에셔事務所를南署竹洞(永樂殿)前八十二統十戶二層板屋으로移定하고本報에관한一切事務를此處에셔取扱하오니寄書와往復書簡及面議하실事件이有하시거든此所로來顧하심을切望〈1〉

論說

人々이當注意於權利思想

大凡吾人이生于世界ᄒ야羣然幷處ᄒ며繽焉共活ᄒ야其所以異諸禽獸之成羣生活者ᄂ靡他라具此靈智覺性ᄒ야日趍文明之域故로有家族焉ᄒ며有社會焉ᄒ며有國家焉ᄒ야循序而各有爲人之責任ᄒ니責任者ᄂ權利之所由起也라

人々이對於人ᄒ야有當盡責任ᄒ고人々이對於我ᄒ야亦有當盡之責任

ᄒ니對於人而不盡其責任者를謂之間接以害羣이라ᄒ고對於我而不盡
其責任者를謂之直接以害羣이라ᄒ음은何也오對人而不盡責任은譬之則
殺人也오對我而不盡責任은譬之則自殺也니一人이自殺則羣中에서少
一人이오舉一羣之人이皆自殺則不啻其羣之自殺也니

我의對我之責任은奈何오天生萬物에賦之以自捍自保之良能ᄒ니此ᄂ
有血氣ᄒ者의公例라然이나人이爲物靈ᄒ者ᄂ不徒有形而下之生存이
라形而上之生存도亦有ᄒ야其條件이一端에不止ᄒ나權利가其最要ᄒ
바라是故로彼禽獸ᄂ以保生命으로爲獨一無二之對我責任이로다人類
라號稱ᄒ者ᄂ以保生命保權利兩者로相倚相須ᄒ然後에此責任이完全
ᄒ을乃得ᄒᄂ니苟不然이면其爲人의資格을自喪ᄒ야禽獸로與之同等
의地位에共立홀지라

故로羅馬의法에ᄂ人의奴隸를視홈이禽獸와與等홈은誠於理論上에適
當ᄒ者니盖奴隸ᄂ權利가無ᄒ者인故로謂之奴隸ᄂ卽禽獸라홈이라然
홈으로形而下의自殺이라홈은所殺이不過一人ᄲᆞᆫ이나形而上의自殺은
則全社會를舉ᄒ야禽獸케홈이오且禽獸ᄂ其苗裔가無窮홈에以至ᄒᄂ
故로曰直接으로害羣ᄒᄂ者라ᄒ노니嗚呼라今我韓의國人이自殺에甘
心ᄒᄂ者ㅣ何其多也오

夫權利ᄂ何自而生고ᄒ면必曰生於自强이라ᄒ리니彼獅虎의對羣홈과
酋長이나國王의對百姓홈과貴族의對平民홈과男子의對女子홈과大羣
의對小羣홈과雄國이對弱國홈에皆常히優等絶對的權利를占ᄒᄂ니獅
虎나酋長等이暴惡ᄒ야然홈이아니라人이欲伸張自己之權利而無厭
홈은天然의性質이라是故로權利의爲物은甲이先自放棄ᄒ然後에乙이
必侵入홈으로人人이自强을務ᄒ야써吾의權利를自保홈은此實固其羣
善其羣의不二法門이라

古代希臘에供養正義의神이有ᄒ니其造像은左手로握衡ᄒ고右手로提

釖ᄒ니衡은所以權利의輕重을權ᄒᄂᆫ者오釖은所以權利의實行을護ᄒ
ᄂᆫ者니有釖無衡이면是ᄂᆫ豺狼이오有衡無釖이면是ᄂᆫ權利가空言에屬
ᄒ야無効에卒歸ᄒᆯ지라德國儒士伊耶陵氏의所著權利競爭論에云權利
의目的은在平和而此目的의達ᄒᆯ方法은則戰鬪에不難ᄒ니有相侵者어
던必相拒ᄒ되侵者가不已ᄒᆫ則拒者도盡期가亦無ᄒᆯ지니質而言之ᄒ면
權利의生涯ᄂᆫ競爭而已오又權利者ᄂᆫ不斷의勤勞라勤勞가一弛ᄒ면權
利가滅亡에卽歸라ᄒ니權利의爲物이若是ᄒᆫ則其所以得之와與所以保
之가甚히容易치못ᄒᆯ도다

假令是ᄅᆯ欲得之ᄒ며欲保之ᄒᆫ則權利의思想이實노原素가되니人이四
肢와五藏이有ᄒᆷ은卽形而下ᄒᆫ生存의要件이라內部에或肝或肺나外部
에或指或趾가一個라도不適ᄒᆷ이有ᄒᆫ則誰가其苦痛을不感ᄒ야療治ᄒᆷ
을急思치아니ᄒ리오夫肢臟의苦痛은卽其身內機關이失和ᄒᆫ故오其機
關이被侵ᄒᆫ徵이니療治ᄒᄂᆫ者ㅣ此侵害ᄅᆯ防禦ᄒᆷ은所以自保ᄒᆷ이라形
而上者의侵害도亦然ᄒ니權利思想이有ᄒᆫ者ᄂᆫ侵壓을一遇ᄒ즉其苦痛
의感情이直時刺激되야動機가一發ᄒ면自制키不能ᄒᆯ지니亟亟焉抵抗
을謀ᄒ야써其本來ᄅᆯ復케ᄒᆯ지라夫肢臟의受害者ᄂᆫ必其麻木不仁ᄒᆫ者
오權利의侵害ᄅᆯ受ᄒᆫ者ᄂᆫ苦痛이尤甚ᄒᆷ으로權利思想이無ᄒᆫ者ᄂᆫ麻木
不仁者라謂ᄒᆯ지로다〈2〉

權利思想의强弱이實노其人品格에關ᄒᆫ바니彼人의奴隷가된者ᄂᆫ雖以
窮卑極耻의事로廷辱之ᄒ야도其受也ㅣ泰然ᄒ거니와若高尙의武士ᄂᆫ
雖頭顱ᄅᆯ擲ᄒ야도期코其名譽ᄅᆯ抗雪ᄒᆫ後에已ᄒᆯ지며穿窬ᄅᆯ行ᄒᄂᆫ者
ᄂᆫ雖以至醜極垢의名으로過毁ᄒ야도其居也ㅣ恬然ᄒ되若純潔ᄒᆫ商人
은雖萬金을傾ᄒ야도決코其信用을表白ᄒᆷ은何也오當其侵墮과誣辱을
受ᄒᆷ에其精神上無形의苦痛을直히感覺ᄒᆷ을不能自已ᄒ거늘彼權利의
眞相을誤解ᄒᄂᆫ者ᄂᆫ以爲是不過於形骸上과物質上의利益이라ᄒ야

斷々이計較ᄒᆞᄂᆞ니噫라鄙哉로다其賤丈夫의言이여

譬之컨ᄃᆡ我가物이有ᄒᆞ거늘人의게橫奪을被ᄒᆞ고奮然히法廷에抗爭홈은其所爭의目的이此物에在홈이아니오此物의主權에在홈인故로恒常訴訟의先에在ᄒᆞ야聲言ᄒᆞ기를他日에訟을勝ᄒᆞᆫ利益으로써慈善事業의用에悉充ᄒᆞᆫ다ᄒᆞᄂᆞ니苟其志ㅣ利에만在홀진ᄃᆡ엇지此言이有ᄒᆞ리오此等訴訟은可謂道德上問題오不可謂算學上問題니苟算學上問題인즉必先持籌而計之ᄒᆞᆯᄃᆡ吾ㅣ訴訟費의所損을可以訟直의所得으로償홀가ᄒᆞ야能償홀만ᄒᆞᆫ즉爲ᄒᆞ고不能ᄒᆞᆫ즉已ᄒᆞ면이ᄂᆞᆫ鄙夫之行이라此等計算者ᄂᆞᆫ無意識의損害에對ᄒᆞ야可用홀지니譬如物이淵에墜홈의傭人으로欲字ᄒᆞ나其物値가傭値와相償홀만ᄒᆞᆫ가先히預算홈은이ᄂᆞᆫ其目的이物의利益에在홈이오若權利를爭ᄒᆞᄂᆞ者ᄂᆞᆫ不然ᄒᆞ야其目的이物의利益에不在홈으로性質이正히相反ᄒᆞ니目前의苟安을貪ᄒᆞ고錙銖의小費를貪ᄒᆞᆫ者ᄂᆞᆫ其勢가必權利를視홈을辨髦[1]와如히홀지니此ᄂᆞᆫ正히人格의高下와垢淨의所由分홈이로다

昔에藺相如가秦王을叱ᄒᆞ야臣頭를與璧俱碎라ᄒᆞ니以趙의大로何區々一璧을是愛ᄒᆞ고苟使其璧을是愛ᄒᆞᆫ則胡爲欲碎ᄒᆞ리오是如壁[2]도可毁오身도可殺이오敵도可犯이오國도可危언졍不可屈者ᄂᆞᆫ別로在ᄒᆞ니卽權利가是已라伊耶陵氏의言에日[3]英國人이歐洲大陸을游歷ᄒᆞᄂᆞ者ㅣ或偶然히旅舘與夫의無理ᄒᆞᆫ需索을當홀境遇에ᄂᆞᆫ輒毅然히斥之ᄒᆞ되斥之不聽ᄒᆞ면或爭議不決者ᄂᆞᆫ往々히寧行期를遲延ᄒᆞ야數日數旬을經過ᄒᆞ면셔所耗ᄒᆞᆫ旅費가所爭ᄒᆞᄂᆞᆫ數爻보담十倍나增至ᄒᆞ야도亦所不恤ᄒᆞ니無識ᄒᆞᆫ者ᄂᆞᆫ其大愚홈을莫不嗤笑ᄒᆞ되那知此人의所爭ᄒᆞᄂᆞᆫ數喜林(英國貨

---

1 辨髦 : '弁髦'의 오자로 보인다.
2 壁 : '璧'의 오자이다.
3 日 : '曰'의 오자로 보인다.

幣名이니一喜林이約値半圓)이實노堂々ᄒᆞᆫ英吉利國이屹然히世界에獨
立ᄒᆞᄂᆞᆫ要具된所以라盖權利의思想이豐富홈과權利感情의敏銳홈이卽
英人의立國ᄒᆞᆫ大原이라謂홀지라

今에奧大利人을試擧ᄒᆞ야與此英人과地位도同ᄒᆞ고財力도同ᄒᆞᆫ者로써
互相比較ᄒᆞ건디其此等事ᄅᆞᆯ遇ᄒᆞᆫ즉所以處置홈이何如ᄒᆞᆫ뇨ᄒᆞ면必曰此
區々者로써엇지足히自若히滋事ᄒᆞ리오ᄒᆞ고快히金錢을直擲ᄒᆞ고拂衣
而去홀지니誰가此英人의所拒와奧人의所擲ᄒᆞᆫ數片喜林의中에絶大ᄒᆞᆫ
關係가隱伏홈을知ᄒᆞ리오卽兩國의數百年來로政治上의發達과社會上
의變遷홈이皆其間에셔消息ᄒᆞᆫ지라此豈吾人의試一自反ᄒᆞᆯ事이아닌가
吾儕의權利思想이英人과奧人에게比ᄒᆞ면誰와如ᄒᆞᆫ가此ᄂᆞᆫ宜注思홀바
이로다 (未完)

論愛國心 (續)

夫甲을만일親眤ᄒᆞ면乙은반다시憎惡ᄒᆞᄂᆞ니彼를愛ᄒᆞᄂᆞᆫ者ᄂᆞᆫ此를憎ᄒᆞ
ᄂᆞᆫ緣故이라若是ᄒᆞ게終日토록擾々ᄒᆞ야安寧ᄒᆞᆫ餘暇이無홈은其覇權을
誇揚코져홈이니盖俾斯麥公과如ᄒᆞᆫ俊才로是等의情態를웃지不知홈에
實ᄒᆞ리오故로如此ᄒᆞᆫ國民의動物的天性을利用ᄒᆞ야其手腕을試着ᄒᆞ야
시니若欲賣言인디無非彼等國民의愛國心을煽揚ᄒᆞ야所謂愛國宗을創
建코져홈으로無用의戰爭을挑發할而已로다〈3〉

故로彼日耳曼의統一ᄒᆞᆫ者ᄂᆞᆫ其獸力을實由홈이니盖亞波士德路ᄂᆞᆫ鐵血
政策의祖師이로되其深謀遠計의第一着手者ㅣ只與寂弱의隣邦으로苦
戰而大捷홈을因ᄒᆞ야於是에國民中에迷信虛榮의獸力을喜ᄒᆞᄂᆞᆫ徒黨이
其羽翼에競附ᄒᆞ야必竟德義志新帝國의結合과帝國主義의發程만될而
已로다

其第二策으로言之면其餘의隣邦으로더부러挑戰ᄒᆞ얏시니此隣邦은前

의隣邦에比較ᄒ야稍强ᄒ者나雖然이나彼等이敵備의不完홈을窺視而乘勝ᄒ야비로소所謂愛國心과結合的精神이油然而生ᄒ야新戰場의興隆이日盛ᄒ니其運動의原因은俾公自身의國과밋同國々王의膨脹ᄒ慾火로써一時利用과指揮의巧妙할而已로다

然則決코純然ᄒ正義의意味가아니라全然히一個人의野心的公名心으로國民의虛誇迷信을利用ᄒ結果가不其然歟아

雖然이나其原因즉中古時代의理想으로做出홈이니何則고若俾斯麥公者도當初未開人의理想을利用ᄒ야腐陳野蠻의計劃으로竟能成功ᄒ야시니其時社會에多數ᄒ道德的이니心理的이니互相主唱ᄒ든者도오히려中古時代의境遇를未免ᄒ야거든而況一般國民의普通知識이웃지未開ᄒ譏課를免ᄒ리오是以로彼等은不過自欺而欺人이라는評論이近世科學家口頭로釀出홈을不免이로다

故로普法戰爭의捷後狀況을視察할진디北日耳曼諸邦이普魯西足下에拜跪ᄒ고其他諸邦이普魯西國王을崇奉ᄒ야德意志皇帝되기를奉祝ᄒ야시니此乃戰後結果也라웃지俾公眼中에同盟國民의福利가有ᄒ다謂ᄒ리오

是以로自吾斷之컨디德意志의結合이正義上好意同情으로써成立홈이아니라謂할지니其國民의積屍蹂山ᄒ고流血成海ᄒ야如鷔鳥焉ᄒ며如猛獸ᄒ야써其統一의事業을成立ᄒ者는果何由而生也오一則彼國民이敵國을對ᄒ는憎惡心을煽揚홈을由ᄒ고一則彼社會가戰勝을對ᄒ야虛榮的에炫醉홈을由홈이니世界의仁人君子가웃지痛心疾首ᄒ는自然心이能無乎아

皆止於此리오彼等多數의國民이如此ᄒ殘忍薄行을置ᄒ야도리여自誇自伐ᄒ되是我德意志國民이上天의寵榮을享有라ᄒ고巫世界各國々民의多數가亦從而驚歎ᄒ야曰偉哉라德意志여爲國者ᅵ맛당이若是ᄒ後

에可ㅎ다ㅎ니悲夫인져

國民이國威와國光의虛榮에醉홈이夫巳氏의俾斯麥公에게醉홈과恰如ㅎ야彼等醉혼者가耳熱目眛혼중에意氣가勃々ㅎ야勇往直前ㅎ야積屍如山ㅎ야도不見其慘ㅎ고流血成海ㅎ야도不知其穢ㅎ야다만其得意혼一時虛榮을自鳴ㅎ도다

一柔術家와力士家이有ㅎ야互相競爭ㅎ야各其技術을秘藏ㅎ나然이나만일柔術家가力士家無ㅎ면敵手가無ㅎ리니敵手가旣無혼즉果然何利益이有ㅎ며果然何名譽가有ㅎ리오推此觀之면德意志國民의所以自誇ㅎ는者도오즉敵國의敗홈이在ㅎ니만일敵國이無ㅎ면果然何利益과何名譽가有ㅎ리오

國民이戰爭의虛榮에醉ㅎ는者가其名譽와功蹟을自誇홈에不過ㅎ니彼等政治와經濟와敎育等諸般文明的福利에至ㅎ야는誰가有ㅎ야能히硏究할고德意志의哲學과文學은尊崇치아니ㅎ고다만德意志의所謂愛國心만尊崇ㅎ나니吾輩는此에對ㅎ야決코贊美치아니ㅎ노라

歐洲勢力의關係　　　　　　　　(아우도루즉구)所論

現下歐洲形勢에關하야常識이稍有한者난三國同盟의安固永續하기를祈치아니리無하니過去난二十五年의間에歐洲平和를該同盟이得以維持한지라此同盟의勢力을만일失하면卽歐洲平和가攪亂을被할지니凡政治同盟이其所行하난事의結果와與其災害를未發에防함을依하야其價値가始定하난지라墺國與伊國의關係가皮相에만關한것이不是니使兩國으로調和提携하야써今日까지到한것은三國同盟의力이니此同盟이成〈4〉혼以來로비록多少內容의變化가不無ㅎ나是同盟國의間에內爭이此原因을作혼것이아니오第三國(同盟以外之國이라)關係에基혼지라列國의關係가其友情을持續ㅎ는間에同盟國間牽引擁護의力이亦自

强혼것은吾人의常所目擊혼것이라今以三國同盟으로假使有害타호더라도其害旣過호고今日此同盟裡面에侵畧的意味가毫도不存호니라

三國同盟이今日꺼지發達혼迹을欲尋홀진디一瞥伊太利最近外交史만혼것이無혼지라一千八百八十二年에使伊國與獨墺兩國으로親交를認結홀必要理由가三이有호니

(一)伊國이佛國에(지유니스)對혼政策을大恐호야大所考慮호눈것이有호고

(二)(비스마룩구)의所最憂호눈것이卽羅馬法皇이宗敎以外에政治上勢力을欲回復호야新十字軍을起홀形勢가有혼것이니伊國이亦此롤考慮호고

(三)統一혼後에伊太利가或白耳義西班牙의同樣地位에陷홀것을亦所考慮호니

當時伊國이內憂와外患이一時에襲來홀가恟々是懼호눈時에三國同盟이大爲輿論의所歡迎이라伊國이곳此同盟勢力을利用호야其地步롤歐洲列强의間에占得호야民心이一時에奮起호니精神上利益所獲이尟少치아니혼지라伊國의獨立基礎가漸定호나然호나佛國復讎의虞가尙有호니

同盟成立으로自호야一千八百九十八年의末꺼지佛伊兩國이事々生爭호야新聞紙上과外交政策上과關稅上에戰爭狀態가常在혼지라一千八百九十一年에伊國首相(루지니-)侯가意見을述호야曰佛國이만일獨逸롤襲擊호랴면伊國은可히二師團兵을(지로루)地方에派遣호야써獨佛境上을防禦홀지라호더니

爾來十一年後에伊國이突然히獨墺二國을向호야條約內容을佛國에可示홀것을請求호니盖是佛伊의反目狀態가此時에一變호야兩者가默契成立이된지라一千九百二年에佛國外相(데루가쯔셰)氏가公言호야曰

三國同盟이現狀과得如ᄒ면某國(獨逸)이佛國侵畧ᄒᆯ計를作홈이當ᄒ
야伊國은恐ᄒ건디其行動을共치아니ᄒ리라ᄒ니

此言을觀홈이兩者의默契ᄒᆫ것은可知ᄒ리로다

(지유니스)問題가旣於數年前에危機時期가去ᄒ고佛伊兩國이地中海
權利에平等公明의解決ᄅᆯ兹에告ᄒ야伊國이漸次佛國과로同其利害ᄒ
ᄂᆫ디到ᄒ니其結果가自然히其同盟ᄒ獨墺二國에疎ᄒ形狀을見ᄒᆯ지라
此時伊國이更進ᄒ야英露二邦과로親交ᄒ기를修홈을謀ᄒ니是實近來事
相이니라

伊國이俄國과接近ᄒᄂᆫ擧ᄂᆫ是歷史及感情上으로自然ᄒ契約이出ᄒ니
盖伊國俄國이한가지로(바루강)半島墺國의侵畧을防止ᄒ기ᄂᆫ兩國의
利益으로以홈이니故로兩國의接近ᄒ것은卽此利益에基홈이라曾際伊
國統一에墺國이此機ᄅᆯ利用ᄒ야墺伊合同ᄒ기를企홀時에(피-도몽
도)(伊國州名)가獨不肯ᄒ야俄國後援을恃ᄒ고斷然히墺國强勢ᄅᆯ斥홈
이니今日인則其原因이雖異나其結ᄂᆫ相類ᄒ것이有ᄒ니(몽데네구로)
가世界에最小ᄒ國으로傲然히不屈ᄒ야恒常墺國이(바루강)半島相爭
에勢力扶植ᄒᄂᆫ디反對ᄒ니是ᄂᆫ伊國과로聲援相結ᄒ것을明知홈이오
且現今伊國皇后ᄂᆫ是(몽데네구로)國王의女러라

三國同盟의强弱이當初에墺伊關係如何에存ᄒ더니今日도亦然ᄒ니此
同盟國의惡感이終不可拭이라他日에반다시分離ᄒ야仇敵이되리니(마
셰니야)問題와혹(구리-도)問題가每々히起ᄒ야墺伊의間에嫉視反目
ᄒᄂᆫ狀이有加甚深ᄒ지라

(바루강)半島와及(아루바니아)의現狀이墺伊와及墺露關係에依ᄒ야
維持ᄒᆯ것을見ᄒ니伊國이憎惡ᄒᄂᆫ念을似宜減削而〈5〉却不然ᄒ야機會
가一生ᄒ면卽憎墺ᄒᄂᆫ念이一加ᄒ야到底히釋然ᄒᆯ期가無ᄒ고
墺國이亦伊國을向ᄒ야壓迫을欲加ᄒ랴ᄂᆫ志가今尙不改ᄒ야逐年益盛

호야向後(바루강)半島가歐洲列强의同意룰得호야互爲協定호눈日에 壞伊의反目이愈甚이라此時에獨逸語룰用호눈邦國(即獨壞兩國)이歐 洲輿論에反對룰被호야(공스단지노-푸루)에셔門戶룰閉鎖호야政策이 不行홈이到호니則壞伊의關係가益々히不和홀時인디英國이(세루비 아)가其國交룰回復호눈一事에對호야今後에可히那邊에到호야其勢力 을難測에伸張홀지니如此而英伊接近의結果가可使壞伊로次第히其間 을遠케홀지라

伊國外交가(바루강)과及(아루바니-)방면에눈壞國을衝突호고(亞弗利 加도리포리)에눈獨逸룰衝突호니形雖衝突이나此衝突로由호야同盟基 礎룰破壞호눈디不到호고融化其間호눈것과此抑制호눈効가却有호니 歐洲에壞伊二國이自由行動을各執호눈것이輿論의最所不喜호눈것인 디歐洲平和가或爲호야見破홀지니今使此如犬如猿호壞伊二國으로戰 場相見의不幸을免케코져홀진디强制的으로其親交룰使之繼續케홈만 如홈이無호니라

上來所述은乃壞伊間關係而已라獨伊關係에至호야도髣髴의觀이有호 니獨逸이政治上과經濟上에同盟國의要求룰不顧호고利益을獨自壟斷 호눈例가不少홀지라然호나獨逸이亦三國同盟으로爲호야多少抑制룰 受호나니此點이壞伊二邦으로所異가無호지라獨逸이同盟을脫離호고 自由行動을取호눈디到호면均勢가忽破호야歐洲平和天地가戰雲의所 掩될것이無疑호니라

元來同盟者눈同盟國이互相助勢호야同盟國間에發生호눈紛爭을要止 홀지니民間의士로全獨逸主義룰唱道호눈者와或伊國々勢膨脹論을著 호눈者와如호것이往々히此意味룰忘却홈이政府政事者가決코等閒에 附치아니홀지라蓋三國同盟勢力의薄弱호눈것이可喜호現象이아니니 此同盟이一朝에破綻호면堤룰決홈과恰如호야從來所含忍호怨恨이洪

水의 橫溢홈과 如ᄒ야 歐洲롤 禍亂中에 葬홀것이 必ᄒ니 但事實上으로 見
ᄒ면 尙히 前途遼遠혼지라

近來 三國同盟의 力이 稍爲薄弱혼것은 世의 所知ᄒᄂᆫ것이라 其薄弱케혼
理由ᄂᆫ 一方에外 他新同盟新協商의 原因을 作ᄒᄂᆫ者ㅣ 多ᄒ니 前關係롤
破却ᄒᄂᆫ것이 不是라 三國同盟에 對ᄒ야 露佛同盟이 今에 其勢力을 漸擴
홀 傾向이 有혼것은 無他라 英佛協商의 力이 加혼故이라 英佛協商이 其意
味가 英露協商을 含혼故로 獨逸이 비록 墺伊二國을 提ᄒ야 橫行코져ᄒ나
其勢가 不得不 英佛協商의 所制홈이 되ᄂᆞ니라

凡 外交政策이 人民意旨에 基ᄒ여야 强力이 始有ᄒᄂᆞ니 民心에 基혼 外交
가써 平和롤 永遠혼디 維持ᄒᄂᆫ바이니라

敎育

泰西敎育史

第二章 古代羅馬의敎育

(羅馬國情) 凡 讀史者ㅣ 歐美諸邦의 情狀을 欲明홀진디 必羅馬史롤 硏究
홈이 可ᄒ니 盖羅馬人이 古時로 붓터 地中海近側과 與亞西亞西方과 阿非
利加北方의 文化롤 摠히 集成ᄒ야써 後世에 灌漑홈으로 近世의 文明이 乃
有혼지라 是故로 古代史者ᄂᆫ 其文化가 旣羅馬에 萃ᄒ고 近代史者ᄂᆫ 其文
化의 源이 亦自羅馬로 流出혼者이라 自羅馬帝國이 滅亡혼 以後로 迨經千
餘年而今日에 至ᄒ얏스니 其間 言語와 風俗과 習尙과 制度와 法律等의 事
情의 變態ᄂᆫ 固甚多ᄒ나 然ᄒ나 其所變의 跡은 皆羅馬의 成勢롤 因홈인즉
羅馬의 史가 於今에 關係됨이 甚大혼지라 然ᄒ나 獨其敎〈6〉育史에 至ᄒ야
蕞爾혼 希臘에 遠遜ᄒ니 羅馬史乘은 殆二千年을 亘ᄒ도록 事業의 暢盛홈

이能히加尙홀者 | 莫有호지라其初는不過一小殖民으로붓터進호야宇
內롤統轄호고文明의代表者가되야豪傑偉人의事蹟이頗富호나然而教
育學을專治호者는甚히罕見호지라以此로羅馬人은文學科學을嗜好호
는思想而鮮호고實用을重히호는風이有홈은可知홀지라

今夫教育者는自一面으로觀之호면雖亦爲實事나然이나固其哲學上의
原理는人性의知識과人類運命의理論으로根本을삼느니若羅馬人은爭
戰에만營々호고曾히其密切의關係됨을不悟홈은盖羅馬의初에四邊이
皆敵國으로써盛力抵禦치못호면必滅亡에自底호고衰弱에自歸홀지니
安能意大利半島에雄長홈을得호리오旣以外敵을拒捍호고他國을侵略
홀主義로其國民을集合蟠結호야其愛國心과勸業心을興起호야써世에
赫耀호니是는羅馬强盛의原因이라夫如是홍則羅馬人의精神은本國을
防禦호며他邦을侵略홈에專在호고文藝科學等教育上에는未遑홈이有
호비라

羅馬는王政으로붓터共和政治의末싸지所謂學校의教育이無호고其子
弟는僅히父母의게受教홀而已나然而其教育이쑈호專히體育德育과或
稱兵式教育호며或以宗教々育이라호니其所謂道德은種々原因에依호
야成호者라凡父의權力이無限홈으로爲子者가是롤順從호야家庭의規
律을嚴守恪遵호고母는一家以內에셔綾提[4]롤保護호는教師이오又宗教
의勢力도家內에亦及호야以爲凡人이一事一行에必有神而司理監察호
다홈으로羅馬의人은少年時에必以十二牌로教호니卽羅馬法에天然的
約束者라其主旨는大抵人으로호야곰神聖을信服호야可히干犯치못호
계홈이라

羅馬의古代에教育의形式은斯巴達과大類호더니自共和政末로帝政時

4　綾提 : '孩提'의 오자로 보인다.

代에至ㅎ야는其風이一變ㅎ야雅田을轉學ㅎ니曩時는風氣가剛暴ㅎ고民情이獷悍ㅎ다가希臘을征服홈에及ㅎ야反히其化를受ㅎ야其文雅를學ㅎ며美善의俗을變成ㅎ니然則羅馬의文運은實노雅典에셔發源홈이라其希臘을滅ㅎ후後로붓터學者덜이相率ㅎ야雅典에游學ㅎ다가國人에계歸傳홈으로於是國人이乃學術을漸好ㅎ고才藝를嗜ㅎ야學校를始設ㅎ고各種敎育을興ㅎ니라

帝政時代에其初步의敎育은兒童七歲된者의계施홈이니其學科는讀書,習字,算法이오且當時一切習尙이文字의讀法과與其秩序를先敎ㅎ고次에字形과算法을敎ㅎ며十二歲에至ㅎ면初等의敎育을畢ㅎ고高等學校에入ㅎ야希臘語를學ㅎ며文典을修ㅎ며詩文,演說,史記,哲學等을硏究ㅎ며古今名家의詩文을暗記ㅎ고十五六歲에至혼則大人의衣服을着ㅎ고其職業을各選ㅎ야此業과相關되는學術에만專門으로從事케ㅎ니農業,兵事,政治,法律,演說等學을皆自此로始選ㅎㄴ니라

(羅馬의敎育家)已上所述과如히羅馬人은事業에長ㅎ고思想에短홈으로大學의敎育家는不見ㅎ얏스나其敎育史에可히記名홀者는帝政時代에僅히郭英迭利安氏一人만有ㅎ고其外는寥々ㅎ도다

郭英迭利安氏는著名혼修辭家이라紀元四十年時에西班牙에셔生ㅎ니其初는法律만偏尙ㅎ더니後에乃文學을崇ㅎ야敎師가되고令名을永遺ㅎ니其所著혼才辯法一書는當時敎育書中에最善美혼者뿐더러쪼혼後世敎育家의權輿가되야其說이今世에敎育說과多符合ㅎ지라氏가以爲兒童이最幼時에受敎ㅎ기易ㅎ니當以施敎育으로第一義를合홀지라兒童이外物의感覺홈을初受ㅎ면印象이生ㅎ야卽能永留홈이宛然新壞內에液類의臭氣를初入홈과如ㅎ야容易히消失치아니ㅎ다ㅎ고又曰凡兒童의精神을擾亂케ㅎ는者는務須謹避홀지라ㅎ며又曰務〈7〉使兒童으로勉力於學호디其道를遊戲間에寓홈이可ㅎ다ㅎ고又曰凡敎師의最應注

意홀者ᄂᆫ兒童의心意와與性質과兒童의記憶力과及模倣力에關係됨을
必察知홈이緊要ᄒ다ᄒ고又言ᄒ되爲學之人이小成의危險에安홀지라
ᄒ며又道德訓練之法을論ᄒ야曰畏懼者ᄂᆫ制人壓人ᄒᄂᆫ者라兒童의品
行은其天眞을率홀지오譴責을因ᄒ야畏懼矯正ᄒᄂᆫ事ᄂᆫ無ᄒ거늘世俗
은此理를不知홈으로往々히隨制力으로써兒童에게施ᄒ며甚ᄒ者ᄂᆫ鞭
撻을常施ᄒ야其怒心을激홈으로更히其惡을加長ᄒᄂᆫ니故로教育의正
例ᄂᆫ勤勉[5]으로써爲主ᄒ고加體의罰責을無取홀지니라

第三章 中古歐洲情狀

(**羅馬帝國滅亡**)歐洲中古史乘에自第五世紀西羅馬帝國의滅亡으로第
十五世紀東羅馬帝國의滅亡에至ᄒ기ᄭ지一千年間은卽上古文學이滅
絶ᄒ고近世文學이興起홀關鍵이되ᄂ然ᄒ나其時歐洲諸國이擧皆曚昧
無知의域에陷홈으로史家ㅣ名曰暗世라ᄒ니其幽暗不明홈을謂홈이라
至若羅馬帝國滅亡의原因인즉內外二種이有ᄒ니其內因의亡國者ᄂᆫ國
民道德의腐敗홈이오其外因의亡國者ᄂᆫ北狄人의侵掠홈이라羅馬의亡
國이此二因이有홈을不自覺悟ᄒ고政學을改良ᄒ야其失을不救홈으로
써滅亡에遂至ᄒ니라
所謂北狄人은卽德意志의人種이니奧古斯丁帝時로붓터已爲羅馬의强
敵이더니其後에侵掠이不絶홈이羅馬人이苦히넉여支那의匈奴와蒙古
를患홈과頗如ᄒ니盖自第四世紀之末로第五世紀의始에至ᄒ도록德意
志種의喀斯族과尾斯達爾士族과並匈奴等族의蠻民이歐洲의北과亞洲
의西로셔羅馬에侵入ᄒ야羅馬帝國의領土에割據ᄒ니於是에當時所稱
ᄒ世界의都府와文明의樞極과文學의淵藪가喀司族에게殘毀摧減ᄒᄒ비

---

5 勤勉 : '勸勉'의 오자로 보인다.

되니自此로第十一世紀에至ᄒᆞ도록暗昧ᄒᆞ이殊極ᄒᆞ야文化가慘淡ᄒᆞ고
敎育이衰替ᄒᆞ고書紀가散失ᄒᆞ야貴顯의紳士도讀書ᄒᆞ기不能ᄒᆞ지라況
學政의振興乎아

(歐洲北部野蠻人의情態) 希臘羅馬古代開化의成勢를破壞ᄒᆞ고更히近世
文明의種을蒔ᄒᆞᆫ者ᄂᆞᆫ卽歐洲北部의野蠻民族이라故로中古의敎史를欲
述ᄒᆞᆯ진디此種蠻民의性質을略言ᄒᆞ야其源流를考ᄒᆞᆯ지니

當時所稱ᄒᆞᆫ日耳曼의地方이今德意志, 墺地利, 比利時, 荷蘭, 諸地라羅
馬의屬地와比較ᄒᆞᆫ則氣候寒冽ᄒᆞ고土地不毛ᄒᆞ야長林沼澤이多ᄒᆞ고田
畝ᄂᆞᆫ狹隘ᄒᆞ며村落이稀少ᄒᆞ고原野에ᄂᆞᆫ牛馬가成群ᄒᆞ며長林에ᄂᆞᆫ猛獸
가繁息ᄒᆞᆫ데德意志人이此中에棲息ᄒᆞ야淡泊의生計를做ᄒᆞ니其男子ᄂᆞᆫ
田獵과戰爭으로써爲事ᄒᆞ고婦人은家政을理ᄒᆞ며田畝를耕ᄒᆞᆷ으로써爲
事ᄒᆞ고男子ᄂᆞᆫ少時에父兄을從ᄒᆞ야畋獵에服ᄒᆞᆯ시山川을跋涉ᄒᆞ며兵事
에嫺習ᄒᆞ고平居遊戲에도亦擊刺劍舞를好ᄒᆞ야以此로自由生活의運動
을作ᄒᆞᆷ으로能히筋骸가强健ᄒᆞ고體力이壯大ᄒᆞ야百難을支拄ᄒᆞᆯ만ᄒᆞ지
라羅馬人이其强矯ᄒᆞᆷ을震恐ᄒᆞ야與抗키不敢ᄒᆞᆷ이德意志人이愈益恣橫
ᄒᆞ며且德意志의風俗은男子가壯年에及ᄒᆞᆫ則公會에擧出ᄒᆞᄂᆞᆫ大禮가有
ᄒᆞ야自由男子가되ᄂᆞᆫ神符와兵器를領受ᄒᆞ야自此以後ᄂᆞᆫ恒常携帶ᄒᆞ야
身邊에不離ᄒᆞ고或單身으로戰鬪에赴ᄒᆞ고將帥를從ᄒᆞ야戰陣에臨ᄒᆞ거
나ᄒᆞ니라

德意志의人의最重ᄒᆞᄂᆞᆫ宗旨ᄂᆞᆫ自由의精神과及獨立不羈의志操와氣力
의剛强ᄒᆞᆷ과決斷의勇敢ᄒᆞᆷ이라故로其人이朋友나仇敵에게皆信實의道
를盡ᄒᆞ며又重意氣ᄒᆞ며廣結客ᄒᆞᄂᆞᆫ風이有ᄒᆞ고天性이慈悲ᄒᆞ야耶蘇敎
博愛主義에最宜ᄒᆞ故로其羅馬를滅ᄒᆞ고文明을受ᄒᆞᆷ에更히改蘇敎[6]를改

---

6 改蘇敎 : '耶蘇敎'의 오자로 보인다.

善ᄒ야써近世에布ᄒ니此人種이其初開化의程度ᄂᆫ最淺ᄒ나唯體力이
羅馬人보다勝홈으로羅馬人과交通ᄒ야其宿習을大改ᄒ고一切事物을
皆羅〈8〉馬에取範ᄒ야智力이大暢홈으로써世界文明의最高度에造ᄒ야
近世哲學科學政治宗教가皆此種에셔由出홈이니라

實業

我國之鑛産物

現今三南諸地에日本人의着手ᄒᄂᆫ鑛産의調査홈이如左ᄒ니慶尙道內
에ᄂᆫ蔚山의北東若十五里의長되ᄂᆫ石炭鑛을發現[7]ᄒ얏ᄂᆫ디是ᄂᆫ日本岡
山縣人岡田一郎氏의査出홈이라炭質은中等이나되고火力은七十五度
以上八十度ᄭᆞ지되고埋炭區域은方三里量인디其中十二尺炭의鑛區ᄂᆫ
竹內綱吉이岡田氏와採掘權을契約ᄒ엿다ᄒ고 星州의金鑛과及砂金의
採收ᄂᆫ熊本縣人荒木嘉市氏의經營ᄒᄂᆫ바인디又其近陜川郡에在ᄒᆫ銅鑛
도日本造幣局에셔派送試驗ᄒ야結果가頗히良質의成績을될쥴로認ᄒ
다ᄒ고 慶州에金鑛과石炭鑛도産品이頗히良好ᄒ다ᄒ엿고 忠淸道黃澗
停車場의北若五里되ᄂᆫ月明洞八音及其附近得水谷白華山二箇所에黑
鉛鑛을發現[8]ᄒ엿ᄂᆫ디鎔層[9]은幾十尺인지測知키難ᄒ나山의全部가治
히黑鉛의採掘에適合ᄒᆫ디一日一人이約一萬斤은容易히採掘홀터인故
로長崎縣小宮萬次郎氏가此를採掘ᄒ야塊鉛數十萬斤을目下英美兩國
에輸送ᄒ야試賣中이라ᄒ고 蠟石의鑛은韓國內에不少ᄒᆫ디全羅道가最

---

7 現 : '見'의 오자로 보인다.
8 現 : '見'의 오자로 보인다.
9 鎔層 : '鑛層'의 오자로 보인다.

히豐富홈으로巨智部博士가實地探檢혼則全羅道前右水營과及珍島附
近에礪石鑛은加藤某와及大分縣人仲野作太郎氏가合資ᄒ야採掘許可
를得ᄒ야木浦地方에販賣所를置ᄒ얏다ᄒᄂᆫ디從來로韓國人은但靑色
黃色赤色의斑石만採取ᄒ고白石은採取홈을不知ᄒ더니今次日人加藤
仲野兩氏等은專혀白蠟石을採取粉碎ᄒ야日本으로輸送賣却하ᄂᆫ디是
ᄂᆫ光澤製紙와石筆等의需用에頗多額을得ᄒ고特히歐美에셔ᄂᆫ是로煉
瓦石의製造에適ᄒ야建築物의需用으로高貴의價額을得ᄒ니日本은아
즉煉瓦의使用홈을鮮히ᄒ나黑鉛과蠟石과如혼鑛業은前途에頗히有望
혼事業으로써是를特擧혼다고某新報에記載ᄒ얏더라

大抵我國의鑛産物은實노全國에散藏혼寶庫라從前으로其著名홈을試
論홀지라도如慶州의水晶은(卽南山玉)自古로有名ᄒ야其品質의良好
홈이荊璞藍玉에不下홈으로國內에珍寶로著稱혼者오其次ᄂᆫ端川의玉
石이니靑斑黃斑의二種色品이有ᄒ야國內需用에最高貴혼價値를有ᄒ
며近世에ᄂᆫ又銅鑛金鉛鐵等의鑛産을發現[10]ᄒ야著大혼利益이有ᄒ며
又三水와甲山의水泡石은其産品이極佳홈으로著名혼者이오甲山의銅
鑛은最外人의垂涎ᄒᄂᆫ바이며吉州의玉石이며成川의白玉이其次오又
其外義州의靑玉石, 水泡石, 江界의水泡石, 宣川의紫硯石, 楚山昌城龍
天鐵山渭原碧潼等郡에水泡石이産ᄒ고平壤의無烟炭鑛이最良好ᄒ며
安州의礪硫石이佳品이오藍浦의靑硯石, 牙山唐津의玉石, 水晶, 礪山의
礪石, 高山의烏水晶, 海南의花斑石, 尙州聞慶의玉燈石, 豐基의水精石
等이皆産出ᄒ며其他銅鐵金砂金의類ᄂᆫ到處에山出碁置ᄒ고特히江界
楚山諸郡에ᄂᆫ銀鑛이有ᄒ고江原道諸郡은鉛鐵, 水鐵, 磁石, 蜜花等이多
産ᄒ고濟州島에ᄂᆫ玳瑁와蠟珠ᄂᆫ産ᄒ니蠟珠ᄂᆫ最히品佳ᄒ야大者ᄂᆫ數

---

10 現: '見'의 오자로 보인다.

三寸에至홈으로支那人이自古로高麗珠라稱호야皇王貴人의冠帽에頂
飾홈을皆高麗珠로써上品을삼ᄂ니라

輸出入旬報(八月中旬)

	輸出額	輸入額	合計
釜山	六七,七七八	一五八五二〇	二二六二九八
元山	二一,七五四	八〇三三〇	一〇二〇八四
甑南浦	四,五五四	八〇五三七	八五〇九〇
木浦	四,七四九	一四四〇二	一九一五一〈9〉
群山	二四四	一一三五七	一一六〇一
馬山浦	四〇二	一三四八八	一三八九0
城津	二七二三	二〇三七二	五〇九五
仁川	一九四六六	六六一五五二	六八一〇一八
計	一二一六六九	一〇二二五五八	一〇二二五五八
金	二四八六三四	五〇〇	二四九一三四
銀		六〇一六五	六〇一六五

右內에重要호輸出入品이如左니

輸入部

品名	八月中旬	七月上旬以後
鐵軌及鐵道材料	三二八四〇一	四二一二九四
石油	一〇五一六一	一〇七九四二
電氣用品	五五三二三	五五三二二
烟草	四四三九四	一四五一五一
鐵類	三四二三九	九七六八一
建築材料	二七四七四	七六七八四
白木棉	二五四〇二	一〇七九八〇
石炭及コウ─ク	二四四五〇	九四四五0

生金巾当목	二一二三五	七九四七九
木材	二○七五六	一四九五七二
砂糖モト飲料	二○七四二	一一四三八七
葡萄酒酒精飲料	二○四○一	一二五七八九
麥粉	一九八一二	六三八六一
食料品	一九七九一	一一一三五六
衣服及小間物	一五三九五	九三五九一
シトチンク	一四一五四	七五三五五
天竺木棉	一三九五二	四七○七五
紡績糸	一一五一七	七三四三七
藥品	一○六三七	三五九一三
酒及サシコ	一○○三三	七三二○二

輸出部

米	二七四七七	八二八二三
畜類	二二二七六	九一七九一
海草	一三三五九	一三三五九
豆及莢豆	一七九一	一三五七三四
牛皮	八八四二	四四○三八
乾鹽肥料魚	八五四四	三八八四五

國內各租界地在留日本人戶調查表

六月末調查ᄒ운我國內各國居留地에在留ᄒ는日本人의戶口가如左ᄒ니

地名	戶數	比前月增加	人口	比前月增加
京城	三九○八	二七六	一四九七八	七三九
仁川	三○八七	減三七	一三一二八	減七六
群山	七五四	六三	三○四八	五二
木浦	五七七	一五	二八三五	一三五
馬山	七五三	八三	二八○五	一七六

釜山	五二六九	一八二	二○一七一	五三二
元山	一○六三	八一	四九八九	一一六
城津	一六六	四一	六九七	一四九
平壤	一七一五	一一一	六八三八	九一五
甑南	七四四	一	三○五○	一五九
合計	一八○三六	八一五	七二五三九	二八九三

右外에全國內租界地以外의居住ㅎㄴ日本人의戶口數ㄴ姑且調查表를
依ㅎ야隨次記載ㅎ깃노라〈10〉

商工業의總論

第一章　商工의効力(附投機의利害)

本紙의論述흔實業界에미양農業에關흔者ㅣ多ㅎ거니와工商業에ㄴ暇及
지못ㅎ얏기로今에所宜論述者ㄴ第一商工二者經濟上의區別이是也라
夫一國人民이文明地域에愈進홀스록分業의道가因此愈盛ㅎ나니是故
로工業이擴張홈을由ㅎ야經濟가大發達ㅎ리니盖人民의繁殖을隨ㅎ야
其力作이亦因需要而增加ㅎ고但農業林業의供給ㅎㄴ原料ㄴ其力이固
自有限ㅎ니其可以應用홀者ㄴ惟工業而已라故로人民이苟有進步면其
情形과物質에屬홈은不問ㅎ고槪有關於工業ㅎ나니工業者ㄴ一國經濟
의關鍵이라須臾라도不可忽也ㅣ니今世界列國이其工業에對흔政策이
直接과間接을勿論ㅎ고保護의法을皆用ㅎ나니一面으로爲之補助ㅎ고
一面으로爲之防備ㅎ야務使利擴而害除홈이工業界의理財術이라可稱
홀지로다
商業의經濟上에在흔効力이또흔工業에不下ㅎ니世人이皆謂ㅎ되商業
은貨物을自産케不能ㅎ니生産에有害ㅎ다ㅎ야動輒排斥ㅎ거늘社會主
義의學者ㄴ其說을和ㅎ야以爲ㅎ되生財와配財의事ㄴ皆宜國家의擔任

을由ᄒᆞ는者이니盖國家는人民의生産을爲ᄒᆞ고又其轉運을爲ᄒᆞᄂᆞ니今日商人의事業을盖屬官吏의事業이라ᄒᆞ야以爲無用ᄒᆞ니夫商人者는貨物을懋遷ᄒᆞ야其消費를供給ᄒᆞ는者라其本意가비록社會에對ᄒᆞᆫ義務를盡코져ᄒᆞ야起見홈은아니오다만一己의私利를圖코져ᄒᆞ야起見ᄒᆞᆫ것은固不待言者而可知여니와然이나其私利를圖ᄒᆞ는不識不知中에自然히國家經濟를爲ᄒᆞ야裨益이無窮에生ᄒᆞ는者ㅣ多ᄒᆞ니何者오第一物産嬴餘ᄒᆞᆫ地로自ᄒᆞ야價廉物美ᄒᆞᆫ諸種을取ᄒᆞ야物産缺乏ᄒᆞᆫ地에運輸ᄒᆞ면곳生産의費用을輕減ᄒᆞ며其次는製造家의貨物을次購ᄒᆞᄂᆞ니製造家는반다시其貨物을消費者에게移送홀時를不待ᄒᆞ고몬져收回成本ᄒᆞ야써貨物을轉造ᄒᆞ리니又其得利가輪轉循環ᄒᆞ야卽資本의蕃殖이不少ᄒᆞ니라且商人은恒常遠處를注眼ᄒᆞ고虛實을考察ᄒᆞ야製造家의能知치못ᄒᆞ는利害를先知ᄒᆞ고製造家에轉告ᄒᆞ야使者所趨避ᄒᆞᄂᆞ니諸君은日本年來에薄荷를植ᄒᆞ는者가日增月盛홈을試見乎아決코歐美市場에薄荷를銷行홈을能知홈이아니라오즉橫賓洋商의所需를窺察ᄒᆞ고應ᄒᆞᆫ바이니然則商人者는生産業의鼓舞者와誘藥者만될쑨不是라오작冥々中의敎師가되나니其力이엇지淺鮮ᄒᆞ다謂ᄒᆞ리오

商人의鼓舞誘導ᄒᆞ는冥々中에內地無業ᄒᆞᆫ農民으로ᄒᆞ야곰其識見을增長케ᄒᆞ는故로商業이非但遷盈供乏ᄒᆞ는能力만有홀而已라又能世界의生業與消費로ᄒᆞ야곰平均에必歸케ᄒᆞᄂᆞ니是는卽投機ᄒᆞ는心에셔出홈이니라

投機云者는他日의得失을推測ᄒᆞ야賣買에從事ᄒᆞ는者ㅣ니진실로商業에만稀有홀비아니라他業에도亦有ᄒᆞ나然ᄒᆞ나他業의投機에得力ᄒᆞᆫ者는決코商業에配匹홀비아니니盖有一種貨物ᄒᆞ야其産出이定規가有ᄒᆞ고定量이有ᄒᆞ야人力으로써增減치못ᄒᆞ고其多寡를預算치못홀바어늘必也投機商이有ᄒᆞᆫ然後에야均平케ᄒᆞᄂᆞ니從此로甲乙二國間에前後가

雖殊ᄒ나반다시過與不及의虞가無ᄒ리니若閉關自守ᄒ야孤立而不與
他國交通이면豐歲에ᄂ穀不可勝食故로時則有商人ᄒ야爲之貯蓄而不
使浪費ᄒ고凶年에ᄂ有商人ᄒ야預測其然而買收穀物於未秋之時ᄒ야
穀物의價值가已貴則消費가漸減ᄒ야不至大困ᄒ리니是實商業의一大
利益也라現今國際의景況이其結果가與其孤立之國으로固不相同이나
然亦可見其效者ㅣ有ᄒ니盖商人이逆料豐年則其所蓄積ᄒ穀物을糶出
故로其直이隨減ᄒ고苟知年凶則其穀物을忽然糶收故로其價愈貴ᄒ리
니此時를當ᄒ야有一投機商이或從外國輸入ᄒ며亦從內地輸出故로小
이可免庚癸之呼ᄒ나니其商業의利益이投機에在ᄒ니라〈11〉

物産의關係

夫物品은天生과人作의分別이有ᄒ니天生ᄒ物品은人力을不藉ᄒ고自
然生成ᄒ者를謂홈이오人作ᄒ物品은人의才力으로天生ᄒ者를製造홈
이라然ᄒ故로農作과牧畜의諸種은天生ᄒᄂ調和와人作ᄒᄂ工力을兼
有ᄒ니東西洋何國이든지其國의天造及人作의物品을合擧ᄒ야其國
의物産이라稱ᄒᄂ니天生ᄒ物品은此地에宜ᄒ者가彼地에不宜ᄒ기도
ᄒ며彼地에有ᄒ者가此地에全無ᄒ기도ᄒᄂ此ᄂ水土의不均홈과氣候
의有差홈으로寒地에茂盛ᄒᄂ者가熱帶에不成ᄒ고熱帶에成熟ᄒᄂ者
가寒地에不適ᄒ理由니橘이淮를渡ᄒ면枳를成ᄒᄂ者와同홈이라然ᄒ
기에天生ᄒᄂ物品은人力으로如何ᄒ기不能ᄒ者어니와彼此地에水土
氣候가均一ᄒ되彼地에生成ᄒᄂ物品이此地에無有ᄒ則人의力으로移
栽ᄒ야天生ᄒᄂ物類를增ᄒ며且人作ᄒᄂ物品을論ᄒ건디人의才藝로
工力이同然치못ᄒ야彼人의能ᄒ者를此人이不能ᄒ고彼地에善做ᄒᄂ
者를此地에不善ᄒ니此ᄂ天賦ᄒ才藝와工力을由ᄒ야然ᄒ것이아니오
器機와工夫의差殊를因홈이로되畢竟은萬物이齊一ᄒ境에至ᄒ기ᄂ極

難호지라世界에大衆이各其地에天生及人作의有餘호者로他의不足호者를補用호고他의有餘호者를取호야自己의不足호者를補用호는故로萬國이約款을定호며使節을派호야其商賈와人民을保護호고未開호國을勸호야商路를擴張호는故로列邦의貧富와人民의趨用을推究호면此를因호야分別홀者諸國商賈物物의天生及人作의多少라人民의遊食호는者가稀小호邦國은天生物이雖少호여도人作物이反多호者는他邦의天生物을購求호야其才藝及工力으로人作物의數額을增加호야他邦에販賣호는故로自己의國中에物産이小호여도他邦의物産이自己의本有홈과同호거니와遊食호는人民이夥多호邦은自己의地方의物産이雖多호여도其才巧와智力이不足호야自己의天生物로他邦의人造物을購求호느니然호기에英國은天生物이稀小홈으로天下에有名호딕人作物에多호기는萬國의冠이라其故는國中에遊食호는人民이不有홈이니是를由호야觀察호건딕國家의富強이人民의勤怠에在호고物産의豊歉에不由호는者라現今泰西諸邦이世界의財權을執호야虎視호는雄氣를恣호는者는此道에不過호니阿弗利加洲의黑人과阿美利加洲의赤人과同호면天生物이山積호고土賤호딜用處가何在리요惟我同胞는此를推究호야現今內外物産의如何호것을研究注目홀지어다

婦人宜讀 第六回 부인이맛당이일글일

소아의동정과밋유희호는일

소아가잘즈고, 잘놀고먹는것이강건호됴짐이니, 긔질의강약은진실노쳔품에속호것이나, 쏘호틱휵의당부와, 유시보양의션불션에관계가, 유호니, 아동이공덕을즁이여기고, 국가를스랑호는근인이, 실노가졍교휵의결과를힘입나니, 그런고로, 모씨실호에셔훈도홈을, 홀져이여기지못홀비니라

졔일은잠ᄌᆞᄂᆞᆫ일이니

무릇뇌근의발달이,부득ᄒᆞᆫ즉잠ᄌᆞᄂᆞᆫ시간이,반다시오리되나니,소아가성후삼ᄉᆞ일이되면,졋먹고,오좀누ᄂᆞᆫ시간외에ᄂᆞᆫ,반다시잠잘뿐이니,허약ᄒᆞᆫ아희들은,능히오리ᄌᆞ지못ᄒᆞᄂᆞᆫ고로,속담에말ᄒᆞ기를,아희들은잠잘ᄌᆞ면,잘ᄌᆞ란다ᄒᆞᄂᆞᆫ말이,실상허언이아닌고로,아희들잠잘쩌에,맛당이됴용ᄒᆞ게ᄒᆞᆯ지니라

아희들잠잘쩌에,옷과덥ᄂᆞᆫ것을,가비엽고더운것이,몸에맛게ᄒᆞᆯ것이오,ᄯᅩᄒᆞᆫ긔두면에ᄂᆞᆫ,덥지말지니,만일그러치아니ᄒᆞ면,공긔를막아서,슈ᄒᆡ홈이불소ᄒᆞ니라,ᄯᅩ모씨가,아희들잘쩌에,팔을베기히쥬지말지니,아희들의몸이온도에지나면,졋먹기를싱각ᄒᆞ야편안이ᄌᆞ지못ᄒᆞ나니,소아의졋싱각이,밤이면이ᄎᆞ가항샹되나니라〈12〉

졔이ᄂᆞᆫ운동ᄒᆞᄂᆞᆫ일이니

소아나은후춘츄온난의시ᄃᆡ를당ᄒᆞ야,맛당이이칠일쯤,일긔화창ᄒᆞᆫ쩨를,ᄐᆡᆨᄒᆞ야,안고방문박게운동ᄒᆞ기를잠간잠간ᄒᆞᆯ지니,만일엄한과혹셔를당ᄒᆞ거든,삼ᄉᆞ십일만콤식,일ᄎᆞ를ᄒᆡᆼᄒᆞ여,방안에셔도무방ᄒᆞ니라,츙실ᄒᆞᆫ아희들은,거름발탈쩌에ᄂᆞᆫ,임의로작난ᄒᆞ고운동ᄒᆞ게ᄒᆞ야,긔활발ᄒᆞᆫ긔샹을양셩ᄒᆞ되,가장쥬의ᄒᆞᆯ일은,삼ᄉᆞ셰된아희들이,미양머리가굿지못ᄒᆞ고,ᄉᆞ지가단ᄯᆞ치못ᄒᆞ야위험ᄒᆞᆫ지경이만이잇시니,대단이쥬의ᄒᆞᆯ것이오,ᄯᅩ더셩을발ᄒᆞ야희학ᄒᆞᄂᆞᆫ일은,임의로두워셔,장위를발달ᄒᆞ고,혈ᄆᆡᆨ을통ᄒᆡᆼ케ᄒᆞᄂᆞᆫ것이,맛당ᄒᆞ니라

졔습은함양ᄒᆞᄂᆞᆫ일

소아가나은지,이삼삭이되면,맛당이,온화ᄒᆞ고청명ᄒᆞᆫ일긔를ᄐᆡᆨᄒᆞ야,혹안기도ᄒᆞ고,혹업기도ᄒᆞ야,호외에유ᄒᆡᆼᄒᆞ면셔,ᄌᆞ연ᄒᆞᆫ경식을뵈이여셔,긔셩졍을함양ᄒᆞᆯ지니,만일항상방안에만두면,곳졍신이침ᄯᆞᄒᆞ고,긔질이침약ᄒᆞ야,장셩ᄒᆞᆫ후에도,신체가쳠약ᄒᆞ나니,연아회외예츌ᄒᆞᆯ시에,신체

의각부로ᄒ야곰,풍한을,너무쐬이지말게ᄒ고,쏘양안으로ᄒ야곰,일광을즉촉ᄒ게말지니,불연이면안력감손을ᄒ야,심ᄒ면눈이폐명지경에도지ᄒ나니라

ᄶᅧᅀᅳᆫ목욕시긔ᄂᆫ일이니

아희들신체가,됴츌지못ᄒ면,피부가상ᄒ기용이ᄒ고,쏘염질병이옴기용이ᄒᆫ고로,미양날마다온슈로목욕을시킬지니,목욕식킬ᄶᅥᄂᆫ맛당이,잠ᄌ고ᄶᅵ후와,잠ᄌ기젼에힝ᄒ올것이오,만일일긔가한닝ᄒᆫᄶᅥᄂᆫ,맛당이일즁에힝ᄒ고,그방법은,먼져부두러운슈건으로ᄡᅥ온슈에췌긔여셔,그젼신과두골을,문질녀셔,표면에잇ᄂᆫ진이를ᄡᅵ셔버리고,그담에안면을시실지니,결단코ᄒᆫ슈건으로,몸과머리를ᄡᅵᆨ긔지말것이오,그슈즁에잇ᄂᆫ시간은,오분이나혹십분동안을요구ᄒ고,목욕을필ᄒᆫ후에ᄂᆫ,더운화상에,편안ᄒ게뉘워셔,닝긔로촉감되지안토록쥬의홀지니라

아희ᄂᆫ뒤예만일일즉머리털을각가쥬면,반다시대희가잇시니,나은지일쥬연이된후에,각ᄂᆫ것이맛당ᄒ니긔젼에ᄂᆫ두골이단단치못ᄒ야,슈상ᄒ기가용이ᄒᆫ고이라

소아신체ᄂᆫ,가장진이가뭇긔용이ᄒᆫ고로,와상과거실에,별노이쳥결ᄒ게ᄒ고,쏘미양식후에ᄂᆫ,반다시졍ᄒᆫ슈건으로온슈에젹시여,입과입안을ᄡᅵᆨ긔여쥬고,소변이나혹대변을,눈뒤에ᄂᆫ,반다시ᄒ부를졍ᄒ게ᄡᅵᆨ긔여쥬긔를쥬의홀지니라 (미완)

米人의朝鮮施政觀

朝鮮京城에셔米人의手로成ᄒ六月發刊의코레안,레우유誌上에近頃米國으로브터歸來ᄒ同誌主筆記者에이ᄡᅳ지,비-,후루바-도,라ᄂᆫ人이如左ᄒ意味로長文論說을揭ᄒ야朝鮮에對ᄒ日本人의施政을罵ᄒ얏시니其大要에曰朝鮮이表面上으로日本人手에落ᄒᆷ으로브터已爲十個月이

되其間日本人이何事룰爲ᄒ얏ᄂᆫ지思惟컨더日本人은戰場의勇士됨에
ᄂᆫ元來世上에異論홀바이無ᄒᄂᆫ朝鮮國民을統御ᄒᄂᆫ行政的才能에至
ᄒ야ᄂᆫ大段疑惑ᄒᄂᆫ것이라畢竟日本人性格의使然ᄒᄂᆫ바이니卽忍耐
보담도突進에長ᄒ야假如局外者의地位에立ᄒ야冷靜ᄒ고且周到ᄒ계
事物을視察홈보다도寧一政策을執ᄒ야善ᄒ던지惡ᄒ던지直其實行홈
에突進ᄒᄂᆫ缺點이有ᄒ故로其如施政도恒常武斷的에失ᄒ야過去十個
月間의經過와如히歷々히失敗룰示ᄒ얏시니抑日本의對韓政策이恒常
日本人의聲明홈과如홀지면友誼的態度와正義에由ᄒ야樹立홀터이ᄂᆫ
然이ᄂᆫ事實은此와反ᄒ야陽에ᄂᆫ種種繁瑣ᄒ法令을頒下ᄒ야具体的으
로施政의進取ᄒᄂᆫ体貌룰示ᄒ고陰에ᄂᆫ其法文에違背ᄒ야潮次蠶食的
步武룰進ᄒ니맛치日本人이半島에대ᄒ目的은各々其私欲을逞홀야ᄒ
ᄂᆫ外에何等의目的도無ᄒ다思ᄒ고若有ᄒ다ᄒ야도分明히失敗의跡을
示〈13〉이라人이有ᄒ야告ᄒ야曰日本之於朝鮮에何事이든지遂成홀야
ᄒᄂᆫ傳道師라ᄒ니然則彼暴虐ᄒ侵畧的遠征家로靑史에淋漓ᄒ血痕을
留ᄒ비사로고루데, 又ᄂᆫ아쓰지라, 진기간도亦一個傳道師라云홈을得홀
지오間日에又大阪某新聞記者가京城에住在ᄒ有力ᄒ一歐洲人을訪ᄒ
야貴下ᄂᆫ朝鮮人과阿伊奴人과酷似ᄒ것이라고思ᄒ지아니ᄒᄂᆫ냐ᄒᄂᆫ
奇問을發ᄒ얏다ᄒ니卽米國人이北亞米利加印度人에對홈과如히日本
人間에朝鮮人을阿伊奴人種과同樣으로北方에駈逐홀랴ᄂᆫ意思가潛在
홈을見홀지오特히日本人이共同의正義룰尊重히ᄒᄂᆫ精神이無홈은左
의事實에據ᄒ야도分明홀지니卽一朝鮮人이釜山에在ᄒ鹽田을保證ᄒ
고三年期限으로써日本人에게負債ᄒ얏더니其期限에辦報치못홈으로
써法庭에訴ᄒ야其結果로獄에下ᄒ고六日間絶食ᄒ后一週間에支拂치
아니ᄒ면其保證物件을沒收ᄒ야도怨이無ᄒ다ᄂᆫ書面에捺印을强行ᄒ
야其一週間後에맛참ᄂᆡ三十圓負債에一萬圓의鹽田을奪去ᄒ事가겨우

數週間前事이오又余가服着호后에其家宅을見奪호야其還取홀方便을
歎息試願호여來호는朝鮮人이頻々히有호고又日前에도數名의婦人이
來호야京城附近沿路의家宅은些小호搬移費로與호고退去홀命호는것
도其料金으로는아모리하야도他所에新家宅을設하기不得혼다하야不
平홈을陳述하는者ㅣ有하니如此히正義의觀念에乏혼것을示홈과如혼
行爲가有홈을一般日本人이果然知乎아否乎아或은知하고도不問홈에
附與하는지知키難홈이오其他日本人이船便마다連繼來着하야마치無
人之境을行홈과如하고或은土地를買求하고或은强奪하야自由로某商
業을開始홈이全혀條約을蔑視하는行爲가有하니若使日本으로永久히
如彼홀지면關係된列强國에셔亦何等의態度를取하지아니치못홈에至
홀지니伊藤侯된者가묘곰顧省홀바인뎌하얏더라

本朝名臣錄의攬要

朴元宗의字는伯胤이니公이美容儀호고書를讀홈이大義를通하고射御
가絶人이라韓明澮가一見奇之曰他日에必爲大器라하더라
燕山政亂에成公希顏이欲廓淸호딕無與規畫하야里人辛允武로하여금
微意를試하니公이袂를奮하고起하야曰是我의日夜畜積혼것이니라成
公이乃暮抵其家하야各痛哭叙忠義하고遂與柳順汀,朴永文,辛允武,洪
景舟,等으로同志를各倡하야約於九月初二日에燕山長湍石壁에遊홈을
因하야門을閉하야拒守하고晉邸를推戴하려하더니適燕山이停行혼지
라機事已露에勢不可止하야遂以初一日夜半으로將士를訓鍊院에會하
야몬져愼守英,任士洪,愼守勤,三人을擊殺하니平明에百官이次第歸附
하는지라燕山이差備門에坐하야承旨等을召入하야曰太平之時에他變
이安有하리오恐是興淸之夫가相聚爲盜라하고李壋를命하야管鑰을持
하고闕門을巡審하라혼딕壋ㅣ朝廷이已有所屬혼줄을審知하고遂抽身

出ᄒ니於是에宦侍及諸宮屬이皆出ᄒ고惟後宮娼流가相聚號哭에聲震
于外라於是에戟門에會議ᄒ고柳子光李繼男으로闕門을把守ᄒ야써廢
主의奔逸을備ᄒ고公이百官을率ᄒ고景福宮門外에詣ᄒ야 慈順大妃의
게命을請ᄒᆫᄃᆡ俄而오開門引入ᄒ거ᄂᆞᆯ公等이勤政殿西庭에列坐ᄒ고柳
順汀鄭眉壽로潛邸에駕를迎ᄒᆞᆯᄉᆡ 上이平市署傍人家에寓ᄒ지라順汀等
이再三勸進ᄒᆫᄃᆡ 上이戎服으로輦을御ᄒ고法物을備ᄒ고出ᄒ니市不易
肆ᄒ고父老萬歲를呼ᄒ며流涕이ᄂᆞᆫ者有ᄒ더라然이나昌山이學術이無
ᄒ고菁川이性이寬懦ᄒ고公은龘厲無稽ᄒ야비록忠義所激에功在必成
이나施措失宜ᄒ야舊恩으로賊臣柳子光을容ᄒ야써後日의禍를基ᄒ고
瑣々ᄒ姻婭를皆授鐵券ᄒ고賂의多寡를視ᄒ야功〈14〉의上下를第ᄒ야
連車續狗의譏가至今爲病이러라

丁卯夏에朝廷이柳子光을論斥ᄒ니子光이公을恐動ᄒ야曰吾與公으로
並武人이라文士가多不悅ᄒ니脣亡齒寒이니라公이笑答曰朝廷이切齒
久矣니公의早退치아니ᄒ것이恨이니라子光이破膽而去ᄒ니라

庚午에公이職을固辭ᄒ고金壽童으로써領議政을삼으니時論이嘉之ᄒ
더라

公이病革에 上이承旨를遣ᄒ야所欲言을問ᄒ신ᄃᆡ公이曰主上이勵精圖
治ᄒ니可言之事가安有ᄒ리오但愛惜人才ᄒ시기를願ᄒᄂ이다

中宗이反正ᄒ심이靖國元勳을策ᄒ야平城府院君을封ᄒ고官이領議政
에至ᄒ얏더니及卒에年이四十四라 中宗廟廷에配享ᄒ니라

柳順汀의字ᄂ智翁이니自髫齡으로好讀書라金宗直門下에受業ᄒᆷ이推
奬을甚見ᄒ고又猿臂善射ᄒ야弓百斤을彎ᄒ더라

辛亥에北虜犯邊이라都元帥許琮이公으로써幕佐를삼고常稱之曰他日
에濟世安民ᄒᆯ者ᄂ必此人이라ᄒ더라

與平城朴公昌山成公으로天命人心을灼知ᄒ고義徒를倡擧ᄒ야 大妃의

敎를奉ᄒ야 中宗을潛邸에迎ᄒ야位에卽ᄒ고指揮整理ᄒ야朝를崇치아
니ᄒ고國步大定ᄒ니公이內로廟謨를籌ᄒ며外로兵政을理홈이人이望
홈을長城과갓치ᄒ야恃以無恐ᄒ더라擧義ᄒᄂ日에朝貴가公을賴ᄒ야
全活홈이多ᄒ되公이自言치아니ᄒ니人이其量을服ᄒ더라

中廟反反[11]에菁川府院君을封ᄒ고官이領議政에至ᄒ얏더니及卒 中宗
廟庭에配享ᄒ니라

成希顔의字ᄂ愚翁이니公이旣生에啼視異凡ᄒ고遊戱에自稱大將ᄒ고
羣兒를指揮홈이趍順莫敢違ᄒ더라

公이燕山의淫虐이日甚ᄒ야 宗社가將危홈을見ᄒ고慨然히撥亂反正의
志가有ᄒ야朴元宗柳順汀으로더부러 晉城大君을推戴ᄒ야景福宮에卽
位ᄒ니市不易肆ᄒ고中外帖然ᄒ것이公의力이러라

成廟時에弘文舘正字로父의喪을遭ᄒ야官을去ᄒ얏다가服闋復叙ᄒ야
恩命을謝홀시 上이閤門外에召至ᄒ야慰勞ᄒ고中官을命ᄒ야一鷹을賜
ᄒ야曰爾有老母ᄒ니公退에可히郊獵ᄒ야滋味를助供ᄒ라ᄒ시고又入
夜對에酒果를賜ᄒ신디公이柑橘十數枚를袖ᄒ고醉臥不省ᄒ더니中官
이負而出之홀시袖柑이地에墮散혼지라明日에 上이柑橘一盤을玉堂에
下ᄒ시고 敎曰希顔이橘를袖혼것이意欲遺親인故로賜ᄒ노라公이鏤骨
忘死ᄒ야맛참니靖國의擧를倡ᄒ야ᄡᅥ報效의地를成ᄒ니成廟待士의誠
과知人의明이진실노人의忠을盡케홈이有ᄒ거니와公은亦知遇를不負
혼다可謂홀지로다

中廟反正에昌山府院君을封ᄒ고官이領議政에至ᄒ고卒홈이中宗廟庭
에配享ᄒ니라

李約東은 成宗朝人이라일즉濟州牧使가되얏더니及歸에只持一鞭이라

---

11 反反 : '反正'의 오자로 보인다.

가旣而曰此亦島物이라ㅎ고官樓에掛ㅎ얏더니歲ㅣ久ㅎ이鞭이落ㅎ거
늘邑人이掛ㅎ얏던處에其跡을畵ㅎ야써思慕ㅎ는意를寓ㅎ니라海에渡
홀時에舟가忽然히傾回ㅎ야危에幾ㅎ지라凝然ㅎ야曰吾行에私가一無
ㅎ니或者幕中人이欺冽ㅎ야神明으로我를諭케홈이아닌가初에本州將
士輩가公이儒將을薦ㅎ얏다ㅎ야一甲을賫호려호디公이知ㅎ면반다시
却홀가恐ㅎ야陪行偏裨에潛付ㅎ얏더니至是ㅎ야實로써告ㅎ는지라公
이命ㅎ야投ㅎ니於是에波ㅣ定ㅎ고舟가行ㅎ니至今?지其所를名ㅎ야
曰投甲淵이라ㅎ나니라

尹孝孫의字는有慶이니 世祖朝人이라兒時에父가議政府錄事되야晨에
相公朴元亨의門에往ㅎ니閽人이起寢아니홈으로辭ㅎ고通치아니ㅎ는
지라日晩에飢困而歸ㅎ야孝孫다려謂ㅎ〈15〉야曰余以不才로此에至ㅎ
니汝는業을須勤ㅎ야爾父와如치말라孝孫이其刺尾에書ㅎ야曰相國酣
眠日正高ㅎ니門前刺紙欲生毛라夢中若見周公聖이면須問當年吐握勞
라翌日에其父가省치못ㅎ고又往投之러니相公이其詩를見ㅎ고卽時召
入ㅎ야問曰是詩가爾의題혼것이냐錄事ㅣ驚懼失措ㅎ야其字畵을審ㅎ
니乃孝孫의筆이라以實告之혼디相公이令召孝孫ㅎ야嘆奬을極加ㅎ고
少女로써妻ㅎ고져혼디夫人이不可타ㅎ야曰豈可與錄事兒로爲婚乎아
相公이從치아니ㅎ고竟以妻之ㅎ니라

魚有沼는忠州人이니世祖丁亥에前會寧府使李施愛가州에據ㅎ야叛ㅎ
거늘龜城君浚이都統使되고康純과有沼가大將이되고許琮이節度使되
야洪原에셔戰ㅎ고又北靑에셔戰홀시有沼가小舟로써精兵을載ㅎ고靑
衣를着ㅎ야草木과色이同케ㅎ고海曲으로由ㅎ야賊後로繞出ㅎ야夾擊
ㅎ야施愛를生擒ㅎ고又與南怡等으로軍을回ㅎ야建州에赴ㅎ야滿住의
父子를斬ㅎ고大樹를斫ㅎ야白書ㅎ야曰某年某月에朝鮮大將魚有沼ㅣ
建州를滅ㅎ고還ㅎ얏다ㅎ니라

永安道野人이部를擧ᄒ야潛移ᄒᄂᆫ者ㅣ有ᄒ더니朝廷이他釁이生홀가
恐ᄒ야有沼를遣ᄒ야慰安ᄒ니有沼가일즉北道兵使되야其心을服홀지
라野人이曰令公이果來乎아令公이來ᄒ면是我父也라可히見홈을得ᄒ
랴有沼ㅣ馳ᄒ야其部에入ᄒ디虜가皆羅拜悅服ᄒ야相率而還ᄒ니라
黃守身은喜의子라五六歲時에羣兒로더부러戱홀ᄉᆡ一兒가有ᄒ야井中
에誤墮ᄒ니羣兒駭散ᄒ고公이獨解衣極[12]之ᄒ지라翼成公이聞ᄒ고曰
吾家에一宰相이又生ᄒ얏다ᄒ더니後에官이領議政에至ᄒ니라
鄭麟趾의字ᄂᆫ伯睢니 世宗의命으로史籍中善惡의可爲勸懲홀것과吾東
方興廢存亡의跡을編次成書ᄒ야名ᄒ야曰治平要覽이라ᄒ고또 祖宗肇
基의跡을述ᄒ야龍飛御天歌를作ᄒ다

官報抄略

農商工部分課規定改正案件 (續)

第八條商務局에左開三課를寘ᄒ야其事務를分掌케홈이라,管商課,通
商課,管船課, 第九條管商課에셔ᄂᆫ左開事務를掌홈이라,一商業에關ᄒ
事項,二營業主張ᄒᄂᆫ諸會社에關ᄒ事項,三博覽會에關ᄒ事項,四內外
國産陳列品에關ᄒ事項, 第十條通商課에셔ᄂᆫ左開事務를掌홈이라,一
通商航海에關ᄒ事項,二通商報告에關ᄒ事項,三外國出業者에關ᄒ事
項, 第十一條管船課에셔ᄂᆫ左開事務를掌홈이라,一船舶海員調査及航
海標識에關ᄒ事項,二漂流物及難破船에關ᄒ事項,三水運會社並其他
水運事業의監督에關ᄒ事項, 第十二條礦務局에左開二課를寘ᄒ야其
事務를分掌케홈이라,礦業課,地質課, 第十三條,礦業課에셔ᄂᆫ左開事

12　極 : '拯'의 오자이다.

務룰掌홈이라,一礦山調査에關흔事項,二礦山許否에關흔事項,三礦區
에關흔事項,四礦業保護에關흔事項,五礦業技術에關흔事項, 第十四條
地質課에셔ᄂᆞᆫ左開事務룰掌홈이라,一地質並地層構造에調査及礦床의
驗定에關흔事項,二土地調査에關흔事項,三土産植物及土性의關係試
驗에關흔事項,四地形測量에關흔事項,五地質圖土性圖及實測地形圖
의編製並其說明書編纂에關흔事項,六有用物料의分析試驗에關흔事
項, 第十五條工務局에左開二課룰置ᄒ야其事務룰分掌케홈이라,工業
課,平式課, 第十六條工業課에셔ᄂᆞᆫ左開事務룰掌홈이라,一工業에關흔
事項,二工匠勤勉及工廠設始에關흔事項, 第十七條平式課에셔ᄂᆞᆫ左開
事務룰掌홈이라,一度量衡製造及行政에關흔事項, 第十八條鐵道局에
셔ᄂᆞᆫ左開事務룰掌홈이라一官設鐵道敷設保存及運輸에關흔事項,二私
設鐵道許否及管理에關흔事項,三電氣鐵道及馬車鐵道와瓦斯鐵道에
關흔〈16〉事項,四官設鐵道의歲入歲出預算決算과需用物品購買管理
及出納에關흔事項, (附則)第十九條本規定은頒布日로븟터施行홈이
라,光武十年二月十二日農商工部分課規定은廢止홈이라(以上八日)砂
礦採取法施行細則,第一條礦業法施行細則第二條乃至第七條規定은
砂礦採取業에準用홈,第二條礦業法施行細則第八條規定은砂礦採取
業에準用홈.但鑛床說明書理由書又標品에提出을不要홈,第三條前條
請願書ᄂᆞᆫ登記郵便으로提出홈이可홈,第四條鑛業法施行細則第十一條
乃至十三條規定은砂礦採取業에準用홈,第五條第二條請願者ᄂᆞᆫ左開
手數料룰納付홈이可홈,一採取請願每一件五十圜,二採取請願地의證
正請願增區又增減請願每一件三十圜,減區請願每一件十圜,三採取許
可區訂正合併分割請願,增區又增減區請願每一件三十圜,合併又分割
請願每一件二十圜,減區請願每一件十圜,前項第一號請願에對ᄒ야河
床에在ᄒ야ᄂᆞᆫ每百町其他ᄂᆞᆫ每十萬坪에一件條手數料을納付홈이可홈

但百町未滿又十萬坪未滿은百町又十萬坪으로홈,第一項第二號及第三號의增區及增減區請願에對호야는其增加條에對호야前二項手數料를納付홈이可홈,第六條鑛業法施行細則第十七條乃至第十九條規定은砂鑛採取業에準用홈但手數料額은前條第一項第一號第三號第二項及第三項規定에遵호는請願手數料額과同홈,第七條左開境遇에在호야는請願書請求書又通告書를受理치아니홈,一第二條及鑛業法施行細則第二十二條의規定을準用호第九條規定에違背호야請願書에圖面又承諾書若代用의文書를添付치아니호時,二第三條規定에違背호야登記郵便으로提出치아니호時,三鑛業施行細則第十三條를準用호는第四條規定에違背호야決議書又代用의文書를添付치아니호時,四手數料를納付치아니호時,第八條左開境遇에在호야는請願書請求書又通告書를退却홈 一實地調査에當호야其請願人이其請願에係호區域을明示치못호거ㄴ調査事項에對호야相當호說明을못홀時,二請願人이指示호는區域이請願書에添付호圖面과著有相違호時,三鑛業法施行細則第六條規定을準用호는第一條規定에遵호는命令期限內에修正若補充을아니호時,四鑛業法施行細則第十八條第二項規定을準用호는第六條規定에遵호는命令期日에會同치아니호時,五鑛業法施行細則第十九條規定을準用호는第六條期限內에登錄手數料를納付치아니호時,第九條鑛業法施行細則第二十二條乃至第二十五條와第二十九條乃至第三十三條規定은其手數料額에關호야左開者를除호外는砂鑛採取業에準用홈,一採取權賣買讓與의請願,五十圜,二採取權賣買讓與의登錄請求,五十圜,三採取權相續通告,五十圜,四抵當權設定請願,五十圜,五抵當權設定登錄請求,五十圜,六抵當權者의採取權承繼請願,五十圜,七測量又調査請求,二十圜,八判定請求,三十圜,九採取許可狀再交附請求,十圜,十採取許可區圖謄本交附請求,二十圜,第十條鑛業法施行細則第十八條第二

十五條第二十九條第一項及第三十一條規定에準ᄒ야應行ᄒᆯ行爲ᄅᆯ아
니ᄒᆫ採取權者ᄂᆫ五圜以上五十圜以下罰金에處홈,前項處分은農商工部
大臣이行홈,(附則)第十一條本令은砂鑛採取法施行으로붓터施行홈,
光武十年七月十二日,農商工部大臣陸軍副將勳一等權重顯 (完)

內地雜報

○**駐箚軍司令部條例** 日本에셔勅令으로써日本의我國駐箚軍司令部條
例ᄅᆯ公布홈이如左ᄒ니
第一條 韓國駐箚軍司令官은陸軍大將或副將으로親補ᄒ야天皇에直隷
ᄒ고韓國駐箚陸軍諸部務ᄅᆯ統率ᄒ야韓國의防衛ᄅᆯ任홈이라
第二條 軍司令官은軍政及人事에關ᄒ야ᄂᆫ陸軍大臣,作戰〈17〉及動兵
에關ᄒ야ᄂᆫ參謀總長敎育에關ᄒ야ᄂᆫ敎育總監의區處ᄅᆯ受홈이라
第三條 軍司令官은韓國의安寧秩序ᄅᆯ保持ᄒ기爲ᄒ야統監의命令이有
ᄒᆯ시ᄂᆫ兵力을使用홈을得ᄒ되但事急ᄒᆫ境遇에ᄂᆫ便宜히此ᄅᆯ處理ᄒ后
에統監에게報告홈이라
第四條 軍司令官은部下軍隊及官衙ᄅᆯ隨時檢閱ᄒ야每年軍隊敎育期의
終末에軍事의景況及意見을上奏ᄒ고又陸軍大臣參謀總長,敎育總督
에게報告홈이라
第五條 韓國駐箚軍司令部左開各部로成홈이라
軍參謀,軍副官(軍參謀部及軍副官部ᄅᆯ合ᄒ야幕僚로홈이라)軍法官
部,軍經理部,軍軍醫部,軍獸醫部
第六條 軍參謀長은軍司令官을輔佐ᄒ고機務에參畫ᄒ야命令의普及及
實施ᄅᆯ監督홈이라

第七條　軍參謀長은幕僚의事務를監督호고事務整理의責을任홈이라

第八條　幕僚의各將校及同相當官은軍參謀長의指揮를受호야各自分擔의事務를掌홈이라

本令은八月十五日로붓터施行홈이라

○**御前會議案**　去月十五日上午九時에參政以下各大臣이伊藤統監官邸에會同호야政治上무슴緊重호事件을提議호고下午四時에卽時詣闕호야御前會議를開호고各部大臣이各其所管事務의關係된事案을上 奏호얏는디內部大臣은觀察郡守의公薦擇用홀事件과農商工部大臣은農林學校니園藝模範場이니鑛業事務局이니호는官制에關호外人雇聘의關호件과學部大臣은學校擴張의關호事와度支大臣은財政臨時支撥의關호事와法部大臣은法律의關호事와軍部大臣은軍隊의制度擴張홀事件을提議上 奏호얏다더라

○**司令部聲明**　日本軍司令部에셔軍用上要塞處를鎭海灣永興灣으로定호고改正호軍律을施行호라고訓令호고政府에聲明호얏다호니從今以後로重大問題는政府에相議도호고通知도호야融和辦理호다더라

○**錢尙未推**　政府에셔一千萬元을借款호야第一次利子는業已報償호얏시느各項事業은經營而已오姑無實施着手故로該錢은尙不推用호얏다더라

○**大官被駁**　刑法大全國体[13]壞損律에外國人을符同호야官職을圖得호면處絞라호얏는디至今各大臣이他職을圖得호든지本職이搖動호면依例히統監에게와本部顧問에게哀乞歸正호고또政府會席에셔도局長課長을轉任홀境遇에는所謂大臣이例稱曰此人은統監이親知人,顧問의付托人이라藉托호야大臣브터若是히(귀견)을쏫으니國体壞損律을實施호면現政府大臣은並是處絞가正當호다고某中等官吏가論駁홈이某大

13　國体：『刑法大全』에는 '國權'으로 되어 있다.

臣이面如土色이라더라

○不願生還

全羅道今番倡義被執於日本司令部ᄒᆞᆫ崔贊政益鉉氏ᄂᆞᆫ役三年에處ᄒᆞ고
林炳瓚은役二年에處ᄒᆞ고高石鎭崔濟學은往復書二度가行具中에在ᄒᆞᆫ
故로役四朔에處ᄒᆞ고金箕述文達煥梁在海趙愚植等은笞一百에放送ᄒᆞ
얏ᄂᆞᆫ디受笞得放ᄒᆞᆫ諸氏가竊慕藏洪之同死ᄒᆞ고不願洪皓之生還ᄒᆞ며丈
席老先生과同被監禁ᄒᆞ겟다力爭ᄒᆞ고抵死不出ᄒᆞᆫ즉日兵이旣施重刑ᄒᆞ
고旋卽曳出ᄒᆞ야棄之門外ᄒᆞ니諸氏가義憤이重激ᄒᆞ여棒杖에痛苦ᄅᆞᆯ全
忘ᄒᆞ고呼泣逗留ᄒᆞ다더라

○軍港借與

鎭海灣과永興灣을伊藤統監이日本軍港으로請求事에對ᄒᆞ야政府에셔
上奏ᄒᆞ고鎭海永興兩灣을大韓國軍港으로命名ᄒᆞ야世界에頒布ᄒᆞᆫ後에
韓國軍備擴張前에ᄂᆞᆫ日本軍港으로借與ᄒᆞ기로定約ᄒᆞ얏다니何時에ᄂᆞᆫ
索還ᄒᆞᆯᄂᆞᆫ지

○東洋雜誌發刊

日本東京法政大學에셔發行ᄒᆞᄂᆞᆫ東洋이라ᄂᆞᆫ雜誌ᄂᆞᆫ自來로日本에셔未
曾見ᄒᆞᆫ바인디全誌가統以漢文으로記述ᄒᆞ고其目的인즉專使淸國學生
으로講讀케ᄒᆞ야ᄂᆞᆫ것과如ᄒᆞᆷ이法學博士理學博士等寄書가大半이나科
學的文字로記ᄒᆞ얏시니學生案頭에須珍重히여길것이더라〈18〉

海外雜報

波斯立憲政體

○倫敦電을據ᄒᆞᆫ則波沙皇帝의셔民間으로브터議員을選擧ᄒᆞ고代議院

을召集호는件을決定호엿고且議員의自由討論을保證호엿는디首府데
헤란에셔人民이此擧롤歡迎호야市街到處에火電燈을點호얏고
同國政治亡命者는英國公使館의釋放홈을得호얏다더라

英獨兩帝의款晤 去月十六日

○伯林電을據호則獨逸皇帝는英國皇帝와구론베루히에셔會見호실際
에互히定式의交際禮롤爲호後對坐上에一時間에延호는密談이有호얏
고其後懇勤호對話에續호야政治上事件에對호談話가有호얏는디所傳
을據호則別로新히協定등의約束이無호얏시느兩帝는如何호利益問題
의起홀境遇에는互히好意롤表호자는事롤約束호셧다더라

立憲自强策의上奏

○北京特電을據호則歐米駐箚淸國公使는外務部에打電호야萬壽節의
祝詞와共히一齊立憲自强策은目下의急務되는事롤上疏호얏다더라

布哇의海溢 同上電

○布哇에大波濤가押來홈으로同島公海地의危害가不小호고海岸에在
호土人의家屋은多數洗去호고植民地는海水에埋沒호얏더라

日露通商談判 十九日

○聖彼得堡來電을據호則本野日公使는日露通商條約締結談判에在호
야黑龍江松花江及嫩江(松花江)上流을國際通商호기爲호야開放홀事
롤要求호얏다더라

露國新聞의反對 同上電

○노우오에,우레미야新聞은去十七日社說에本野公使의要求에關호意
見을發表호얏는디露國이若此롤開放호면日本人은低廉호船賃과卓越
호實業上의技倆으로써此等諸江의露國船舶을一掃호고日本貨物은北
滿洲黑龍江及沿海洲一帶의市場에侵入홀줄노開放은到底히不可호다
云호얏더라

라루소-의虐殺

○倫敦電을據호則露國와루소-의革命黨員은巡査及巡邏步兵을虐殺홀
야고隊롤組織호야爆發彈及短銃으로써四十五名을殺傷호고又軍隊눈
一齊射擊호야써此에應호야百四十五名을殺호고其後銃劒을持호고市
街롤掃蕩호얏고롯쓰에셔도同樣의騷擾가起호얏다더라

南米大地震詳報 二十日

○桑港電을據호則南米의激震은最初夜에만도八十二回以上됨을明知
홈이至今도震動이不止호얏는디或은潰崩家屋에被壓호고或은地裂호
隙에陷호야生命을失호市民의數눈數千에至호며極樂谷의名이有호던
우아루바라이소市눈今에變호야慘憺호荒廢野롤成호니其慘狀은筆紙
로盡記홀수업고쏘同市의被호損失은二億五千·萬弗이라호며
智利의首府산지아쪼도亦大慘害롤被호야潰倒家屋下로브터掘發호屍
體의數가百에旣達호얏시며同市의損害눈六百餘戶오지유완후예루난
뎃쓰島눈太平洋의波濤에沒호야何物도見호기不能호다니想必南米의
暴烈地震으로由호야地盤이陷入호것이라고想像호다더라

立憲大會議 二十一日

○北京電을據ᄒ則軍機大臣並出洋考政大臣은昨日政治舘에셔立憲에關ᄒ大會議ᄅ開ᄒ얏ᄂᄃ憲政은北京을中心으로ᄒ야漸次地方에及게ᄒ기로大約決定ᄒ얏시ᄂ袁直隷總督의入京홈을俟ᄒ야確定ᄒ기로決ᄒ얏다더라〈19〉

詞藻

海東懷古詩　　　　　　　　　　　　冷齋[14]柳惠風

高句麗(註解見前號)

鷄立山前漲戰塵丹旒依戀沁園春平生慷慨愚溫達自是龍鍾可笑人

　鷄立山은輿地勝覺에在聞慶縣北二十里ᄒ니俗號ᄅ麻骨山이라以方言相似也니라

　愚溫達은三國史에溫達의容貌가龍鍾可笑ᄒ데家貧ᄒ야乞食以養母홀시破衫弊履로往來市井間ᄒ니時人이目爲愚溫達이라時에平原王少女ㅣ好啼어늘王이戲日汝常啼聒我耳ᄒ니長必不得爲士大夫妻오當歸之愚溫達ᄒ리라ᄒ더니及女年二八에欲下嫁於上部高氏혼디公主日大王이常語에必爲溫達之妻러니何故로改前言乎잇가王이怒日宜從汝所適이라ᄒ디於是에公主ㅣ以寶釧數十으로係肘後ᄒ고出宮歸溫達이러니後周武帝ㅣ伐遼東에王이逆戰於肆山[15]之野홀시溫達이爲先鋒疾鬪ᄒ야論功第一이라王이嘉歎日吾婿也라ᄒ고備禮迎之ᄒ야賜爵大兄이러니及嬰陽王이卽位에溫達이請伐新羅어늘王이許

14　冷齊：‘冷齋’의 오자이다.
15　肆山：『삼국사기』에는 ‘肄山’으로 되어 있다.

之ᄒᆞᆫᄃᆡ溫達이臨行에誓曰鷄立山竹嶺以西ᄅᆞᆯ不歸於我則不返也라ᄒᆞ

고遂與羅人으로戰ᄒᆞ다가中流矢死ᄒᆞ니라欲葬에柩ㅣ不肯動이거ᄂᆞᆯ

公主ㅣ撫棺曰死生이決矣니嗚呼歸矣라ᄒᆞ고遂擧以窆ᄒᆞ니라

遼海歸旌數片紅湯々薩水捲沙蟲乙支文德眞才士倡五言詩冠大東

　薩水ᄂᆞᆫ輿地勝覺에淸川江一名은薩水니源出妙香山ᄒᆞ야經安州城北

ᄒᆞ고又西流三十里ᄒᆞ야與博川江으로合流入海ᄒᆞ니라

　乙支文德은三國史에乙支文德이沉鷙有智ᄒᆞ더니隋開皇中에隋煬帝

ㅣ征高句麗ᄒᆞᆯ시左翊衛大將軍宇文述은出扶餘道ᄒᆞ고右翊衛大將軍

于仲文은出樂浪道ᄒᆞ야與九軍으로至鴨綠水어ᄂᆞᆯ文德이見隋軍士ㅣ

有飢色ᄒᆞ고欲疲之ᄒᆞ야每戰輒北ᄒᆞᆫᄃᆡ隋軍이一日七捷ᄒᆞ야東濟薩水

ᄒᆞ야去平壤城三十里에因山爲營이어ᄂᆞᆯ文德이遣使詐隆[16]於述ᄒᆞᆫᄃᆡ

述等이爲方陣而還이라文德이乃出軍四面抄擊ᄒᆞ야至薩水ᄒᆞ니隋軍

이半濟어ᄂᆞᆯ文德이擊其後軍ᄒᆞ야殺右屯衛將軍辛世雄ᄒᆞ니諸軍이俱

潰奔還이라一日一夜에至鴨綠ᄒᆞ니九軍이初渡遼에三十萬五千人이

더니還至遼東城ᄒᆞ니惟二千七百人이僅生還이더라

　倡五言詩ᄂᆞᆫ隋書에遼東地域에于仲文이率軍指樂浪道ᄒᆞ야至鴨綠水

ᄒᆞ니高麗將乙支文德이詐隆[17]이어ᄂᆞᆯ仲文이將執之ᄒᆞᆫᄃᆡ尙書右亟[18]劉

士龍이固止之ᄒᆞ야遂捨文德ᄒᆞ고尋에悔之ᄒᆞ야遣人紿文德曰更有言

識[19]ᄒᆞ니可復來也라文德이不從ᄒᆞ고遂濟ᄒᆞᆫᄃᆡ仲文이選騎渡水ᄒᆞ

야每戰破陣이어ᄂᆞᆯ文德이遺仲文詩曰

　神策究天文妙筭窮地理戰勝功旣高足願云止[20]

16　隆：'降'의 오자이다.

17　隆：'降'의 오자이다.

18　右亟：'右丞'의 오자이다.

19　識：『삼국사기』에는 '議'로 되어 있다.

20　足願云止：'知足願云止'의 탈자이다.

此我東五言詩之祖也니라

雲溪酬唱 　　　　　　　　　　　　　　　　　韶堂居士許墡

自從漂泊到眞安相望悠悠會合難縱返故園身似客不逢之子意難寬山河
舉目烟塵暗樽酒論懷雪月寒借問漢廷梁太傳[21]明時何事涕汎瀾
　評曰慷慨悲壯追憶往事曷勝黯然余亦自離雲溪便與君情境相同

又和之 　　　　　　　　　　　　　　　　　　　　南嵩山人

共君離爛幸俱安休說營營度脫難世界如斯堪太息簞瓢雖空自能寬寥寥古
屋深燈久撼撼踈林晚月寒見說陶淵多勝賞且將輕棹溯春瀾 (空字去聲)
　評曰陶淵在眞寶地韶堂之移寓處風埃役役者堪愧負約名區〈20〉

小說

(비스마룩구)의淸話 (續)

(비스마룩구)는敏捷ᄒ고撓치아니ᄒᄂᆫ丈夫라其告示를口로授ᄒᆯ時에彼
가(다마스가)의製ᄒᆫ綠色薄衫을身에纏ᄒ고深考ᄒᄂᆫ바有ᄒᆷ과如ᄒ야其
手를懷中에投ᄒ기를幾回를ᄒ며室內에셔逍遙ᄒ고或時疾風과如ᄒᆫ態
度로口號ᄒ야書記과로記述케ᄒ고或時其筆를投ᄒ야彼等으로捧腹絕
倒케ᄒ니其狀貌가至今ᄭᅡ지余의胸次에印象ᄒ야忘ᄒ기不能ᄒ지라
或於事務煩忙ᄒᆫ際에其妻가突然히扉를排ᄒ고入來ᄒ야一件襯衣를授
ᄒ고其襯衣가體에稱適ᄒᆫ與否를問ᄒ면彼가非常히煩忙ᄒᆫ것은不關ᄒ

21　梁太傳 : '梁太傳'의 오자이다.

고筆롤投ᄒ고微小ᄒ면셔其恰好ᄒ것을賞讚ᄒ더라

(비스마룩구)가其職務上事件을處置홈이嚴格愼重ᄒ야一朝에確定ᄒ規則을守ᄒ야終始不違ᄒᄂ지라當時使事로(비스마룩구)의交際官試補等에게時々로晝夜업시不可不鞅掌홀事務가有ᄒ거든(비스마룩구)가或夜半에遊戲場이던지或夜會로셔던지歸來ᄒ야其帽와紅色의總을席上에投ᄒ고交際官等을命ᄒ야ᄒ야금事務롤執ᄒ고天이明토록少休치아니ᄒ니此時롤當ᄒ야(비스마룩구)가반다시多少疑問을提出ᄒ야此等屬僚로一一이對答케ᄒ야셔其智識을增進ᄒ기로己務롤삼는지라或時(비스마룩구)가屬僚다려向ᄒ야曰汝等이만일萬國史一二頁도忘讀ᄒ고年少外交官이된者ㅣ政治上緊要綱目이되는(고즈즈)人의舊話롤不可不知홀것이라云ᄒ더라

又或屬僚가事務上에失錯이有ᄒ면(비스마룩구)가假借홈이無ᄒ고叱責홈後에其人다려向ᄒ야曰紳士의班에苟在홀者ㅣ自己의所爲로써善良正義라信ᄒᄂ것은是人의常情이라今에予가汝等을向ᄒ야叱責罵倒ᄒ니汝等이心中에반다시不快홈이有ᄒ리니予가知ᄒ고도尙且敢之ᄒᄂ것은是亦職務上에已홈을不得홈이니請컨디諒之홀지여다

一千八百五十五年秋에(하스후예루도)伯이(비스마룩구)롤爲ᄒ야慰勞宴會롤開홀시佛國外交家(로-상)이其後에友人의게書롤贈ᄒ야曰此席上에(비스마룩구)가我軍隊롤大賞讚ᄒ도쏘(나포레옹)三世로써偉大ᄒ統御者라ᄒ고更且我皇后롤稱揚ᄒ야曰皇后ᄂ實로予가佛都에셔會見혼婦人中에最可敬可愛홀婦人이라云ᄒ더라ᄒ얏더라

同時英國女帝(우오구도리야)陛下가訪問혼返禮롤爲ᄒ야佛都巴里에行幸ᄒ니此時에(비스마룩구)가亦同地에在ᄒ야(바루셰-유)王宮에셔女皇을始謁혼지라當時에彼가俄國을好愛ᄒᄂ者의第一人으로風聞이高ᄒ니女皇日記中에亦彼로써俄國好愛者의第一人이라記ᄒ얏더라女

皇이問曰巴里의美觀이如何호고(비스마룩구)가卽答왈然호이다臣意
에논巴里롤(센도피-다-스부룩구)에比호면巴里가一層美觀을覺호깃
다호니其事事마다俄國을引혼例가如此호더라

一千八百五十九年으로自호야六十二年에到호기까지公使가되야俄京
에滯在호야此國事物롤深히硏究호니라

俄國一新聞記者가(비스마룩구)의行爲롤記호야曰

此外交家行動을視호건디彼가前任者갓치虛飾頑固의風은毫도不有호
고其親切合理的行爲言動이我國貴族的政治에適合혼지라從來(제루
만)政治家가皆以猜疑의眼目으로我國事物롤觀察호기로常을삼으니此
外交家(卽비스마룩구)라도此等弊가不無혼지라儀式의如何혼것은不
更問之호고惟簡易慇懃으로旨롤立호야쎠公私事務롤處호야業務上에
發見호야彼의邦(露國)人이彼롤平易快闊호다稱揚호야彼로쎠善良確
實혼人이라호논디到호니彼가如斯혼方策을用호야使我國上下의人으
로(제루만)人이亦他와갓치善良혼人民이라可히容易結托홀것을信케
호고又俄國人의常所自負호논貴族政治가(제〈21〉루만)政治보담勝호
고又其他諸國보담도勝호논디至호야使我等으로(제루만)人이我城中
黨與의一人이되논것을信케홈이라호얏더라

俄都에滯留혼지三年에(비스마룩구)가다시佛國公使되야巴里에駐劄
호니其間이僅不過三個月이라故로數多혼逸話롤不留호고다만(나포레
옹)三世와及其從者의性質에就호야十分硏究호고歸호니라

(비스마룩구)가恒常婦人的男子批評을嫌호논지라(볘네데즈지)(구라
몽도나포례온)의門下外交家와如혼人을呼호야頸輪이無호고無踏호논
犬이라謂호니其說明혼言에曰彼等이主人의命令을不待호고後脚을聳
호고立호야쎠古風藝롤演호니彼等이一度發吠홀제予가巴里로自호야
聲이有호야曰叱々靜之호고又彼等이搖尾而喜호논狀을핳時에도도리

여其臀을强蹴ᄒ야唉咬ᄒ기要홈을見혼다ᄒ니皆自家가一定의見이無
홈이事々마다不可不他人의掣肘ᄒᄂ것을云홈이라

一日에(비스마룩구)가(비유ー스도)(시ㅡ박구)二人을伴ᄒ야會食ᄒ고食
後에晩景을賞ᄒ기爲ᄒ야(마비루)村으로向홀시此時에(비스마룩구)
가(비유ー스도)의臂를把ᄒ고한가지로運步ᄒ다가突然히(비유ー스도)의
背를敲ᄒ면셔曰好혼紳士라吾가만일宰相이되면將次君을中空에跳飛
ᄒ리라ᄒ더라

世界奇聞

(비스마룩구公과獵友) 或曰, 獨逸, 의大宰相비스마룻구公이一人의友와
갓치獸獵에出ᄒ엿더니水田傍路를通過홈이當ᄒ야其友가足을誤蹈ᄒ
야泥深혼沼澤中에陷혼지라其友가狼狽ᄒ야泥外에上ᄒ려구身을藻搔
홈이더욱深陷ᄒ야頸部ᄭ지泥中에埋沒혼지라此境遇에當ᄒ야公의友
ᄂ悲鳴을擧ᄒ야公의계救홈을求ᄒ야止치아니ᄒ되비公은冷然ᄒ야色
을變치아니ᄒ고言曰我友야余ᄂ不幸ᄒ야卿을救치못홀지라卿을救코
져ᄒ면我도쏘혼泥澤에溺ᄒ야共死치아니ᄒ면不可ᄒ니我가卿의悶絶
홈을忍見홈으로ᄂ차라리一射擊下에卿의苦痛을減홈이愈ᄒ다ᄒ고其
銃을取ᄒ야其友의頭上에擬ᄒ야曰此ᄂ天의愛人혼단意로卿의生命을
絶홈이니靜肅ᄒ라命혼디可憐혼其友ᄂ戰慄不知所措ᄒ야必死의力으
로深泥中에셔跳躍ᄒ야겨우陸上에達홈을得혼지라公이莞爾히其友다
려爲ᄒ야曰友야我가過誤홈이아니니라天은自助ᄒᄂ者를助ᄒᄂ니卿
이自助치아니ᄒ얏스면我가쏘혼殉死의人이될뿐이라구云ᄒ얏더라

(天堂과地獄) 米國의某敎會에셔說敎ᄒ기를終혼後에例와갓치牧師가立
ᄒ야天國에往코져ᄒᄂ者ᄂ起立ᄒ라命ᄒᄂ지라於是에滿堂의人이다起
立호되唯一人의靑年이靜坐ᄒ야動치아니ᄒ거늘滿堂의視線은此一身

에集ㅎ더라次에牧師가쏘地獄에往코져ㅎ는者는起立ㅎ라命홈이何人
도起立지아니ㅎ고此靑年도쏘ㅎ靜坐不動ㅎ거늘이에牧師가移步ㅎ야
其靑年의傍에至ㅎ야何故로如何ㅎ境遇인도起立지아니ㅎ느뇨問ㅎ디
其靑年이答曰我는此世에生活홈을得ㅎ면斯足이오天堂에던지地獄에
던지往ㅎ는事는不欲이로다云ㅎ엿더라

(一事一言) 伊藤侯의韓國統監으로ㅎ는行動은赴任初에야甚히適切ㅎ
더니日을過홈에隨ㅎ야漸々性質의外規爲人的主義가出來ㅎ다고山縣
의派는徐々히險口를發ㅎ다假令朝鮮갓튼人文未開國에日本一等流의
梅博士를法律顧問으로招來홈으로始ㅎ야그리必要도無홈에種々人材
를管下에布列ㅎ는等事가마치京都美人을蝦夷阿伊奴人에게嫁홈갓튼
所爲니아마去番大觀兵式에冠ㅎ얏든것이라고冷笑ㅎ니此言을聞ㅎ伊
藤의派에셔는朝鮮은無智矇昧ㅎㄴ其形式的,事大的으로大博士,大學
士라ㅎ는附書가無ㅎ면都是敬服지아니ㅎ는緣故쑨〈22〉不啻라列國에
我가可成的으로韓國을鄭重히扶植ㅎ는事實을示ㅎ는手段에由홈이오
卽必要에應홀쑨으로는私立法學校의生徒라도足홀터이나以上深慮에
由ㅎ야爲ㅎ는事이라고辨明ㅎ얏다니伊,山兩派의衝突을事事에對ㅎ야
起홈은此를見ㅎ야도可知ㅎ깃다더라

可畏홀協會 未嘗不俄國에만種々恐怖혼協會도有ㅎ다俄國發刊우라루
新聞報道를據ㅎ則俄國에는赤死協會라ㅎ는것이有ㅎ야其事務所갓튼
것이쇼-오쓰가湖의地下深處에營建ㅎ얏다더니近頃에某市民의踪跡을
搜案[22]中에不覺其事務所가發見ㅎ얏는듸其巢窟에는窓도無ㅎ고爐도
無ㅎ一室이有ㅎ야總히赤色의材料로飾ㅎ고下面에도亦是赤色의織物
로敷陳ㅎ고但壁一面에黑幕을垂홀쑨이며室의中央에는二個褥갓튼것

---

22 搜案 : '搜索'의 오자로 보인다.

이敷ᄒᆞ얏ᄂᆞᆫ지라先히事務員이當日의被殺者ᄅᆞᆯ引導ᄒᆞ야此室에入ᄒᆞ야
一個의褥上에此ᄅᆞᆯ使寢케ᄒᆞ고少選에赤色衣ᄅᆞᆯ着ᄒᆞᆫ一少女가其黑幕을
揭擧ᄒᆞ고安詳히入來ᄒᆞ야今一個의褥ᄅᆞᆯ取ᄒᆞ야其被殺者上에覆ᄒᆞ고其
上에乘坐ᄒᆞ야氣息이絶ᄒᆞ기ᄭᆞ지其處ᄅᆞᆯ不動ᄒᆞᆫ다ᄒᆞ니何故로如斯慘酷
ᄒᆞᆫ殺法을行ᄒᆞᄂᆞ야ᄒᆞ면其故ᄂᆞᆫ種々의迷信이有ᄒᆞ야或者ᄂᆞᆫ極樂界에欲
去홈으로故進ᄒᆞ야如斯히被殺ᄒᆞ고又或者ᄂᆞᆫ大罪ᄅᆞᆯ犯ᄒᆞᆫ報復으로如此
酷刑에遇ᄒᆞᆫ다ᄒᆞ더라

新手術 米國가리호오류니야州의마구가루도니-라云ᄒᆞᄂᆞᆫ人이某夜에自
動車ᄅᆞᆯ乘ᄒᆞ고市中을巡回ᄒᆞᆯ際에枯草가車에衝突ᄒᆞ야車의鐵棒으로左
胸에數個處ᄅᆞᆯ負傷ᄒᆞ고沙中에轉壓ᄒᆞ야昏倒ᄒᆞ얏ᄂᆞᆫ디外科醫에見ᄒᆞᆫ則
心臟中에砂가入ᄒᆞ얏다홈으로其醫者가필々鼓動이方劇ᄒᆞᆫ心臟을取出
ᄒᆞ야砂ᄅᆞᆯ洗瀝ᄒᆞ고元處에復入ᄒᆞᆫ後에普通의縫合術등을施ᄒᆞ얏더니多
幸히生命이復連ᄒᆞ야只今도猶生存ᄒᆞ얏다ᄒᆞ니醫術의進步도可畏ᄒᆞᆯ것
이로다

皇帝ᄂᆞᆫ皇后보다身長이低라 歐洲諸國의皇室을統看ᄒᆞᆫ則皇帝ᄂᆞᆫ大抵皇后
보다身長이低ᄒᆞᆫ지라假令英國의에도와-도皇帝ᄂᆞᆫ아레기산도리아皇后
보다身長은三寸이低ᄒᆞ고露國皇帝도皇后보다一首뿜低ᄒᆞ고獨逸우이
루헤룸皇帝ᄂᆞᆫ體大도中이오身長도中이ᄂᆞ皇后은無味히身長이高홈으
로寫眞을同撮ᄒᆞᆯ時等에ᄂᆞᆫ負ᄒᆞᄂᆞᆫ嫌이有ᄒᆞᆫ皇帝ᄂᆞᆫ自己가立ᄒᆞ고皇后가
踞坐ᄒᆞ지아니ᄒᆞ면決코同寫홈을承諾지아니ᄒᆞ신다ᄒᆞ고葡萄牙皇帝ᄂᆞᆫ
뚱々ᄒᆞ게善히肥大ᄒᆞᄂᆞ身長은亦是皇后에게小負ᄒᆞ고新婚ᄒᆞᆫ西班牙皇
帝도皇后의便이小高ᄒᆞ고英國의皇太子妃ᄂᆞᆫ皇太子보다四인지뿜身長
이高ᄒᆞ다ᄒᆞ더라

新聞價ᄅᆞᆯ不報ᄒᆞᄂᆞᆫ人 紐育에知名의一紳士가有ᄒᆞ니用錢을甚히吝嗇ᄒᆞ
야新聞價갓튼것도數年后에至토록恒常支撥치아니ᄒᆞᄂᆞᆫ지라於是에某

新聞社에셔는一計롤出ㅎ야其紙上에某紳士死去ㅎ事롤記載ㅎ고倂히
某紳士는他諸事의點이人의模範될만흔人物이라도但新聞價롤支撥치
아니ㅎ는奇癖이有흔것은可惜흔事라고附記ㅎ얏더니某紳士가此記事
롤讀홈에及ㅎ야憤氣가如火ㅎ야星馳ㅎ야新聞社에直到ㅎ야新聞社員
을請見ㅎ고大段其不法홈을詰責ㅎ니社員이毫末도窘蹙흔色이無ㅎ고
冷然히答ㅎ야曰그는甚히가야운事이라然이는幾度督促ㅎ여도何等의
回答이無홈으로써公等갓치體面을重히ㅎ는紳士에는死ㅎ지아니면如
此흔事가無홀터이라고推測ㅎ야此롤記載홈이라此萬事의敏活을貴히
ㅎ는新聞社로는眞實로得已치못홀事이고且此記事는貴下의逝去흔境
遇롤預想ㅎ야記載흔것인故로事實에相違흔바이無ㅎ기까지는取消홀
理由롤不見흔것이라ㅎ디某紳士가慚愧ㅎ야不知所言ㅎ고直倉皇히新
聞價롤支出ㅎ고謝罪而去ㅎ얏다ㅎ니我國에셔도新聞價롤支撥치아니
ㅎ고奇癖이有흔紳士가亦不小ㅎ지라新聞社된者가亦此筆法을摸擬홈
이如何오〈23〉

廣告

오來應九月十五日內本社로來臨問호이

京城西署小西門內

發行所日韓圖書印刷株式會社(電話三二三番)

廣告

今番弊社에셔各種染色粉을新輸入호온바廣賣호기爲호야特別廉價로
發賣호오니多少롤不計호고買去호심을望홈

第一 本社에셔發賣호는各種染料는染色호後에決코變色호거나脫色호
는事ㅣ無호고最히染色키容易홈

第二 本社染料는重量이多호고價格이最廉홈으로外他國染料는到底不
及호는바ㅣ오

京城南大門內四丁目

藤田合名會社告白(電話二三○番)〈24〉

편집 및 교열

이강석李江碩
부산대학교 한문학과 석사졸업

전지원田至媛
부산대학교 한문학과 박사과정

교감

손성준孫成俊
성균관대학교 동아시아학술원 HK연구교수.

신지연申智姸
부산대 점필재연구소 전임연구원.

이남면李南面
부산대 점필재연구소 전임연구원.

이태희李泰熙
부산대 점필재연구소 전임연구원.

┌─── 연구진 ───┐

연구책임자　　강명관
공동연구원　　손성준
　　　　　　　유석환
　　　　　　　임상석
전임연구원　　신지연
　　　　　　　이남면
　　　　　　　이태희
　　　　　　　최진호
연구보조원　　이강석
　　　　　　　이영준
　　　　　　　전지원

대한제국기번역총서

원문교감 朝陽報 1

2019년 2월 28일 초판 1쇄 펴냄

편집 및 교열　이강석·전지원
교감자　손성준·신지연·이남면·이태희
발행인　김흥국
발행처　보고사

책임편집　이경민
표지디자인　손정자

등록　1990년 12월 13일 제6-0429호
주소　경기도 파주시 회동길 337-15 보고사 2층
전화　031-955-9797(대표)
　　　02-922-5120~1(편집), 02-922-2246(영업)
팩스　02-922-6990
메일　kanapub3@naver.com / bogosabooks@naver.com
http://www.bogosabooks.co.kr

ISBN　979-11-5516-900-1
　　　979-11-5516-897-4　94810 (세트)
ⓒ 이강석·전지원·손성준·신지연·이남면·이태희, 2019

정가 28,000원
사전 동의 없는 무단 전재 및 복제를 금합니다.
잘못 만들어진 책은 바꾸어 드립니다.

┌───┐
│ 이 저서는 2017년 대한민국 교육부와 한국학중앙연구원(한국학진흥사업단)의 │
│ 한국학분야 토대연구지원사업의 지원을 받아 수행된 연구임(AKS-2017-KFR-1230013) │
└───┘